晚清革命思潮與
民間文學傳播之研究

林俊宏 著

臺灣 學生書局 印行

總　序

　　一個時代，有其特殊的精神面貌，而近代知識分子對於傳統文化的更新與建設，便是一種文人思想理論廣泛體現於社會層面及時代命運的實踐歷程，其中吸納新知、轉化傳統、化為世用的積極精神，強烈的時代責任與使命感，並將其人生抉擇以及價值標準緊密聯繫於民族命運，認真地把意志付諸實踐、接續傳統、重振國運的態度，尤令人欽敬崇仰。

　　促使這一大批時代菁英投身於中國傳統的建設改造的另一個出發點，就是看出在新時代的轉換中，亟需一個與實際切合、相應的嶄新民族文化。他們篳路藍縷、面向問題，不約而同選擇了一個相當獨特的理論切入口，也表現了特有的關注重心和思考方式，不再高舉傳統儒、釋、道的旗幟，也不再蹈襲傳統經學考證等舊路，而是由民俗文化入手，逐漸產生中國現代民俗，與西方勢力介入中華民族而激盪出的愛國主義思潮、救亡圖存，發生了微妙的變化。

　　在這個過程中，革命者利用民眾的語言和形式，創作鼓吹革命的思想作品；辦教育者，以民間文學的體裁推動掃盲運動；而大眾傳播為適應擴大宣傳，也大量挖掘民俗文化、大眾文化，推波助瀾與當日的社會思潮互動，造成空前活躍的文化蓬勃。至於知識菁英所推動的中國現代民俗運動，更與五四新文化運動、白話文推行息息相關，造成自 1918 年迄 1937 年間的二十年，成為中國當代民俗

學形成及發展最重要的時期。

　　有鑑於此，我們相信現代學術史上許多新穎的理論也多少受到民俗文化的啟發，知識菁英的教育救國、實業救國則是關注民眾生活與民族存續而來。所以，編纂這一系列「知識菁英與民俗文化」叢書，有其必要和迫切，它說明學術思想不是僅僅停留在原創理論上，透過知識分子與民俗文化的互動關係，將能更合理的對學術問題找到解釋，也可以讓我們深刻體會知識分子之所以具備某類特質的原因，並非僅來自於學堂書本，而是與生機蓬勃的民俗文化密然相關。

楊振良

二〇〇六年十一月六日

自序─十年磨一劍

　　歲時荏苒，悠悠十年的學習，轉瞬間就這般填滿記憶。一路用情於讀史學文之途，不敢輕言放棄，卻總在前尋與躊躇的街口眺望。

　　十年前，我剛考上花蓮師範學院語文教育系，負笈海東的心靈總有些虛無，我並不是那麼清楚國小教師在社會大環境該如何安身立命？但人生總是迷糊為多，清醒時少，我也不甚在意。甫入語教系，便知悉系上有位最年輕的教授，一派颯爽的風采，充滿教學能量與熱情，學術研究卻以嚴謹著稱，他就是楊振良老師。

　　上過振良師一學期的「文學概論」，老師「對挫折拈花微笑，對理想強勢推展」的生命哲學，讓我對文學有了莫大啟示。我也認同一位好老師能帶給學生豐富且多元的生命能量，在振良師身上確實有這種別於他人的特質。大二後，我接任系刊主編，振良師當時是系刊的指導老師，在編務或文宣的概念上，得其啟蒙甚多，爾後兩年，學文與創作也成了我生活的重心。而這樣一位熱誠的老師，卻因堅持程序正義，而遭受無端抨擊，沈潛甚久。對於那段老師生命裡的煎熬，我的體會極深，但振良師總是淡然處之，他說：「橫逆挫折深處，終歸於無言。」我和老師亦有了更深的接觸，扎實地與老師學了兩年行文之術。

　　大四那年，振良師前去擘劃新成立的民間文學研究所，為建構民間文學學科標準而努力，而我卻徘徊在進退之際的廊廡，陷入「為何而戰」的糾結中。畢業前，振良師在我的畢業紀念冊上，以《太

上感應篇彙編》：「妄想或生或滅，謂之幻心。照見其妄，隨念斬斷，謂之覺心。故曰：不患念起，只患覺遲。」作為題詞勉勵，我明白老師一片苦心，對於學術之途我能理解，卻很難說服自己去親近它。沒信心考研究所，便覺得自己辜負老師的期待。

服役期間，我又回到花蓮戍守。2001 年梅月，風雲密佈的梅雨季節，杜建興旅長為感謝地方人士捐贈 500 萬元樹苗綠化北埔營區，擬刻碑文誌記綠化之功。政戰官便找上我，要求以文言文撰擬，深知自己力有未逮，我只好往花師找振良師協助，這是我隱遁多時之後與老師的重逢，只是沒料到竟以此請託之事相見。隔日，一篇典雅深邃的碑文已呈於政戰處長桌上，處長對該文大表驚訝、讚不絕口，我則慨然以告。如今，銅銘碑文已被安置在營區的草坪上，記述著昔往輝光，然而碑文一事卻讓我有所覺醒，我相信已找到為何而戰的答案了。

退伍後，蒙老師鼓勵，於 2003 年進修民間文學研究所碩士班，而此時振良師也卸下五年所長行政工作，休假研究一年。我以部分辦公時間進修碩士學位，堅韌地面對為期兩年的往返辛勞，奔赴機場與車站是必須體認的艱辛，我很珍惜每一次上課的機會，縱使蠟燭兩頭燒，也無怨無悔。

振良師曾說：「研究與思考，都應是神聖崇高的，而治學風範在於能否寫出一部既具卓識又有文采的著作。」我相信對研究生來說，論文就代表其學習成果，也是學術潛力的重要指標，生活可以簡樸度過，學術卻不能不嚴守規範品質。讀碩士班三年，遇見許多類型的師長與研究生，每個人都為生存而演繹著生命風景，光怪陸離與煙塵喧囂並起，但我始終堅信：追求理想要以「玩命」之情投

入！魯迅曾云：「自古文人自有其文藝世界，惟一入文藝世界，便無足觀也。」我想對於愈複雜的人際的安處之道，在於選擇一處屬於自己的心靈淨土，方能無忝所生。

此外，感恩楊振良老師，示我以學術長河及大千世界。2004 年，老師在擬定論文方向時說到：「晚清革命志士，曾以民間文學的形式去宣揚革命。你可以由社會學的視角，將知識菁英對時代思潮的回應，作文學現場的體現，這就是現代啟示。」研究晚清菁英與民間文化的對應，審視時代與文學間的移轉融通，給我很深的啟發。

因為，人類歷史的演進，自會呈現所謂時代課題，而箇中發展關鍵，總決定於人解決問題的角度上。本書選擇陳天華及秋瑾作探討中心，針對時代課題之特殊立場，解釋晚清革命志士何以運用歌謠、彈詞小說來喚起人民、挽救傾亡，亦是文化史學觀點的延伸。革命思潮背後，必然有其哲學面向的理路，民間文學在時代中孕育發展，亦演繹出文化建構之契機。

如今，在本書付梓之前，我要特別感謝台灣學生書局負責人鮑邦瑞先生提攜，提供初渡學術瀚海的我如此機緣，讓本書得以列入該書局叢書。此外，書中觀點蒙王曉波教授闡示新文化運動之哲學脈絡，邱榮裕教授對章法論證提供寶貴建議，於此一併致謝。

「十年磨一劍，霜刃未嘗試，今日把示君，誰有不平事？」2006 年，距老師對我的文學啟蒙已整整十年，十年學文猶如冶煉一柄利劍，論文的完成，堪可作為我生命中而立之年的特殊誌記。

林俊宏　謹識於桃園南崁

2006 年 10 月

晚清革命思潮與民間文學傳播之研究

目　次

第一章　緒　論

　　歷史流程對時代環境之自覺能力，實為近代文明變革的首要動能。晚清七十年（1840-1911）的西潮衝擊，對中國人而言不啻是最嚴苛的存亡考驗。在風雨飄搖的時代中，知識菁英面對民族存亡，無論政治立場或個人設想為何，其選擇以各領域探索吸納，將生命輝光化作時代心靈的燈塔，為中國的富強康樂而奮鬥，均值得給予歷史的肯定。

　　高力克於《歷史與價值的張力》中說：「中國現代化運動是伴隨著一場救亡圖存的民族復興運動而起步的，它一開始就帶有強制性和被動抉擇的特徵。」驗證史實，晚清知識分子的治學確往經世致用傾斜、存有符合時代需求的轉變。經世致用說的奉行者，自鴉片戰爭後的魏源、徐繼畬、龔自珍，到英法聯軍時期的王韜、郭嵩燾、馮桂芬，甚至到康有為、梁啟超及嚴復等人，在自覺的「自改革」思潮及西洋文明的外驅力中，尋求解救中國的藥方。這些文人仕紳，對於振衰起弊有著一分責無旁貸的社會良知。[1]因而，當時中國的菁英便著手在各領域中，擔任「機關車」的推動作用，而這股延燒熾盛的力量，

---

[1]　認為清代學術由樸學轉為經世之學的因素，在於外患侵擾使知識分子不再窮究典籍，轉以思索世變中的因應之策。比如魏源及龔自珍，均曾嘗試立足於傳統儒學典章的經世之術，一如龔自珍《己亥雜詩》所言：「何敢自矜醫國手，藥方只販古時丹。」然而事實證明，單靠舊學是不足的，必須取法西洋文明制度才能加速進化。詳參彭明輝：《晚清經世史學》（台北：麥田出版社，2002 年），頁 11-16。

也深切影響二十世紀初期的五四運動及文藝復興。

切時尚用無疑是晚清的主要色調，由多層次的觀察中不難覺察：唯有體認安逸弊病，方能透過實踐理念來啟蒙中國。因此，在中國維新求變的歷程中，出現調和傳統經世之術與西方器物文明的具體實踐。如陶行知所說：「我們必須有從自己經驗裡發生出來的知識作根，然後別人的相類的經驗才能接得上去。」又說：「從經驗裡發芽抽條開花結果的是真知灼見。」[2]透過具體操作而獲致經驗的歷程，對近代中國而言是難能可貴的。

然而，欲由世局谷底攀上高峰，解救民族的步驟必須深思熟慮。在多數士大夫固守傳統大國本位思考中，魏源「師夷之長以制夷」的新思維，堪稱具有時代氣息的主動實踐。[3]因此，晚清有識之士走在時代迷霧的前緣，為啟蒙俗眾而奉獻犧牲。葉聖陶〈談語文教本〉中提到：「能力的長進靠訓練，能力的保持靠練習。」其最深刻的涵意即：無論政經制度或工藝器物層面的變革，對沈睡中的中國人而言，非經深刻練習與操作，實不能獲致甦醒。

縱使最初的見解有其圍限，縱然，已有的經驗雖是淺薄，但淺薄卻是高深的階梯。啟蒙需要簡化繁複之思，並以廣及民間為上，以歐

2　吳正賢等編：《陶行知全集》第 7 卷，（四川：成都教育出版社，1991 年），頁 451。

3　經歷危及民族生存的鴉片戰爭後，唯一求存之法只有面對世界、迎向浩浩蕩蕩的世界潮流。魏源《海國圖志・籌海篇三》有云：「欲制外夷者，必先悉夷情始。欲悉夷情者，必先立夷館翻夷書始。欲造就邊才者，必先用留心邊事之督撫始。」方東樹《病榻罪言》亦云：「如欲抗英，非深謀遠計，洞悉要領，需之歲月，改弦更張不可為力。」可見，洞悉世界思潮趨向，並提煉屬於民族的富強藥丹，才能儘速圖強。參李喜所：《中國近代社會與文化研究》（北京：人民出版社，2003 年），頁 45。

洲文藝復興觀之，洛克認為統治人民的三大武器為：理性、情感與迷信，而下等民眾則為情感和迷信的犧牲者。[4]盧梭在《愛彌爾》中甚至認為：窮人沒有教育的需求。而伏爾泰則認為：啟蒙之努力必須限於能夠從中獲益的階層內，只靠手工勞動存活的人從來沒有教育需要，他們甚且被懷舊地認知為文雅的牧羊人或粗魯的耕夫，其言語及歌謠只被視作「本土智慧」，不登大雅之堂。但對民間文化的重新發現及定義中，最缺探究的層面，往往是民族主義者不斷依循既有認知，特別是文明前期的社會結構。因此回望歷史的視角便成了呼喚民族意識的傳統。[5]

呼喚民族性，成了啟蒙之訣。知識菁英對於時代變局之回應，首重於實踐文明，一如嘗百草之神農氏遍試藥方，期能恢復中華民族。余英時先生認為：「"士"從固定封建身分中獲得解放，變成可以自由流動的四民之首，嚴格意義上的知識分子才能出現在古代中國。」甲午戰爭後，本以致仕為目標的士人，開始向社會各階層流動。尤以投入實業建設及近代企業經營為多，傳統士大夫以新式教育作手段，朝教育、文化、法政、軍事及實業等面向去謀求富強之道。[6]

4　Peter Gay，The Enlightenment：An Interpretation，Vol.2：The Science of Freedom，P517-521，London：Wildwood House，1969。

5　由於受到浪漫主義影響，因此18世紀歐洲興起一股崇尚單純、質樸的民俗風尚，各國開始重新發掘家鄉方言民謠，但在重新詮釋民俗傳統同時，富有民粹精神的特徵，也使得民族與民俗傳統密不可分。19世紀英國人類學家泰勒（Edward Burnet Tylor）在《人類早期歷史研究》中，提出民俗只屬於文化進步最後階段的遺留物的說詞，呼應回歸原始現場尋求民俗規律的可能性。參盧曉輝：《現代性與民間文學》（北京：社會科學文獻出版社，2004年），頁34-36。

6　梁啟超〈戊戌政變記〉曾形容當時帶動中國社會變革知識菁英：「人人皆能言政治公理，以愛國相砥礪，以救亡為己任，其英俊沈毅之才，遍地皆是。」尤以留

教育方面，陳獨秀、陶行知對平民教育的奉獻耕耘；文化思想界，以康有為、嚴復及梁啟超著稱；法政界的改革，以陳寶箴、張之洞在兩湖的維新運動別有聲色；軍事方面，如李鴻章、許景澄對德國克魯伯兵工廠技術的學習引進；實業界方面廣設各式工廠，以張謇在南通辦工廠興學校，發揚「實業救國」理念最為人稱頌。在時代洪流裡，青年學生爭取自由、民主的熱情不減，以大量激昂的革命文字，援筆為劍，刻鏤時代的良知，晚清的革命思潮也在時代的挑戰裡浮現力量。

第一節　觀乎西法的文化啓蒙

一、科技層面的維新

甲午戰後，如何讓中國由衰亡中振發，已成時代菁英共同思索的課題。李大釗在《Bolshevism 的勝利》中提到：「一個人的未來，和人類全體的未來相照應。一件事的徵兆，和世界全局的徵兆有關聯。」晚清國勢蜩螗，除了清廷腐敗之外，尤其不能忽略調中國人低劣的民族性與苟活心態。陳獨秀於《亡國篇》曾談到：

學海外的學人，更在革命思潮的感召下，以報國相互激勵，當時的學生甚至在教室、課本上以大字寫下：「國恥未雪，民生多艱，每飯不忘，勗哉小子。」，師生每節上下課便大聲朗誦，愛國思緒迴盪在腦際，亦播下革命種子。參孫燕京：《晚清社會風尚研究》（台北：知書房出版社，2004 年），頁 233。

> 若說起中國亡國之原因來，這話卻長得很。……你道是哪幾
> 椿原因呢？也不是皇帝不好，也不是做官的不好，也不是兵
> 不強，也不是財不足，也不是外國欺負中國，也不是土匪作
> 亂。依我看，凡是一國的興亡，都是隨著國民性質的好歹轉
> 移。我們中國人，天生的有幾種不好的性質，便是亡國的原
> 因了。[7]

此為陳獨秀 1904 年發表在《安徽俗語報》的文章，其堅定認知中國
衰亡之根源，在於國民性低落。民眾長期帶有低劣本性，即所謂奴隸
性，則易盲從外在權威並毫無生機，該種苟安度日的思想，將嚴重威
脅中國富強之可能性。中國人性格「只爭生死，不爭榮辱，但求偷生
苟活於世上」；西洋人卻不然，他們「只爭榮辱，不爭生死，寧為國
民而死，不為奴隸而生」，此為本質上之差異。而中國哲學史上文化
命定義延展迄今，使廣多民眾不再警覺危亡，復因民智未開，迷信、
愚昧之舉止時有聽聞，亦絆住富強之時程表。

　　甲午戰爭是近代中國維新的起點，代表知識菁英不分你我，齊為
中國存亡續絕而奮鬥。梁啟超《清代學術概論》有云：「每一種進步
都必然表現為對某一神聖事物的褻瀆，表現為對陳舊的、日漸衰亡
的，但為習慣所奉崇的秩序的叛逆。」戰後康有為等人「公車上書」
是一種叛逆，而孫中山、黃興的革命宣傳也是反抗傳統的典型。值得
注意是：相對於早期工藝器物的維新，戊戌時期的維新已躍升為形上
層面的思考。

7　轉引自劉永謀、王興彬：《警醒中國人—走近陳獨秀》（北京：中國社會出版社，
　　2005 年），頁 59。

　　以思想理論觀之，早期維新思想人物目光多集中在現實面的實踐
上，設計多樣應變措施，使中國免於淪亡，但這些措施均以不能動搖
既有體制為前提。最顯著特徵在於：學習西洋器物但依舊維持封建體
制，如鄭觀應在《盛世危言‧西學》中提到：「中學其本也，西學其
末也。主以中學，輔以西學，知其緩急，審其變通，操縱剛柔，洞達
政體，教學之效，其在茲乎。」濃厚的「西學中源」論調，則與晚清
經世史學有不可分割的依存在。[8]在現實上規避西學之優勢條件，也
在政治主張上對帝國主義抱持不當幻想。讀書人不理解帝國主義之侵
略本質，如偉岸的學術鉅子鄭觀應竟相信：中國與他國一但衝突，可
依循國際範例、講信修睦，而多年戰端與糾紛將可休兵。此外，睿智
如王韜也有偏失，如〈睦鄰〉一文認為：「唯有開誠布公，講信修睦，
克循條約，一秉定章，外示以優容，內行其制裁而已。」知識分子、
士大夫對侵略本質認識不清，昭然可徵。回歸政治制度上，維新派對
議會制度高度推崇，然而卻片面忽略變革君主制的可能。不禁使人深
省：即使開設議會是為了謀生存，但卻不能只求行似，任之成為皇帝
的幕僚機構，試問，此與清初的軍機處有何差別？

8　晚清前期的知識分子不敢直接面對西學本源，因此常在西學外披上復古學的外
　　衣。陳熾在《庸書‧議院》中云：「泰西議院之法，即孟子所謂庶人在官者。」而
　　薛福成則認為光學、重力學及機械學都在《墨子》中有記載。參郭漢民：《晚清社
　　會思潮研究》（北京：中國社會科學出版社，2003 年），頁 124。西洋文明不是先
　　進，而世人未努力發揚「祖法」之故。而彭明輝考察今文經學演變時，發現多
　　數知名今文經學者，早期都曾由樸學入門，其後才轉向經世之學，而當時託古改
　　制的說法頗為興盛，也可由經學變遷中看到西學源於中國說的影蹤。參彭明輝：《晚
　　清經世史學》（台北：麥田出版社，2002 年），頁 153-157。

二、制度層面的維新

因此，西元 1898 年的戊戌維新成了政治上首次啟蒙，該段時期的建樹，以譚嗣同[9]、康有為[10]、梁啟超等人對日本明治維新的借鑑最為特出，主張興民權、抑君權，盛讚議會制度，認為廣開議會便可因應天下之變。知識分子體認到民不強則國必衰亡，因此提出「富國養民」的宗旨。在《公車上書》中有篇〈請勵工藝獎創新摺〉說道：

> 國尚農則守舊日愚，國尚工則日新日智，⋯⋯非講明國是，移易民心，去愚尚智，棄守舊，尚日新，定為工國，而講求物質，不能為國。[11]

此專就經濟面的不合時宜作診斷，包括廢厘金、維護專利、獎勵發

---

[9] 譚嗣同（1865-1898），字復生、號壯飛，又號華相眾生，湖南省瀏陽縣人。嗣同少時好今文經學，於龔自珍、魏源諸家，最為激賞，復讀王船山遺書，亦常致力自然科學探究。光緒 22 年於北京結識康有為、梁啟超，畢生學術精要在於「仁學」，而衝決網羅之說，對革命亦有啟迪作用。戊戌政變後被捕遇害，獄中題壁：「我自橫刀向天笑，去留肝膽兩崑崙。」為中國近代人物典型之代表。

[10] 康有為（1858-1927），字廣夏，號長素，廣東省南海縣人，晚號天遊化人。幼從祖父贊修學習文史，「知曾文正、駱文忠、左文襄之業，而慨然有遠志矣。」同治 13 年，始見《瀛環志略》而知萬國地理，光緒二年，科舉未果後轉學公羊學，並參酌世界思潮，講天演之說。光緒 21 年康有為、梁啟超鼓動各省公車一千三百餘人上摺拒絕馬關條約，即公車上書運動，聲明雀起。因光緒帝賞識，而進行君主立憲新法，在戊戌政變後，化名東逃日本。民國創建後，康有為又參與「張勳復辟」與溥儀親近，思想迂邁，是思想由好轉壞的代表。

[11] 康有為：〈請勵工藝獎創新摺〉，收於《康有為政論集》上冊，頁 289-290。

明……等，希望恃此而國富民強。而在軍事上，亦要求建立一支「內可彌亂，外可禦侮」的現代化軍隊，並廣設武備學校，採用西法練兵，並仿西洋巡警制，操演新式戰法。而知識菁英有鑑於朝廷不足以凝聚民氣，因此力主「民間自籌辦民團，以輔國家兵力之不足」，冀望能達成共禦外侮的目標。

郭沫若《一個宣言》中說：「和平的春風不從荒漠中吹來，自由的醴泉不從冰崖裡噴湧。」面臨民族存亡關卡，一味尋求苟安退讓，並無法解決問題，而鄭振鐸〈回擊〉裡也說：「苟安的和平一條死路，忍辱的退讓是一種罪惡。」因此，如何使民眾群起為國奉獻，便成了呼喚民族性的一大關鍵，因此在戊戌維新理念中，以制度面改革為體，而器物面遷移為用，知識分子證明傳統經世之學不切時宜後，大力輸入西方文明成了千金藥方。因此探究維新派的思考，將不難發覺維新與革命實有關聯，誠如梁啟超《清代學術概論》所說：「維新運動時期屬於中國文的飢荒期，人們普遍感到精神上的飢荒，因此多有尋覓他方、來者不拒的現象。」

對西方文明的學習，以嚴復甲午戰後發表的〈論世變之亟〉、〈原強〉、〈救亡決論〉著稱，因為嚴復學思淵博、淹貫中西，能深刻體認中西思想文化的差別及優劣，該類論述中，以〈論世變之亟〉剖析最為精當：

> 中之人好古而忽今，西之人力今以勝古。中之人以一治一亂、一盛一衰為天行人事之自然；西之人以日進無疆，既盛不可復衰，既治不可復亂，為學術政化之極則。……今之夷狄，非猶古之夷狄也。今之稱西人者，曰：彼善會計而已，又曰：

彼擅機巧而已。不知吾今茲之所見所聞，如汽機兵械之倫，
皆其形下之粗跡，即所謂天算格致之最精，亦其能事之見
端，而非命脈知所在。其命脈云何？苟扼要而談，不外於學
術則黜偽而崇真，於刑政則屈私以為公而已。[12]

將中西思維細部差異，辨識得更加清晰，解析得更為確當，也使中國
「靜的文明」與西方「動的文明」之區隔更為明確。晚清時期，影響
最深遠的篇章，莫如譯介赫胥黎的《天演論》，嚴復著述之餘，也批
判傳統士大夫不重驗證、實測的求知方式，實是違逆科學原理造成文
明低落的主因。[13]

　　以歷史驗證戊戌維新成敗，證明未深化於民眾心靈的外塑改革，
誠不足以扭轉局面，因此啟蒙民眾、廣開民智成了國族復興的要件。
嚴復「三民說」則提出三大救亡要務：「一曰鼓民力，二曰開民智，
三曰新民德。」此三要素中，以開民智為首要課題，而新民德最難落
實。梁啟超在戊戌變法失敗後作了深切反省，認為改革事業「語及政
策，則誰與思之，誰與行之」，多數民眾不瞭解維新何以必要，既無
同情自然缺乏正確認知。因此，梁啟超在 20 世紀初便轉以宣傳新思
維為方向，藉助報刊、小說之力來改造社會，實現開民智的理念。

---

[12] 周振甫選注：《嚴復選集》（北京：人民文學出版社，2004 年），頁 3-5。

[13] 嚴復強調「即物實測」及歸納法，認為透過實驗操作，方能求得實學，改造中國
積弱不振的國勢。他批評康尤為推崇的陸王之學，在〈救亡決論〉中云：「夫陸王
之學，質而言之，則直師心自用而已。自以為不出戶可知天下，而天下事其所謂
知者，果相合否？」他認為虛無的心性之學，對科學文明是重重阻礙，甚至連宗
教神學也不必要存在。事實上，無論唯心或唯物都是不同觀點，應並存並多所參
考，才能在繁複世局裡覺察出較正確的思維。參羅福惠：《辛亥時期的菁英文化研
究》（武漢：華中師範大學出版社，2001 年），頁 32。

　　學者李孝悌認為自 1901 到 1911 年間，以新民德、開民智為目標的啟蒙運動，在中國各地如火如荼展開，知識菁英辦白話報、創閱報社、宣講所、演說會，並發起戲曲改良運動，推行平民識字教育，以源自民間力量來啟蒙人民。[14]無庸置疑的是梁啟超《新民說》，亦屬同一性質的國民啟蒙，《新民說》認為新民不等同西化，而是一種提升整體國民素質的挑戰，尤其是最缺乏公德心的中國人，往往將私德與公德混同，置個人利益於整體權益之上，缺乏西方合群、法治等概念，因此孫中山先生甚至將國人形容為一盤散沙。知識菁英發現西方之所以進步神速，在於其國民具有國族主義的認同，而中國人缺乏「國」的認知。因此，新民之要在於革心，也就培育信仰的力量，即孫中山先生民族主義所說：「思想貫通以後便起信仰，有了信仰，就生出力量。」之堅毅決心。[15]

　　晚清世變形成新思維，1903 年後力主維新的梁啟超選擇一種調適思考，近似日本明治維新「無血的破壞」。因為他認為過度激烈的革命手段，在破壞政體後，仍須未知的重建歷程；但對於文化之修正則非如此，應維持社會既有文化根基，方能迴避急速破壞而無力重建的窘狀。因此，他的《新民說》基本上也延續該觀點。[16]抽離政治見

---

14 李孝悌：《清末的下層社會啟蒙運動：1901~1911》（台北：中央研究院近代史研究所，1992 年）引述梁漱溟父親梁濟的話，說明庚子拳亂與民智未開的牽連。他說「經拳匪之禍，公身痛國人之愚昧無知，決然以開民智為急。」士大夫對中國潛在的盲從、迷信深惡痛絕，外禍已焦頭爛額，但民眾心靈的毒質則更讓人頭疼。

15 黃克武：《一個被放棄的選擇：梁啟超調適思想之研究》（台北：中央研究院近代史研究所，1994 年，頁 44-47。針對中國人公私不明的現象，在晚清知識菁英眼裡就是一種愚昧，缺乏國族概念，只有宗族關係，也些人私德雖能潔身自愛，但並無國家、公眾的公德心，因此並不能使之體認國家存亡是每衛國民責任的道理。

16 梁啟超認為新民過程固然要改良故有文化，而修改工作一方面要「淬厲其所本而

解之差異，無論革命或維新派，對於啟蒙民眾同樣善於運用宣傳觀點。該觀點源於《大學》的主知觀點（intellectualism），強調宋明理學中「心的理智與道德功能」之預設模式，即一種特殊的基本思想前導與產生能量的優先性。[17]這種現象，以社會史的角度來觀察宣傳模式，當宣講善書時，定充斥「天人感應」及「禍福淫善」的思想導引，清廷聖諭或童蒙教本對倫常觀點的灌輸，以及《鏡花緣》、《儒林外史》等小說，在文學性之外也有所寓託，而改造社會的弦外之音，均是主知觀點的深化手段。

總而言之，以書刊、報紙等媒介來宣傳理念，企圖影響他人思考慣性的模式，成了新民的軸心，也牽引中國重生的「機關車」前進。

三、革命思潮的醞釀

孫中山〈與美國布瑞漢女士的談話〉中提到：「革命是一種自然的力量，正如一塊大石頭從山頂上滾下來不能半途停止一樣，必須讓它滾到谷底。」改革的呼聲累積到一定程度，仍未見決心及績效時，轉化維新為革命的浪潮，便會襲湧而至。中國傳統的思維模式，限制民族進步，造成愚昧無知，也勢將成為進步阻力。

以維新派的認知，甚至「中體西用」的論點而言，擔憂社會急速

新之」，另一面更要「採補其所本無而新之」，也就是既保留傳統精華，也要適時吸收西方文明之長處。

[17] 林毓生所提出的「藉思想、文化解決問題的模式」，同樣觀點可參氏著：〈五四時代的激烈反傳統思想與中國自由主義的前途〉，收於《思想與人物》（台北：聯經出版社，1983年），頁139-150。

變遷是反對革命的思維。革命充滿重建的未知數，一如鍾敬文所說：「弄潮兒，是勇敢的，但未必是明智的。」但面對民族獨立、民主自由的關鍵時期，熟悉東西方文明的孫中山指陳：「到今日的地位，如果還是睡覺，不去奮鬥，不知道恢復國家的地位，從此以後便要亡國滅種。」孫中山先生對世局的觀察極微敏銳，他認為民族地位低落的一大因素，在於「久處專制，奴性深重」，如果將民主法治建立起來，則中國未來必能重現曙光，而恢復民族地位之工程，就是喚醒民眾、恢復國魂。

　　戊戌維新的失利，一方面讓立憲派聲勢大挫，一方面卻浮現社會革命的思潮，革命史觀的壓倒性突圍值得注意。維新的目標並無明顯錯誤，只是它選擇的信心基礎不對，多數有識之士也懂得欣賞民主，但在抉擇時卻寧願扛起君主立憲的旗幟，而不是吹奏革命的號角。而革命派的多數人，包括《民報》撰述者咸認為民主法治為世界潮流，與其徐圖以變，不若畢其功於一役，其革命心理並非「順應」民心，而是「領導」民心，而革命派便以「國民革命」為號召，推翻滿清政府，恢復中華民族獨立自主地位，在民權思想上更出現突破，孫中山先生的民權主義非但主張西方人權、參政權，更是融貫中西文化精華的創發。[18]

　　同盟會時期對於排滿復漢的情緒抒發，強調民族主義（Nationalism）或國族主義，此一概念係源自日本，以此論述來觀察

---

[18] 西方思想上，盧梭《民約論》提倡：「人民的權利是生而平等，各人均有天賦的權利。」而中華文化上，他認為孔子「天下為公」的境界，孟子「民為貴，社稷次之，君為輕」的思想，自古即存，因此共和政體也不全是西方政治制度的橫向移植，更有其歷史縱向連結存在。詳參馬寶珠：《中國新文化運動史》（台北：文津出版社，1996年），頁216-218。

革命運動的精神呼喚，主要著重在於民族國家的認定上。[19]然而，在二十世紀初期，也出現了貧富差距過大的現象，在民間也出現：「這世界，不得了！富的富得不得了，窮的窮得不得了，不造反，不得了！」的民謠，反映了時代的悲悽與苦難。[20]而孫中山先生制訂的革命綱領中，確實也存在「民生史觀」的理論依據。民生係指物質文明發達的程度，中山先生認為民生為社會進化的力量，因為「古代之一切人類之所以要努力，就是因為要求生存，人類因為要有不間斷的生存，所以社會才有不間斷的進化」，該思想反映中國由心性文明過渡到物質文明的困境。

　　人民除了接受知識菁英的啟蒙外，更逐步由帝國主義的經濟侵略中產生不滿，人民對清廷不斷順服洋人的不平等條約、鉅額賠款產生不耐與反抗。實業家張謇在《張季子九錄》提到國家財政問題的窘境，他說：

> 自庚子遘亂，賠款遽增，益以練兵戡匪學校警察之需，每歲溢出二千數百萬兩。部臣與疆吏無可籌畫，則請開捐，不足又請行膏捐房捐，又不足乃請提州現漕米平餘，亦可謂搜括無遺矣。而前上兩年每交賠款之時，上海商市大為掣動，拆

---

[19] 民族主義區別民族間差異者凡五，計有（1）忠於民族感情；（2）對民族利益具排他性愛好；（3）重現民族的獨特性格；（4）提倡維繫民族文化的學說；（5）提出政治上及人類學的理論，而主張人類應該一民族差異作自然區分。也就是說，民族與政府甚至國家，都是以此原理而存在，而 20 世紀初的思潮中確實存在民族國家的理想。參朱浤源：《同盟會的革命理論》（台北：中央研究院近代史研究所，1985 年），頁 54。

[20] 朱浤源：《同盟會的革命理論》（台北：中央研究院近代史研究所，1985 年），頁 240-243。

> 息之大為前所未有。推其原故,由於輸出之銀太多,商市因
> 之震蹙。[21]

數次與洋人征戰,卻屢屢付出天價賠款及商業利益,對經濟之破壞無
以復加,人民深受通貨膨脹、民生凋弊之苦,於是驟起反抗之情,轉
而支持革命。

論述同盟會時期的史觀,進化論的影響不可忽略,英國科學家羅
素(B. Russell)認為進化論對西方社會的影響,在於一種因反傳統
而鼓勵改革的轉變,是一種由發現物種同源而提倡的自由平等精神,
也是一種由競爭而成群的民族主義。[22]以中國而言,進化論的傳譯者
嚴復也認為中國在先秦即有類似論調,亦使民族主義的宣傳者由先秦
思想找尋民主政治的理論依據。蔣夢麟《西潮》亦說:「中國學者馬
上發現它的實用價值……他們就這樣輕易地為達爾文的科學研究披
上一件道德的外衣,下面就是他們道德化的結果。他們說「弱肉強
食」,中國既然是弱國,那就得擔心被虎視眈眈的強國吃掉才行。」
革命志士胡漢民亦認同民族主義立足於排滿,而軍國主義則是中國自
強之本,該理論也是嚴復譯介進化論的精神所在。[23]

---

[21] 轉引自胡繩:《帝國主義與中國政治》(北京:人民出版社,1996 年),頁 110。

[22] 天演論物競天擇、適者生存的角度,強調統治者須圖強來抵抗自然規律的淘汰,
救亡圖存的呼喚正與革命派的思考相近,因此 1905 年同盟會於東京成立後,便以
「驅除韃虜、恢復中華、建立民國、平均地權」作為「強國保種」的目標。參 B.
Russell , History of Western Philosophy (London : George , Allen and
Unwin , 1946), pp.725-3.

[23] 嚴復少懷反滿革命之思,他在 1905 年譯成的法意,便有段激越的文字,將滿人作
狼,而漢人為羊,本無高下,但滿人「且使居齊民之上,無異使狼牧羊,狼則肥
矣,然因肥得弱,弱種流傳,獅熊群至,往者之狼,亦羊而已。」更批判「夫優

　　深受西學薰陶的革命家孫中山先生，能直接以原文閱讀《天演論》，1897 年他在英國的演說中便自陳：「於西學則雅癖達爾文之道」，因此在其著作中，進化論的蹤影甚明，而民權主義中便談到：「二十萬年以前，人和禽獸沒有甚麼大分別，所以哲學家說人是由動物進化而成，不是偶然造成的，人類庶物由二十萬年以來，逐漸進化，才成今日之世界。」因此，要解救天然的滅亡，就必須提倡民族精神，當世局進入人種競爭時期，推倒君權以實現民主，就是一種反抗，也是民權主義之依歸。

　　近代史學者朱浤源認為，同盟會時期的《民報》宣揚民族革命時，必先因地制宜，將「胡虜」觀念融入民族主義，雖然氣度稍窄，卻存有濃厚種族色彩，同時也因應了當時人民的心理需求，而形成強大力量，並以此「工具性理論」達成反滿革命的思想啟蒙，這也是革命思潮匯聚的重要關鍵。[24]

第二節　　時空變革中的新式學會

一、風尚及社會變遷

　　風尚，乃一定時期社會流行的風氣與習慣，它會隨社會變遷而

　　滿所以愛之者也，乃終適以害之。」
[24] 朱浤源：《同盟會的革命理論》（台北：中央研究院近代史研究所，1985 年），頁91。

有變化。《漢書·地理志》云:「凡民函五常之性,而其剛柔緩急、音聲不同,繫水土之風氣,故謂之風。」該說所謂「水土之風氣」,即清楚表現風尚的地域性,也顯示風尚有歷史傳承,因此,社會風尚具有一定時期的社會認同。而且可能因為政經發展的殊異、緩急,而使得不同風尚間產生對立,積極面與消極面在作用力上互為消長。再者,社會風尚本質上屬於意識型態,其發展趨向,亦同時受到群體或統治者的主觀而有變化。[25]

晚清風尚的轉變,亦有幾種明顯變化。第一是由淳厚走向「澆漓」,因為鴉片戰爭、船堅砲利之因素,人的價值認同發生崇洋的趨向,中國歷史發展也因為西方文化影響,而有不同往昔的運作軌跡。晚清士大夫采衡子於《蟲鳴漫錄》卷二中提出:「人事之變遷不一,而氣必先至。」的描述,更以「地氣說」來解釋世道衰變,斯言地氣就是風氣,他的觀察有其偶然性,但不可否認的,社會變遷之基礎就在於社會風尚。倘若風尚無法帶給民眾社會變遷之心理基礎,其變化效果就不容易深入民間生活,戊戌變法會失敗,有極大因素在於驟然變革時,並無群眾心理認同。

變化絕非偶然,尤其是透過風尚所影響之制度變革,更是應驗。晚清自強運動雖經史實驗證為失敗的紙老虎,但社會物質環境的變遷,浩盛地推了卅載,透過器物層面的進步,心理層面的學習也逐漸有所轉移。[26]馬克思說:「物質生活的生產方式制約著整個社會生活、

[25] 就學理而言,當城市經濟與文化刺激逐步加深,健康、積極面的風尚變化產生,而出現正向的價值追求;然而,一部分人為維持利益於不墜,會牽制住消極、退化的社會風尚,這與人的主觀選擇,或是道德、利益的追尋,均有莫大關係。參孫燕京:《晚清社會風尚研究》(台北:知書房出版社,2004年),頁2-6。

[26] 服飾、建築、飲食風格的多元,讓國人接觸到物質面的文化刺激,他們會逐漸理

政治生活和精神生活的過程。」西方文明對中國民眾的影響，歷經錯愕、驚奇到接受，它便逐步形成一種養料，產生無意識的變革狀態。

　　郁達夫〈一年來馬來文化的進展〉中提到：「文化人是推動社會國家進步的主力；一般民眾，是在等候著文化界領導而向前進的。」有物質變遷而影響風尚還不足，真正轉化人心的力道在於文化的質變。晚清文化面貌，昭示著時代的烙印，多數人民在不知不覺中，成為時代和環境的戲偶（傀儡）。因此，知識菁英便運用傳媒之效，將思維傳達到民間，冀盼報刊文學能發揮積極教化風俗、針砭時政的社會作用。

　　文化界力量的崛起，代表新的同情與關懷。即如葛兆光的思想史解讀：舊時代結束了，那些擁有優越文化經驗與範式的文化仕紳，初期會感到惶恐與不安，正因無法捉摸的新文化趨向，對這些文化人而言，唯有陌生。但余秋雨在〈何處大寧靜〉中也說：「在文化上，一切刻意的爭逐必然會導致真正的無聊和荒涼。但一旦放棄爭逐，即便在惡劣的環境中也有可能海闊天空、心曠神怡，那便是文化的所在。」晚清的思想征戰，不也如是迷惘混沌，君主立憲與民族革命的對戰，迂腐守舊抗衡激進突破，文化界適恰扮演一處「融合」的鍋鼎，多元吸納及洗滌汰換，居於喚醒國民性的共有認知，多數民眾選擇生存途

解，美人亨特在《舊中國雜記》中層記錄到一位中國人談論西方飲食的評論，文說：「他們坐在餐桌旁，吞食著一種流質，按他們的番話叫做蘇披（即 Soup，湯）。接著大嚼魚肉，這些魚肉是生吃的，生得幾乎跟活魚一樣。然後，桌子的各個角都放著一盤盤燒得半生不熟的肉；這些肉都泡在濃汁裡，要用一把劍一樣的形狀的用具把肉一片片切下來⋯⋯這些「番鬼」的脾氣兇殘是因為他們吃這種粗鄙原始的食物。」西方飲食文化儘管「原始不馴」，但也對中華文化產生一定程度影響。同前註，頁 62。

徑，那便是革命思潮。

革命思潮需要宣傳，而報刊文學成了慣用的「主知」手法。而譚嗣同便認為「居今之世，吾輩力量所能為者，要無能過撰文登報之善矣。」而《大公報》宗旨也提出撰述目標「在開風氣、牗民智，挹彼歐西學術，啟我同胞聰明。」而《中國日報》序言，堪可為啟蒙時代的事業作一定位，文說：

> 目擊中國自通商以來，交際之道中國固懵然無知，公法之理中國亦茫然周覺也，立合約則中國盡失自主之權，爭均利則中國盡喪自有之益，疆土日以剖削，屏障亦盡叛離，遇事掣肘，積弱難振。……報主人見眾人之皆醉而欲醒之，俾四萬萬眾無老幼男女，心懷中時刻不忘乎中國，群策群力維持而振興之，使茫然墜緒得以復存，挺立五洲不為萬國所齒冷。[27]

站在維新改良的角度，對一般民眾來說雖有眾多信徒，但孫中山等革命派先行者，所代表的則是世界的潮流趨向，也就是民主共和國時代的到臨。因此，1901 年到 1903 年間，革命報刊如《國民報》、《遊學編譯》、《新湖南》、《湖北學生界》、《浙江潮》及《江蘇》等，以清新通俗的文藝形式，形成殷實的宣傳網絡，深入民間思想中。

---

[27] 轉引自馬寶珠：《中國新文化史》（台北：文津出版社，1996 年），頁 277。

二、新式學會啓迪民智

　　甲午戰後，學會如雨後春筍般興盛。新式學會則是知識分子特有的結合形式，也是接受西化的行動，知識分子運用該組織持續地鼓吹理念、講求新知，具有啟迪民智的作用。在甲午戰爭前，包括王韜、鄭觀應、黃遵憲、曾紀澤及何啟等人，對西洋文明便有深切覺悟，也認識到所有的不平等條約，無疑是替中國繫上枷鎖，為使中國主權覺醒，便在朝廷之外興起國族認知。曾紀澤為近代傑出外交官，他在日記裡寫到洋人最惠國待遇的不合理性，說道：

> 中國與各國立約，所急欲刪改者，為一國倘有利益之事，各
> 國一體均沾之語，最不合西洋公法。緣有時乙國以事求於甲
> 國，而蒙允許，丙國意欲同沾利益。其實交際情形並不相同，
> 無益於丙國，而有徒損於甲國也。[28]

不僅是最惠國待遇，另有領事裁判權、協定關稅等箝制，對中國獨立自主均有莫大傷害。曾紀澤覺察到晚清的條約危機，可是多數人一無所悉，因此庚子拳變（1900 年）後到辛亥革命（1911 年）間，知識分子亟思以國家力量作為富強捷徑，學習日本明治維新的經驗，「速成」新式學堂教育。1901 年的〈江楚會奏三摺〉便提到此一顧慮：

---

[28] 轉引自王爾敏：〈清季學會與近代民族主義的形成〉，收於《中國近代思想史論》（北京：社會科學文獻出版社，2003 年），頁 181。

事需急才，恐難久持。查日本文武各學校皆有速成教法，於
各項功課擇要加工，於稍緩者加省減，刻期畢業。應旨出使
大臣李盛鐸切托日本文部省、參謀部、陸軍省代我籌計，代
擬大中小學各種速成教說以應急需。[29]

但與知識相較，思想薰陶確然哺育不少新知識分子，時人回憶裡《新
民叢報》中〈新民說〉、〈地理與文明之關係〉、〈泰西學術思想變遷之
大勢〉、〈民約論鉅子盧梭之學說〉及〈近世第一女傑羅蘭夫人〉等篇
次，具有濃厚的西洋文化移植的成色，加以報刊暢銷十萬冊以上，清
廷雖欲嚴禁，卻不能遏止該刊物所掀起之思想波瀾。因此，當革命思
潮大盛之際，志士吳樾於〈暗殺時代〉便自敘心路：

閱《清議報》未終篇，而作者之主義，即化為我之主義矣。日
日言立憲，日日望立憲，向人則曰西后之誤國、今皇之聖明，
人有非康梁者排斥之，即自問亦信梁氏之說之登我於彼岸也。
又逾時，閱得《中國白話報》、《警鐘報》、《自由血》、《孫逸仙》、
《新廣東》、《新湖南》、《廣長舌》、《攘書》、《警世鐘》、《近世
中國秘史》、《黃帝魂》等書，於是思想又一變，而主義隨之，

---

[29] 《光緒朝東華錄》第四冊（北京：中華書局，1958 年），頁 4733。不僅是官員求
速成，連留學生都講捷徑，因而學到的都不是真正學問，學堂雖多，素質卻很差。
郭沫若在中學堂求學時，發覺「國文熬來熬去的一部《唐宋八大家文》」，而新學
部分，教授理化、數學的教員，連基本的斷句都有問題。姜義華亦提及：回顧啟
蒙運動的歷程，除去社會轉型、社運的制約外，另有急於速成之問題在，太注重
於用現成學說對民眾進行思想灌輸。見姜義華：《理性缺位的啟蒙》序言（上海：
三聯書店，2000 年），頁 2。

乃知前此梁氏之說幾誤我矣。[30]

以思想作為支配力的革命思潮，順應新式學會創辦而增長力量，同時包括《民報》、《警世鐘》、《猛回頭》、《革命軍》等著作，更是挾時代風雨而生成的聲音。革命派同樣重視教育民眾的重要性，因此他們將學校當作傳播革命的基地，孫中山領導的革命方針中，宣傳教育思想、培養革命骨幹，以新時代精神培育革命種苗，尤其是努力重點。

三、平民教育宣傳革命

司徒偉智在〈龜兔賽跑的另一種結局〉中說過：「要突破常規，劣勢的一方必須花用非常的力氣，使出非常的絕招，而前提就是具備非常清醒的危機感。」晚清革命思潮裡，多數人處於蒙昧混沌的認知世界，不能認識到革命所能帶來的轉機，勢將對革命行動有所阻礙，因此以教育作思想維新是迫切任務。

因此，在同盟會創辦前期，便存在許多革命教育學校，如愛國學社、愛國女校及大通師範學堂，均是樣板之一。孫中山在〈中國之革命〉提到：「今日文明已進於科學時代，凡有興作，必先求知而後從

---

[30] 蔣夢麟在《西潮》中有言：「我們從梁啟超獲得精神食糧，孫中山先生以及其他革命志士，則使我們的革命情緒不斷增漲。」此一兼容並蓄的陳詞，也表達了由維新啟蒙，而步入革命歷程的時代現象。見《辛亥革命前十年間時論精選》卷二·下篇（上海：三聯書店，1963 年），頁 715。另參楊國強：〈辛亥革命時期的知識人〉，收於《近代中國》第 145 期「辛亥革命 90 週年國際學術討論會專輯」（2001年），頁 35。

事於行，則中國富強事業，非先從事於普及教育，使全國人民皆有科學知識不可。」將教育及科學作為興國根本，而年輕的革命宣傳家鄒容在《革命軍》中，也強調「革命與教育並行」的實施方向。[31]

陳光全在《經濟與精神情感》中有段發人省思的話語：「如果改革者與人民大眾之間，不尋求理解，不探索溝通，不架設橋樑，不改變方法，改革也是很難成功的。」開民智作為醫治愚昧的良法，鼓吹革命知前就必須對民族性格作深刻理解。梁啟超對中國人隔岸觀火的冷漠之情，有深刻的描述，在〈呵旁觀者文〉說到：

> 天下最可厭可憎可鄙之人，莫過於旁觀者。旁觀者，鵠立於東岸，觀西岸之火災，而望其紅光以為樂；如立於此船觀彼船隻沈溺，而睹其浴以為歡。如是者，謂之陰險也不可，謂之狠毒也不可，此種人無以名之，名之曰無血性。[32]

中國人「明哲保身」的民族性，對救亡圖存的革命或維新，是一種退化的社會狀態，當我們靜心省思晚清以降的政治文化發展時，廣多未

---

[31] 由陳天華主編的革命刊物《遊學編譯》，在 1903 年 9 月號上發表一篇〈民族主義之教育〉，要求教育者將實現民族主義作為己任，通過社會教育形式，向民眾進行啟蒙民族意識的教育，培養革命的國民，實現多數人的幸福。20 世紀初，除了留學風氣大起外，知識分子組織「中國教育會」、「愛國學社」及國外的「青年會」，炫傳愛國思想，標舉排滿革命的旗幟，革命思潮的內蘊也順勢結合反帝愛國的歷史熱潮，呈現全新的力量。見馬寶珠：《中國新文化史》(台北：文津出版社，1996年)，頁 240-243。曹萌：〈近代改革思潮及其對文學的影響〉，《洛陽師範學院學報》2002 年第 3 期，頁 65。

[32] 轉引自曹萌：〈近代改革思潮及其對文學的影響〉，收於《洛陽師範學院學報》2002年第 3 期，頁 65。

被開啟的心靈，實是睡獅依然未醒的睡蟲來源。

　　晚清新式學堂創設，則對讀書人有其精神號召。學堂中大量輸入西學精要，暢論中外歷史、解析幾何、數學、光電學、兵學、英文、理化，讓城市成為匯聚新知的核心。然而鄉村社會對知識的疏離與冷漠，卻使得知識分子與平民產生誤解與隔膜，而這些狀態的持續衍生，竟使知識菁英在扛住黑暗門牆的同時，宣講西學的新式學堂也曾在江蘇宜興與河北易州等地被攻擊！[33]這是時代悲哀，學堂製造大量知識分子後，卻未能在普及的平民教育上紮根，針對農村的平民教育在晚清是缺漏的，致使新式教育成為一種倒金字塔的結構。晚清知識分子雖欲奮起召喚民族性，但在廣多農民的認知上，卻不能苟同一味洋化的西學或維新。因此，晚清的平民教育要落實，當使受教育的人知曉國家局勢、社經狀態及維新的真義。

　　因此，當革命思潮漸盛，對平民的思想啟蒙也成為重要指標。知識分子應當轉化革命理論為通俗讀本，或運用演講、戲劇、善書及小說等文藝形式，教導平民家國之念，從而在心靈深處支持革命，則中國方能富強。陳獨秀對於平民教育的發言極有見地，他說：「外覽列強之大勢，內鑒國勢之要求，今日教學相期者，第一當了解人生之真

---

[33] 1910 年江蘇宜興因為查戶口而引發謠言，加以「愚民無知，輾轉傳述，以調查者為學界中人」，於是激發仇視學堂的積怨，進而砸毀學堂屋舍。而同年在直隸（河北）易州的學堂衝突，也相當嚴重，據史料敘述：「值天氣亢旱，有高陌社等處十八村民眾，於六月二十日祈雨進城，由學堂門前經過，該堂學生在外聚觀，私議愚民迷信。祈雨人聞之，即與辯論。斯時人多勢眾，遂湧入學堂，將門窗器具均有砸毀。」祈雨是民間習俗，以西學視作迷信理應無錯，但農民對這些知識人的見解，則認為超乎常理可云，因此，讀書人與農民之間，因知識轉化而形同陌路。參楊國強：〈辛亥革命時期的知識人〉，收於《近代中國》第 145 期「辛亥革命 90 週年國際學術討論會專輯」（2001 年），頁 40-41。

相，第二當了解國家之意義，第三當了解個人與社會經濟之關係，第四當了解未來責任之艱鉅。準此以定今日之教育方針，教於斯，學於斯，吾國庶幾有起死回生之望乎。」他也在〈平民教育〉中指陳：

> 我對教育的意見，第一是希望有教育，無論貴族的平民的都好，因為人們不受教育，好像是原料不是製品；第二是希望教育是平民的而非貴族的，因為資本主義社會裡貴族教育制度製造出來的人才，雖非原料，卻是商品。[34]

而孫中山革命的最高指導原理—三民主義，也確然透過修正資本主義的錯誤，融合社會主義理念而生成的思想體系。因此，受杜威平民主義的影響，民初為求教育救國，教育家陶行知及晏陽初在 1918 至 1937 年間，針對中國北方鄉村實施平民教育，將民間文學的形式融入識字讀本中，而終能落實晚清以來開啟民智的理想。[35]

---

34 陳獨秀將平民教育理念，落實到鄉村。並在廣東推出三大教改綱領：（1）未成年教育—中小學教育要普及。（2）成年教育—補習教育、社會教育，圖書館、劇場、戲院（3）專門教育—工業教育為主，職業學校、工藝學校。見劉永謀、王興彬：《警醒中國人—走近陳獨秀》（北京：中國社會出版社，2005 年），頁 128。

35 陶行知認為執政者長期忽略民眾教育問題，致使教育無法普及，他認為當以民眾熟悉的民間文藝形式，如戲曲、小說、歌謠、連環畫等形式，實施平民教育，而革命黨人如陳天華及秋瑾，均以民間文學從事革命宣傳。參江明淵：《民初陶行知、晏陽初教育理論與民間文學之關係研究》（花蓮師範學院民間文學研究所碩士論文，2004 年 6 月），頁 12-20。

第三節　現代化與民族性的抉擇

一、民族經濟模式

　　晚清遭受前所未見的變局，知識分子不再窮經皓首，轉而走出書閣，呈現激切的救國思想。湖南在晚清的新政中是頗具聲名的代表，光緒廿三年南學會成立，該學會由巡撫陳寶箴親身主持，會員高達一千二百餘人，除了堅強的師資陣容外，更以研究政經學術著稱。[36]革命志士唐才常在《湘學新報》二十五冊中提到：

> 余竊觀地球全局，變幻無常。往往異族至而本族不昌，新族逼而舊族日亡，變更迭代，萬事滄桑。日求其理，不可得解，則眅眅然悲，涔涔泣數行下。既而思之，霍然以寤，乃知本族舊族多狃於故習，憚於勤劬，始驕終靡，始妒終疲，既無一能一技，可以謀工商，參政事。……至異族新族之能覓地植種者，必有震動之力，智巧之思，爭自存而圖拔擢。故其聰明藝術，及當馳布種族之先聲。[37]

---

[36] 當時師資邀集皮錫瑞講學術、黃遵憲講政教、譚嗣同講天文、鄒代鈞講輿地，可謂一時之選，且會員如欲研究政學，可調官府案卷，優良著作可代為刊行，會紳可被選作留學監督，會員更能咨送留學，一時蔚為風氣。詳見周麗潮：《湖南開民智運動之研究》（政治大學歷史研究所碩士論文，1982 年 6 月），頁 76-80。

[37] 唐才常的言論，將中西文明作深刻比對，也是進化論之餘意所衍生。然而，凡為進取必有破壞之力。熱情激昂的言論，其衝力極大，主事者能否把握好正確方向，

求新求變成了新思維，新學代表一種激進的革新浪濤，知識分子對西學的認真學習，組織學會、發行報刊、演說研討，代表著時代的良知，更是進取的動力。然而，對一般民眾而言，國族危亡也只是神經末稍，經濟凋零方能痛徹心扉。

陳寶箴辦學時指出「不學無以開智慧、明義理，獨學無友，則孤陋寡聞」，因此，當中國受外來侵略時，應切實研修，「以求振國匡時濟世安人之道」。因此，在學會中養成針砭時政的風氣，譚嗣同在分析時事時，要求會員「共相勉為實學，以救此至危急之局。」顯見實學已成了晚清學術的重點，而如當時《湘學新報》便著眼於「中國之睿智運於虛，外國之聰明寄於實，癥結無他，民智未開，斯民學日窒耳」，所以雖然報館林立，卻不能普及到一般民眾的生活裡。譚嗣同之《仁學》也研究經濟面的問題，他認為要富人將積蓄散給窮人，實人性之難處，但可以鼓勵其投資機器生產，《仁學》有云：

> 有礦焉，建學興機器以開之，凡闢山、通道、濬川、鑿險咸視此。有田焉，建學興機器以耕之，凡材木、水利、畜牧、蠶織咸視此。有工焉，建學興機器以代之，凡攻金、攻木、造紙、造糖咸視此。大富則為大廠，中富附焉，或別為分廠。富而能設機器廠，窮民賴以養，物產賴以盈，錢幣賴以流通，己之富亦賴以擴充而愈厚。[38]

尤其重要。轉引自王爾敏：《中國近代思想史論》（北京：社會科學文獻出版社，2003 年），頁 150。

[38] 開源節流，誠富裕之道，然而孰為輕重呢？對中國而言，發展實業、促進經濟發展，才能使中國富有而增強國力。因此他也批評是士大夫「寧使粟紅貫朽，珍異腐敗，終以不分於人」的吝嗇之情，反對一味崇儉，而主張開源，因為「源日開

譚嗣同認為「機器奪民之利」說並不足為信，因為機器能提高工作效能，省下來的人力、時間，可運之於其他生產，則「利源必推行日廣，豈有失業作廢之虞」？

思想家嚴復於《原富》中則談論士農工商的本末，文說：「農桑樹藝之事，中國謂之本業，而斯密氏謂為野業。百工商賈之事，中國謂之末業，而斯密氏為之邑業。」斯密氏即《國富論》作者亞當·斯密，其經濟學理論也深深影響嚴復對中國經濟體質的論斷，在嚴復心中因時代變遷，農業社會要進化到工業社會，一如「啖蔗者取根，本固有時而粗，末亦有時而美」無論農商或工商都不能偏廢。

論及中國實業界教父，當推張謇。[39]其「棉鐵主義」對中國發展實業有啟迪之效，在《張季子九錄·教育錄》中，他提到實業、教育及地方自治為富強之本，而教育及實業又互為依存，「有實業而無教育，則業不昌」，相對而言「不廣實業，則學又不昌」，且認為教育為一切法律、政治、文學之母。他在南通開設棉紗廠，在於見識當時世界海關貿易資訊，以棉紡織品進口最多、鋼鐵則次之，因此，為中國堵塞漏卮之要，便是發展棉鐵工業，以此觀乎中國經濟體質，唯有先求富，方能落實知識啟蒙，這是晚清時代人物對民族生存所做之擘劃。

則日亨，流日節而日困」。轉引自葉世昌：《近代中國經濟思想史》（上海：人民出版社，1998 年），頁 171。

[39] 張謇（1853-1926），字季直，號薔庵，江蘇省南通人。光緒 20 年考中狀元，授予翰林學院修撰。《馬關條約》訂立後，激發他振興中國實業的決心，他接受兩江總督張之洞委託，在南通生產棉紗，成為振興實業的教父。辛亥革命後擔任臨時政府實業總長，對工獎勵商有莫大貢獻，著有《張季子九錄》、《張謇存稿》等書。

二、調和傳統及現代

1911 年王國維在《國學叢刊》發刊詞中，對於現代化思想融合融貫中西，有如下論述：

> 學之義不明於天下久矣，今之言學者，有新舊之爭，有中西之爭，有有用之學與無用之學之爭，余正告天下曰：學無新舊也，無中西也，無有用無用也，凡立此言者，均不學之徒，即學焉未嘗知學者也。……余謂中西二學，盛則俱盛，衰則俱衰，風氣既開，互相推動。[40]

新舊、中西論爭，以王國維視野觀之，已無甚新意，唯有學貫中西的調和者，方能使中國文化具備現代氣息。

此乃不可忽視的世界潮流，知識菁英在努力提升西學素養之際，也當融合古典學術的深厚根基，並以新思維詮釋傳統文化，才能使中國脫胎換骨。中國學術除傳統經、史、子、集外，透過革命思潮所引發的變遷，更創新學科類別，而使文史研究產生「史界革命」及「文界革命」的變化。[41]事實證明，每一階段的歷史文化，均有獨特的價

---

40 轉引自李喜所：〈辛亥革命時期學術文化的變遷〉，收於《中國近現代社會與文化研究》（北京：人民出版社，2003 年），頁 428。

41 辛亥革命創新部分學科，也在新式學堂中蛻變為新的學術力道，如西洋哲學、理則學、軍事學、政治地理學均屬之。而史界革命則是針對傳統史學，佐以演繹、歸納之法的進化史觀；至於文界革命則重新肯定小說的社會作用，並加深白話文體的運用程度，語言工具因而趨向通俗大眾化，《二十世紀大舞台》之崛起，宣傳

值取向及時代精神,它能深刻反應時代文化根本特徵。

中華民族尚「通」之思考,在戊戌、辛亥時期成了一種中西學說的調和觀點,唐才常〈外交論〉有云:「通亦通,不通亦通,與其通於人而失自主之權,何如通於己而擴小民之利。且吾民之耳目心思,非通末由新也;吾民之農商工藝,非通末由師也。」除了標舉改造民族的自省標準外,更闡述黃白通種的概念,「國通則政通,政通則學通,學通而教通,教通而性通,而又何疑於種族之通?而又能以一隅拘迂之見堙天塞地,強扼其通之機乎?」在其見解中,通種婚配可培育優勢人種,在晚清此說一出,直是驚世駭俗,卻可窺見中國以通求強的心理。[42]

胡適〈我們對於西洋近代文明的態度〉曾對文化下了靈活的解釋:「文明是一個民族應付他的環境的總成績;文化是一種文明所形成的生活方式。」晚清的知識分子對文明的認知,在於救亡圖存的迫切感,然而,陳舊的思想文化未能與時俱進,而通達於世界潮流的瞬息萬變,使得流於浮泛空疏,並不能真確見識問題核心。黃興濤認為戊戌維新揚棄的是全然器物層次的形而下學習,轉而學習西學的思想根柢,本質即制度層次形而上的超越!超越既有思考,開創一種維新風氣,而變法圖強方能透過修建鐵路、發展實業、興辦教育,獲致梁

戲曲的社教功能,深切影響革命宣傳的角度。

[42] 健全的通不是一味順隨自然,亦非一味精進求索,而是通過人類對自然界的不斷瞭解,讓自身精神與物質生活得以滿足,卻又不至於破壞和諧的天人關係。反映於人種文化競爭,「以通求強」在於深刻自我瞭解及彼此瞭解的努力,因此通之前提在化消文化隔絕,要彼此尊重文化殊異,方能達成譚嗣同所說的「通之象為平等」的理念。參黃興濤:《文化史的視野》(福州:福建教育出版社,2000 年),頁 15-17。

啟超所謂「不變本原，而變枝末；不變全體，而變一端」的思想認知。

近代化作為思想啟蒙的起點，必須以社會向度去釐清癥結。以學會興辦為例，清廷污其「朋黨為奸」，理應嚴禁，然而當啟蒙成為一種富強的充要條件時，集會能「破舊例愚民抑扼之風，開維新聚眾講求之業」，一時天下蔚為風尚，革命宣傳救國時，定以既有組織作為基礎，而成為先導力量。[43]

追求民族獨立、平等自由的維新思潮，當辛亥風雲漸起，20 世紀初對國民的民族性呼喚，一方面驗證了國民對國家變革的重要性，一方面也設定新的國民標準，透過國民觀念的覺醒，也使得立基於民族性呼喚的革命思潮，成為 20 世紀初的新啟示。1901 年《國民報》第 2 期中有篇〈說國民〉提到：「民也者，納其財以為國養，輸其力以為國防，一國無民則一國為丘墟，天下無民則天下為丘墟。故國者民之國，天下之國即為天下之民之國。」[44]國民的觀念被無限上綱，人的素質決定國家強盛與否，無國民響應，革命就成了無源之泉，自然不能成功。因此，如鄒容、陳天華、章太炎、秋瑾及南社諸人，均秉持孫中山先生對國民思想的提倡，握筆如槍，以文學作為呼喚民族性的政戰利器，也因為廣多民眾的水平仍不足，因此，以民間文學形式呈現的宣傳品，便一再散露民主曙光。

---

[43] 史學界檢討制度層次的戊戌維新時，認為由上而下的改革方針，或可稱作瑕疵，然而，興學會、開報館等開民智作為，無疑是由下而上的努力，源自民間的力道，確切成為廢除封建科舉的試金石。同前註，頁 237-240。

[44] 李喜所：〈辛亥革命與思想啟蒙〉，收於《中國近代社會與文化研究》（北京：人民出版社，2003 年），頁 360。

三、民間文學的文化啓示

　　諸多思想先進的知識菁英，為喚起中國之民族意識，於建立近代民族語言、民族經濟、民族文化的層面，奉獻難以計數的心力。民族國家的理想，在 20 世紀初的中國蔓延開來，為求此一「國家動員」[45]觀點徹底落實，因而發展出「服務人生」的文學觀已勢所難免。

　　俄國 19 世紀民主主義文評家車爾尼雪夫斯基、杜伯羅留波夫等人，均主張發展「為人生」理想的文藝形式，而文豪托爾斯泰更是藝術為人生服務的奉行者，主張藝術作為情感交流的工具，在於使多數人都能感受相似的情感。托爾斯泰說過：

> 藝術的價值在於它「是生活中以及向個人和全人類幸福邁進的
> 進程中，所必不可少的一種交際手段，它把人們在同樣的感情
> 中結成一體。[46]

45　國家動員之概念，係稱夷夏之辨、反帝國主義侵略及國粹主義下的國家，為求民族意識提升，知識分子動員各階層階層民眾，參與民族國家的近代化運動的力量。詳參姜義華：《理性缺位的啟蒙》（上海：三聯書店，2000 年），頁 57。

46　類似觀點另有存在主義作家沙特的「傾向性文學」，他在《為什麼寫作》一書提出：「散文藝術與民主制度休戚與共，只有在民主制度下散文才有意義。…有朝一日筆桿子被迫擱置，那時作家就必須拿起武器。因此不管你是以什麼方式投入文學界，不管曾經宣揚什麼觀點，文學把你投入戰鬥；寫作，則是某種要求自由的方式，一旦你開始寫作，不管你願不願意，你已經介入了。」沙特的論點，與托爾斯泰的宗教情懷文學藝術，有異曲同工之妙。見（俄）托爾斯泰著·豐陳寶譯：《藝術論》（北京：人民文學出版社，1958 年），頁 115。

以內容觀之，宗教情懷的格調高下決定藝術成就，他以宗教立場出發，將傳達愛國之情作為手段，而馬克思主義或法蘭克福學派，也將文藝視作實現人類社會本質的模式，賦予藝術拯救社會的功能。

因此文學之用的認知，自戊戌維新後成為一種迫切的內驅力。梁啟超以改良維新立場倡導文學，掀起文學革命思潮，而革命文學則要求文學須肩負啟蒙國民性之責。[47]無論俗文學作品或民間文學，對於廣多民眾而言，它必須運用當時流行於社會的活語言，即使作品本身是以淺近文言或韻文呈現亦同，在內容上要能簡潔直接表達文字背後的寓意，那怕是教訓或警世意味深重的作品，都是民間文學的呈現。而黃遵憲及梁啟超等先行者，改造中國所選擇的文藝工具，就是「歌謠」體文學及說唱藝術。[48]

歌謠形式既易為人接受，因此，由原始歌謠不合樂伴奏，一直到歌謠獨立維新的文藝形式，對群眾心理傳播的認知就不能不去探究。徐華龍對歌謠傳播學作如下定義：

> 歌謠的始作者可算作傳播者，歌謠本體是訊息，其聽眾則應

---

[47] 梁啟超對文學改良社會的認知，一直抱持高度理念。「詩界革命」發表於 1900 年的〈夏威夷遊記〉中，以黃遵憲為首、夏曾佑、譚嗣同、丘逢甲等人均是新體詩大將。而「文界革命」強調以俚歌、俗文來教化啟蒙民眾。而植基於文藝心理學的「小說界革命」，則認為小說作為使民開化的的手段，運用風俗、人心的潛移默化，能仿效歐美日等先進國家，以小說變化社會之效益。詳參黃開發：《文學之用：從啟蒙到革命》（北京：十月文藝出版社，2004 年）頁 33-43。

[48] 歌謠乃發自內心的藝術作品，它不拘泥形式束縛，隨情感要變換歌謠的行進節奏或形式，能充分表現作者的情感。因此民歌可稱作人類心靈之花，額國文豪托爾斯泰於《藝術論》中讚譽民歌、傳說故事、神話及諺語，深入淺出，乃最高級之藝術，而藝術感染力高低，亦衡量其價值的唯一標準。王文寶等編：《中國俗文學概論》（北京：北京大學出版社，2000 年），頁 29。

成為受傳者。始作者創作歌謠受到他本人或本民族審美意識
和審美情趣影響，聽眾則有自己的審美意識和審美情趣，因
此他們對歌謠進行挑選，篩落其中不感興趣的部分，保留那
些與自己情感相近、被人唯有價值的部分，並對這部分作品
進一次延伸、豐富和再創造。[49]

亦即歌謠作者通過情感認知活動而有創作，人在生活實踐中得到經
驗，並動用全部經驗去辨認新的文化刺激，進而納入既有認知中進行
編碼。因此，啟蒙民眾本身，就必須瞭解民眾心理，而非強塑以理論，
民間文學運用於傳播模式，當以接和民眾舊經驗的事物，再行變化認
知並重建理念。

　　因此，不理解傳統而意圖急速轉變，將落得事倍功半結果。葛兆
光《中國思想史》中就提到：「傳統的殘存是如此強烈的黏固劑，而
歷史的象徵是如此堅固的石塊磚頭，要在一時就掀翻它是不那麼容易
的。」周作人也相信「傳統之力是不可輕侮的」晚清變局之劇，曾讓
知識菁英對傳統文化動搖信念，然而，透過對道德力道的加深認識，
讓梁啟超發覺中國固有優良傳統對西方文明有補強效果，此一轉折亦
使文學的工具論有了全新闡發—以呼喚民族情感來提升民族自信心。

　　歷史如河，文化如舟，人在歲月中創造歷史文明，更以文化記憶
千百代人的生命歷程。時代思潮帶動革命進程，文學革命也在同一主
題中發達，民間文學由傳統士大夫視角邊緣，朝時代心靈的核心聚焦。

　　近代文化史中，大量的歌謠、傳說故事、講唱文學與風起雲湧的

---

[49] 徐華龍：《中國歌謠心理學》（新疆人民出版社，1990 年），頁 101。

反帝愛國運動並生,由農民起義帶動的民族覺醒,呈展中國人堅毅不屈的意志及時代之聲。該思潮強調個性解放、自由,以社會主義的視角揭露權貴壓迫、同情悲苦人民,力求實現自由平等的理想社會。而民間文學的傳播與創作,反應多數群眾的生活及意志,貼合社會及文化的波流,因此,具有想像力豐富、情感真摯、形式自由特點的民間文學,擅以通俗語言勾勒口傳文學的韻味,而逐漸為作家接受與重視。[50]

　　哲學家徐復觀在〈儒家精神之基本性格及其限定與新生〉中提出有趣的觀點,他說:「中國文化真正的精神,反常常透出於愚夫愚婦之中。」不識字的平民大眾,以勞動作為生命經驗,並引此做為生命哲學,這些生活經驗總結起來,竟是文化基本精神。因此晚清文學區塊中,基於宣揚民族意識與民主觀念,知識菁英在編輯教科書時,體察到民間文學在宣傳及教育民眾上的巨大力量,譚嗣同甚至主張在報刊上刊載民間文學作品,如歌謠、諺語、民間故事、說唱文學,使人民理解民間文學的智慧。李亦園《文化的視野》一書也談到:「西方人害怕曖昧之物,而中國人利用曖昧之物。」"曖昧"非關情愛,而是一種俗信媒介,透過信仰讓失卻信心的人找到力量。因此,與一個民族基本的價值觀、宇宙觀、生活態度以及宗教信仰、傳說神話等投

---

[50] 明中葉以來,少數知識分子開始認識民歌、笑話可貴之處,如馮夢龍、李開先、楊慎等人,便著手整理民間文學資料。晚清由於受到中西文化衝擊影響,或出於鄉土情感或對民間文藝本身的喜愛,文壇鉅子、作家詩人也開始重視民間文學的采風,黃遵憲著手整理廣東梅縣的客家山歌、謠諺,各地也採錄不少傳說故事,這些文藝材料對民初北大《歌謠週刊》採集民間歌謠運動,具深刻啟示。見鍾敬文主編:《中國近代文學大系·民間文學卷》序言,(上海:上海書店,1995年),頁5。

射體系有關的文化因素最不易於變遷。西洋文明固有其先進之處，但是中華文化的深沈淵厚，卻存在貨真價實的調合力，可使文明再度創造價值。

四、運用民間文學傳播革命思潮

馮自由《革命逸史》中記載 1895 年孫中山先生赴日期間，日本報紙一則〈支那革命黨首領孫逸仙抵日〉之報導說到：「總理語少白（陳少白）曰："革命"二字出於《易經》：『湯武革命，順乎天而應乎人』一語，日人稱吾黨為革命黨，意義甚佳，吾黨以後即稱革命黨可也。」湯武革命為古代的革命史實，但為求喚起民族意識、推翻清廷，因此孫中山先生以西方的 Revolution(革命)冠上古典的詞源意義，將中國的革命搭上世界潮流。

至若建構革命神話的層次上，維新派雖有梁啟超等人揭其面紗，但在論述上仍以革命派較有威力。20 世紀初革命思潮能蔚然成風，學界認為多半靠梁啟超宣傳革命的「軟件」，此說的軟件即民主共和的思想啟蒙。而造反之不等於革命，其因素在於歷史傳統中湯武革命的正當性，亦孫中山先生宣稱：「革命之名詞，創於孔子，中國歷史，湯武以後，革命之事實，已數見不鮮矣！」[51]革命之意識型態，對同盟會而言已成了喚起民眾的宏觀論述（Master narrative），喚起民族

---

[51] 孫文：〈革命運動概要〉，收於《中華民國開國五十年文獻》第 1 編 9 冊，（台北：中央文物供應社，1963 年），頁 195。

記憶並使之昇華為文化心理的因素。[52]至於革命派對領導者孫中山先生的描述更加充滿力道，羅倫《中華民國國父實錄初稿》說：

> 夫立國精神，繫於一國之史與文。國父嘗謂民族主義為國家圖發達與種族圖生存之寶貝，蓋有史足啟發一國國民民族自由之情思，有文始足鼓舞一國國民民族主義之精神，此立國之貴有史與文也。[53]

受到近世民族主義、社會主義交互影響，知識群體由孤絕姿態朝向通俗面向靠攏，胡適高舉文學革命的同時，對俗文學更為重視，強調應建立通俗的文藝形式，以平民喜聞樂見的形式來傳播新思想，因而，雅俗之別也由文學樣貌精粗轉為建立革命意識的立論基源。

毛澤東 1942 年《在延安文藝座談會上的講話》對民間文學的源泉有深刻的描繪，文說：

> 作為觀念型態的藝術作品，都是一定的社會生活在人類頭腦中的反映的產物。革命的文藝，則是人民生活在革命作家頭腦中的反映的產物。人民生活中本來存在著文學藝術原料的礦藏，這是自然型態的東西，是粗糙的東西，但也是最生動、最豐富、

---

[52] 所謂民族記憶，係指一種文化共有資產，不存在先驗神性，是特定時空下的歷史條件所形成。參陳建華：《革命的現代性：中國革命話語考論》（上海：上海古籍出版社，2000 年），頁 38。

[53] 群眾語言體現於文史面向，在於表現庶民生活的特性，讓現實主義的文學筆觸接近真實人生，而文藝創作也將擺脫空中樓閣的圖繪，朝向以文學喚醒國魂之目的。同前註，頁 80。

最基本的東西；在這點上說，它使一切文學藝術相形見絀，他們是一切文學藝術的取之不盡、用之不傑的唯一的源泉。[54]

民間文學源自勞動人民，革命派期待文學的時代性，因此，切用尚實的文藝觀，也體現在革命作家的作品上。茅盾的《文學與人生》將英國文化人類學家泰納的「種族」、「環境」及「時代」三要素，作為分析文學變化的主要論證，在這三要素中以「時代」元素最游移不定，它雖可指涉為時代精神，但對於環境的演化，卻仍須對應歷史所顯示的狀態。[55]晚清以來，文學經歷國民精神體現、人生的表現及時代反映的變化，而茅盾堅持「文學為表現人生而作」的概念，也是革命宣傳所必須強調的方法。

　　同盟會時期的宣傳媒介，張玉法認為以演講、談話及戲劇最為著稱，1906 年《民報》在東京的舉行創刊週年紀念會，據記者報導，觀禮民眾「聞孫先生、章先生（章太炎）之言論者，人咸肅穆而端靜，眾慷慨泣下，拍掌聲如雷。」戲劇表演上，以程子儀 1905 年在廣州組採南歌戲班，公演「黃帝征蚩尤」、「文天祥殉國」等戲；而陳鐵君 1908 年在香港組振天聲劇團，演出「博浪沙擊秦」、「剃頭痛」等；連陳少白也在 1911 年組振天聲白話劇社，呈現「自由花」、「賭世界」等話劇。以說唱形式表演革命理念，貫徹孫中山先生宣傳為革命手段

---

[54] 中共中央毛澤東選集出版委員會編：《毛澤東選集》（北京：人民出版社，1965 年），頁 817。

[55] 時代的英文叫 epoch，指時代精神，它能支配政治、文學、美學等面向，因此當文學表現為「一社會一民族」的縱深時，則國民精神也能寓藏其間。國民精神表現有著社會啟蒙之訴求，而時代反映則寄託著社會改革的意圖。詳見黃開發：《文學之用：從啟蒙到革命》（北京：十月文藝出版社，2004 年）頁 206-209。

的思維。[56]

　　另一種宣傳形式為散發革命書刊，當時流行的書刊有：《揚州十日記》、《嘉定屠城記》、《警世鐘》、《猛回頭》、《孔孟心肝》及《革命軍》等，清光緒卅二年到宣統二年間，武昌讀小學的學童曾回憶：「當時一些禁書和進步刊物如《揚州十日記》、《嘉定屠城記》、《革命軍》、《民報》等，同學們爭相閱讀，重視之過於正課。」在軍中也廣佈革命書刊，像是《民報》、《警世鐘》、《猛回頭》、《孔孟心肝》及《革命軍》，幾乎人手一冊，宣傳之效頗大。宣傳革命之目的，一方面暴露清廷缺失，一方面則闡發革命理念，展現各類相關革命力量。以《民報》為例，執筆者如汪兆銘、胡漢民、朱執信、汪中等人，或發宏文批判時局，為佐以圖畫、小說、戲文，讓廣多不識字人民也能由中熟悉革命事業的意涵。

　　運用民間文學形式宣傳，以歌謠及彈詞說唱最為簡易，因為在民間文學類型中，結合聲音及文字的文學體裁，對感通民眾情感而言最為直接。以歌謠傳播的心理觀之，有意識的的歌謠傳播，近於批評時政、反映現實的政治歌謠，自 1840 年鴉片戰爭後，面對帝國主義侵略，便有如下民謠出現：

　　　　西方蠻子，本不文明，禽獸同形，蛇蠍為心。
　　　　【反對租界揭帖】
　　　　三十刀兵動八方，天呼地號沒處藏。安排白馬接紅羊，十二英
　　　　雄勢莫當。【浙江紅羊謠】

---

[56] 張玉法：《辛亥革命史論》（台北：三民書局，1993 年），頁 325。

真不平！真不平！天朝官竟幫了洋人。前月初二鬧的事，實是
洋人太無情：書店忽然把經念，難怪小孩往前聽，雖嘻笑，亦
無心，何把洋槍放來臨？過路客，該倒運，手受鉛子真可憐！
【真不平】[57]

　　歌謠語言通俗自然，襯字、嘆詞加入語句中，便於融入情感，加之押
韻、朗朗上口，有助於傳播，這也是秋瑾之所以藉由歌行體去變化詩
歌，以利於宣傳之重要原因。

　　同理可知，民間戲曲對民眾而言，除了觀賞劇情演出外，有了認
同心理，便發聲於口，敘述情節以說白，表達情感則用唱唸，搭配肢
體語言、身段，因而戲劇可表現人的心理活動。[58]柳亞子、陳去病在
《二十世紀大舞台》上，特別重視戲曲的社教功能，提倡吸收民間文
學養分，體現原始戲劇中兼具信仰與社會活動的精神，讓它能為鼓吹
革命思潮而服務，如秋瑾遇害後，便有模擬當時情狀的戲曲《六月霜》
誕生，關係者亦能因之而深受召喚，進而支持革命。

　　革命作家對民間文學形式運用，當推擅於俗文學創作的陳天華及
秋瑾。兩人在彈詞小說的創作上均有傑出成績，思想深刻而情感真
摯，對啟蒙民眾民族意識作了良好示範。陳天華創作的《警世鐘》、《猛

---

[57] 以上政治歌謠均引自鍾敬文主編：《中國近代文學大系．民間文學卷》序言，（上
海：上海書店，1995年），頁338、345、359。

[58] 《禮記．樂記》云：「凡音之起，由人心生也，人心之動，物使之然，感於物而動，
故形於聲。」聲音受外界事物而觸動，而歌曲出現，亦與之相通。《文心雕龍．聲
律》云：「聲含宮商，肇自血氣，先王因之以制樂歌。」因此透過歌謠或戲曲欣賞，
便可感受到具中人物的悲喜哀樂。參徐華龍：《中國歌謠心理學》（新疆人民出版
社，1990年），頁130。

回頭》、《獅子吼》，秋瑾別具一格的演說散文、歌體詩及彈詞小說《精衛石》，都是擲地有聲的作品。本題研究革命思潮與民間文學傳播之影響時，以陳天華、秋瑾作為探究中心，在於他們的作品體現時代的聲音，展現豐富深刻的思想，如陳天華蹈大森灣而亡、秋瑾紹興遇害，均對革命士氣產生莫大激勵作用。經由對其民間文學作品的理解，將更能體察文藝救國的思維核心，而真確體現晚清到民初風雨飄搖的歷程中，知識菁英對民間文化的嶄新對待。

第二章　時代之聲—陳天華的彈詞小說

　　陳天華（1875-1905），字星台，別號思黃，湖南新化人。父親陳善是私塾教師，母親在他十歲時便去世，自幼飽嚐生活苦難。陳天華在父親啟蒙下識字，涉獵有關維新的書籍，對國族的興亡有所瞭解。少時即以光復漢族為念，欲鄉人之稱頌胡、曾、左、彭功業者，輒唾棄不顧。平生酷愛《西遊記》、《封神榜》等小說，並仿其文體創作通俗小說，或山歌小調，這對日後以民間文學為革命宣傳手法，奠定根基。

　　清光緒廿三年（1897）湖南推行新政，各地廣設新式學堂學會，宣講維新思潮，其家鄉也設了「求實學堂」，他考取這間學堂，吸收新思維。1903 年三月，他轉赴日本東京弘文師範學校就讀。當時適逢俄國違背「東三省條約」，除派兵侵佔我國領土外，還向清廷提出七項不合理要求，企圖侵佔東北。國人對清廷議論不斷，各省紛作鼓吹抗俄聲浪，只是清廷依然持續苟安退讓。

　　陳天華目睹清廷腐敗，深感憤慨，於是赴日從事革命活動，並報名參加義勇隊，負責起義活動，聯絡各省志士響應革命，開始編印革命書刊。[1]同年 11 月，黃興創辦華興會，邀陳天華加入該組織，計畫隔年 11 月 16 日趁慈禧太后壽辰，於長沙起義。不料消息走漏，湖南巡撫下令搜查會員，陳天華、黃興等人均遭捕，釋放後只得返回東京。

---

[1] 西元 1903 年 5 月，陳天華與楊楚生等人擔任《遊學譯編》及《新湖南》的編務工作。

　　1905 年 7 月，孫中山由歐洲返回東京，陳天華與宋教仁、黃興會見孫中山，討論統合革命力量、拓展革命組織計畫，並於 7 月 30 日在東京赤阪區檜町三番黑龍會會址，召開中國同盟會籌備會，會中通過建立同盟會，提出「驅除韃虜，恢復中華，創立民國，平均地權」的主張，陳天華則被推為會章起草委員。

　　該年 11 月《民報》在東京創刊，陳天華擔任撰述主筆，並以思黃、過庭等筆名，發表「中國革命史論」、「論中國宜改創民主政體」兩篇文章，另有不少時事評論和通俗小說《獅子吼》。

　　但清廷方面對於日益升高的革命聲勢，自有提防動作。1905 年 11 月，日本政府文部省頒佈「取締清留日學生規則」，規定清廷留日學生必須接受監督與活動限制，此舉固然與當時留日學生素質良莠不齊有關，但主要因素在於留日學生助長革命勢力，將反清團體：興中會、華興會及光復會，在日本東京結成同盟會的緣故。清廷於是對日本施壓，致使留日學生以罷課進行抗爭。[2]當時留日學生互持相左態度，爭執不下。其一是胡漢民等人主張忍辱負重、繼續求學；其二如陳天華、秋瑾等人則反對妥協，主張回國辦學，激勵革命士氣。不過同年 12 月 7 日的《朝日新聞》卻報導如下消息：

　　　　東京市內各校之清國留學生八千六百餘人集體罷課，當為天下之大問題。此蓋由於清國留日學生對文部省命令之解釋過

---

[2] 當時留日學生眾多，其中不乏「素行不修，恬然無恥之徒，實為不少，此輩群君，終日言不及義，誘引善良，陷於卑苟污賤，或亦反為無賴，致為日人所乘。」的情形，日本頒佈取締令，除了警告不良學生外，也有壓制革命活動的意涵。

　　於偏狹而生不滿，以及清國人特有之放縱卑劣性情所促成。[3]

　　正由於「放縱卑劣」四字刺激，陳天華決定犧牲自己，以喚醒留日學生之愛國心。隔天他將「絕命書」以掛號郵件寄往神田區駿河台清國留學生會館之後，便赴大森灣，投海而死，得年僅卅一歲。他的死震驚留日學生界，12 月 26 日東京留學生為他舉行追悼會，宣讀絕命書，引起國際重視。

　　在其短暫一生中，他以過人的文筆，寫過《中國革命史論》、《最近政見之評決》、《國民必讀》、《論中國宜改創民主政體》等政論文章，但影響革命思潮最大的宣傳書冊，就屬《警世鐘》、《猛回頭》及《獅子吼》。陳天華善用民間文學通俗易懂的語言魅力，將革命思想融入創作中，激勵了許多民眾，由於他喻解晚清國勢極為生動，也鼓舞許多愛國志士投入革命行列。

　　他對白話文的使用很純熟，無論創作散文、彈詞及通俗小說，皆能得心應手，在通俗文學上的成就，允有聲名。本章將針對《警世鐘》、《猛回頭》及《獅子吼》的形式及思想作探討。

---

[3] 此則對留日學生界政治思想的一大箝制，其實赴日學生對於國家懷抱熱血，但清廷以為留日學生以政治活動為主，故嚴加限制其學習活動，而遭致反彈。轉引自孫嘉鴻：《晚清革命文學之研究》（政治大學中文研究所碩士論文，1984 年），頁131。

第一節　　喚醒迷夢─《警世鐘》與白話文

一、　以白話啓蒙民衆

　　晚清的革命宣傳，由於要喚醒中國人的民族心靈，激發愛國情操，因此陳天華便著手進行俗文學創作。《警世鐘》通篇以白話文寫成，除鉅細靡遺呈現當時中國遭遇列強瓜分的危機外，在文字上也極富魅力。

　　白話文運動是晚清文學在用語上的變革，學界認為當時文字趨向俗語的因素，是為了啓蒙民衆的需要。[4]為了教育民衆，書面語和口語的落差就必須調和妥當，方能將西洋的思想文化，讓民衆廣為知曉，而革命思想也須仰賴白話文去宣傳。陳天華深知人民的文學欣賞水準及習慣，要以文學教化啓蒙，必須將作品內容通俗化、大眾化，讓民衆在易於接受的俗文學中習取新知。

　　晚清最早提出白話文運動是詩人黃遵憲，1868 年他在〈感懷〉詩中提到：「我手寫我口，古豈能拘牽？即今流俗語，我若登簡編，五千年后人，驚為古斑斕。」當時雖仍未突破文言的窠臼，但已精確

---

[4] 早在黃遵憲撰寫《日本國志》時，便警覺到中國言文分離的情形，並認為應學習歐美、日本，運用小說的口語文字，務使「天下農工商賈婦女幼稚皆能通文字之用。」梁啟超於 1896 年發表《變法通議》也認為：「今宜專用俚語，廣著群書。」並於 1903 年在《新小說・小說叢話》中提到：「俗語文體，非徒小說家採用，凡百文章，莫不有然。」參陳燕：《清末民初的文學思潮》（台北：華正書局，1993年），頁 70-72。

掌握白話文中「言文合一」的神髓。不過，晚清文學中的白話，絕不是口語，而是所謂的「俗語」。它的運用具有活潑型態，格式出入散韻之間，用詞不避俚俗淺白，要求將各類文體如：八股文、駢文、古文雜匯在一起，融入西洋翻譯詞、方言諺語，成為「雜文」。[5]

　　因此，清光緒廿一年（1895）〈萬國公報〉的徵稿啟事，說明「時新小說」寫作標準為：「辭句以淺明為要，語意以雅趣為宗，雖婦人幼子，皆能得而明之。」阮元在〈文言說〉認為語文欲革新：「是必寡其詞，協其音，以文其言，使人易於記誦，無能增改，且無方言俗語雜於其間，始能達意，始能行遠。」[6]

　　而白話文熱潮，首先是黃遵憲在《日本國志·學術志》中，由中國文言分離[7]的角度表達文體改革意向。清光緒廿三年（1897）裘廷梁[8]在主編的《無錫白話報》中發表〈論白話為維新之本〉一文，認為「有文字為智國，無文字為愚國；識字為智民，不識字為愚民，地球萬國之所同也。獨中國有文字而不得為智國，民識字而不得為智民，何哉？裘廷梁曰：此文言之為害矣。」強調人種文明初期，五帝教育人民生產作稼，一口一舌，無法進行個別教導。「故凡精通製造之聖人必著書，著書必白話。嗚呼！使皆如今之文言，雖有良法，奚

5　俗語形成後，讓文字的運用更多樣，且能適應媒介一報刊的實際需求。它使得原本天真純樸的民歌地位提昇，且為了醒世、警世之需要，也影響了戲曲文學的內容形式。

6　阮元：〈文言說〉，《中國近代文學論著精選》，（台北：華正書局，1982年），頁100。

7　黃遵憲《日本國志·學術志》曰：「文字者，語言之所從出也。…言為萬變而文止一種，則語言與文字離，則通文者少；語言與文字合，則通文者多。欲令天下之農工商賈婦女幼稚皆能通文字之用，其不得不於此求一簡易之法？」

8　裘廷梁（1857-1943）字葆良，別字可桴，江蘇省無錫人，1898年在故鄉創辦《無錫白話報》，並編輯《白話叢書》，對白話文有顯著貢獻。

能遍傳於天下矣？」[9]裘氏以「手口異文，二千年來文字之一大厄」來批評文言。同時期陳榮袞[10]在〈論報章宜改用淺說〉中，也指出：「大抵變法，以開明智為先，開明智莫如改革文言。」在廣開民智的目標上，白話文的使用有其必要。裘廷梁綜觀西方傳教活動模式後，有以下發現：

> 耶氏之傳教也，不用希語，而用阿拉密克之蓋立里土白。以希語古雅，非文學士不曉也。後世傳耶教者，皆深明此意，所至輒以其他俗語，譯舊約、新約。…彼耶教之廣也，於全球佔十之八。儒教於全球，僅十之一，而猶有他教雜其中。然文言之光力，不如白話之普照也。[11]

除了西方傳教實證外，他也認為日本在明治維新後用白話文傳播知識，「其始，學士大夫鄙和文俚俗，物茂卿輩至欲盡廢之為快，而市井通用，頗以為便。」明治維新後，大量的西書譯介，正因為日文純用白話的因素，讓民眾快速習取新知，國勢得以迅速強盛，甚至成為東亞強國。

因此在裘廷梁的認知裡，白話的有八點好處：(一) 省日力；(二)

9　裘廷梁：〈論白話為維新之本〉，《中國近代文學論著精選》，（台北：華正書局，1982年），頁176—177。

10　陳榮袞（1862-1922），字子褒，別號婦孺之僕，廣東新會人，曾參與公車上書，先後加入強學會、保國會，與梁啟超為同學，亦是維新之士。

11　為求多數民眾認同教義，宗教宣傳上能因地制宜，變化經典為俗語，反觀維新變革所伴隨的白話文學運動，又焉能不以此為學習的對象？詳見孫嘉鴻：《晚清革命文學之研究》（政治大學中文研究所碩士論文，1984年），頁179—180。

除憍氣；（三）免枉讀；（四）保聖教；（五）便幼學；（六）鍊心力；（七）少棄才；（八）便貧民。其觀點雖未能精準闡述語言本質上的差別，但在便貧民、便幼學及省日力等主張卻頗合於時用。[12]他在《無錫白話報》序言說：「以話代文，俾商者農者工者，及童塾子弟，力足以購報者，略能通知中外古今，今廣開民智之助。」在當時白話文在著重在啟蒙民眾，並配合報刊印製，將新知以民眾易懂的形式傳達。

二、重視文藝實用性

在一片追逐文藝啟蒙聲浪中，文藝的審美及功利性質，再度被拿出來討論。德國哲學家康德堅決把美學由哲學、道德範疇區別開來，但十九世紀法國文學家左拉卻說：「如果我的小說應該有一種結果，那結果就是道出人類的真實，剖析我們的機體。指出其中由遺傳所構成的隱密彈簧，使人看到環境的作用。」[13]左拉的主張很顯然是入世的，文學必須有益社群人生，文藝的實用性昭然若揭。而白話文的產生，很顯然是受到時代危機而被催化，其生成有著建立新社會的責任。

梁啟超對白話文趨向也表贊同，他在《變法通議・論幼學》中說道：

　　今宜專用俚語，廣著群書：上之可以借闡聖教，下之可以雜

12　郭延禮：《近代西學與中國文學》（江西：百花洲文藝出版社，2000 年），頁 296。

13　（法）左拉：《關於作品總體構思的札記》（北京：中國社會科學出版社，1988 年），頁 23。

> 述史事，近之可以激發國恥，遠之可以旁及彝情。乃至宦途
> 醜態，試場惡趣，鴉片頑癖，纏足虐刑，皆可窮極異形，振
> 厲末俗，其為補益豈有量哉？

對編輯童蒙教材而言，梁啟超主張一切的教科書要用白話文去編寫，
陳榮袞〈教育遺議〉也說：「凡雅鍊者，非合適之小學讀本；至淺至
顯者，乃為合適之小學讀本。」陳氏更在澳門創辦蒙學私塾，編白話
讀本三十六種，對白話文教育擴展，有不小影響。相較之下，梁啟超
畢竟視野較高，他因為要廣開民智而注意到文藝的功用，在〈蒙學報
演義報合序〉中認為：「日本之變法，賴俚歌與小說之力。」俚歌小
說所用的語言就是白話文，站在介紹新思想的立場，他將幼學教育的
見解擴大到對國民的啟蒙上。

　　他自述起初不喜歡桐城派古文，改學魏晉駢儷之文，自文字解放
後，為文但求平易暢達，常雜用俚語及外國語法，沒料到竟成為新文
體。因此辦《時務報》時風行的的「報館體」中，雖有文白夾雜現象，
但在用語上仍向白話文靠攏。《飲冰室詩話》中提及：

> 務為平易暢達，時雜以俚語韻語及外國語法，縱筆所至不檢
> 束，⋯然其文條理明晰，筆鋒常帶感情，對於讀者，別有一
> 種魔力焉。

報刊文字明白易懂的特質，與啟蒙大眾的主旨結合，對當時的時代思
潮形成巨大影響。

　　然而對於文學語言的進化，也有人持不同見解。劉師培堅持「文

筆之辨」的角度，認為「有韻偶行為文，無韻單行為筆」，白話俗語
應與古文區別運用，在〈論文雜記〉有云：「近日文詞宜分二派：一
修俗語以啟齊民，一用古文以保存國學。」在文體進化中他顯得保守，
但裘廷梁則不認為如此，並由美學的角度來說明白話可取代文言，他
說：

> 文言之美，非真美也。漢以前書曰群經，曰諸子，曰傳記，
> 其為言也，必先有所以為言者存。今雖以白話代之，質幹俱
> 存，不損其美。

表達對白話文美學的信心，文字雖有雅俗，但內涵俱同，不因運用白
話而減其美。

　　而革命宣傳使用白話之原因，在於喚醒民眾要用淺顯、俚俗的文
字，無論維新派或革命派，都看中以白話文教育民眾的工具特點。[14]
如《警鐘日報》中的一篇〈論白話與中國前途之關係〉即說：「白話
報者，文明普及之本也。白話推行既廣，則中國文明之進行固可推矣。」
而革命志士將它視為一種手段與方法，對於結合報刊的白話文運動，
強調通俗文學對鼓動革命思潮的作用。章太炎於 1910 年創辦《教育
今語雜誌》，也以提倡平民教育為宗旨，用白話撰寫論文，鼓吹民族
革命。[15]

---

[14] 對於近代白話文運動的效益，陳富志〈淺談近代白話文運動與思想啟蒙〉，《平頂
山師專學報》16 卷 1 期（2001 年）及鐘維克〈再論裘廷梁的崇白話廢文言說〉，《雲
南師範大學學報》34 卷 4 期（2002 年）均有相近認知，認為有「文體革新」、「思
想啟蒙」及「文學革命」等概念上的聯繫。

[15] 革命之效在於啟蒙之功，平民教育首在破愚去盲，創作民眾喜聞樂見的通俗文學，

另一方面，對西方的新名詞、現象，只以傳統文言來包舉陳述，實有困難，因此語言變革已是迫切需求。雖有翻譯家如嚴復[16]、林紓等人嚴標義法，堅持古文書寫新語詞，桐城派名家吳汝綸對此卻不表認同，曾寫信給嚴復說：「若以譯赫氏之書為名，則篇中所引古書古事，皆宜以原書所稱西方者為當，似不必改用中國人語。」堅守古文陣地，也毋須落得不倫不類。即使當時的白話文尚未普及，書面語也非真正的白話，而是雜揉俚語、韻語、新名詞的筆調，但在當時白話文運動先驅的努力，對五四白話文學的成功仍有啟示。

三、以《警世鐘》挽救危亡

結合報刊發行所形成的文學改良中，如梁啟超的《報館體》、《新民叢報體》都是一種適應閱讀需求而形成的文體。白話文運動發軔時期，一般文人平素慣作古文，即便在理念上想以白話文來創作，卻總是力有未逮，而衍生出「半文半白」的形貌。

在陳天華革命文學的創作中，《警世鐘》在文體上最為平凡，常被歸作政論，因此歷來探討其文學性者並不多見。《警世鐘》則呈現出成熟的白話文學，或呼告、或舉證，對民眾而言是容易接受的文字。因此本節對《警世鐘》的探討，將著重它不凡的思想宣傳。陳天華在

可使民眾受文學之力而變化思想，以支持革命。

[16] 嚴復（1854 —1921），福建省侯官人，初名傳初、體乾，後易名宗光，字又陵，登仕後始用今名。同治年間，以第一名卒業於福州船政學堂，於光緒年間赴英留學，回國後赴天津任北洋水師總教席。曾譯介赫胥黎《天演論》、亞當斯密《國富論》及斯賓塞《群學肄言》，對近代中國啟蒙運動之先行者，對時代思潮影響深遠。

一開頭,便以開場詩來述志。詩句吟道:

> 長夢千年何日醒?睡鄉誰遣警鐘鳴?
> 腥風血雨難為我,好個江山忍送人。
> 萬丈風潮大逼人,腥羶滿地血如糜;
> 一腔無限同舟痛,獻與同胞側耳聽。[17]

除了點明醒世意義外,也呈現出國家面臨危亡險要關頭,面對帝國主義侵略的感受。

正文一開始,他便以連串驚嘆句來表達對世局的憂心:「噯呀!噯呀!來了!來了!甚麼來了?洋人來了!洋人來了!不好了!不好了!大家不好了!」,面對洋人為禍,在每一段的開頭,均使用類似的句法來表達澎湃情感。談及民生苦痛,清廷無力面對洋人異族的侵略時,更是用「恨呀!恨呀!恨呀!」來形容滿州政府不及早變法,致使中國陷於瓜分之禍。

此外,他以嚴峻口吻,批判了四種人造成國家危機。第一種人是滿洲政府本身,「可恨滿州政府抱定一個漢人強滿人亡的宗旨,死死不肯變法,……到了今日,中國的病,遂成不治之症。」他認為清廷假意推新政,只是掩人耳目,並非想讓國勢強盛。第二種人則是為清廷所用的漢人,「恨的是曾國藩,只曉得替滿人殺同胞,不曉得替中國爭權利。」他認為這些人對於政治的理想不再堅持,為保全祿位,不惜作違背良心的事。第三種人是放洋的公使及留學生,恨其不把外

---

17 《革命先烈先進詩文選集》(一)中國國民黨黨史委員會輯錄,頁36。

洋學說輸進祖國，空染了一肚子洋墨水，發了財卻只講些無關痛癢的話，並沒有真心研究西洋富強之道。第四種人則為保守黨，他們「遇事阻撓，以私害公」，面對經國利民的事，卻一再阻撓；面對洋人欺壓國人，卻猛抱洋人大腿，就擔心推動新政有損他們的權位。

其後則針對租界、不平等條約及當時的時事作批判。在租界問題上，洋人如果犯了過錯，損及國人權益，中國官員無法處罰他；而不平等條約的簽訂，也是使中國面臨瓜分的主因。他認為「人人都說瓜分問題是一句假話，乃是維新黨捏造出來的，大家不要信他的胡說。不知各國不是不瓜分中國，因為國數多了，一時難以均分，不如留住這滿洲政府，代他領管，等到要實行瓜分的時候，只要將滿洲政府去了，全不要費絲毫之力。」這段見解，將瓜分的心計與利害關係，說得精彩極了。

至於俄國佔領東三省，德國侵佔膠州灣，日本犯台、法國調越南的軍隊到廣西邊界，如此態勢鮮明的行動，他也表達心底的憂慮。至若人民對泱泱大國的天朝想像，在《警世鐘》裡藉著對太平天國的弔念，重建民族意識。他批評有些漢奸、假志士，毫無人格，甘心替外國人行瓜分中國之準備。只要串通好內奸，列強不費兵卒，就能獲得利益。對這種無恥之徒，說到：

> 天啊！地啊！同胞啊！世間萬國，都沒有這樣的賤種！有了這樣的賤種，這種怎麼會不滅呢？不知我中國人的心肝五臟是什麼做成的，為何這樣殘忍，唉！真好痛心呀！[18]

---

[18] 同前註，頁 41。

批評直接且露骨，卻能在俗語中見其性情，獲得共鳴。

面對低迷國勢，由頭等強國淪為四等國家，陳天華由美國人和漢人對話警醒世人，那美國人說：「你們漢人是滿洲的奴隸，滿洲又是我們的奴隸，倘是我國的人知道我和做兩層奴隸的人結交，我國的人一定不以人齒我了。」將漢人地位貶到谷底，以激起排滿復漢的決心。陳天華對國族強烈的使命及責任，在文字裡表達得很清楚，倘若國家沒國際地位，其人民就更不用說了，因此他積極宣傳民主共和的思想，希望對時代產生影響。[19]

面對瓜分危機，想與外國交戰，槍砲的不足也是問題。他以「逼狗趕到牆，總要回頭來咬他幾口」這俗話來教育民眾，「手執鋼刀九十九，殺盡仇人方罷手」。只要有決心，就只管去殺敵，「讀書的放了筆，耕田的放了犁耙，做生意的放了職事，作手藝的放了器具，齊把刀子磨快，子彈上足，同飲一杯血酒，呼的呼，喊的喊，萬眾直前，殺那洋鬼子，殺殺那降洋鬼子的二毛子。」這段文字句法活潑、情緒激昂，描繪得血脈賁張，激勵殺敵的勇氣及信心。

為增強國人信心，舉證少康中興、田單復國的史實，及國際上的例證，如非洲的杜蘭斯哇國只有中國一半大的面積，只有中國一縣多的人民，英國調了三十萬軍隊，強攻三年，結果死傷慘重，也不能侵佔分毫。他認為這是由於該國有不怕死的戰鬥意志，「一人捨得死，萬夫不敢擋」，即使一開始戰得辛苦，也勢必讓洋人付出慘痛代價，「捨

---

[19] 湖南於清光緒廿三年起，便由陳寶箴召集一流人才推行新政，以學會講述新思維，一時風氣大盛。知識分子對時局有深刻體會，頗多議論時政之音，革命之情亦易於此氣氛中醞釀。參李朝霞：〈陳天華與湖湘文化〉，《劭陽師院學報社科版》2004年2月，頁49。

死向前去，莫愁敵不住，千斤擔子肩上擔，打救同胞出水火。」說明只要有決心，那怕根據地再小，也能維持獨立自主，何況當時中國尚有十八省之多。

對於陳天華所具有的湖南人性格，李朝霞在〈陳天華與湖湘文化〉一文中，認為湖南人向有尚武之志，卓厲敢死，乃慷慨悲歌之士，也由於湖南曾為「四塞之地」，民性多流於倔強，一遇壓抑，即圖抵抗之故。[20]因此他主張以戰救中國，讓各國肅然起敬，文中提及：

> 我這全無知識全無氣力要死不死的人，一朝把體操練得好好的，身子活活潑潑，路也跑得，馬也騎得，槍也打得。陣前一字排開，砲聲隆隆，角聲鳴鳴，旌旗飄揚，鼓聲雷動，一聲喊起，如山崩潮湧一般，衝入敵陣，把敵人亂殺亂砍，割了頭顱，回轉營來，沽酒痛飲，豈非可快到極處嗎？就是不幸受傷身死，眾口交傳，全國哀痛，還要鑄幾個銅像，立幾個石碑，萬古流芳，永垂不朽，豈非快到極處嗎？世間萬事，唯有從軍最好，我勸有血性男兒，不可錯過這個時代。[21]

運用激烈語詞，振奮民族士氣後，接著提示十項救中國的基本認知。於此將十大須知分述如下：

---

[20] 栗戡時在《湖南反正追記》中提到：「湘人素性好動，尤饒俠氣，平時毫無異人之處，一遇壓抑，則圖抵抗，每以性命為孤注。」且陳天華小時候在作文裡，就寫下：「大丈夫立功絕域，決勝疆場。」的志向，他更參加拒俄義勇軍和軍國民教育會，以實際行動來抗敵。
[21] 《革命先烈先進詩文選集》（一）中國國民黨黨史委員會輯錄，頁43。

（一） 須知這瓜分之禍，不但是亡國罷了，一定還要滅種。

（二） 須知各國就是瓜分中國之後，必定仍舊留著滿洲政府，壓制漢人。

（三） 須知事到今日，斷不能再講預備救中國了，只有死死苦戰，纔能救得中國。

（四） 須知這時多死幾人，以後方能多救幾人。

（五） 須知種族二字，最要認得明白，分得清楚。

（六） 須知國家是人人有份的，萬萬不可絲毫不管，隨他怎樣的。

（七） 須知要拒外人，需要先學外人長處。

（八） 須知要想自強，當先去掉自己的短處。

（九） 須知必定用文明排外，不可用野蠻排外。

（十） 須知這排外事業，無有了時。

由十大須知中可知陳天華對滿清政府有透徹觀察，能洞悉革命事業的阻礙，清楚革命意志的消沈，實為革命能否成功的先決條件。因此在《警世鐘》裡頭，本著教育民眾的熱忱，妥切運用時事來增強論述力道。以當時尚且心存觀望、無種族意識的人為例，在須知（一）中便說：

> 他不要殺你，只要把各人的生路絕了，使人不能婚娶，不能讀書，由半文半野的種族，再由野蠻種族，變為最下等的動物。日本週報所說的中國十年滅國，百年滅種的話，不要十年，國已滅了，不要百年，這種一定要滅。[22]

---

[22] 《革命先烈先進詩文選集》（一）中國國民黨黨史委員會輯錄，頁43。

亡國滅種之禍，連日本週報也大談亡國時間表，自會引起盛大的共鳴。在須知二中，則針對滿洲政府荒誕的愚民政策加以抨擊，說道：

> 那滿洲政府，明知天下不是他自己的，把四萬萬個人，做四萬萬隻羊，每日送幾千，也做得數十年的人情。人情是滿洲得了，只可憐宰殺割烹的苦楚，都是漢人受了。那些迂腐小儒，至今還說，忠君，忠君，遵旨，遵旨，不知和他有甚麼冤孽，總要把漢人害得沒有種子方休！天！天！天！那項得罪了他，為何忍下這般毒手呀？[23]

除了滿人的心態外，更以種族間彼此的矛盾與不平等，企圖獲得更多認同。在須知（四）中則言：「泰西大儒，有兩句格言：「犧牲個人，（指把一個人的利益不要）以為社會；（指為公眾謀利益）犧牲現在，（指把現在的眷戀丟了）以為將來。（指替後人造福）」他奉勸民眾多多誦讀，就能瞭解其中的意涵。

他深知中國沒有種族認知，所以當其宣傳反滿復漢的思想時，會事倍功半。因此先以五大洲作人種介紹，最後回歸中國各民族，他說：「俗話說得好，人不親外姓，兩姓相爭，一定是幫同姓，斷沒有幫外姓的。」又說「漢種是一個大姓，黃帝是一個大始祖，凡不同漢種，不是黃帝子孫的，統統是外姓，斷不可幫他的，若幫了他，是不要祖宗了。」割斷滿族意圖混淆視聽的政策，讓民眾體認宗親（姓氏）既然有別，那種族上自然也有區別。

---

[23] 同前註，頁44。

有種族區別外，國家認知更是救亡圖存的根據。在須知（六）中，有一段對國家、皇帝、官府及百姓的妙喻，說：「國家譬如一艘船，皇帝是一個舵工，官府是船上的水手，百姓是出資本的東家，船若不好了，不但是舵工水手要著急，東家越加要著急。倘若舵工水手不能辦事，東家一定要把這些舵工水手換了，用另一班人，纔是道理，斷沒有袖手旁觀，不管那些船的好壞，任那舵工水手胡亂行駛的道理。」標明民主思想中政府受人民監督的道理。

另一方面，更須知己知彼，瞭解洋人如何強盛，他人有長處勝於我，就該虛心學習。而鄰近的日本何以強盛，「因為洋人的長處，日本都學到了手」，很簡單的道理，因此洋人對日本無可奈何。但「有人口口說打洋人，卻不講洋人怎麼打法，只想拿空拳打他。一經事到臨危，空拳也要打他幾下，平時卻不可預存這個心。即如他的槍能打三、四里，一分能發十餘響，鳥槍只能打十餘丈，數分時只能發一響，不學他的槍砲，能打得倒他嗎？」而且「他們最大的長處，大約是人人有學問，（把沒有學問的不當人）有公德，（待同種有公德，待外種卻全無公德。）知愛國，（愛自己的國，絕不愛他人的國。）一切陸軍、海軍、（各國的將官，都在學堂讀書二三十年，天文地理兵法武藝無一不精，軍人亦很有學問。）政治、工藝，無不美益求美，精益求精。」上述字句，已將一切維新思維陳述妥當。

因此，在須知（九）中，他也說排滿革命是有苦衷的，留學生學習西洋科學，如果只是貪圖利益，翰林進士出身不要，卻只想革命，冒斷頭危險，天底下沒這般愚蠢的人，他們獻身革命，是為了救國。除十項須知外，他更提出十條奉勸，分述如下：

（一） 奉勸做官的人，要盡忠報國。

（二） 奉勸當兵的人，要捨生取義。

（三） 奉勸世家貴族，毀家紓難。

（四） 奉勸讀書士子，明是會說，必要會行。

（五） 勸富的捨錢。

（六） 勸窮的捨命。

（七） 勸新舊兩黨，各除意見。

（八） 勸江湖朋友，改變方針。

（九） 勸教民當以愛國為主，教與國不同，教可以自由奉教，國斷斷不能容別人侵奪的。

（十） 勸婦女必定也要想救國。

在這些勸告上，首先點出唇亡齒寒的道理，因為漢人唯有強盛，滿人才能生存。此外，針對貴族要散金救國的作法，陳天華認為國家滅亡的狀況裡，貴族所受的影響定會極大，比如明末之際，闖王入京前，武昌有個楚王雖富有，卻很吝嗇，不願支援守軍，結果城破後錢財被奪外，反而被投入湖中。另外，更批評讀書人沒有「知行合一」的思想，讀書人「當他高談闊論的時後，怎麼不計及沒有學問，沒有資格？到了要實行的時節，就說沒有學問，沒有資格。等到你有了學問、資格的時候，中國早已亡了，難道你要回去開追悼會不成！」

而富裕的人和窮困的人，最大區別在於一個出錢一個出性命，以金錢援助作戰所需，自然可以保住國家。因為洋人不會假好心，「他有恩惠，怎麼不施在本國，來施給你們？把餌釣魚，不是把餌給魚吃，乃是要魚上釣；你吃了他的餌，他一定吃你的肉。」點醒人民不要寄

望明日的陽光，期待被侵佔後仍有好日子過。較為特殊的一點是女權思想的出現，他引了羅蘭夫人、蘇菲尼亞及花木蘭為例，說明女性的責任與能耐一點都不輸男性，因此，救國之責女性也不應排除在外。

　　《警世鐘》頗有啟迪民心的價值，陳天華以靈活的筆調，將時事與史實自在穿梭於文章中，讓民眾警覺中國面臨的存亡之禍，唯有透過革命才能讓漢族站起來，中國方有出路。

第二節　　血淚戲文—《猛回頭》與彈詞小說

一、　通俗易懂的彈詞小說

　　由於市民經濟興起，講唱文學[24]在市民生活中逐漸流行，在中國南方出現婦女所熟知且喜愛的「彈詞」[25]，鑑於其通俗易懂的性質，

---

[24] 最早可溯自先秦的「瞽獻曲」，或唐代的「變文演唱」，宋元之際流行於民間。隨著市民經濟的發達，茶樓、勾欄瓦肆都成了說書場合。明代曲論家臧懋循說：「有彈詞多鼓者，以小鼓、拍板，說唱於九衢三市，亦有婦人以被絃索。」可見當時流行於民間的說唱藝術。

[25] 彈詞以七言句為主，間有三言襯字，用敘述體表示故事內容，大抵先有敘事，後有代言，是清代講唱文學的代表。金榮華等編：《中國文學史初稿》（台北：福記文化圖書，1995 年）中提到，彈詞分作說、表、唱三種，說是說白，表示說書人的敘述，而唱則是唱句，通常一人演唱，一人奏三絃，一人彈琵琶。認為除說、表、唱之外，尚有噱（穿插）的形式。由於語句通俗、故事性強，因此深受婦女喜愛，鄭振鐸稱之為「婦女的文學」。高國藩認為收集目錄以鄭振鐸最早，計有117 種，而譚正璧、譚尋編《彈詞敘錄》中認為明清之際的彈詞作品，估計至少有四百種。

彈詞也成革命宣傳的一種文學手法。彈詞在內容上，有強烈的敘事風格，先說而後唱，《猛回頭》便是以彈詞形式出現的革命文學。

彈詞體創作概分兩類，一為劇場演唱所用的講唱歌本，二為由傳奇蛻變而來的彈詞小說，陳天華之《猛回頭》理屬後者。陳天華運用民間文學形式，結合俗曲、彈詞及十字調的形貌，撰述彈詞體小說《猛回頭》，融合革命思想，使民眾容易領會。[26]

清代的彈詞書家，以女性為主，天南遁叟王弢的《瀛壖雜志》卷五有云：「道、咸以來，始尚女子。珠喉玉貌，脆管么弦，能令聽者銷魂。」彈詞所述大抵才子佳人的愛情故事，配合面容姣好、吳儂軟語的女子彈唱，自然令人陶醉。[27]據鄭振鐸《西諦所藏彈詞目錄》指出，在當時所存刻本已不下三、四百種，而他所收錄者恐怕「還不過十一於千百而已。」胡士瑩在《彈詞寶卷書目》中也列出彈詞有 325種之多，足見在清朝彈詞是極流行的民間文藝。

彈詞演出時散韻結合、既說且唱，頗受俗民喜愛。一般認知中，彈詞前身為唐代的俗講變文，起初為講經說佛法之用，後來逐漸用故事人物的對話代替唱詞，反而接近後世的戲曲。起初變文多以駢偶體行文，但演變到宋元話本時，也融入不少當時的口語，因此當它逐步擺脫宗教內容後，反而成了民眾喜聞樂見的講唱文學，清代彈詞即是

---

26 清代盛行的彈詞中，本以方言演唱唱本，將兒女情長的歷史故事，或由劇作家改編創作，而在瓦肆中演出。而陳天華之《猛回頭》屬案頭小說，由傳奇演變而來，其形式參酌彈詞體劇作，近於通俗小說，如要配樂演唱，則須另行譜曲方可，這是值得區分的一點。詳見馬積高、黃鈞主編：《中國古代文學史·明清卷》（台北：萬卷樓圖書公司，1998 年），頁 467。

27 金榮華等編：《中國文學史初稿》（台北：福記文化圖書，1995 年），頁 1237。

其中一支。[28]

俗講變文轉變為說唱形式後，說書人須將曲詞與說白結合運用，則因為故事本身對象是民眾，如果不唱作俱佳，很快就沒人觀賞。元代胡祇遹《紫山大全集·卷八》認為女性說唱藝人應有以下九點特性：一、資質濃粹，光彩動人。二、舉止閑雅，無塵俗態。三、心思聰慧，洞達事物之情狀。四、語言犀利，字真句明。五、歌喉清和圓轉，纍纍然如貫珠。六、分付顧盼，使人解悟。七、一唱一語，輕重疾徐，中節合度，雖記誦嫻熟，非如老僧之誦經。八、發明古人喜怒哀樂，憂悲愉快，言行功業；使觀聽者如在目前，諦聽忘倦，唯恐不得聞。九、溫故知新，關鍵語藻，時出新奇，使人不能測度為之限量。這是宋元時期說書人的技術標準，也因如此，民間說唱的魅力才能深植人心。

其後雖有文人仿講唱形式進行創作，比如陳忱的《續二十一史彈詞》即是最早的仿作，而明清代彈詞名家馬如飛、陳遇乾、俞秀山等人，都因市場需求而改編不少彈詞劇本。[29]但嚴格講起來，彈詞屬於民間曲藝，有演奏（琵琶、三絃）可直接說唱演出，文人作品比較像是長篇敘事詩歌，或「詩歌體長篇小說」，如欲演出，還得改編唱詞以合乎俗民風尚。

---

[28] 向覺民等著：《俗講變文與白話小說》（台北：西南書局，1992年），頁113-114。

[29] 馬如飛曾改過《珍珠塔》、陳遇乾改編過《白蛇傳》為《義妖傳》，而俞秀山也改過《倭袍記》，他們專事改編民間故事於彈詞中，並由說唱藝人演出，顯見當時的市場動力。參張樹亭：〈彈詞文學興盛之原因〉，《濟寧師範專科學校學報》2003年2月，頁87。

二、融鑄歷史以演述革命

　　彈詞作品本以歌詠情愛為主，但滿人入關後，具有強烈民族意識的文人，遂將愛國救亡、奸官誤國的故事編入彈詞文本中，藉之教化民眾反清復明的思想。晚清小說家李伯元在庚子拳便後，鑑於時局亂象，於是創作四十回《庚子國變彈詞》，揭露八國聯軍侵華罪形，鼓舞民氣抵禦帝國主義。

　　《猛回頭》不以彈詞為名，但內容中運用不少彈詞、俗曲形式，故亦稱之「彈詞小說」，這些含有譴責與批評意味的作品，在 20 世紀初頗為常見。革命派對彈詞形式深入民眾生活，亦有一定程度的觀察，因而革命宣傳時便運用不少俗文學形式。相對於白話小說而言，彈詞體有以下兩項優於小說的傳播特徵：

一、　小說不如彈詞通俗且容易傳播，加上文化市場也需要彈詞。
二、　專事編寫彈詞的劇作家，改編七言韻文的彈詞比小說容易。

　　晚清女權意識逐漸抬頭，女性創作量也大，如《天花雨》、《榴花夢》及《筆生花》等作品，都是女作家的作品，運用他們熟知的文學形式，來向民眾輸入文明及革命思想，對時代而言，是有必要的。[30]

---

[30] 阿英《晚清文學叢鈔‧傳奇雜劇卷》指出：「當時中國處於危急存亡之秋，清廷腐朽，列強侵略，各國甚至提倡瓜分，……於是愛國之士，奔走呼號，鼓吹革命，提倡民主，反對侵略，即在戲曲領域內，亦形成宏大潮流，終於促成辛亥革命的成功。」轉引自程華平：《中國小說戲曲理論的近代轉型》（上海：華東師範大學出版社，2001 年），頁 181。

由於此種文體通俗易於傳播，所以在思想家梁啟超、嚴復等人心中，小說即等於戲曲，而「傳奇，小說之一種也。」阿英曾說：「晚清時期，以反對民族壓迫、宣傳革命為內容的戲曲作品是當時戲曲運動中主要的組成部分。」傳奇、雜劇多取材於時事或歷史典故。[31]

　　彈詞產生於南方，又稱評彈，清代又稱作南詞，如蘇州彈詞藝人馬如飛整理的彈詞集就稱《南詞小引》[32]。王文寶《中國俗文學概論》提到：「南方評彈以形式、題材劃分，散說體的評話為大書，多表現在講史、英雄傳奇故事，彈詞則為小書，多表現男女愛情及其他世情故事。」顯見彈詞屬小書系統，本以世間情愛為內容主題，但發展到近代，在表現主題上結合民間說話，也有了調整。

　　明代思想家李贄評點《忠義水滸傳》時說：「《水滸傳》文字，不好處只在說夢、說怪、說陣處，其妙處都在人情物理上。」在內容上講究情理，所謂道盡人情方為書，說書及評彈講究人事的曲折變化，表現出鼓動人心的力量，取得共鳴。因此，在描述時事或生活細節上就必須合於情理。由於韻文部分可唱，便於民眾口耳相傳，又可抒發激昂情緒，較於純粹說理，更易將道理傳入民間，這也是講究敘事論理的革命宣傳，運用民間彈詞的關鍵因素。[33]

---

[31] 當時的政治戲曲作品如：浴血生《革命軍》（1903 年）、傷時子《蒼鷹擊》（1907年）、吳梅《軒亭秋》、龍禪居士《碧血碑》等，都迅速反映時事、傳播革命思想。像當時秋瑾遇害的作品，如《六月霜》在幾個月中就完成，程華平認為這也是一種普遍的社會需求。

[32] 高國藩：《中國民間文學》（台灣學生書局，1995 年），頁 403。

[33] 唱詞可使民眾習於記誦，而說白則能夾敘夾議，彈詞體革命文學，深受晚清知識水準不高的南方會黨成員及平民歡迎。參邱巍：〈清末俗文學作品與民族國家的形象構建〉，《中共浙江省委黨校學報》，2003 年第 2 期，頁 88。

三、以《猛回頭》省思世途

　　《猛回頭》起先發表於 1903 年《湖南俗語報》，後轉刊於《遊學編譯》第 11 期。《猛回頭》文前有序言：「俺也曾，灑了幾點國民淚；俺也曾，受了幾日文明氣；俺也曾，撥了一段殺人機；帶同胞願把頭顱碎。」將胸臆的理想及愛國情操，以筆代劍加以宣講：「俺本是如來座下現身說法的金光遊戲，為甚麼有這兒女妻奴迷？俺真三昧，到於今始悟通靈地。走遍天涯，哭遍天涯，願尋著一個同聲氣。拿鼓板兒，絃索兒，在亞洲大陸清涼山下，唱幾曲文明戲。」[34]由金光羅漢搖身變為俗世戲子，專唱醒世俗曲（彈詞），如此開頭，可算是別開生面。

　　何謂猛回頭？在內文前有幾行字：「紀元二千四百五十五年，猛回頭黃帝肖像後題」意味著炎黃子孫，尤其是漢族，在黃帝一統中原後，回顧悠遠歷史，輝煌文明的背後，面對當代危境的省思。

　　《猛回頭》以「彈詞體」撰寫面對異族欺凌的慘狀，感人甚深。政論文章強調以理服人，而運用民間文學表達，淺顯俚俗的文句，將民主思想、革命意念，真摯的情感呈現得很妥當，讀起來毫無說教氣息，反而是首慷慨激昂的民族詩歌。

　　內文一開頭，便以連番呼告來對黃帝祈求，期能降下改變時局的英雄。吟道：

---

[34] 《革命先烈先進詩文選集》（一）中國國民黨黨史委員會輯錄，頁 46。

哭一聲我的始祖公公！叫一聲我的始祖公公！想當初大刀闊
斧，奠定中原，好不威風。到於今，葉飄殘了好似那雨打梨花，
風吹萍葉，莫定西東，受過了多少壓制，做過了數朝奴隸，轉
瞬間，又要為牛為馬，斷送軀躬。怕的是刀聲霍霍，⑦聲隆隆，
萬馬奔騰，齊到此中。磨牙吮血，橫吞大嚼，你的子孫，就此
告終。哭一聲我的始祖公公！叫一聲我的始祖公公！在天有
靈，能不憂恫！望皇祖告訴蒼穹，為漢種速降下英雄。[35]

這種感覺與龔自珍《己亥雜詩》的名句：「九州生氣恃風雷，萬馬齊
瘖究可哀！我勸天公重抖擻，不拘一格降人才。」[36]有異曲同工之妙。
其下再以同樣手法，對同胞進行族群意識的呼告：

哭一聲我的同胞弟兄！叫一聲我的同胞弟兄！我和你都是一
家骨肉，為甚麼不相認？忘著所生，替他人殘同種，忍心害理，
少不得自己們也要受烹。那異族非常兇狠，把漢族當作犧牲，
任憑你順從他，總是難免四萬萬共入了枉死城。俺同胞，到此
尚不覺醒，把仇讎，認做父，好不分明。想始祖，在當日，何
等威風。都只緣，這不肖子孫，敗倒聲名。哭一聲我的同胞弟
兄！叫一聲我的同胞弟兄！又是恨卿，又是想卿。棄邪歸正，

---

[35] 同註 42。
[36] 《龔自珍全集》中在該句下題：「過鎮江，見賽玉皇及風神、雷神者，禱詞萬數，
道士乞撰青詞。」亦即過鎮江時，見民間祭祀風雷神明，道士知曉龔自珍大名，
而乞求賜予青詞一句。足見該句本屬道士祈天的「青詞」，後因其意甚佳，傳唱於
後世，遂轉引為對國家民族命運之期待。見龔自珍：《龔自珍全集》（台北：河洛
圖書出版社，1975 年），頁 521。

> 共結同盟，驅除外族，復我漢京。崑崙高高兮，江水清清，乃
> 我始祖所建國兮，造作五兵。我飲我食兮，無非始祖之所經營，
> 誓死以守之兮，絕不令他族之我爭。子子孫孫兮，同此血誠。

陳天華以漢滿仇怨作主體，激發民眾對恢復中華的心理期待，站在反帝國主義的立場，以愛國心來劃分敵我，藉機對渾噩中的民眾機會教育，恢復民族國家的意識。[37]

接著，面對清朝政府的昏庸無能、割地賠款，他以「只圖苟全」來概括清朝政府的行為，「我想這政府是土地送熟了的，不久就是拱手奉納。我們到了那個時節，上天無路，入地無門。」可是民眾依然沈迷不醒，他便唱出：

> 拿鼓板，坐長街，高聲大唱；尊一聲，眾同胞，細聽端詳：我
> 中華，原是個，有名大國，不比那，彈丸地，偏處偏方。論方
> 里，四千萬，五洲無比；論人口，四萬萬，世界誰當；論物產，
> 真是個，取之不盡；論才智，也不讓，東西兩洋。看起來，哪
> 一件，比人不上，照常理，就應該，獨霸稱王。為什麼，到今
> 日，奄奄將絕，割了地，賠了款，就要滅亡？[38]

細數著黃帝一統華夏民族後，歷代與異族的戰鬥史實，一直到吳三桂引清兵入關止，歸納出歷朝「自倒門牆」的因素。但他不能忍受

---

[37] 羅福惠：《辛亥時期的精英文化研究》（湖北：華中師範大學出版社，2001 年），頁 186。

[38] 《革命先烈先進詩文選集》（一）中國國民黨黨史委員會輯錄，頁 48。

之處，在於「俺漢人，想興復，倒說造反，便有這，無恥的，替他勤王！」滿人侵了漢人政權，但漢人子孫竟要力保滿人君主，他批評：

> 還有那，讀書人，動言忠孝，全不曉，忠孝字，真理大綱。是聖賢，應忠國，怎忠外姓？分明是，殘同種，滅喪綱常。轉瞬間，西洋人，來做皇帝，這般人，又喊聖皇。想起來，好傷心，有淚莫灑，這奴種，到何日，始能盡亡。

此處所說無疑是保皇黨的人士，除了漢人與滿人間族群矛盾外，更呈現列強瓜分中國的危機：

> 俄羅斯，自北方，包我三面；英吉利，假通商，毒計中藏？法蘭西，佔廣州，窺伺黔桂；德意志，膠州嶺，虎視東方。新日本，取台灣，再圖福建。美利堅，也想要，割土分疆。這中國，那一點，我還有分！這朝廷，原是個，名存實亡。[39]

當局勢已如此危急，深受奴役的民眾，如果不能體認民族危亡，就算成了殖民地也不知悲慘為何？

所以沈松僑認為革命宣傳家如：陳天華、鄒容、陶成章等人，都以「人種競爭」作為瞭解世界局勢、激勵中國進步的方針。晚清中國民眾，並不瞭解什麼是民族或國族，因此，革命宣傳必強調漢人為主體，並對中國歷史進行瞭解，將族群文化遺產高度政治化，並將族群

---

39 同前註，頁 51。

力量動員出來。[40]西元 1903 年，陳天華編輯的《遊學譯編》中有篇〈民族主義之教育〉，便說：「民族建國者，以種族為立國之根據地；以種族為立國之根據地者，則但與本民族相提攜，而不能與異民族相提攜，與本民族相固者，而不能與異民族相固著。

運用唱白交替的方式，將中國的處境及國際局勢，作清楚的分析與比喻，而淺顯的比喻手法，反覆陳述後，會形成特殊韻味，便於記憶。又說：

> 痛只痛，甲午年，打下敗陣；痛只痛，庚子歲，慘遭殺傷；痛只痛，割去地，萬古不返；痛只痛，所賠款，永世難償；痛只痛，東三省，又將割獻；痛只痛，法國兵，又到南方；痛只痛，因通商，民窮財盡；痛只痛，失礦權，莫保糟糠；痛只痛，辦教案，人命如草；痛只痛，修鐵路，人扼我吭；痛只痛，在租界，時遭凌踐；痛只痛，出外洋，日苦深湯。[41]

陳天華對於國際列強的陰謀，理解得很透徹，這也是當他認為洋人其實並不可怕，中國人面對侵略仍有勝算的因素。面對世局之處境與因應作為，他認為「洋人得了中國的錢，就來制中國的命」，只要「各國戰爭沒有休止，中國人的死期，也沒有休止。」滅國的名詞，就是帝國主義侵略。因此他以世界上的時事，對照中國現況，讓證據來告知民眾，一旦不能團結，就只有面對滅亡。他說：

---

[40] 沈松僑：〈振大漢之天聲—民族英雄系譜與晚清的國族想像〉，《中研院近代史研究所集刊》，2000 年 6 月，頁 113。

[41] 《革命先烈先進詩文選集》（一）中國國民黨黨史委員會輯錄，頁 52。

怕只怕，做印度，廣土不保；怕只怕，作安南，中興無望。怕
只怕，做波蘭，飄零異域，怕只怕，做猶太，沒有家鄉！怕只
怕，做非洲，永為牛馬，怕只怕，服事犬洋。怕只怕，做澳洲，
要把種滅；怕只怕，做苗傜，日漸消亡。[42]

當時帝國主義侵略弱國，不僅止武力，尚有經濟侵略，如英屬東印度
公司以經濟力瓦解印度，簡直是無孔不入。面對文攻武嚇，他提出「十
要」作為富強之計，分別是：

（一）　第一要，除黨見，同心同德。

（二）　第二要，講功德，有條有綱。

（三）　第三要，重武備，能戰能守。

（四）　第四要，務實業，可富可強。

（五）　第五要，興學堂，教育普及。

（六）　第六要，立演說，思想遍揚。

（七）　第七要，興女學，培植根本。

（八）　第八要，禁纏足，敝俗矯匡。

（九）　第九要，把洋煙，一點不吃。

（十）　第十要，凡社會，概為改良。

　　十要中，有兩大訴求。其一是教育民眾的重要。他見到「那歐美
各國以及日本，每人到了六歲，無論男女都要進學堂，所學的無非是
天文、輿地、倫理、物理、算學、圖畫、音樂，一切有用的學問」，

---

[42] 同前註，頁 53-54。

因此他們人民素質極高，若中國未能改善文盲情形，則「他的極下等人，其學問勝過我國翰林進士，所以他造一個輪船，我只能當他的水手。」在此，他深切看出中國實學教育的不足，主張要廣設新式學堂，以求富強。張顯菊在〈論陳天華的教育思想〉中也提到陳天華在生前的最後兩年中，寫了許多反帝國主義的文宣，也一直堅持辦新式教育是最有力的富強之道，因為將來世界「斷沒有不讀書的人可以存種」。[43]

其二在於團結民心，激發奮戰殺敵的氣勢。俗語：「好男不當兵，好鐵不打釘」的偏差觀念，使中國人未戰先輸。加上平日訓練不精實，對敵作戰只擔心無法生還，這與列強全民皆兵的訓練，是不能比較的。因此，對於十要，他有如下感慨：「這十要，無一件，不是切緊，勸同胞，再不可，互相觀望。還須要，把生死，十分看透，殺國仇，保同族，效命疆場。」存亡危急之際，殺敵衛國的決心不足，成了他最擔憂的一環。

對文明的學習，必須要體認民族革命是換取獨立自主的首要條件，陳天華認為應當「學那法蘭西，改革弊政」、「學那德意志，報復凶狂」、「學那美利堅，離英自立」、「學那義大利，獨自稱王」。而千萬不要學「張弘範，引元入宋」、「洪承疇，狠心毒腸」、「曾國藩，為仇效力」、「葉志超，棄甲丟槍」。面對洋人入侵，要懂得學習其長處，也要記取歷史教訓，效法民族英豪，擁有捨身衛國的情懷。他說：

> 文天祥，史可法，為國死節，到於今，都個個，頂祝馨香。

---

[43] 張顯菊：〈論陳天華的教育思想〉，《雲南社會科學學報》1995 年第 1 期，頁 83。

　　越怕死，越要死，死終不免。捨得家，保得家，家國兩昌。……
　　如無人，都貪生，望風逃散，遇著敵，好像那，雲見太陽。
　　或懸梁，或投井，填街塞巷，婦女們，被擄去，拆散鴛鴦；
　　那丁壯，編旗下，充當苦役，任世世，不自由，賽過牛羊，
　　那田地，被圈出，八旗享受；那房屋，入了官，變作旗莊。
　　還要我，十八省，完納糧餉，養給他，五百萬，踴躍輸將。
　　看起來，留得命，有何好處，倒不如，作雄鬼，為國之光。[44]

這段分析，將漢人最欠缺的殺敵決心，以及族群意識，作了深刻的呈現。因此，歸結作終，漢人要復興中國的前提，就是反滿革命。「只要我，眾同胞，認清種族；只要我，眾同胞，發現天良；只要我，眾同胞，不幫別個；只要我，眾同胞，不殺同鄉。」必然可救中國，因此他呼籲：

　　猛睡獅，夢中醒，向天一吼，百獸驚，龍蛇走，魑魅逃藏。改
　　條約，復政權，完全獨立；雪仇恥，驅外族，復我冠裳。到那
　　時，齊叫道，中華萬歲，才是我，大國民，氣吐眉揚。俺小子，
　　無好言，無以奉勸，這篇話，願大家，細細思量。瓜分豆剖逼
　　人來，同種沈淪劇可哀，太息神州今去矣！勸君猛省莫徘徊。
　　匈奴未滅，何以家為！[45]

《猛回頭》以漢滿族群問題作總結，同時也提醒民眾必須團結殺敵，

---

[44] 《革命先烈先進詩文選集》（一）中國國民黨黨史委員會輯錄，頁62。
[45] 同前註，頁64。

方能興滅國、繼絕世。而種族之辨，漢人與滿人之區分，對既有歷史
的回顧是建立民族國家的手段。晚清民族國家的形象建構中，通過對
歷史的回顧，除了傳統「夷夏之辨」、「反清復明」外，更結合當時的
時代思潮「種族論」、「進化論」，這種宣傳有其前瞻意識。[46]

　　西元 1902 年梁啟超在《新民叢報》發表〈新史學〉，認為中國欲
立足世界，當講求：

> 今日欲提倡民族主義，使我四萬萬同胞強力於此優勝劣敗之世
> 界乎？則本國史學一科，實為無老無幼、無男無女、無智無愚、
> 無賢無不肖所皆當從事，視之如飢渴飲食，一刻不容緩者也。
> [47]

　　而革命雜誌《浙江潮》中，有篇介紹曾鯤化《中國歷史·上》的
書評，說道：「歷史為國魂之聚心點，國民愛國心之泉源。」《江蘇》
雜誌的〈民族精神論〉也說：「故言民族之精神，則以知民族之歷史
與其土地之關係為第一義，而後可以進而言生存競爭之理。」皆提出
歷史重建與民族精神提倡有其不可分之關連存在。[48] 以世界潮流觀
之，民族國家的概念在形成過程中，定然會對民族歷史重新去建構與
發現，而《猛回頭》深刻的民族思想，也持續關心中國走向未來的途
徑。

---

[46] 邱巍：〈清末俗文學作品與民族國家的形象構建—以陳天華的《猛回頭》為中心〉，
《中共浙江省黨校學報》2003 年第 2 期，頁89。
[47] 梁啟超：〈新史學〉原發表於新民叢報，後收於《飲冰室文集》之九，頁7。
[48] 沈松僑：〈振大漢之天聲—民族英雄系譜與晚清的國族想像〉，《中研院近代史研究
所集刊》（2000 年 6 月），頁91。

　　西元 1903 年《猛回頭》出刊時，報刊廣告說：「是書以彈詞寫異族欺凌之慘劇，喚醒國民迷夢，提倡獨立精神，一字一淚，一語一血，誠普渡世人之寶筏也。」俗文學多以說唱或戲曲形式，流行於民間，雖然，高度政治意識的作品，在藝術表現上並不高明，彈詞創作的掌握也不甚通透，但透過俗文學宣傳，當時湖北省的革命團體，經常在士兵間流傳《警世鐘》、《猛回頭》及《黃帝魂》等書，而日知會更將革命小冊置於士兵床上，士兵每讀《警世鐘》、《猛回頭》等書即奉為瑰寶，思想及言論也漸有改良，士兵退伍後，將《猛回頭》改為歌本，傳唱其中內容，學堂中更以看《猛回頭》為樂。另外，1906 年龍華會會員曹阿狗因為四出公演《猛回頭》被捕，而遭浙江省金華知府殺害，並稱之為「逆書」，但索此逆書的人卻轉到上海購買該書，革命思想於是普及開來。革命宣傳面對中國萬千民眾，以平民熟悉的文學形式去呈現思想，才能為世俗接受。[49]

第三節　　理想世界—《獅子吼》及小說

一、以小說呈現維新意識

---

[49] 陳天華原作《猛回頭》本無法配樂歌唱，屬於案頭文學，但流布於民間後，受藝人改編而成為唱本，並以此樣貌存於民眾口耳之際，其收效將更形宏大。參邱巍：〈清末俗文學作品與民族國家的形象構建—以陳天華的《猛回頭》為中心〉，《中共浙江省黨校學報》2003 年第 2 期，頁 89。

　　《獅子吼》採章回小說形式撰寫，原載於《民報》小說欄第 2 至 9 號，刊載時間自 1904 年冬天到 1905 年 11 月，完成八回之後，陳天華便絕筆蹈海而亡，而成了遺作。雖然書未完成，不能全盤窺見未來中國藍圖，但透過書中人物的設定，仍可觀察出民主革命的理想寄託。

　　《獅子吼》在體例上雖屬章回小說，不過就啟蒙小說的特質而言，由教育大眾、開啟民智的角度出發，它可歸類為通俗小說或白話小說。[50]晚清小說在庚子拳亂之後，除了吳沃堯、李伯元、劉鶚、曾樸等人的譴責小說，或諷喻時政、批判官僚、反應現實之外，尤其是 1902 年梁啟超發表〈論小說與群治之關係〉後，救亡圖存的政治意涵，便與小說緊密結合在一起。

　　民眾對時事歷史的接受，多由說書、演唱而來，因此，革命宣傳遂由民眾熟悉的通俗小說入手，將政治思想融入通俗小說創作，藉之開導人民認識民族革命。梁啟超在〈譯印政治小說序〉說道：

> 在昔歐洲各國變革之始，其魁儒碩學，仁人志士，往往以其身之經歷，及胸中所懷政治之議論，一寄之於小說。於是彼中輟學之子，黌塾之暇，手之口之，下而兵丁、而市儈、而農氓、而工匠、而車夫馬卒、而婦女、而童孺，靡不手之口之，往往每一書出而全國之議論為之一變。[51]

---

[50] 梁啟超 1903 年在〈新小說〉中提到：「苟欲思想之普及，則此體非徒小說家當采用而已，凡百文章，莫不有然。」要普及於民間，在文字上就須採用俗語，因此通俗小說多用白話表現。

[51] 梁啟超：〈譯印政治小說序〉，《晚清文學叢鈔小說戲曲研究卷》，(台北：新文豐出版社，1989 年)，頁 14。

　　以變革觀點來說明白話文的感染力與時代性,已是晚清知識分子的共識。西元 1905 年,姚鵬圖在〈論白話小說〉中提到:「今日之白話報,即所謂通俗文,而小說家之流也,其為啟迪之關鍵,果以為國人所公認。」白話通俗小說創作,敘事可達「曲折詳盡、纖悉不遺」的地步,小說使用白話文表現內容,讓下層民眾看得懂、能理解,這是白話文比古文在敘事上的優勢。

　　小說界革命的倡導者,透過對西洋小說的翻譯、日本明治維新的理解,發覺白話文妙用無窮,能結合口語文字,將思想表達更清楚。但由於梁啟超等人過於提高小說的社會價值,過度強調其群治作用,使得藝術性表現偏弱,反而不能吸引民眾閱讀,加上文人久習文言,轉瞬間要改以白話文表達,往往陷入文白夾雜的窘狀,成功創作並不多,例如梁啟超創作的小說《新中國未來記》及劇本《新羅馬傳奇》,並不能算作成功的通俗作品。

二、通俗小說的寓言形貌

　　就革命派而言,自始便重視文學對教育民眾的作用,且運用民間文學去進行社會教育。而陳天華、秋瑾均是同一類的革命宣傳家,如《警世鐘》、《猛回頭》、《獅子吼》都屬於應用文學作品,呈現出「辭多恣肆、無所迴避」的剛健文風。[52]白話文是民眾日常的語言,自然不存在能否接受或適應的問題,晚清知識分子期望平民吸收新知、抵

---

[52] 羅福惠《辛亥時期的菁英文化研究》(武漢:華中師大出版社,2001 年),頁 86。

禦洋人,首要任務在於「開民智」,但廣開民智就必須擇其所能接受的文學工具,革命宣傳家於是回頭由傳統通俗小說去尋求出路。[53]於是通俗小說形式,開始為革命宣傳家運用。

但是一般傳統通俗小說充斥兒女情愛、誨淫誨盜的情節,並不能有社會改造的效果,要運用通俗小說,就必須有所警覺。以庚子拳亂為例,諸多研究者歸結義和團所崇信的神明後發現,它們都來自於民間的地方戲曲與小說,如《西遊記》、《三國演義》、《水滸傳》、《薛丁山與樊梨花》中的人物,對一般民眾而言都是小說戲曲中的英雄,西洋的船堅砲利在小說中,成了渾天大旗、雷火扇、陰陽瓶、九連環、如意鉤、火牌、飛劍,在文學薰陶下民眾的愛國行為,卻成了誤國悲劇,連清廷也認定八國聯軍之禍來自於農民民智低落。[54]在義和團史料中曾敘述當時的亂語,可見民智之低落:

> 神助拳,義和團,只因鬼子鬧中原。勸奉教,自信天,不信
> 神,忘祖先。男無論,女行奸,鬼孩俱是子母產;如不信,
> 仔細觀,鬼子眼珠俱發藍。天無雨,地焦旱,全是教堂止住
> 天。神發怒,仙發怨,一同下山把道傳。非是邪,非白蓮,
> 念咒語,法真言,升黃表,敬香煙,請下各洞諸神仙。仙出

---

[53] 胡適在〈逼上梁山—文學革命的開始〉中說:「在所有的文學裡,皆用活的文字、用俗語、用白話!……我坦白地指出,那些幾百年來都為人民大眾所喜愛,而卻為文人學者所鄙棄的白話小說、故事說部和戲曲,都是中國出產的第一流文學,其原因便是由於他們所用的文學工具之有效率,換言之也就是它們是不避俗語的作品。」

[54] 程華平:《中國小說戲曲理論的近代轉型》(上海:華東師範大學出版社,2001年),頁20。

洞，神下山，附著人體把拳傳。兵法藝，都學全，要平鬼子不費難。[55]

分明是迷信行為，卻巧妙運用俗民心理，將彈詞小說的形式，融入教義，以遂行偏激的民族主義。周作人認為當時他們的咒語其實混雜著大半道教與民間怪語，可是民眾相信者卻頗多。可見荒誕不經的思想，透過民間說唱、小說傳播後，其感染力是何等深刻！這種現象與中國北方農村長期養成的風俗信仰、民間傳說及小說戲曲有密切關係，這也是拳民能視死如歸的因素。

　　有鑑於此，當維新運動失敗，革命思潮高張之際，1902 年《新民叢報》刊出一篇〈新小說第一號〉，說：「蓋今日提倡小說目的，務以振國民精神，開國民智識，非前此誨盜誨淫諸作可比。必須具一副熱腸，一副淨眼，然後其言有俾於用。」正如歐美、日本的政治小說，要有識見去運用小說之力，民眾才能提升。小說界革命誠然是不易的，思想引導尤其是政治小說的目標，小說必須提供民眾在脫離既有傳統後，另一股文明的新生力量。

　　英國歷史學家湯恩比曾說：「每一種文明都有生、老、病、死的過程。當一種文明在其生長期，旺盛的的創造力，於文明的內部、外部及人民心理產生自願的歸附心理；當它逐漸喪失創造力，則會使人產生脫離意志，舊的文明會由親體（母體）日漸衰亡，而在新的子體文明中再生。」當二千年的儒家文化遭受時代巨變，不得不產生變革

---

[55] 通篇歌謠以三、三、七的韻文搭配，類於彈詞小說的唱白形貌。易使人朗朗上口，深入平民生活。見劉崇豐：〈義和團的歌謠〉，《民間文學月刊》1959 年 3 月 23 日，頁 85。

時，過渡時期的通俗小說就會扮演關鍵角色。我們不能以教化啟蒙之效果緩慢，就否定其變革價值。

　　西元 1902 年梁啟超提出小說界革命的呼籲，藉《新小說》雜誌創辦，收集以白話寫成的小說作品，運用小說薰、浸、刺、提之力，達到「新民」的目的。就革命思想而言，《新民叢報》及《新小說》初期都有革命思潮的影子。一般人認為梁啟超只有鼓吹維新而無革命思想，事實上《新小說》創辦之時，他是傾向於革命的。他在〈初歸國演說辭：鄙人對於言論界之過去及將來〉說：「壬寅（一九〇二）秋間，同時復半一新小說報，專欲鼓吹革命，鄙人感情之昂，以彼時為最矣。」以《新中國未來記》而言，則是他在小說界革命後，創作實驗性政治小說，也是寓言形貌的通俗小說。梁啟超說：

> 猶記曾作一小說，名曰新中國未來記，連登該報十餘回。其理想的國號，曰：大中華民主國，其理想的開國紀元，即在今年，其理想的第一任大總統，名曰羅在田，第二任大總統，名曰黃克強。……羅在田者，藏清德宗之名（愛新覺羅載湉），言其遜位也；黃克強者，取黃帝子孫能自強立之意。此文在座諸君想尚多見之，今事實竟多相應，乃至與革命偉人姓字（黃興）合，若符讖然，豈不異哉。[56]

　　引領民眾去追求理想的新國度，是晚清知識分子的共有想望，而

---

[56] 梁啟超回憶創作政治小說《新中國未來記》時，書中人物竟與真實革命志士相吻和，便以此調侃預言形貌的政治小說之效。轉引自張朋園：《梁啟超與清季革命》（台北：中央研究院近代史研究所，1999 年），頁 55。

《新小說》出現，對革命精神有著莫大鼓舞。政治小說如梁啟超〈新中國未來記〉、吳趼人〈二十年目睹之怪現狀〉；歷史小說如宇曾女士〈東歐女豪傑〉、吳趼人〈痛史〉；傳奇小說如祈黃樓主〈警黃鐘〉、小波山人〈愛國魂〉等，在當時確實有極大影響。黃遵憲曾寫信推崇梁啟超的《新小說》，信中說：

> 新小說報初八日以見之，果然大佳，其感人處，竟越新民報而上矣。僕所最貴者，為公之關係群治論及世界末日記，讀至「愛之花尚開」一語，如聞海上琴聲，嘆先生之移我情也。新中國未來記表明政見，與我同者，十之六七。……僕意小說所以難作者，非舉今社會中所有情態，一一飽嘗爛熟，出於紙上，而又將方言諺語一一驅遣，無不如意，未足以稱絕妙之文。[57]

以黃遵憲之說法，認為小說語法要合於民眾用詞，如果能將方言諺語驅使自如，則其藝術表現將更形理想。他甚至向梁啟超提及參酌《水滸傳》、《紅樓夢》、《醒世因緣傳》及泰西（外國）小說，將俗諺中的譬喻、形容及解頤用語，分別抄出運用，更可創新小說的意境，這見地顯然是極有價值的。

　　即使如此，後來胡適認定晚清的通俗小說，是群眾喜聞樂見的章回小說，這與《新小說》提倡的形式顯然有出入；然而陳平原認為，在小說表現上新舊對立的兩種概念，會巧妙結合的原因有兩個因素：一是探討歷史，二是面對現實。晚清知識分子為文學變革找依據時，

---

[57] 黃遵憲：〈光緒二十八年黃公度與飲冰室主人書〉，收於吳振清等編：《黃遵憲集·下卷》（天津：天津人民出版社，2003 年），頁 503。

須將廣受民眾喜愛的章回小說當盟友；另一方面，胡適標舉的優秀通俗小說如《水滸傳》、《紅樓夢》，認同其靈活語法仍是民間最愛。因此，吸取歐美敘事小說形貌，與參考章回小說觀點並存，並不是單純的新舊矛盾。[58]

　　由梁啟超引領的新小說風潮，鑑於歐美社會進步與小說的關係，將小說推許為文學之最上乘。倡導政治小說，意圖使之改造國民，然而一般民眾對非情節化設計且說理強烈的文字，接受度實在不高，民眾需求的娛樂價值，政治小說闕如。文學評論家阿英認為晚清小說繁榮的原因，在於「清室屢挫於外敵，政治又極腐敗，大家知道不足與有為，遂寫作小說，以事抨擊，并提倡維新革命。」於此考量下，陳天華寓言形貌的通俗小說《獅子吼》便誕生了。

三、《獅子吼》的理想世界

　　《獅子吼》是陳天華生前未完成的章回小說，除楔子外全文分八回。自西元 1902 年赴日後，他便汲汲營營創作啟蒙革命的作品，《警世鐘》、《猛回頭》及《獅子吼》都是這段期間的作品，這本小說雖未完成，但由前八回中仍可見到民族革命的思想。

　　在楔子裡託言由某處得一殘書，書中盡述混沌國人種的歷史，因其種族內鬥，遭外國瓜分而滅亡。某日在睡夢中，夢見自身參加反帝

---

[58] 陳平原：《文學史的形成與建構》（廣西教育出版社，1999 年），頁 104 -106。知識分子扮演學習者與教育者的雙重心態，轉化西學文明，成為適於中國施行的維新政策，也相當程度呼應「調和融通」的主要價值。

國主義戰鬥，後逃往深山為虎狼威脅，命在旦夕，突然一頭猛獅驚醒
怒吼，遂救了他的命，原來是一名仙人搭救，該仙人自稱軒轅黃帝，
遂令其重睹光復後的盛事。轉瞬間他到了一共和國，正召開「光復五
十年紀念會」，該國有說不盡的奇麗風貌，建設極為進步，其後進入
一「共和國圖書館」，翻閱「共和國年鑑」，年鑑描繪共和國建設及武
備如下：

> 全國大小學堂三十餘萬所，男女學生六千餘萬；陸軍常備軍
> 一百萬，預備兵及後備兵八百萬；海軍將校士卒，共一十二
> 萬，軍艦總共七百餘隻，又有水中潛航艇及空中戰艇數十隻；
> 鐵路三十萬里，電車鐵路十萬里；郵政局四萬餘所；輪船帆
> 船二千萬噸；各項稅銀每年二十八萬萬圓，歲出亦等。[59]

壯盛軍力及建設，是陳天華對新中國的期待。後得一黃絹書冊，即「光
復紀事本末」，前後共分二編，約三十萬言，前編談光復的事，後編
談國家獨立事宜。當此之際，被警吏發覺他偷書，於是一覺驚醒，枕
邊尚留該黃絹書冊，因書封面畫一獅子怒吼圖案，遂名之為「獅子
吼」。
《獅子吼》分作八回，其八回的題名分述如下：

第一回　數種禍驚心慘目，述陰謀暮鼓晨鐘
第二回　大中華沈淪異種，莽風潮激醒睡獅

---

[59] 《革命先烈先進詩文選集》（一）中國國民黨黨史委員會輯錄，頁 70。

第三回　民權村始祖垂訓，聚英雄老儒講書
第四回　孫念祖提倡自治，狄必攘比試體操
第五回　祭亡父敘述遺德，訪良友偶宿禪房
第六回　遊外洋遠求學問，入內地案結英豪
第七回　專制威層層進化，反動力漸漸萌機
第八回　鳥鼠山演說公法，宜城縣大鬧學堂

　　內容上，第一、二回的說理性較明顯，意圖教育民眾進化思想，以及中國歷史上同外族的征戰史，第三回後方有較明確的小說敘事成份。第一回題下有詩云：「紅種陵移黑種休，滔天白禍亞東流。黃人存續爭俄頃，消息從中仔細求。」講明人種的競爭的情況，首回的內容在介紹達爾文的進化論，並以俄國古今演變為例，強調為了生存競爭，人種間有優勝劣敗的狀況產生，提供第三回進入情節之後的生成背景。不過這種方式，卻也呈現出趣味性、審美性不足的缺失，這是晚清政治小說的通病。

　　關注現實、反應時局以及對西方文明的嚮往，已成了晚清政治小說的風貌，在十九世紀中葉之後，中國知識分子在思想上，已進展到吸收、融會、模仿及行動階段，落實「趨向西化，追求富強」的方針。[60]除了支持廣設新式學堂、派遣留學生之外，也運用民間文學傳達對中國前途的信心。文學發展一方面為社會所制約，另一面也成了新榜

---

[60] 此句所言蓋指晚清知識菁英對西方文明的學習，以逐步跳脫形式上的全盤搬移，轉而融會思索中國模式的文明方針，即如章太炎所說：「始則轉俗成真，終則迴真向俗。」的內化實踐狀態。參陳燕：《清末民初的文學思潮》（台北：華正書局，1993年），頁85。

樣，晚清文學在思想上採開放意識，對外來思想吸收，對社會大眾宣傳，彼此互動。[61]

　　第二回用極大篇幅，細數自秦漢以來力抗匈奴、魏晉時期五胡胡亂華（匈奴、鮮卑、羯、氐、羌），隋唐時期對回紇、突厥、吐番的征戰、宋朝強幹弱枝政策下，與契丹、女真及蒙古的外交軍事折衝，到明代面對寧古塔的女真部族，屢犯邊界，進而創建大清帝國止，各朝對外族的戰爭。陳天華尤其強調滿人對漢人的歧視與奴役，並引用史上有名的《揚州十日記》，揭舉滿人殘暴對待漢人及南明遺民的史實，喚醒種族意識、反滿決心。眼見清廷慈禧太后等守舊派，依然務行享樂、不問民族危亡，於是東南海中某小島，便由幾位豪傑，將中國光復過來。

　　進入第三回後，陳天華將場景拉至浙江省舟山島，有一民權村，其民風本素團結，教育普及，連洋人都不敢欺侮。該村設有議事廳、醫院、警察局、郵政局、圖書館、體育會等設施，又有蒙養學堂、中學堂、女學堂及工藝學堂，建設遠優於當時中國各地。至於為何會如此先進、與世獨立呢？則因明末滿人打到舟山時，孫姓始祖聚丁固守，力抗滿人，因此民權村就成了獨立區域。同時先祖也訓勉後輩，凡村民「永世不得應滿洲的考試，不許做滿洲的官，有違了此言的，即非此村的人，不許進祠堂。」加上該地曾擊退英軍，因此聲名大噪。

　　村中學堂來了一名總教習，叫做文明種，此人原是守舊儒生，後

---

[61] 當藝術反應人生理想時，一方面可對社會現狀進行批判、診斷，另一面也創造了新的價值標準及思考模式。阿諾德・豪澤爾在《從作者到公眾的路上》也認為：「藝術主要表達純粹的主觀與衝動，追求個人內在的舒緩，但在根本上也是一種傳播訊息，只有和接受者達成溝通效果，才能算成功。」同前註，頁91。

來赴日學習文明思想，回民權村後開始傳播新學。中學堂裡有三兄弟，其一喚孫念祖，自幼聰慧過人；其二為孫繩祖，人雖文弱，但筆下功夫了得。其三是孫肖祖，性喜武事，外地來了名叫狄必攘的學生，學問雖普通，卻武藝絕倫，十三歲能舉五百斤大石。文明種很看重他們，替中學堂取了聚英館的別號，並作祖國歌日日唱和，激發學生愛國心。

　　文明種最後一回講課時，提出「國民教育」的重要，言道：「學問有形質上的學問，有精神上的學問；諸君切不可專在形質上的學問用功，還須專注精神上的學問。」陳天華將國民教育的目的，解釋為民族主義，他援引《尚書》之「撫我則后，虐我則仇。」及《孟子》「民為貴，社稷次之，君為輕。」的說法，強調人民權益的重要性。受西方思潮的影響，因此文說：

> 照盧騷的民約論講起來，原是先有了人民，漸漸合併起來，
> 才成了國家。比如一個公司，有股東，有總辦，有司事；總
> 辦司事，都要盡心為股東出力；司事有不是處，總辦應當治
> 他的罪；總辦有虧負公司的事情，做司事的應告知股東，另
> 換一個。[62]

將人民比作股東，政府官員比作司事，而君主自然是總辦。巧妙比喻君、臣、人民三者之聯繫，也破除了「忠君不貳」的封建思維。這是《獅子吼》中重要的民權思想，透過蒙學將民權觀念教育給學生，也

---

[62]　《革命先烈先進詩文選集》（一）中國國民黨黨史委員會輯錄，頁84。

試圖破除長久被奴役的思想，讓革命的意義彰顯無遺。[63]此外，他對法國有無數盧騷追隨者，因此民主共和思潮能蔚為風氣，而中國雖有黃宗羲[64]以《明夷待訪錄》鼓吹君臣原理，卻無無法形成風潮而感到遺憾。革命宣傳之目的，不僅止於救亡圖存，更要建立民族國家。革命雜誌《江蘇》有篇〈政體進化論〉說：「欲達此莫大目的，必先合莫大之群；而欲合莫大之群，必有可以統一大群之主義，使臨事無渙散之憂，事成有可久之勢。」作者認為統一大群之主義，就是民族主義。

　　第四回則敘述文明種因為要散播文明種子，離開民權村後，這些學生自主編定學習章程，成立自治會的過程。會章如下：

> 有總理一員，書記二員，會計一員，稽查二員，彈正四員，代議士十人舉一人。總理員對於全體的會員，有表率督理之責任；書記員承總理之命，掌一切文件信札；會計員掌會中經費之出入；稽查員考查會員之行為；告知彈正員；彈正員遇會員有不法事情，糾正其非，報告總理員。[65]

此等規章，已具民主政治的雛形，權責相依，藉辦理學生自治會，培養西方民主的精神。民權的規則，在學堂自治章程裡得到充分落實。

---

[63] 孫秀榮：〈獅子吼—近代啟蒙文學的一次嘗試〉，《河北學刊》第 22 卷 1 期（2002年 1 月），頁 108。

[64] 黃宗羲，浙江省餘姚縣人。為明末遺老，專務經世致用之學，畢生鼓吹反清復明事業。曾考察中國山川形勢，精研政治思想，著有《明夷待訪錄》，對後世影響極大。

[65] 《革命先烈先進詩文選集》（一）中國國民黨黨史委員會輯錄，頁 87。

除此之外，又有「軍事體育」的練操章程，內如如下：

（一） 於本學堂每週（七日為一週）原有五點鐘體操之外，再加體
　　　 操課五點鐘。
（二） 於每禮拜三、禮拜六兩日開軍事講習會，各以兩點鐘為度。
（三） 於禮拜日將全堂編成軍隊，至野外演習，公舉 一人指揮。
（四） 每年開運動會兩次，嚴定賞罰，以示勸懲。
（五） 非入病院者，每日體操，和軍事講習體操等，皆不准請假。
（六） 教習及指揮人的命令皆宜遵守。
（七） 章程有不妥之處，可以隨時改良。
（八） 有違犯章程者，眾皆視為公敵。

該章程由尚武的狄必攘來撰擬，並由民權村每三年一屆的運動會，為
驗收成果的舞台。該運動會在作者筆下，卻像個國軍體能測驗，文云：

> 過了三十分鐘後，傳令開操，軍樂大作，先習徒手體操，後習
> 兵式體操；器械體操，危險體操，相繼並習。下午競走，由十
> 人一排競走，以至超越障礙物件競走。相撲擊劍各事，都依次
> 並作。……危險體操之中，有天橋一項，高約二丈，長三丈餘，
> 以鐵條作梯，削立如壁。走上去的人，兩手插腰，手不扶梯，
> 挺身直上。[66]

---

66 同前註，頁89。

所謂危險體操，大抵今日陸軍的五百公尺障礙[67]，而兵式體操也是晨昏運動重點。陳天華有意將尚武精神融入運動會中，使民眾勇悍、嫻於武藝，外人便不能輕侮。

此外，第四回另有兩個插曲，分別代表自由與女子教育的理念。其一是中學堂來了些性格輕薄的附讀生，行違規之事卻高舉自由的旗幟，不願改過。一位同學見公立女校的學生錢惠姑貌美，意欲輕薄，寫了封求婚書到女學堂，結果為監督識破，痛斥錢惠姑，惠姑欲全名節竟想尋死，後來鬧到中學堂去，學堂總理孫名揚便將這些惡行學生逐出校門。念祖便說：「自由二字，是有界限的；沒有界限，即是罪惡。於今的人醉心自由，都說一有服從性質，即是奴隸了。不知勢利是不可不服從的，法律是一定要服從的。法律也不服從，社會上必定受他擾害。又何能救國呢？」也因如此，方有設自治章程的事宜。

其二是村運動會上狄必攘體能過人，各項比賽都掄元，繩祖之胞妹女鐘不服，和狄必攘騎馬競賽，竟贏了他。這情節代表透過教育後，女子亦能習武，巾幗不讓鬚眉，同時也是女子教育的具體實踐。

第五回，先是狄必攘之父病亡，在遺書上提到要必攘不用守孝，應遠遊求學，並說：「當此種族將要淪亡之時，豈可拘守匹夫匹婦之諒，而忘乃祖乃父之深仇乎？」其父更以為有奴隸子孫，還不如無後，且交代不能以滿人喪葬服制來辦喪事，可見其民族意識。談到出國留學，念祖說：「日本的學問，也是從歐美來的，我們不如直接前往歐美，省得一番周折。世界各國的學堂，又以美國最為完備，且係民主初祖，憲法也比各國分外的好。」學習新學，赴美優先。但工藝軍事

---

[67] 陸軍體能鑑測的項目之一，分作低欄跨越、爬竿、扳牆、高跳台、沙坑超越、獨木橋及匍伏前進等項目。文中天橋一項，即如今日的高跳台。

呢？肖祖則說：「如今的世界，只有黑的鐵，赤的血，可以行得去。聽說德國陸軍，天下第一，弟甚想往德國去學習陸軍。」所謂「黑鐵、赤血」則是普魯士（德國）首相俾斯麥倡言的「鐵血政策」，俾斯麥以此橫掃歐洲，並打贏普法戰爭。當眾人皆放洋時，唯有繩祖認為內地風氣不通，開民智的工作應持續進行，他想辦報、寫小說，宣傳進步思想。

　　在這一回後段，則提到孫家三兄弟前往狄必攘家弔唁，途中遇見一僧人，該僧痛恨洋人，卻目光短淺，念祖趁機會教育，也介紹許多新交通工具：

> 西遊記說齊天大聖一個筋斗能走十萬八千里，又稱他上能入天，下能入海……哪知現在洋人竟實地裡做出這樣的事來了：電線傳信，數萬里頃刻即到。還有德律風，雖隔千里，對面可以談話。火車日能走四千多里，已快得不得了；又聞德國有一種電氣車，一分鐘能走九里，一點鐘走得五百四十里，聞說還可加倍，豈不更快？美國已有了空中飛艇，一隻可坐得三十人，一點鐘極慢走得一千里，即是一日一夜走得二萬四千里，三天可把地球周迴一次。[68]

那和尚聽得瞠口結舌，不過他還是愚昧地認為：「將來佛運轉時，一切自有重興的日子。」但事實上，西洋科技都是以人力去建構，絕不是上天賜予人民，該僧人的短識，也代表當時中國內地民智未通的情

---

[68] 《革命先烈先進詩文選集》（一）中國國民黨黨史委員會輯錄，頁95。

景。

要變化政治，必先改革風尚。1905 年《東方雜誌》上發表了〈論改良政俗自上自下之難易〉一文，文說：「我國近十年來，舉國上下，競言變法，揭其綱目，不外政俗二端，揣其要旨，則曰改良。」自甲午戰後，整個社會逐漸有「變政而不變俗，則政無由施；變俗不變政，則俗無由化。」的觀點。[69]梁啟超《清代學術概論》中也認為思潮由觀念變化而來，「愈運動愈擴大，久之則成為一種權威。及其權威漸立，則在社會上成為一種公共之好尚。」而 1908 年魯迅在〈破惡聲論〉中也說：

> 十餘年來，受侮既甚，人士因之漸漸出夢寐，之云何為國、云何為人，急公好義之心萌，獨立自存之志固，言議波湧，為作日多。外人之來遊者，莫不愕然中國維新之捷。內地士夫，則出接異域之文物，效其好尚語言，峨冠短服而步乎大衢，與西人一握為笑，無遜色也。[70]

表現出維新思潮已逐步由沿海向內地傳播的事實，而《獅子吼》的情節也希望透過演說宣傳，讓中國人民能瞭解世界變化之速，並加以進步。

第六回著重於反滿會所的成立，說道在四川省保事府南部縣，有

69　西元 1898 年在中國南方地區，已出現諸多閱報公會，藉此教育民眾，廣開內地新知。在當時如 1904 年可權的〈改良風俗論〉、1905 年申蘇的〈論中國民氣衰弱之由〉及 1907 年〈風俗篇〉都持相似的觀點。

70　轉引自孫燕京：《晚清社會風尚研究》（台北：知書房出版社，2004 年），頁 95。

一書院宗長馬士英，極好新學並積極排滿，留心西洋事務，在該省重
修岳王廟，組織新式會所－岳王會。為何以岳飛作精神象徵呢？則認
為歷史上稱得英雄者，只有關帝及岳王，但岳王替漢人驅逐女真人，
精忠報國而死，其情操可作為反滿標竿。而岳王會會員，每人可得一
部精忠傳，當岳王誕辰時，則演出精忠戲三本，會員平日須四出演說，
宣傳岳王精神及維新思想。由「民族英雄」感召民族意識，喚起民眾
種族革命的必要。狄必攘接觸長江一帶會所組織後，有效統整各會所
的排滿力量，並再造會所章程，設立十條會章如下：

（一）　本會定名為強中會。以富強中國為宗旨。所有前此名稱，蓋
　　　　皆廢棄。
（二）　本會前稱會中人為漢字家。今因範圍太小，特為推廣，除滿
　　　　州外，凡係始祖黃帝子孫，不論入會未入會，蓋視為漢字家，
　　　　無有殊別。
（三）　本會前次宗旨，在使入會弟兄患難相救，有無相通；於國家
　　　　之關係，尚未議及。今於所已有之美誼，仍當永守外，於其
　　　　缺陷之處，尤宜擴充。自此人人當救國為心，不可僅顧一會。
（四）　本會之人，須知中國者，漢人之中國也。會規中所謂國家，
　　　　係指四萬萬漢人之公共團體而言，非指現在之滿州政府，必
　　　　要細辨。
（五）　本會之人，嚴禁「保皇」字目，有犯之者，處以極刑。
（六）　會員須擔負義務：或勸人入會，或設立學堂報館，或演說會
　　　　所體操所，均視力之所能。會中有事差遣，不能推諉。
（七）　會員須操切實本領，講求知識，不可安於固陋。尤不可言仙

佛鬼怪星卜之事，犯者嚴懲。

（八）會員須各自食其力，不可擾害良民。會中款項，合力共籌，
　　　總要求出自己生財之道，不能專仰於人。

（九）會規有不妥之處，可以隨時修改。

（十）前此所設苛刑，一概刪除，另訂新章。

這十條規章有幾個特徵，一是確定反滿民族革命的路線，二是以漢人
的中國為奮鬥目標。同時可以清楚發覺他希望革命黨人必須有高貴的
操守，且嚴守紀律，並談論將岳王會及強中會加以合併的事宜。

　　第七回提到在日本的革命活動，陳天華巧妙地融入時事，以拒俄
活動遭清廷打壓為主幹，強調滿州政府對於革命社團，尤其是留學生
的思想監控。1906 年文人劉大鵬在《退想齋日記》寫到：「東洋遊學
畢業生，多係革命黨，裝束皆為洋式，私運軍火回華，專與國家為仇，
各省學堂之學生入其黨者亦眾。」劉大鵬是傳統的文人，在他眼中革
命思潮實已漫過大江南北。

　　晚清的新思想、風氣傳播，有兩種途徑：一是到城市讀書後將新
思想傳回鄉間，二是由新式報刊傳播。因為革命思潮如此熾盛，滿州
政府對於倡言排滿者，也有如下處置方式：

　　急策是把凡言排滿革命的人，一概殺了，永遠禁止漢人留學。
　　緩策是分幾項辦法：一不准漢人學習陸軍警察，專派滿人去
　　學；二不准一般漢人習政治法律，只准由每省指派數人去學；
　　三凡漢人留學，必先在地方官領了文書，沒有畢業，不准回

國；四不准學生著書出報；五不准學生集會演說。[71]

除上述舉動外，對行之既久的新式學堂，私人經營者關閉處置，而公
營者則換滿人作監督，嚴密監察學生動靜。於是有志之士便前往上海
成立共和學堂，及破迷報館，專門和政府作對，該報館有篇革命論說
道：

> 諸君亦知今日之政府，何人之政府也？乃野蠻滿洲之政府，而
> 非我漢人公共之政府。此滿洲者，吾祖若父欲報而不能，以望
> 之吾儕之為孫子者。初不料後人奉醜虜為朝廷，尊仇讎為君
> 父，二百餘年而不改也！披覽嘉定屠城之記，揚州十日之書，
> 孰不為之髮指目裂！而吾同胞習焉若忘，抑又何也？其以滿洲
> 為可依賴乎？彼自顧不暇，何有於漢人！東三省為彼祖宗陵墓
> 之地，不惜以與日俄，而欲其於漢族有所盡力，不亦慎歟？世
> 豈有四萬萬神明貴冑，不能自立，而必五百萬野蠻種族是依
> 者！諸君特不欲自強耳；如欲之，推陷野蠻政府，建設文明政
> 府，直反掌之勞也。[72]

類似言論，在中國的租界其實非常有聲勢，清廷也管不著。值得注意
的是，當梁啟超在十九世紀末引進的「民族」概念，衍生為革命派之
民族主義後，在宣傳革命時，必然強調排滿是種族區分，而非立憲派

---

[71] 《革命先烈先進詩文選集》（一）中國國民黨黨史委員會輯錄，頁 105。
[72] 同前註，頁 106。

・92・

認定的以中華文化作民族概念。[73]

　　進入第八回，先是提到清廷擄獲一疑似革命黨員，並在公眾視聽下刑求致死，此事讓洋人知悉後，對慈禧為首的清廷極不滿，反而將先前拘禁的革命黨員釋放了，他認為這是漢人與滿洲政府首次立於平等地位，頗有價值。此外，對於會黨兄弟的安置，狄必攘說：「咱們兄弟，也有好幾萬，不想各辦法安置他們，恐怕也有做出那些事的。」他認為只有多開些工廠，各人都有安置之處，而文明種則說：「這個法子可以行，全不施點教育，終久要出毛病的。就在工廠內，添一個半日學堂，教他們一面做工，一面就學，不是更好嗎？」提倡工讀制度，也是陳天華的理念，張顯菊認為他堅決主張教育救國，提倡辦新學堂、特別是興女學及工讀學堂，證明他見到當時中國的困境。[74]

　　陳天華將《獅子吼》稱作「新理想小說」，表現作者的理想主義。孫秀榮認為《獅子吼》的成功，在於陳天華熟悉民眾藝術欣賞的習慣，作品純用白話，也運用章回小說使民眾樂於接受，在當時是難能可貴的。不過這類政治小說都有故事性不強的缺點，人物出現只為宣達理想，在形象塑造及小說結構上都不夠嚴謹。不過這是因為當時過份強

---

[73] 革命派認為只要推翻滿清政府，就能避免列強瓜分，更認為革命只要「循乎國際法」，有秩序進行，列強就不會干涉，實則一廂情願。梁啟超曾批評說：「秩序的革命絕不詒外國以干涉之口實，苟非欺人，其必自欺而已。」參羅福惠：《辛亥時期的菁英文化研究》（武漢：華中師範大學出版社，2001 年），頁 162。

[74] 1900 年庚子拳亂後，清廷逐漸體認到政治變革及人才培育的迫切性，地方總督如張之洞、劉坤一等人，奏請〈籌議變通政治人才為先〉一摺，認為中國會衰弱，在於缺乏人才且毫無志氣。要改善危機的最佳方式便是興學，而光緒廿九年（1903 年），清廷以張之洞湖北學務章程為主綱，頒訂《奏定學堂章程》，成為晚清教育革新的主藍圖。詳參邱秀香：《清末西式教育的理想與現實—以新式小學堂興辦為中心的探討》（台北：國立政治大學歷史學系，2000 年），頁 17-20。另參張顯菊：〈論陳天華的教育思想〉，《雲南社會科學》1995 年第 1 期，頁 88。

調小說社會功用，而忽略小說的文學特點所致，當然這也是過渡期的小說通病。《獅子吼》內容於此作終，很明確可看出對於啟蒙中國，陳天華對民權教育是如何看重，除了寓託個人的社會理想外，在文中也表現反對洋人瓜分中國的立場，更虛心接受外國文明薰陶，認為愈是深入學習，更能喚起民眾，完成民族獨立的目標。

第三章　呐喊之歌—秋瑾的革命歌謠

第一節　獻身革命之序曲

一、　獻身革命勇赴國難

　　秋瑾（1875-1907），原名閨瑾，乳名玉姑，字璇卿，浙江省紹興縣人，自稱鑑湖女俠、但吾、秋竟、竟雄，筆名秋千、漢俠女兒。她長於書香門第，幼時在母親教導下，對詩詞歌賦極為喜愛，在《烈女傳》中見識到許多對家國有貢獻的女性，但她更醉心於欣賞《唐詩三百首》、《千家詩》，加上天資聰穎、過目成誦，很快便學會平仄、押韻等作詩章法，在《六六私乘》中就記錄著：「偶成小詩，清麗可誦。」可見幼時便展露在詩詞上的天分。其祖父及父親均為鄉試舉人，對詩文頗有根柢，常為她講詩說文，「留得琳瑯千萬句，好吟詞賦作書痴。」足見其創作之豐、樂以吟詩。

　　西元 1890 年之後，秋瑾來到湖南長沙，三湘楚水的瑰麗曼妙，營造創作的靈感，她將景色融入詩作，成了詩歌創作的第一個高峰期。但在婚後，她對於精神的追求卻深感困頓，但感「世俗惟趨利，人誰是賞音！」的愁苦心靈，使其詩風陡轉深沈。到了 1902 年夏天，她隨丈夫赴北京，見到清廷國勢低迷的慘狀，帝國主義在北京燒殺擄掠，人民被當作奴隸對待，在〈感事〉詩便嘆道：

竟有危巢燕，應憐故國駝。東侵猶未已，西望竟如何！儒士
思投筆，閨人欲負戈。誰為濟時彥，相與挽頹波！[1]

這首詩被視為她詩歌風格及思想上的轉折，自此詩作轉以家國之痛、
反映時局為重心。在北京期間因認識吳芝瑛，吸收西方新學，世局在
其心靈逐漸澄明，文明進化的思維，更使其思想傾向維新。但其夫婿
王廷鈞卻終日沈迷煙花，還聲稱要納妾，這對思想自主的秋瑾而言，
雖未離婚，唯有選擇離家出走，但心中對於女人無法自立的窘況有了
反省，女權思想開始萌發。她期望中國婦女都能覺醒，「放足前除千
載毒，熱心喚起百花魂」便是此時的心理映照。

到了 1904 年春天，對秋瑾而言，則是投入革命的開端。日本友
人服部繁子向秋瑾介紹日本婦女生活、社會地位及受教育情形，這些
描述對她走出家庭束縛有深刻影響。加上在上海時期閱讀革命報刊
《警鐘日報》，對祖國的存亡有了警覺，她深感要革除人民奴隸地位，
必先投入救國事業，於是她前往日本，就讀實踐女學校，該處有世界
最新的書報、國際大事，也有深愛的《新民叢報》、《清議報》可閱讀。
她也積極參與留學生會館的活動，並主辦婦女活動，活躍的表現使之
成為留日學生界的知名人物。[2]隔年她在日本加入光復會，並在 1905

1　郭長海、郭君兮輯注：《秋瑾全集箋注》，（長春：吉林文史出版社，2003 年），頁
　109。

2　秋瑾當時積極加入日語講習會、演說練習會，鍛鍊語文能力及演說技巧，制訂《演
　說練習會簡章》13 條，期約每月開會演說一次，「凡關於各專門學及新理想議論
　精確於國內有影響者，其稿交書記錄存，以備印刷發行。」真正做到文言合一。
　由於深感「欲圖光復，非普及知識不可，乃仿歐美新聞紙之例，以俚俗語為文。」
　因而創辦《白話》雜誌。此外，更投入婦女運動，恢復了共愛會組織，並加入反
　清會黨三合會，學習製造炸藥，並成了準備進行暗殺行動的十人會成員。

年夏天成了同盟會成員，正式投入革命活動。

　　秋瑾對於革命活動的奉獻，著力處在革命宣傳及教育，並積極提倡女權思想，她以豪邁雄渾的詩風，寫下動人心魄的革命歌謠，喚起民族意識。後來，她因為反對日本政府頒佈的《取締清國留學生規則》而回到紹興，並於湖州南潯鎮任潯溪女學的教席。湖州雖小，但鄰近太湖，交通相當便利，新式學堂開辦早，維新思想容易傳播，秋瑾想以此作革命準備及宣傳基地，並藉之將世界局勢和革命思想，進一步傳播。值得注意的是女子學堂的設立，其實有絕大因素在掩護革命，如上海的愛國女學、廣州的壼德女子學校、繽華女子學校及擷芬女子學校，都培訓不少革命志士，呼喚更多婦女獻身革命。而晚清也因此出現許多女子團體，1903 年日本「共愛會」便是拒俄運動的看護軍，1905 年留日女學生也組織「中國留日女學生會」，發行《中國新世界》雜誌，甚至武昌起義後，還有「女子北伐隊」、「女子暗殺團」的出現，史證歷歷，可見女子對國家的付出及責任。[3]

　　作為時代傑出女性，秋瑾除了在革命事業與婦女解放運動中堪為表率外，於文學領域的表現也同等出色。以 1904 年於日本創辦的《白話》雜誌觀之，其內容兼蓄論說、教育、理科、時評、談叢、歌謠、戲曲，她在《白話》雜誌上發表了鼓動人心的篇章，如〈演說的好處〉、〈警告中國二萬萬女同胞〉、〈警告我同胞〉等，在留日學生界影響極深。而 1906 年後，投入革命的激情益深，她的詩作充滿熾熱有力的

---

[3]　國父孫中山先生曾讚譽婦女對革命之奉獻，說：「女界多才，其入同盟會奔走國事，百折不回者，已與各省志士媲美。至若勇往從戎，同仇北伐，或投身赤（紅）十字會，不辭艱險，或慷慨助餉，鼓吹輿論，振起國民精神，更彰彰在人耳目。」詳參孫嘉鴻：《晚清革命文學研究》（政治大學中文研究所碩士論文，1984 年），頁 174。

語言。該年秋天，秋瑾正送徐錫麟往安徽任職，接著湖南方面傳來發
動萍瀏醴起義，需要浙江、江蘇方面的支援響應，長江流域情勢大好，
面對革命的高潮，秋瑾寫下〈秋風曲〉：

> 秋風起發百草黃，秋風之性勁且剛。
>
> 能使群花皆縮首，助他秋菊傲秋霜。
>
> 秋菊枝枝本黃種，重樓疊瓣風雲涌。
>
> 秋月如鏡照江明，一派清波敢搖動？
>
> 昨夜風風雨雨秋，秋霜秋露盡含仇。
>
> 青青有葉畏搖落，枝頭胡鳥不勝愁。
>
> 只有秋來最蕭瑟，漢塞唐關秋思發。
>
> 塞外秋高馬正肥，將軍速索黃金甲。
>
> 披上金甲戰胡狗，胡騎百萬回頭走。
>
> 將軍大笑呼漢兒，痛飲黃龍自由酒。[4]

這首詩風格雄渾、語言通俗易懂，展現對革命事業的信心。龔喜平認
為秋瑾之文體革新有務實、尚俗、切用、崇外、求變、創新等特徵，
更對秋瑾諸多似歌行體的詩作，取了「歌體詩」的稱號，認為在近代
文學的演進中扮演重要角色。[5]

---

[4] 郭長海、郭君兮輯注：《秋瑾全集箋注》，（長春：吉林文史出版社，2003 年），頁
142。

[5] 龔喜平認為秋瑾詩歌能打破古典詩格式，並使詩歌語言自由活潑，而歌體詩的特
徵在於詩文以歌為體並配譜歌唱，在近代民族革命中產生通俗、自由的革命詩歌，
均可歸為歌體詩。歌體詩自成規範，特別是在節奏韻律、句式語序上有所創新，
文白相間，散韻雜揉，語意自然而近於散文，可視為五四新詩運動前期，詩歌改

　　1907 年徐錫麟[6]刺殺安徽巡撫恩銘後，安慶起義亦失敗，那年秋天秋瑾在浙江省紹興被捕，並在紹興丁字街古軒亭口赴難。當時社會輿論是同情秋瑾的，同年 8 月 13 日《申報》便發文駁斥清廷：

> 秋瑾之殺無供詞，越人莫不知；有之則惟"寄父是我同黨"及"秋風秋雨愁煞人"之句耳。而今忽有供詞，其疑者一。秋瑾之言語文辭，見諸報章者不一而足，其文詞何等雄邁，其言語何等痛快！而今讀其供詞，言語支離，情節乖異，大與昔異，其可疑者二。然死者已死，無以質證，一任官吏之矯揉造作而已，一任官吏之鍛鍊周納而已，然而自有公論。[7]

秋瑾冤死，卻警醒許多意圖觀望清廷維新的人，由時論中也可得知其言論深植人心，而詩文雄渾豪邁，呈現激昂的時代精神。

革運動的轉型之作，同屬「詩界革命」之體系。而黃遵憲〈軍歌〉、梁啟超〈愛國歌〉、秋瑾〈勉女權歌〉、劉大白〈賣布謠〉及諸多學堂樂歌均是例證，筆者以為該體和民間歌謠、樂府歌行體有深刻聯繫。相關研究可見龔喜平：〈秋瑾的歌體詩創作與中國近代詩體變革〉，《西北師大學報》第 37 卷 2 期，頁 22。及另篇〈秋瑾文體革新理論與實踐考論〉，《西北師大學報》第 39 卷 2 期，頁 25-28。

[6] 徐錫麟（1872-1907），字伯蓀，浙江省紹興縣人。清光緒廿六年義和團事件後，激起愛國心，蓄志革命，後任紹興學府教師，並於期間認識蔡元培，加入光復會。清光緒卅一年，創辦大通學學堂，提倡新式教育，並於該年結識由日返國的秋瑾。1907 年為安徽巡撫恩銘升為省巡警處會辦，兼巡警學校校長，他與秋瑾密謀起義，雖於巡警學校畢業典禮上親手擊斃恩銘，卻也被捕遇難，得年卅五歲。

[7] 此文為 1907 年 8 月 13 日之〈紹獄供詞匯錄〉，《申報》本非革命報刊，但當時民間輿論傾向，連守舊派仕紳亦不認同清廷兇暴地處決秋瑾。他們認為「秋瑾沒有口供，按律不應該殺沒有口供的人；軒亭口是殺強盜的地方，秋瑾不是強盜，不應該到那裡去殺；婦女只有臚刑和絞刑，秋瑾不應該用斬刑。」是而當時輿論均以為秋瑾被殺是冤獄。見夏曉虹：《晚清女性與近代中國》（北京大學出版社，2004 年），頁 293。

　　秋瑾對群眾心理甚為理解，利用民眾看戲聽歌的愛好，來進行教育及宣傳，尤其運用講唱文學的特徵，將革命思維融入俗文學創作中。在彈詞《精衛石》的序文上，她認為中國廣多人民為何未出現豪傑，其因素在於民眾「苦於智識毫無，見聞未廣，雖各種書籍，苦文字不能索解者多。故余也譜以彈詞，寫以俗語，欲使人人能解。」彈詞自由靈活的形式，正是深受婦女喜愛的文類，秋瑾將革命及女權思想，以俚俗之筆法、曉暢的文句，加以傳播。散文創作堪稱通俗自然，學界認為這與其受梁啟超報館體啟發有關，「尚俗」是她對民間文學的自覺，更是白話文學的實踐，當時的革命家如鄒容、陳天華、高旭、馬君武都是箇中代表。

二、豪邁詩詞振奮人心

　　秋瑾詩詞不僅才情卓越，更是充滿戰鬥氣息的革命歌謠。起先秋瑾作詩題材較狹小，多詠時傷物的婉麗之作，少女時期詩詞但見其文采，隨之閱歷漸長，蟄伏在心靈的家國之情，亦逐漸變化詩風。尤其是見到甲午戰爭的潰敗及列強瓜分中國的態勢，更使其創作充滿對時局關切之心，詩中亦漫著愛國情操。

　　居北京時期，對秋瑾愛國思想萌發是催化劑。她的丈夫王廷鈞是頑塚子弟，對未來沒理想，只想捐官求位，對秋瑾而言，其心中苦悶可謂與日遽增，於是她開始留心文明思潮，而在這期間所作的詩歌，其思想價值是很深刻的。

　　首先，秋瑾認為世俗中以財招賢的功利思想是值得批判的，便以

〈黃金台懷古〉為題書寫不滿:「蘇州城築燕王台,招士以財亦可哀!
多少賢才成底事,黃金便可廣招徠?」這是一首七言絕句,但秋瑾雄
渾的詩風,隱然成風。在詞作方面,以〈踏莎行·陶荻〉為例,可察
覺女子獨立思想的雛形:

> 對影喃喃,書空咄咄,非關病酒與傷別。愁城一座築心頭,
> 此情沒個人堪說。志量徒雄,生機太窄,襟懷枉自多豪傑。
> 擬將厄運問天公,蛾眉遭忌同詞客![8]

1902 年秋瑾在北京認識同鄉陶大鈞的妾,人稱陶荻子,二人親如姊
妹,故在詞上屬名陶荻,這闋詞透露其夫妻關係的不睦,並以「遭忌」
自況,但她仍勇於面對,反有「問天公」之聲,因之可見反抗婚姻束
縛的思緒。直到 1904 年她與夫婿鬧翻後,另一闋詞〈滿江紅〉更表
現出爭取自主生活的決心,吟道:

> 骯髒塵寰,問幾個男兒英哲?算只有蛾眉隊裡,時聞傑出。良
> 玉勛名襟上淚,雲英事業心頭血。醉摩挲長劍作《龍吟》,聲
> 悲咽。　自由香,常思熱。家國恨,何時泄。勸吾儕今日,各
> 宜努力。振撥須思安種類,繁華莫但誇衣玦。算弓鞋三寸太無
> 為,宜改革。[9]

---

8 同前註,頁 323。
9 郭長海、郭君兮輯注:《秋瑾全集箋注》,(長春:吉林文史出版社,2003 年),頁
　324。

　　該作曾發表在《小說林》，後收入《秋風秋雨集》，字裡行間充滿熱誠與國仇家恨，對女性能力的肯定與女權的鼓吹，有深刻的描寫。以上所列詩詞是比較切合自身處境的作品，待東渡日本後，秋瑾在眼界上大為開展，舉凡反對帝國主義的戰歌、婦女解放的宣言、民族革命的號角，均成為她獻身革命的呼喊。[10]面對局勢蜩搪的晚清，在〈如此江山〉中可見其情：

> 蕭齋謝女吟《愁賦》，瀟灑滴檐剩雨。知己難逢，年光似瞬，雙鬢飄零如許。愁情怕訴，算日暮窮途，此身獨苦。世界淒涼，可憐生個淒涼女。　日歸也歸何處？猛回頭祖國，鼾鼻如故。外侮侵凌，內容腐敗，沒個英雄作主。天乎太瞽！看如此江山，忍歸胡虜？豆剖瓜分，都為吾故土。[11]

詞意醒目之處，在於秋瑾東渡日本期間，也曾觀看著陳天華的革命書刊《猛回頭》，深受其剖析列強侵凌中國的影響，希望人民能覺醒並起抵抗侵略。另一首〈鷓鴣天〉也是代表：

> 祖國沈淪感不禁，閑來海外覓知音。金甌已缺總須補，為國犧牲敢惜身。　嗟險阻，嘆飄零，關山萬里作雄行。休言女子非英物，夜夜龍泉壁上鳴！[12]

---

[10] 秋瑾的詩文有切合時用的原則，赴日後倡導演說文體，或譜寫革命歌謠，演說民主、女權思想，重視詩文的實用價值與社會效應。詳參龔喜平：〈秋瑾的歌體詩創作與中國近代詩體變革〉，《西北師大學報》第 37 卷 2 期，頁 26。

[11] 同註 9，頁 331。

[12] 郭長海、郭君兮輯注：《秋瑾全集箋注》，（長春：吉林文史出版社，2003 年），頁

無論心理或行為層面，秋瑾的詩詞表現其不凡格調與思考向度，人稱其詞「豪放凌厲，不讓鬚眉」，由上述詞作中不難發覺。

近代中國的思想制度甚至是文學，均有向西方學習的傾向，梁啟超曾說：「歐洲之意境、語句，甚繁富而偉異，得之可以凌爍千古，涵蓋一切。」黃遵憲也認為詩歌要有新意境，必須「吟到中華以外天」方可。秋瑾的創作，也受西洋愛國歌詞的影響，並結合新式學堂樂歌的形貌，創作出歌行體歌謠，以如歌般唱詞，吟詠時代的聲音，唱出人民心中的吶喊。晚清革命文學作家，均為當日傑出的思想家及政治家，對社會風尚的轉變及時代思潮，能做出敏銳的觀察，特別在文學觀念的轉變中，晚清文學常擔任啟蒙的角色。章太炎是革命運動的文化代表，他主張革命文學應呈現「叫佻恣肆」、「跳踉搏躍言之」的風貌，也提倡質樸與科學精神兼有的風格，以詩歌而言，他認為戰鬥性文字當有「意氣飛揚」、「精爽凌厲」的節奏，在《革命軍》序言裡說道：

> 嗟乎！世皆囂昧而不知話言，文主諷切，勿為動容，不振以雷霆之聲，其能化者幾何？異時義師再舉，其必墮於眾口之不偟，既可知已。今容為是書，壹以叫佻恣言，發其慚恚。雖囂昧若羅、彭諸子，誦之猶當流汗祇悔，以是為義師先聲，庶幾民無異志，而材士亦知所返乎。[13]

簡以言之，他充分體認宣傳革命時，通俗的語言在教化上之莫大作

333。
13 郭紹虞主編：《中國近代文學論著精選》（台北：華正書局，1982 年），頁 401。

用，而說書唱歌，教化之效尤其顯著，大量運用淺白的詩文，甚至歌謠體，則是革命宣傳運用民間文學形式之原因。

三、取法西洋以啓教化

　　近代文學中，反抗列強帝國主義侵略與爭取民族獨立始終是主旋律。在時代的推波助瀾下，西洋譯詩也充滿濃厚的愛國精神，其形式也滋養了晚清的革命文學。[14]以法國國歌《馬賽曲》而言，其旨在爭取民族獨立，1902 年梁啓超將其收入《飲冰室詩話》中，1907 年《民報》將之轉譯作〈佛蘭西革命歌〉，刊於該報 13 期，而民初詩人劉半農也在 1916 年轉譯為中文，發表於《新青年》上。劉半農轉譯的《馬賽曲》第一章如下：

　　　　我祖國之驕子，趨赴戎行。今日何日，日月重光！暴政與我敵，
　　　　血旗已高揚！君不聞四野賊兵呼噪急？欲戮我眾，欲殲我妻我
　　　　子以勤王。

---

[14] 最早翻譯的西洋詩歌，乃王韜所譯的法國國歌及德國的《祖國歌》，法國國歌即《馬賽曲》，原名《萊茵軍戰歌》，相傳為上尉軍官盧日・里勒（Rouget de Lisle）所寫，充滿自由革命的氣息；而德國《祖國歌》則由蔡鍔將軍將之收入《軍國民篇》中，並認為該曲呼喚著一種生生不息的精神，也就是國魂，他說：「吾讀其《祖國歌》不禁魄為之奪，神為之往也。德意志之國魂，其在斯乎！其在斯乎！今為錄之，願吾國民一讀之。」愛國詩歌之動人，由之可見。詳參郭延禮：《近代西學與中國文學》（南昌：百花洲文藝出版社，1999 年），頁 189-191。

（和歌）

　　我國民，秣而馬，屬而兵，整而行伍，冒死進行！瀝彼穢血以
　　為糞，用助吾耕！[15]

歌謠內容藏著民主的聖火，鼓著戰鬥的號角，這種愛國歌詞對充滿啟
蒙精神的革命歌謠有著深切啟示。

　　民歌存於民眾口耳之間，易於記誦亦可改造民心，革命事業之方
針，在於通過教育提升民族意識、啟迪民智，造就新國民。所以無論
鄒容《革命軍》中強調的革命教育，或是陳天華《警世鐘》、《猛回頭》
的思想教育，皆運用不同論述去描繪新國民，對於改造國民性的共同
認知，是極相近的，雖然其後證明在執行上並不成功。[16]

　　不過，晚清思潮中對一般民眾施予國民教育，已是知識菁英的共
識。魯迅推崇歐洲革命詩人如：拜倫、彌爾頓、雪萊、穆爾等人的詩
作，並認為：「蓋人文之留遺後世者，最有力莫如心聲。古民神思、
接天然之閟宮，冥契萬有，與之靈會，通其能道，爰為詩歌。其聲度
時劫而入人心，不與緘口同絕；且蓋漫衍，視其種人。」他認為詩歌
能通人心思，描繪心聲，以之移人性情，有潛移默化之效。[17]因此在

15　劉半農提倡白話詩創作，他運用楚辭形式將外國軍歌轉譯為中文歌謠，擬以之激
　　勵民心、振發國魂。原載於宮愚譯：《外國民歌201首》（北京：人民音樂出版社，
　　1987年），頁6-8。
16　晚清維新派人士梁啟超認為中國人「民智未開」，不宜鼓動革命；但章太炎則以革
　　命就是開民智的最佳方式來反駁，不過革命派在一定程度上過分誇大其效用，反
　　而遭受多次起義失敗，辛亥革命後的時局亂象，與多數人未具備民主素養有極大
　　關聯，在思想層面上證實梁啟超的看法是正確的。參李喜所：〈辛亥革命與思想啟
　　蒙〉，收於《中國近代社會與文化研究》（北京：人民出版社，2003年），頁364。
17　魯迅認為：「以詩移人性情，使即於誠善美偉強力敢為之域，聞者或譏其迂遠乎；

〈摩羅詩力說〉有段對詩歌啟蒙的見解：

> 蓋詩人者，攖人心者也。凡人之心，無不有詩，如詩人作詩，
> 詩不為詩人獨有，凡一讀其詩，心即會解者，即無不自有詩人
> 之詩。無之何以能解？惟有而未能言，詩人為之語，則握撥一
> 彈，心弦立應，其聲激於靈府，令有情皆舉其手，如睹曉日，
> 亦為之美偉強力高尚發揚，而污濁之平和，以之將破。[18]

文藝閱讀者須能接受作者心思，方能感通作品深意。馬以鑫在〈以啟
蒙出發的文學接受觀〉中認為文藝接受的方式，在於結合視覺、聽覺，
使觀眾樂於親近文學形式，並相信科學並不能取代文學，因為文學講
求人生至誠之理，也是人生的教科書。

革命歌謠創作，需要一股剛健威猛的氣息，秋瑾的詩詞頗見其
情。魯迅曾對歐洲革命詩人作詮釋：「無不剛健不撓，抱誠守真；不
取媚於群，以隨順歸俗，發為雄聲，以啟其國人之新生，而大其國於
天下。」他相信無論是思想家或作家，都是「精神界之戰士」[19]，而
至誠、溫煦的詩人之聲，將使群體產生思維上的變化。必須對西洋詩

而事復無形，效不顯於頃刻。」他信任文學藝術的「移情」作用，雖然效果不明
顯迅疾，卻能在精神、思想層面改變人的行為，這便是文藝啟蒙的作用。見馬以
鑫：《中國現代文學接受史》（上海：華東師範大學出版社，1998 年），頁 85。

[18] 轉引自馬以鑫：《中國現代文學接受史》（上海：華東師範大學出版社，1998 年），
頁 85。

[19] 〈摩羅力詩說〉有云：「今索諸中國，為精神界之戰士者安在？有作至誠之聲，致
吾人于善美剛健者乎？有作溫煦之聲，援吾人出于荒寒者乎？家國荒矣，而賦最
末哀歌，以訴天下貽後人之耶利米，而未之有也。」對中國作家的呼喚，其激切
之情，躍然紙上。

歌的戰鬥精神加以學習，啟發民族意識及國民性，而革命宣傳使用的
文學，也須代表時代趨向的白話文學。胡適在《中國新文學大系·建
設理論卷》導言說：

> 中國白話文學的運動當然不完全是我們幾個人鬧出來的，因為
> 這裡的因子是很複雜的。我們至少可以指出這些這些最重要的
> 因子：第一是我們有了一千多年的白話文學作品：禪門語錄，
> 理學語錄，白話時調曲子，白話小說。……第二是我們的老祖
> 宗在兩千年之中，漸漸的把一種大小同異的「官話」推行到全
> 國的絕大部分……第三是我們的海禁開了，和世界文化接觸
> 了；有了參考比較的資料，尤其是歐洲近代國家的國語文學次
> 第產生的歷史，使我們明了自己的國語文學的歷史，使我們放
> 膽主張建立我們自己的文學革命。[20]

在這段文字中，第三點確切提到歐洲國語文學對白話文的影響，也證
明對西洋文學的借鑒。因此，如何創造「活的文學」及「人的文學」
便成了白話文運動的中心思想，1916 年胡適前往美國克利夫蘭
（Cleveland）參加「第二次國際關係討論會」，發表〈逼上梁山—文
學革命的開始〉一文，並對改良中國文學提出看法：

> 今日所需，乃是一種可讀、可聽、可歌、可講、可記的言語。
> 要讀書不須口譯，演說不須筆譯；要施諸講壇舞壇而皆可，誦

---

20 胡適編選：《中國新文學大系（一）·建設理論卷》(上海：上海文藝出版社，2003
年)，頁 15。

之村嫗女孺皆可懂。不須如此，非活的言語也，絕不能成為吾
國之國語也，絕不能產生第一流的文學也。[21]

強調婦孺能解的語言，才是活的文學，注意到民間文學的教化作用。
胡適提到晚清「有一班遠見的人，眼見國家危亡，必須喚起那最多數
的民眾來共同擔負這個救國的責任。他們知道民眾不能不教育，而中
國的古文古字是不配做教育民眾的利器的。」大眾所能接受的文藝，
就是民間文學，胡適觀察到死的文言會束縛人民的思想，自然也無法
改造國民性，因此要發展活的民間文學來讓思想自主、教育平民。

　　由取法西洋文學回歸到中國文學革新，晚清的文學形貌卻不因強
調俗語，而取代文言地位。對韻文而言，詩體及格律雖無多大突破，
卻因相似於民歌的詩文廣為民眾接受，使得質樸自然的民歌、曲藝地
位提昇，在報刊上徵求歌謠、唱本，也使得歌唱風氣大盛。[22]

第二節　　喚醒國魂之詩歌

---

[21] 同前註，頁 18。
[22] 晚清的俗語文學只是一個原則性的標準，表現上雜揉古文、駢文、翻譯文及俚語，
並無多大創新，但風格曉暢清晰，極受歡迎。當時的白話作家，多數由實用性去
看待白話文，如梁啟超如此善於揮灑文字魔力的大家，撰寫《新中國未來記》時，
自承：「似說部非說部，似稗史非稗史，似論著非論著，不知成何種文體了。清代
由於散曲不能演唱，只有求諸民間的講唱文學，如鼓詞、彈詞、寶卷、山歌、山
謠等，黃遵憲曾以山歌形式創作詩歌，一時大為風行。鄭振鐸《中國俗文學史》、
馮明之《中國民間文學講話》、王國良《晚清知識分子的民間文學觀》均持相近見
解。見陳燕：《清末民初的的文學思潮》（台北：華正書局，1993 年），頁 77-81。

一、參酌民歌創作歌體詩

　　西元 1895 年中日甲午戰爭的失敗，除了是近代史上的對知識分子刺激最深的歷史事件外，也是民族覺醒的開端。[23]嚴峻考驗下，具有愛國思想的知識分子，開始由文學去尋找改革社會的文化氣氛，希冀達成思想啟蒙及救亡圖存之目的。同年梁啟超、夏曾佑、譚嗣同等人，便提倡一種新體詩，其特徵在於「頗喜摭扯新名詞以自表異」，初期雖有晦澀難解的意象存在，但是對於詩界革命風潮而言，則算是起點。

　　無論秋瑾或南社的詩歌，也是延續詩界革命的方向前行。在此之前，晚清詩壇第一名家黃遵憲，即出現許多符合詩界革命標準的詩作，如〈今別離〉、〈錫蘭島臥佛〉、〈以蓮菊桃雜供一瓶作歌〉均是。以清光緒 16 年（1898）所作的五言古詩〈今別離〉觀之：

　　　別腸轉如輪，一刻計萬周。眼見雙輪馳，益增中心憂。古亦
　　　有山川，古亦有車舟，車舟載離別，行止猶自由。今日舟與
　　　車，并立生離愁。明知須臾景，不許稍綢繆，鐘聲一及時，
　　　頃刻不少留。雖有萬鈞柁，動如繞指柔；豈無打頭風，亦不
　　　畏石尤。送者未及返，君在天盡頭，望影倏不見，煙波杳悠

---

23 晚清維新志士譚嗣同〈有感一首〉云：「世間無物抵春愁，合向蒼冥一哭休，四萬萬人齊下淚，天涯何處是神州。」更於信中提到：「經此創巨痛深，乃始屏棄一切，專精致思。當饋而忘食，既寢而累興，繞屋彷徨，未知所出。」而梁啟超亦在《戊戌政變記》中表明：「喚起吾國四千年之大夢，實自甲午一役始也。」

悠。去矣一何速，歸定留滯不？所願君歸時，快乘輕氣球。(四之一)[24]

詩中以輪船去返作離情的圖繪，將新式輪船與飛船寫入詩歌，雖然形式屬於古詩，但意境上卻卓然特出。晚清社會對新名詞的理解，可由科普讀物或是海外遊記的介紹中見到蹤跡，黃遵憲因擔任外交官的機緣，在遊歷各國之餘，其見識實有高明之處。[25]另外，隨著報刊普及、西學譯介，歌謠影響詩歌向歌行體靠近。梁啟超以《新民叢報》、《清議報》為陣地，開闢《詩界潮音集》和《詩文辭隨錄》專欄，讓新體詩能宣傳維新思想，並以通俗文字鼓動民眾。

至於《詩界潮音集》有何特徵呢？郭延禮將之歸為四類：(1) 使用新名詞；(2) 形式雖未革新，表現內容已加深。(3) 確立通俗化走向；(4) 向民歌學習。其中以第四點最重要，新體詩發展到後期，愈是注重學習民歌的體例。[26]新體詩也在此刻產生不少作品，如：突飛

---

[24] 吳振清等編：《黃遵憲集·上卷》(天津：天津人民出版社，2003 年)，頁 180。

[25] 陳平原書中收錄〈從科普讀物到科學小說─以"飛車"為中心的考察〉、〈氣球、學堂、報章─關於《教會新報》〉二文，可知維新先行者如王韜在《漫遊隨錄·扶桑遊記》中即記錄許多西洋文明，藉由這些記載介紹給國人，也能加速他們對西洋文明的瞭解。當然，對這些外交官而言，使節日記也是一種著述，其原因在於 1878 年清廷總理衙門曾下令：「出使各國大臣應隨時咨送日記。」外交官「或采新聞，或稽舊牘，或抒胸臆之議，或備掌故之遺。」除了呈總理衙門外，也能公開刊行。王韜對"氣球"作如下解釋：「由氣球知各氣之輕重，因而創氣球，造氣鐘，上可凌空，下可入海，以之察物、救人、觀山、探海。」《漫遊隨錄·制造精奇》，因此黃遵憲詩中的氣球即是飛船。詳參陳平原：《文學史的形成與建構》(廣西教育出版社，1999 年)，頁 157-163。

[26] 歌行體為古代民歌的一種體裁，如上古時便有《擊壤歌》及《南風歌》，而"行"所代表的也是歌的一種，明人胡震亨《唐音癸籤·體凡》說：「衍其事而歌之曰行」，代表歌行體有敘事的功用。而黃遵憲則突破往昔只注重收集整理民歌，進而以其

之少年的《勵志歌十首》、蔣智由的《見恆河》、梁啟超的《舉國皆我敵》、高旭的《喚國魂》及蔣觀雲《醒獅歌》都是代表作品，當然對革命詩人秋瑾及南社而言，歌行體會廣為運用亦受此影響。

當梁啟超籌辦《新小說》期間，詩界革命的呼聲已達高峰，黃遵憲便寫信給梁啟超，並提出：

> 報中有韻之文，自不可少。然吾以為不必仿白香山之《新樂府》，尤以西堂之《明史樂府》，當斟酌於彈詞、粵謳之間，句或三或九，或七或五，或長或短，或壯如《隴上陳安》，或麗如《河中莫愁》，或濃如《焦仲卿妻》，或古如《成相篇》，或俳如俳妓詞，易樂府之名而曰雜歌謠，棄史籍而采近事。[27]

雜歌謠在信中被提出，也獲梁啟超大力支持，在編《新小說》時採用專欄提倡通俗詩歌。當然，新體詩既非彈詞更非粵謳，而是一種講唱形式的詩歌，有學者稱之歌體詩。陳富志且認為知識菁英對通俗文體的認同，是建立於啟蒙需求，而易誦、明確、可資娛樂的文學，與啟蒙主旨是相合的，而非全然拋別文言文。[28]

20 世紀初黃遵憲創作《軍歌》二十四章，及梁啟超的《愛國歌》

精神創作新體詩，當時又稱作「雜歌謠」。文參郭延禮：《近代西學與中國文學》（南昌：百花洲文藝出版社，1999 年），頁 267-270。

[27] 吳振清等編：《黃遵憲集·下卷》（天津：天津人民出版社，2003 年），頁 494。

[28] 近代文學思潮除了語言平易外，更具備開放性視野與思維，康有為在詩作〈與菽園論詩兼寄任公孺博曼宣〉云：「新世瑰奇境生，更搜歐亞造新聲」而梁啟超《飲冰室詩話》亦稱新文體：「務為平易暢達，時雜以俚語、韻語及外國語法。」以新思維作詩，即可見其新格局、視野。見陳富志：〈淺談近代白話文運動與思想啟蒙〉，《平頂山師專學報》第 16 卷第 1 期，2001 年，頁 44。

四章,以活潑熱情的歌行體,鼓吹民眾救國熱情,也是突破舊詩形式的首航。不過,無論詩歌如何變革,除內緣因素外,受西方文化刺激也是主要因素。通俗化的民歌採錄,對黃遵憲而言,主要在於整理鄉土文獻,但後期他無論對梁啟超或嚴復的書信中,均指出中外文化相互交流已屬時代必然。〈與邱菽園書〉說道:

> 弟以自述自娛,亦無聊之極,思少日喜為詩,謬有別創詩之論,
> 然才力薄弱,終不克自踐其言。譬之西半球新國,弟不過獨立
> 風雪清教徒之一人耳。若華盛頓、哲非遜、富蘭克林,不能不
> 屬望于諸君子也。詩雖小道,然歐洲詩人,出其鼓吹文明之筆,
> 竟有左右世界之力。僕老且病,無能為役矣,執事豈有意乎?
> 29

給丘逢甲信中論及的新體詩,顯然著重在鼓吹文明,他深知世俗品味,「作文能使九品人讀之而感通,則善之善矣」,廣泛吸收民間文學的養分,創作「雜歌謠」。[30]黃遵憲在晚年寫出令人讚嘆的成熟歌

---

29 黃遵憲曾出使日本,留心日本文化及政教制度,對於明治維新的徹底西化,印象極深,深覺文明普及賴白話小說與俚歌之力,在《日本雜事詩》中可見其情。筆者以為其見解較為刻板,白話文固然便於普及教育,說到左右世界局勢,卻也過於樂觀。見吳振清等編:《黃遵憲集・下卷》(天津:天津人民出版社,2003年),頁478。

30 當《新民叢報》創刊時,便連載《軍國民篇》等專論,標榜「欲造軍國民,必先陶鑄國魂。」對於王韜翻譯之《德意志祖國歌》,亦稱道:「德意志之國魂,其在斯乎!」因此在第二號的報刊中,還曾出現"棒喝集"的專欄,發表德意志國歌的譯詞,警醒國民。詳見張永芳:《詩界革命與文學轉型》(北京:中國社會科學出版社,2004年),頁45-47。

體詩，除《軍歌》二十四章外，另有《幼稚園上學歌》十章、《小學生相和歌》十九章，並在致梁啟超信中寫到：「此新體，擇韻雅，選聲難，著色難。」並期待梁啟超能發揚光大。這些歌謠堪稱晚清最成熟的歌體詩，數量雖不多，卻給予後世革命宣傳者如秋瑾、高旭等人，極大的啟發。

二、詩樂合一的創作模式

日本學者井口淳子針對中國大陸北方農村作「樂亭大鼓」的田野調查時，對說唱曲藝之興盛，有如下註解：「正是中國農村厚實的文盲階層造成說唱曲藝的繁榮。」在走訪過農村裡，她常聽到農民自嘲沒有文化，誠然在文化落後的農村，很難產生文化，然而毋須藉由文字傳播的口傳藝術、表演藝術，富有音樂性的口傳文化（oral tradition）卻蘊著極強生命力。[31]在文字通俗化的過程中，運用歌謠形式讓民眾易懂、易誦，乃啟蒙根本原則，於是菁英文化與民間文化也在時代思潮遷化中有了碰撞。

清末民初文學以求新、求變為依歸，在詩歌上將雅正文學代表的近體詩，由文化傳統中抽離，進而成為一種獨立、自主的的社會藝術。這種社會藝術要求詩歌要達到「開民智」的時代需求，成為啟蒙民眾

---

[31] 口傳文化強調文字相對應，以口頭傳承、創作其文本，通常會以地區作流傳區域，以說唱形式表現民間文化，曲藝也是中國農民喜聞樂見的文學形式。詳見井口淳子著‧林琦 譯：《中國北方農村的口傳文化》（廈門：廈門大學出版社，2003 年），頁 1-3。

的教科書，亦為知識分子的共願。無論是維新人士或革命志士，都很重視民間文學的作用，因此亦有「文學救國」的呼喚；然而工具性格的文學，放諸民間時，迫切需要情感的能量，誠若鄭振鐸在〈新文學觀的建設〉中對新文學的理解：

> 人生的自然的呼聲。人類情緒的流洩於文字中的，不是以傳道為目的，更不是以娛樂為目的，而是以真摯的情感來引起讀者的同情。[32]

會通人民情感、激發救亡圖存的民族意識，是革命派的期許，而秋瑾的歌體詩便是吸收民歌精神而作的愛國歌謠。革命文學團體南社，則具體實踐歌體詩的創作風貌，作為文學為政治服務的標竿。茲節錄南社歌體詩二首如下：

> 我思歐人種，賢哲用斗量。私心竊景仰，二聖難頡頏。盧梭第一人，銅像巍天閶。民約創鴻著，大義軍民昌。胚胎革命軍，一掃秕與糠。百年來歐陸，幸福日恢張。【柳亞子·〈放歌〉】

> 十年前是一重囚，也逐歐風唱自由。復九世仇盟玉帛，提三尺劍奠金甌。丈夫有志當如是，豎子誠難足與謀。願播熱潮高萬丈，雨飛不住注神州。【甯調元·〈感懷四首〉之一】

---

[32] 轉引自馬永強：《文化傳播與現代中國文學》（合肥：安徽大學出版社，2003年），頁267-271。

延續黃遵憲、梁啟超詩界革命雜歌謠路線，南社詩人如柳亞子、高旭、馬君武、甯調元、于右任等人，也在詩歌上達到創新意境的程度。[33]

陳子展在《最近三十年文學史》中提到：「文學成了替民眾喊叫，民眾替自己喊叫的一種東西。這種種的轉變，雖極繽紛奇詭之觀，卻有一種共同的特色，便是反抗的傳統。」詩歌的轉變，也有這種傳統。基於對民間文學及口傳文化的認知，張堂錡認為自古以來優秀作家由民間文藝吸取營養的精神繼承，也由於時代環境的醞釀，晚清的歌體詩才有反映社會的積極作用存在。[34]

以詩界革命的角度，來觀察秋瑾的韻文創作，不難發現無論詩、詞、歌等形式，都有語言通俗、形式自由的特徵，而歌行體的詩詞與民間說唱也有延續性在。秋瑾革命歌謠的形式由古體詩到樂府歌行均有，屬古體詩的歌謠有〈紅毛刀歌〉、〈探驪歌〉、〈寶刀歌〉、〈寶劍行〉、〈日本服部夫人屬作日本海軍凱歌〉、〈日本鈴木文學士寶刀歌〉及〈劍行〉；而樂府歌行則有〈泛東海歌〉、〈寶劍篇〉、〈勉女權歌〉、〈同胞苦〉、〈支那逐魔歌〉、〈嘆中國〉、〈我羨歐美人民啊〉及〈讀《警鐘》感賦〉。秋瑾不但創作量高，其影響也頗為可觀，而詩的創作除了受《德意志祖國歌》、《日本男兒歌》等軍樂影響外，也善於吸收民間歌謠及樂曲的形式，創造自成一格的歌體詩。[35]

---

[33] 革命詩人馬君武在《馬君武詩稿》自序中承認其創作為「鼓吹新學思潮，標榜愛國主義。」而高旭也認為「世界日新，文界、詩界當造出一片新天地。」甯調元更說：「詩壇請自今日始，大建革命軍之旗。」當時他們創作不少歌體詩，代表作有高旭〈路亡國亡歌〉、〈愛祖國歌〉、〈海上大風潮起作歌〉，馬君武〈從軍行〉、〈華祖國歌〉，于右任〈從軍樂〉及秋瑾〈寶刀歌〉、〈勉女權歌〉等作品。

[34] 張堂錡：《從黃遵憲到白馬湖》（台北：正中書局，1996 年），頁 6。

[35] 歌體詩的出現本非一蹴可躋，其實晚清文學變革歷程中，菁英文化對民俗文化的養料吸收，是值得注意的環節，無論中國民歌或西洋詩歌，交錯影響下，歌體詩

在這些作品中，有兩首極為特別的日本軍歌，形式雖屬平常，精神及風貌卻不凡。秋瑾赴日期間，由於性格豪邁，喜歡結交朋友，認識了服部繁子女士，也常以詩歌相和。〈日本服部夫人屬作日本海軍凱歌〉是日俄戰爭期間由服部繁子請秋瑾書寫的長歌，控訴俄國侵略行徑，吟道：

> 狡俄陰鷙大無信，盟約未寒莽尋絆。全球公理置不珍，奪我
> 陪都恣蹂躪。當時謽語至外交，十年不覺禍已包。經營未辦
> 機謀露，轉瞬松花起怒濤。喋血瞋人侈虎視，蠶食東方勢未
> 止。奮發神威不可擋，投袂掃穴毆貪狼。將軍愛國皆環甲，
> 俠士聞風盡裹糧。貔貅海上軍容壯，冒雪凌霜如挾纊。一炬
> 橫飛敵艦摧，精魂都向波中喪。何物么么不自思，怒車螳臂
> 敢相持？一殲再殲懾其魂，五日堂堂三報捷。捷報飛來大地
> 觀，從今世界慶安瀾。草木山河皆變色，未許潛蛟側目看。
> 仁乎壯哉赤十字！女子從軍衛戰士。吁嗟一線義勇隊，喚起
> 國魂強宗類。掀天揭地氣不磨，吮血吞冰勿蹉跎。幾欲起舞
> 乘風去，拍手樽前唱凱歌。[36]

這首歌筆勢剛健而熱情，抨擊帝國主義不遺餘力，不過對日本軍國主義並未察覺，是其缺憾。而另一首〈日本鈴木文學士寶刀歌〉則詠日

的變化也就越豐富。見龔喜平：〈秋瑾的歌體詩創作與中國近代詩體變革〉，《西北師大學報》第 37 卷 2 期，2000 年 3 月，頁 23。

[36] 郭長海、郭君兮輯注：《秋瑾全集箋注》（長春：吉林文史出版社，2003 年），頁122。

本東京大學文學士鈴木信太郎的寶刀，也是篇豪壯的歌體詩：

> 鈴木學士東方傑，磊落襟懷肝膽裂。一寸常縈愛國心，雙臂能將萬人敵。平生意氣凌雲霄，文驚座客翻波濤。睥睨一世何慷慨？不握纖毫握寶刀。寶刀如雪光如電，精鐵熔成經百煉。出匣鏗然怒欲飛，夜深疑成蛟龍戰。入手風雷繞腕生，眩睛射面色營營。山中猛虎聞應遁，海上長鯨見亦驚。君言出自安網冶，千載成川造成者。神物流傳七百年，于今直等連城價。昔聞我國名昆吾，叱吒軍前建壯圖，摩娑肘後有呂氏，配之須作王肱股。古人之物余未見，未免今生有遺憾。何幸或見此寶刀，頓使庸庸起壯膽。萬里乘風事壯遊，如軍其節誰與儔？更欲為軍進祝語，他年執此取封侯。[37]

此寶刀歌雖屬酬贈詩歌，但讀起來雄渾豪邁，頗能振發愛國之情。同期另有〈劍歌〉出現，在《秋風秋雨集》中則題作〈古劍歌〉，亦頗見其巾幗俠情，詩文如下：

> 若耶之水赤堇鐵，鑄出霜鋒凜冰雪。歐冶爐中造化工，應與世間凡劍別。夜夜靈光射斗牛，英風豪氣動諸侯。也曾渴飲樓蘭血，幾度功銘上將樓。何其一旦落君手，右手把劍左把酒。酒酣耳熱起舞時，天矯如見龍蛇走。肯因乞米向胡奴？誰識英雄困道途？名刺懷中半磨滅，長歌居處食無魚。熱腸古道宜多

---

[37] 同前註，頁127。

> 毀，英雄末路徒爾爾。走遍天涯知己稀，手持長劍為知己。歸
> 來寂寞閉重軒，燈下摩娑認血痕。君不見孟嘗門下三千客，彈
> 鋏由來解報恩！[38]

秋瑾的歌體詩，無女子作詩溫婉纖弱之風格，這與其留日期間見聞有
莫大關係，因此歌謠的盛行也可解讀作受西學影響，包括前述對日耳
曼軍歌體例的模仿，對於鼓吹革命、振奮民氣，往往有潛移默化之效。

此外，以歌為名的詩作，有一個重要的特性，就是與配樂歌唱的
功用。不獨秋瑾如此，梁啟超、黃遵憲、高旭、馬君武等人，對語言
淺顯、形式自由的歌謠創作，都有頗為豐厚的建樹。

當我們面對由近體詩向新體詩過渡的歷史時，就必須對詩界革命
先驅者為時代設計的新體詩有正確理解。當時籌辦維新報《時務報》
時，黃遵憲便反對由國學大師章太炎擔任主筆，認為其文筆過於古奧
淵深，不利宣傳之用，主筆當「作文能使九品人讀之而感通，則善之
善矣」。而梁啟超則著眼於對明治維新的認識，認為「日本之變法，
賴俚歌與小說之力，蓋以悅童子，以導愚氓」，可以說文學通俗化是
有其國民教育的思考的。而民間文學的形式運用，也是搭上時代列
車，作為古語文學變為俗語文學過渡階段中的催化作用。[39]

陳平原在《現代學術史上的俗文學》序文中提到：「對於 20 世紀

---

[38] 郭長海、郭君兮輯注：《秋瑾全集箋注》（長春：吉林文史出版社，2003 年），頁
131。

[39] 民間文學與俗文學有接近性質，都有通俗與民俗意涵，王文寶《中國俗文學概論》
中認為俗文學包括通俗文學、民間文學、口傳文學在內，也是一切文學作品的原
型。陳平原主編之《現代學術史上的俗文學》也認為俗文學的最大特徵，在於超
越文學、與時代思潮及政治結合的特徵。

中國知識分子來說，"平民"、"大眾"、"民間"等詞彙，代表的不僅僅是文化資源，更是生活經驗與思想立場。」[40]因此無論是北大歌謠週刊，或五四新文化運動，甚至毛澤東對陝北民歌的轉化運用，創造中共的《紅旗歌謠》，作為政治上的用途，文藝與時代是截然無法切割的，因此討論革命歌謠若僅就文學去透視，顯然是不足的，必須將知識分子的命運與精神加以結合，並以時代文化的載體來觀察成因，才能正確對待政治歌謠的價值。

秋瑾對時代思潮的認識，在詩作中不斷呈現。以其酷愛歌詠刀劍為例，雖然與個人特質有關，但對開民智的認識，也讓她體會到「自強在人不在器」的道理。〈紅毛刀歌〉便吟道：

> 一泓秋水淨纖毫，遠看不知光是刀。直駭玉龍蟠匣內，待成雷雨騰雲霄。傳聞利器來紅毛，大食日本羞同曹。濡血便令骨節解，斷頭不俟鋒刃交。抽刀出鞘天為搖，日月星辰芒驟韜。砍地一聲海水立，鋒露三寸陰風號。陸剚犀象水截蛟，魍魎驚避魑魅逃。遭斯刃者凡幾輩？骷髏成台血湧濤。刀頭百萬冤魂泣，腕底乾坤殺劫操。去來掛壁暫不用，夜夜鳴嘯聲疑鴞。英靈渴欲飲戰血，也如塊壘需酒澆。紅毛紅毛爾休驕，爾器誠利吾寧拋。自強在人不在器，區區一刀焉足豪？[41]

[40] 有學者認為文化歸文化，政治則歸政治，事實上文藝與時代是截不可分的面向。統治者未遂行其政治思想宣導，往往考察風俗，並因俗而化民。政治歌謠不獨出現於晚清，人民無時無刻都在檢驗統治者，並以歌謠抒發感受。見陳平原主編：《現代學術史上的俗文學》(武漢：湖北教育出版社，2004年)，頁3。

[41] 郭長海、郭君兮輯注：《秋瑾全集箋注》(長春：吉林文史出版社，2003年)，頁142。

這首〈紅毛刀歌〉屬七言古詩，在形式及用字上還較傳統，但在精神面上，卻很積極。秋瑾創作歌體詩時，常須兼及宣揚西洋文明，卻又得變化既有形式，在舊風格及新意境中產生拉扯。梁啟超創辦的《清議報》中「詩界潮音集」中，雖有如〈危哉行〉一類的擬民歌作品：「看！看！支那帝國風雲寒，豺狼當道專兵政，狗彘成群擁位餐。傾印度，剿波蘭，前車覆轍請君看。」但對舊風格留戀太多，也影響詩歌的變革，詩界革命最終還是無力擺脫傳統詩形式。。

　　似乎梁啟超越強調向西方學習，而詩界革命的方向卻越接近民間說唱及歌謠，民歌長於宣傳，也有益時代需求，《新小說》中的「雜歌謠」專欄，也發表頗多具民間文學特質的詩歌，是值得注意的現象。[42]《新民叢報》從第三期起，連載蔡鍔的〈軍國民篇〉，鼓吹陶鑄嶄新國魂，高度評價愛國歌曲的作用，也影響當時歌體詩的創作。該現象直接促成黃遵憲等人的歌謠創作，《飲冰室詩話》做出明確評述：

> 讀泰西文明史，無論何代，無論何國，無不食文學家之賜，其國民於諸文豪亦頂禮而尸祝之。若中國之詞章家，則於國民豈有絲毫不影響耶？推其原故，不得不謂詩與樂分之所致也。

---

[42] 詩界革命對後世影響最大在於通俗歌謠，有學者認為這是古典加民歌的成品，張永芳認為是深受外來文化影響，在思想上受尚武精神影響，藝術形式上也受德日愛國歌曲啟發，提倡尚武精神。不過徐緒鵬認為黃遵憲在創作新體詩時，曾言明該種形式與粵謳、彈詞等民間文學形式的因襲，且文藝與政治的聯繫、時代的激發，無須外來文化才能影響變革。個人以為徐緒鵬說法較允當，加上中國古典民歌中對於新體詩的文化滋養，外國詩歌影響是有限的。參張永芳：《詩界革命與文學轉型》（北京：中國社會科學出版社，2004 年），頁 93-96。另參徐鵬緒：《中國近代文學史綱》（北京：中國社會科學出版社，2004 年），頁 118。

好一句「詩與樂分」，還原詩樂合一的本質，讓歌謠活潑的性質帶動雅正的詩歌，產生新的宣傳能量，才有機會以文學開啟民智。

　　著眼於革命宣傳需求，鼓吹民眾民族意識，秋瑾的歌體詩在詩界革命的基礎上，無論古典或樂府詩，都漾現詩樂合一的變化面向。

三、　動人心魂的革命歌謠

　　有中國民俗學之父雅稱的鍾敬文先生說過：「現在與過去是對立的。但是在歷史長河中，他們又有著一脈相聯的源流。」歷史及文化的改變，本是一脈相承、與時俱進，詩歌變革也有其因循之處。李澤厚在《中國思想史雜談》中也提到：「每個時代都不斷地寫歷史，都是根據自己此時此刻的存在的要求來回顧歷史，使歷史成為推動我們前進的背景和動力。」以歌謠作為革命宣傳的時空中，人民的需要及知識菁英救亡圖存的選擇，是促成革命歌謠大量創作的主因之一。

　　在晚清文學通俗化的趨向中，黃遵憲《軍歌》二十四章的出現，堪稱里程碑。梁啟超在《飲冰室詩話》中即評價說：

> 吾中國向無軍歌，其有一二，若杜工部之前後《出塞》，蓋不
> 多見，然於發揚蹈厲之氣尤缺，此非徒祖國文學之缺點，抑亦
> 國運升沉所關也。往見黃公度出《軍歌》四章，讀之狂喜。大
> 有「含笑看吳鈎」之樂。

梁啟超對勇武的軍歌創作是高度呼應的，因此在《新小說》中闢有「雜

歌謠」專欄，一共刊了九輯，其中五輯是珠海夢餘生所做的「新粵謳」，
又名粵謳新解心，是廣東民間說唱的一種。粵謳形式自由，採用地方
口語，極為通俗易懂，深受民眾喜愛，而新粵謳之別於粵謳，在於內
容精神上強烈的愛國情操及文明鼓吹。[43]新粵謳二十二篇如：自由
鐘、開民智、復民權、倡女權、學界風潮、黃種病、爭氣等篇名，均
能見其維新之意。無論維新派或革命派均重視到民間文學對社會大眾
教化的意義，試舉新粵謳中諷刺慈禧太后七十壽辰的〈呆老祝壽〉為
例：

> 呆都有也不要緊，最怕你是咁窮。人地話你窮，做怕你把珠寶
> 金銀重咁亂用；有的應該要用，你又說打算唔通，睇嚇王母日
> 壽辰，我真正心痛；攪出滿天神佛，好似著了癲瘋。你唔係壽
> 星，公正係把財神送，想必係個災星惡煞，共你條老命相沖，
> 唔信你睇，祝過咁都回壽哩，都遇著天魔浩劫，鬧到妖霧迷濛。
> [44]

辛辣諷刺的廣東方言，具有強烈的感染力，也是原汁原味的民間文學。
　　對於歌謠定義，在《詩經·故訓傳》中說道：「曲合樂曰歌，徒

---

[43] 粵謳的篇幅介於長篇彈詞與短章山歌之間，內容書寫人情，有時也有醒世說教之
用。清道光年間，招子庸整理仿作《粵謳》問世，書中另附方言字表、琵琶曲譜
及唱腔曲譜，一時廣為流傳，而風行全中國。但新粵謳作者珠海夢餘生在題詞中
寫到：「樂操士音不忘本，變徵歌殘為國殤。」清楚表明其動機，在於用家鄉方言
唱出愛國之聲，徐鵬緒、張永芳前揭書均有同樣見解。

[44] 轉引自張永芳：〈粵謳與詩界革命〉，收於《詩界革命與文學轉型》（北京：中國社
會科學出版社，2004 年），頁 205。

歌曰謠。」又 ·《韓詩外傳》解作：「有章曲曰歌，無章曲曰謠。」歌跟謠看似有別，其實我們現在認知的歌謠應是古人的歌。如周作人所說：「歌謠這個名稱，照字義上來說只是口唱及合樂的歌，但平常用在學術上與「民歌」是同一意義。」而《中國民間文學大辭典》解釋民間歌謠時寫到：「簡稱民歌，民間文學樣式之一。」也有部分學者認為歌謠就是謠，也就是徒歌，是隨口淺唱之通俗歌詞，無須合樂，楊蔭深在《民歌》一書指出：「民歌指民間所唱的徒歌，它不是帶樂曲的，與俗曲不同，而與民謠為同類，所以普遍多稱為歌謠。」因此就廣義解釋觀之，歌謠即民歌也是詩。朱自清在〈歌謠與詩〉一文中，除肯定該說外，也認為歌謠本是活在人民口頭裡的詩歌，楊　對民歌有較完整定義，他說：「民間歌謠是可以歌唱和吟誦的一種韻文形式的民間文學。它一般比較短小，切帶有抒情的性質。」[45]晚清時期，民歌的產量興盛，與當時社會巨變有關連，鍾敬文認為這現象標誌著廣大人民民主思想及民族意識的抬頭。這類政治性民歌，反映了當時各地的民俗風物、也同情下層民眾艱辛的生活。

　　西元 1902 年到 1907 年之間，秋瑾赴日學習後加入同盟會，對中國歷史及時局作了通盤審視，便定下誓願要驅除滿人，將中國頹亡之局扭轉過來。此時她寫的詩歌與前期作品在主題意識上，變得更為明確，濃郁的革命意識在字裡行間浮現。秋瑾的革命歌謠以〈寶刀歌〉、〈寶劍行〉、〈泛東海歌〉、〈勉女權歌〉及〈支那逐魔歌〉最著稱，另有〈讀《警鐘》感賦〉、〈同胞苦〉、〈嘆中國〉及〈我羨歐美人民啊〉等白話歌謠傳世。

---

[45] 王娟：〈歌謠研究概述〉，收於陳平原主編《現代學術史上的俗文學》（武漢：湖北教育出版社，2004 年），頁 73-74。

　　秋瑾的革命歌謠多作於日本時期，氣勢悲憤雄壯，讀之熱血沸騰，頗見其愛國情懷。〈寶刀歌〉回顧中國近代史，呼喚民族精神，雄文如下：

> 漢家宮闕斜陽裡，五千餘年古國死。一睡沈沈數百年，大家不識做奴恥。憶昔我祖名軒轅，發祥根據在崑崙。闢地黃河及長江，大刀霍霍定中原。痛哭梅山可奈何？帝城荊棘埋銅駝。幾番回首京華望，亡國悲歌涕淚多。北上聯軍八國眾，把我河山又贈送。白鬼西來作警鐘，漢人驚破奴才夢。主人贈我金錯刀，我今得此心雄豪。赤鐵主義當今日，百萬頭顱等一毛。沐日浴月百寶光，輕生七尺何昂藏？誓將死裡作生路，世界和平賴武裝。不觀荊軻作秦客，圖窮匕首見盈尺。殿前一擊雖不中，以奪專制魔王魄。我欲隻手援祖國，奴種流傳遍禹域。心死人人奈爾何？援筆作此〈寶刀歌〉。寶刀之歌壯肝膽，死國靈魂喚起多。寶刀俠骨孰與儔？死生了了舊恩仇。莫嫌尺鐵非英物，救國奇功賴爾收。願從茲以天地為爐、陰陽為炭兮，鐵聚六洲。鑄造出千柄萬柄寶刀兮，澄清神州。上繼我祖黃帝赫赫之威名兮，一洗數千餘年國史之奇羞！[46]

在〈寶刀歌〉中可分作三大主結構，其一是與異族征戰歷史回顧的部分，「痛哭梅山」指的是明崇禎皇帝自縊於煤山的史事，意在點出滿洲異族侵凌國土之國仇；其後則盡述近代史上血淚斑爛的慘痛，八國

---

[46] 郭長海、郭君兮輯注：《秋瑾全集箋注》（長春：吉林文史出版社，2003 年），頁246。

聯軍的荒謬，使國人陷入奴隸之境。其二則假稱獲贈一把金刀，遙想荊軻刺秦的氣魄，欲以寶刀奪滿人魂魄之情，躍然紙上。其三則作〈寶刀歌〉喚起中國民眾的國魂，意欲救國於危亡之瀕。

　　秋瑾〈寶刀歌〉雖屬七言古詩，但在第三部分的用語，充分掌握黃遵憲力倡之「伸縮離合」精髓，語言通俗易懂、情真意切，躋身元稹〈神曲酒詩〉所言：「膽壯還增氣，機忘反自冥」的境地。尚武意識的標舉，是留日學生的重要特徵，特別是他們見到同在十九世紀中葉受盡列強侵凌的日本，何以在學習西方文化後迅速成為強國？除了教育普及（開民智）外，便是尚武精神的落實。[47]秋瑾對於日本尚武精神也是推崇備至，題詠刀劍絕不僅止於興趣，更是一種民族之聲。

　　而〈寶劍行〉一詩，則有開中國之黑暗，推崇普魯士首相俾司麥「鐵血主義」的吶喊，澄清天下的意識即為強烈。〈寶劍行〉如下：

　　炎帝世系傷中絕，茫茫國恨何時雪？世無平權只強權，話到興亡皆欲裂。千金市得寶劍來，公理不恃恃赤鐵。死生一事付鴻毛，人生到此方英傑。飢時欲啖仇人頭，渴時欲飲匈奴血。俠骨崚嶒傲九州，不信太剛剛則折。血染斑斑已化碧，漢王諸暴由三尺。五胡亂晉南北分，衣冠文弱難辭責。君不見劍氣棱棱

---

47 劉大杰在〈日本民族的健康〉中作如下比喻：日本像強壯的農家青年，吸收力高，能把所學全部消化，成為身體養料；而中國則是墮落的世家子弟，染了一身惡習，讀進去的知識，有時反而成了傷身毒藥。至於尚武精神的標舉，蔡鍔的《軍國民篇》說：「日本人有言曰：軍者，國民之負責也。軍人之知識，軍人之精神，軍人之本領，不獨限之從戎者，凡全國國民皆宜具有之。嗚呼！此日本之所以獨獲為亞洲之獨立國也歟。」徐白《日本士官風雲錄》也以日本民眾敬軍之親身體驗，證實日人尚武之情。參李喜所：〈甲午戰後五十年間留日學生的日本觀及其影響〉，收於《中國近代社會與文化研究》（北京：人民出版社，2003年），頁710-713。

貫斗牛？胸中了了舊恩仇？鋒芒未露已驚世，養晦京華幾度
秋。一匣深藏不露鋒，知音落落世難逢。空山一夜驚風雨，躍
躍沈吟欲化龍。寶光閃閃驚四座，九天白日闇無色。按劍相顧
讀史書，書中誤國多奸賊。中原忽化牧羊場，咄咄腥風吹禹域。
除卻干將與莫邪，世界伊誰開暗黑。斬盡妖魔百鬼藏，澄清天
下本天職。他年成敗利鈍不計較，但恃鐵血主義報祖國。[48]

此等豪情詠劍詩作，不拘泥格律形式，歌體詩的韻味卻更能發揮。歌
謠是民眾生活的百科全書，其價值在於真實無偽，王肇鼎〈怎樣去研
究和整理歌謠〉認為歌謠是民間的自然文學，更是民族自然而共同心
音的表現。感動人心的歌謠，必須合情以出，劉半農也認為歌謠能用
最自然的語言及聲調，來表達最自然的情感。胡適說得好：「真詩只
在民間。」研究秋瑾的革命歌謠，也必須理解民族個性，甚至是當時
的民俗、信仰教化對時代風尚的滲透。[49]

　　不可否認的，秋瑾的歌體詩仍停佇在近體詩的範疇，然而，詩歌
改革不僅在形式上變化，更貴於內容精神的革新，誠如「舊瓶裝新酒」
的原理，她以個人才力讓古詩表現出嶄新風貌，也是一種新啟示。黃
遵憲的詩以關懷社會、反應史實著稱，秋瑾則胸懷家國之憂，在其革
命歌謠中往往見其恢弘氣度及愛國之情。

　　此外，其〈泛東海歌〉、〈勉女權歌〉等也是樂府歌行的再現，細
細品味近於白話語言，讀之動人心魄。茲錄其歌謠如下：

---

[48] 郭長海、郭君兮輯注：《秋瑾全集箋注》（長春：吉林文史出版社，2003 年），頁
　　252。
[49] 同註50，頁 79-80。

登天騎白龍，走山跨猛虎。叱吒風雲生，精神四飛舞。大人
處事當與神物遊，願彼豚犬諸兒安足伍！不見項羽酣呼鉅鹿
戰，劉秀雷震昆陽鼓。　（〈泛東海歌〉）

女辱咸自殺，男甘作順民。斬馬劍如授，云胡惜此身。干將
羞莫邪，頑鈍保無羔。踧踖雌伏儔，休冒英雄狀。（〈寶劍篇〉
四首之一）
踏破範圍去，女子志何雄？千年開楚界，萬里快乘風。引領
人皆望，文明學必隆。他時扶祖國，身作自由鐘！（《精衛石》
中詩）

飛傳義檄走驚雷，喚醒同胞醉夢回。多少英才投袂起，漢家
遺業一時恢。氣吞胡虜劍如虹，九世腥羶一掃空。大好江山
歸故主，家家銅像鑄英雄。（〈感懷〉二首）

此鐘何為鑄？鑄以警睡獅。獅魂快歸來，來兮來兮莫再遲！
我為同胞賀，更為同胞宣祝詞。祝此警鐘命悠久，賀我同胞
得護持！遂見高撞自由鐘，豎起獨立旗，革除奴隸性，抖擻
英雄姿。偉哉偉哉人與事，萬口同聲齊稱《警鐘》所恩施！
（讀《警鐘》感賦）

吾輩愛自由，勉勵自由一杯酒。男女平全天賦就，豈甘作牛
後？願奮然自撥，一洗從前羞恥垢。若安作同儔，恢復江山
勞素手。舊習最堪羞，女子竟同牛馬偶。曙光新放文明候，

獨立占頭籌。願奴隸根除，智識學問歷練就。責任上肩頭，國民女傑期無負。(〈勉女權歌〉)

同胞苦，同胞之苦苦黃蓮。壓力千鈞難自便，鬼泣神號真堪憐。吁嗟乎！地方虐政猛如虎，何日復見太平年？厘卡遍地如林立，巡丁司事億萬千。凶如豺狼毒如蛇，一見財物口流涎。我今必必必興師，掃蕩毒霧見青天。手提白刃覓民賊，捨身救民是聖賢。(〈同胞苦〉四首之一)

四鄰環繞欲逐逐，失權割地無時止，這等人兒還昏昏，如夢如醉如半死。吁嗟乎！我國精華漸枯竭，奈何尚不振衣起？無心無肝無腦筋，支那大磨首推此。(〈支那逐魔歌〉)

嘆我國不及西國好，嘆古時興盛現蕭條！豈是蒼蒼不鑒我？故而把這毒霧塞空霄。我同胞賦性本完美，為何難把白人超？只因囚在這黑暗牢獄裡，把這神聖遺裔盡磨銷。(〈嘆中國〉)

得自由，享昇平，逍遙快樂過年年。國命都是千年永，人民聲氣全通連。商兵工藝日精巧，政治學術益完全。兵強財富土地廣，年盛月異日新鮮。這可不是轟轟烈烈的文明國麼？可憐今日我中國的同胞啊？遭壓力，受苦惱，國貧民病真堪憂。(〈我羨歐美人民啊〉) [50]

---

[50] 在變舊創新的寫作趨向中，務實而尚俗的氣息在革命歌謠中展露無疑。或談婦女思潮、反清革命、平等自由，在詩文中鮮少用典，口語活潑自然生動，帶動革命

這些作品或抒發家國憂思，或召喚民族精神，詩文存有濃厚女權意識及警言，在文學普及化的思考下，運用成熟的白話歌謠來宣傳革命。如夏曉虹所言：「秋瑾本以才學自負，又懷有高遠的理想，一旦躋身新環境，讀到各種新書新報，結識眾多新學之士，自然如魚得水，原先潛藏的能量勃然爆發，轉化為趨新的巨大動力。」[51]轉化新名詞作歌體詩，無論古、近體詩或樂府歌行，在其妙筆下頓作醒世歌謠，對國民參與革命之號召，有其不可輕忽的影響力。

第三節　《女子世界》宣傳女權思想

　　晚清婦女參與革命運動，與時代危機是相互呼應的，自戊戌政變後，一般開明仕紳對清廷作為亦深表厭惡，人民自主意識逐漸高張。人民開始集會結社，致力救亡圖存的事業，而革命派因為排滿復漢、倡導民權的因素，在宣揚民權的過程中也間接提倡女權思想。秋瑾本身便是推動女權思想的代表人物，她嫁給王廷鈞的婚後生活並不圓滿，夫婿紈絝子弟的流氣，讓才器出眾的秋瑾不能接受，因此 1902 年上京之後，與吳芝瑛的交遊唱和，是她走出家庭並活出自我的一大

派作家的在宣傳上的啟發。章太炎此等古文家，亦順潮流作〈革命歌〉及〈逐滿歌〉，讓「我手寫我口」的口號更加落實。以上所舉革命歌謠係錄自郭長海、郭君兮輯注：《秋瑾全集箋注》（長春：吉林文史出版社，2003 年），頁 257、264、267、275、339、341、343、346、347、349。

[51] 夏曉虹：〈秋瑾北京時期思想研究〉，收於《中國文哲研究通訊》第 10 卷第 3 期「世變中的文學世界專輯」，頁 77。

關鍵。[52]

　　欲倡女權，必先由女學著手。當時的政治制度對女子參政極度壓抑，金一[53]在《女界鐘》嘗說：「文明國自由民有所謂男女平權、女子參與政治之說也，……專制君主國無女權，女子所隱恫也。」欲恢復女權，則「終不可以向聖賢君主之平氣而得焉，自出手腕並死力以爭已失之權。」這種等同革命派的女權實踐論調，針對女權問題的批評，也是革命派對維新派「避免革命犧牲」的說法，所提的一種反制說法。[54]亞盧（柳亞子）在〈哀女界〉有一段精闢論說：

　　試一觀吾祖國之女界，則固日日香花新求為歐美扶桑之一足趾而不可得也。遍繙上古之典籍，近察流俗之輿論，豈以人類待女子者，而女子亦遂靦然受之，大抵三從七出所以禁錮女子之體魄，無才是德所以扼絕女子之靈魂，蓋蹂躪女權實以此二大諦為本營，而餘皆其偏師小隊。夫中國倫理政治皆以壓制為要義，人人人為壓制者，亦即人人人為被壓制者，其利害猶可互劑而相平，獨施於女子則不然，準三從之義，女子之權力由不能

---

[52] 吳芝瑛夫婿廉泉和秋瑾夫婿王廷鈞是同事，兩家本然相熟，旅京之初，秋瑾曾借寓吳家，在〈致琴文信〉中寫到：「瑾在京假寓繩匠胡同吳宅內，每月租金八兩。」也因如此，秋瑾結識了許多新學人士，更遇見日人服部繁子，吸收新學並瞭解國際局勢，對其爾後投入革命活動有奠基作用。同前註，頁78。

[53] 西元1903年金一著《女界鐘》一書，將女權與革命作緊密聯繫。金一（1874-1947）江蘇省吳江人，筆名愛自由者、天放樓主人。曾參加蔡元培之中國教育會，創辦明華女學堂及自治學社，以宣傳革命為己任。

[54] 革命烈士吳樾在〈復妻書〉中提到「法之羅蘭夫人，以區區一弱女子而造此驚天動地之革命事業。」能吃苦、肯犧牲是傳統女子的美德，將革命的意義結合女子意識，強調女子不輸男子，能分擔天下興亡之責。詳見柯惠鈴：〈從閨秀到女傑─晚清革命運動中女權思想的啟蒙〉，收於《近代中國》第151期，頁200。

與其自孕育之子平等，烏論他人。[55]

長久以來被摒絕於政治圈外的女子，受教育啟蒙後，在救亡圖存的時代中亦扮演較往常積極的角色。張肩任於〈欲倡平等先興女學論〉說：「泰西文明之國，人人皆有自由之權，人人皆實行平等之道德，蓋因其學堂林立，雖纖小柔弱之女子，莫不知時勢愛國家，今欲倡平等，烏可不講求女學？」而秋瑾之〈勉女權歌〉亦呼應此說。

　　女學興起的起步較晚，戊戌政變前只有開明仕紳創辦女子學堂，如 1894 年康廣仁在上海創辦女學堂，1897 年梁啟超也在上海設女學，1898 年經元善創立經正女學，這些女子學堂由工藝學習出發，強調讓女子具備謀生能力。當然，就另一方面而言，晚清知識分子對於「婦女解放」的思想啟蒙也很要緊，在濱於危亡時代中，人民不分賢愚、能力小大，均應肩起救國之責，而為數眾多的婦女同胞，該如何喚起他們投身救國事業，便成了新學是否能成功推行的關鍵。[56]

---

[55] 轉引自柯惠鈴：〈從閨秀到女傑—晚清革命運動中女權思想的啟蒙〉，收於《近代中國》第 151 期，頁 201，原載於《女子世界》第九期。

[56] 康有為、梁啟超及譚嗣同都屬新式知識分子，他們對時局的見解，迥異於傳統士大夫。在康有為《公車上書》中，以日本明治維新成功經驗為師，在〈上清帝第二書〉說：「日本一小島夷耳，能變舊法，乃能滅我琉球，侵我大國，前車之轍，可以為鑒。」梁啟超也認為「以泰西為牛，日本為農夫」，讓日本經驗成功移植中國。當時，中國廣多婦女身陷裹足之苦，生產力及知識能力都很欠缺，因此，落實女子教育成為推動新學的一大關鍵。參王緋：《空前之跡：1851-1930：中國婦女思想與文學發展史論》（北京：商務印書館，2004 年），頁 130-131。

一、 戒纏足與女權宣講

在戊戌變法前，對男女平等認知較先進的當推王韜及李圭，他們都是曾經放洋的學人，考察過西洋的社會現象，王韜在《漫遊隨錄》中力倡興辦女子教育，而李圭在《環遊地球新錄》中則敘述：「泰西風俗，男女並重，女學亦同於男。」的思維。在戊戌變法前，西方社會風尚對中國影響，除了部分人士以遊歷考察風俗外，多數仍透過書刊譯介而來，而這些西方進化論、男女平等、自由民主的思潮，直接影響了革命的必然性。

西元 1882 年康有為在上海，透過當時負責譯介西書的江南製造總局，接觸到教會新編的《萬國公報》，對女權思想始有認知。當時傳教士對中國婦女纏足相當反對，《萬國公報》中即有抱拙子的一篇〈勸戒纏足〉文章如下：

> 原上帝造人，四肢五官，各適其用，男女皆同。……竟厭其天
> 然，而不憚其矯揉，不惜其痛苦，並不顧其艱於行步，斯乃壞
> 上主所造之形器。[57]

---

[57] 晚清西洋傳教士對解放婦女之啟蒙亦功不可沒，孫燕京亦肯定傳教士影響當時清廷上層社會的認知，是造成婦女脫離纏足之苦的因素。清朝入關後雖頒佈禁止纏足的法令，但民間對此仍屢禁不止。直到傳教士聯絡上層社會人士，如：李鴻章、張之洞等大官，勸他們以身作則，示範不纏足的好處，獲得他們的響應後，張之洞也作了《戒纏足會章程敘》，提出「化民成俗必由學」的觀點，一時輿論風氣大起，民間也廣為接受此一思想。參孫燕京：《晚清社會風尚研究》（台北：知書房出版社，2004 年），頁 314。

將纏足視為一種逆向思維的惡習,體認當時婦女因纏足,生產力不足的現象。吳廷嘉認為纏足之所以為民間接受,在於維新之士採用集會結社、討論演講、設報館、辦教育等手段,展開持續性的宣導運動,形成社會輿論的風氣。可想見的是,新思想的推廣是由上層社會向民間去流動的。早期婦女擔心不纏足便嫁不出去,但透過女子教育普及,便可轉化思考。如果纏足則只能跟傳統男子婚配,但不纏足才能認識新式夫婿,而擁有經濟實力的家庭,則根本不存在女兒嫁不出去的問題。

那麼戒纏足和革命的關連又何在呢?前述教會辦的女校,由於切合中國當時婦女足不出戶的觀念,因此吸引了許多女子來就學,直到 1880 年之後,教會女校的角色也有了轉變,女校將戒纏足與女子教育結合起來,對晚清的知識菁英有了新的啟示,既然教會女學如此標榜戒纏足,那維新或革命的宣教[58]也必須將此納入民族國家的整體面向中。

由洋人辦的教會來宣揚女學,對中國的知識菁英是一大刺激。維新與救亡圖存,竟然不能由國人自辦的學堂體系中得到實踐,梁啟超的〈倡設女學堂啟〉表達如斯遺憾:

> 彼士來遊,憫吾窘溺,倡建義學,求我童蒙,教會所至,女塾接軌。……譬猶有子弗鞠,乃仰哺於鄰室;有田弗耘,乃假手

---

58 譚嗣同的《仁學》中提到「廢君權、興民權」的想法,也主張「男女內外通」的女權主張,而康、梁二人則常以「傳教」精神來論述其救國運動,康有為甚至站在街頭,向旁人宣講中國將亡的訊息,因此將戒纏足與革命視為宣教行為的一環。

於比隅。匪惟先民之恫，抑亦中國之羞也。[59]

假手他人行事，確然是晚清知識分子的痛，但藉著戒纏足到興女學的學習思索，強國保種的時代意識成了知識菁英的共同主張。鄭觀應痛斥纏足乃「纏其肢體，束其筋骸，傷賦質之全，失慈幼之道」的慘事，而「稚年剝膚之凶，華世刖足之罪」也是毫無人性之作；黃遵憲在〈皋憲告示〉談論此等「生命之損」時，也指陳其中殘酷是「耳不忍聞，口不忍述」的。在人道精神下，詩人林紓[60]的新樂府〈小腳婦·傷纏足之害〉唱出男性的關懷之聲：

> 小腳婦，誰家女？裙底弓鞋三寸許。下輕上重怕風吹，一步艱難如萬里。左靠孃孃右靠壁，偶然蹴之痛欲死。問君此腳步纏何時？奈何負痛無了期？婦言儂不知，五歲六歲才勝衣，阿娘作履命纏足，指兒尖尖腰兒曲，號天叫地娘不聞，宵宵痛楚五更哭。床頭呼阿娘：女兒疾病娘傷痛，女兒顛跌娘驚惶。而今腳痛入骨髓，兒自淒涼娘弗忙。阿娘轉笑慰嬌女：阿娘少時亦如汝，但求腳小出人前，娘破功夫為汝纏。豈知纏得腳兒小，

---

59 轉引自王緋：《空前之跡：1851-1930：中國婦女思想與文學發展史論》（北京：商務印書館，2004 年），頁 136。

60 林紓（1852-1924），原名群玉，字琴南，號畏廬，別署冷紅生，福建省福州人。曾任教京師大學堂，被譽為中國文學史上最後一位古文名家，文章善於敘事抒情，婉媚動人。著有《畏廬文集》、《畏廬三集》，他也是知名詩人，其詩作「純任血性以成」，功力深厚，崇尚自然、直抒性情，表達家國之痛，以仿白居易的《閩中新樂府》最具代表。他最大的成就，在於翻譯西洋經典小說法國小仲馬之《巴黎茶花女遺事》，打破傳統章回體格局，後更致力於翻譯事業，共譯出 170 餘種西洋小說，增進國人認識西洋風俗民情，啟了先導作用，影響文壇至深。

筋骨不舒食量少。無數芳年泣落花，一弓小墓聞啼鳥。[61]

　　林紓以民歌形式唱出關懷，黃遵憲亦痛責纏足會造成婦女「不利走趨，不任負載，不能植立，不便提攜，或箕踞以見家公，或跛倚而襄賓祭，或長跪而司浣濯，或偕行而待扶持」，生活上自足能力低弱，簡直是「四萬萬人，半成無用之物」。黃遵憲如此批判是有根據的，站在強國保種的的政治意義上，由於晚清知識菁英的呼喚，對於西學中「天賦人權」的景仰，西方文化中人權平等的認同，使得女權思想得寄附在維新與革命思維中茁壯。[62]

　　當然，純以男性角度看女子教育、女權思想，畢竟是有偏差的，晚清知識菁英對待女子教育多少帶點憐憫。但我們應就女子自身的心靈需求，來觀察如秋瑾、唐群英及尹家雙女，何以在女界思潮中成為革命的菁英？

---

[61] 孫中田主編：《林紓詩詞解析》（長春：吉林文史出版社，1999 年），頁 32。

[62] 梁啟超在〈戒纏足會敘〉中提到：「雖然人類之初起，以力勝者也，力之最懸絕不相敵，而大勢最易分者，莫如男女。故男子之強悍者，相率而倡扶陽抑陰之說，盡普天下之女子，而不以同類相待。……吾聞之，春秋之義，以力凌人者，據亂世之政也，若昇平世、太平世，乃無是矣，地球今日之運，已入昇平，故凌人之惡風漸消，而天然之公理漸出。」他以西學和傳統士人的目光來看婦女思想，將全球思維下「漸出」之理的傳染源捕捉住，並引此作為討論歷史趨向的思考，包括康有為、黃遵憲、黃鵠生、譚嗣同及林紓等人，在女權思想上的認知上互相輝映。

二、《女子世界》告語國民

　　在秋瑾投身女權運動之前，女學與女權的發言權一直掌握在知識菁英上，這些人對於女權的提倡，多以關懷者姿態來審視，多數女性對天賦人權的內涵仍未深刻理解，梁啟超對女學的提倡甚至站在培育溫順的良妻賢母上去設定，並未透過女性自身去發掘所當追求的生命。

　　上海自 1943 年開港以來，承繼時空、地利之便，數十年外國勢力薰染下，在經濟及文化上一躍為國際視聽的窗口。很自然地，晚清濃厚的維新革命思潮，也在此處逐步成為醞發新思維的溫床。[63]女權運動者亦選擇該地作為宣傳基地，自 1898 年出版《女學報》之外，更於 1903 年由金一[64]創辦《三十三年落花夢》、《女界鐘》及《自由血》等女權刊物，尤以《女界鐘》一書震撼國際視聽，而使金一搏得「中國女界之盧騷」之雅稱，這些刊物提供秋瑾日後籌辦《中國女報》良好的基礎及準備。

　　將時代風雲結合女權思想，是當時提倡革命者的慣性思考，援用

---

[63] 晚清名士王韜在《瀛需雜誌》中指出：「上海介南北之中，最當衝要，故貿易之旺，非他處所能相孚，雖由人事，亦地勢使然也。」上海在南京條約開的五大商港中，除自然條件優越外，周邊亦是紡織業最發達的地區，是而造就他處難及的優越條件。隨經貿活動發展，外來文化與傳統文化交融，形成知識群體活動聚集之地，而開放求知的風氣亦在此成形。見孫燕京：《晚清社會風尚研究》（台北：知書房出版社，2004 年），頁 120。

[64] 金一（1874-1947），江蘇省吳江縣人，名天翮、後改名天羽，字松岑，號鶴望，別署愛自由者。曾入江陰南菁書院擔任學長，與另一女權革命家丁初我同為中國教育會會員，對女權思想的論述及建構，貢獻不可磨滅。

流行於當時的說法：「女子者，國民之母也。」因此，欲培育強健的新國民，必先由母體著手，因此金一也說：「欲新中國，必新女子；欲強中國，必強女子；欲文明中國，必先文明我女子；欲普救中國，必先普救我女子，無可疑也。」另外，同為，同為女權先驅的丁初我亦理直氣壯論斷：男子奴役女子，將帶給中國滅亡之厄。姑且不論此說是否確當，但女子如果能生育強健的國民，對救國事業將有極大幫助。《女子世界》便是站在該論述基調上發聲，依進化論的觀點，得出女子腦力將高過男子，如金一在《女界鐘》第四節〈女子之能力〉中所言：

> 今女子體量之碩大，或者不如男人，至於腦力程度，直無差異，或更有優焉。此世界所公認也。又腦髓之大小，與其身之長短重率有比例；凡身體愈大者，其腦之比例愈拙。

　　為建立女子自信心，金一在《女子世界》發刊詞中勸誡男子：「自今以後，無輕視女子」並勸告女子：「自今以後，無自輕視」的原則。這份刊物確實用心良苦，但對多數民眾而言，文法略顯艱澀，實是一大缺失。本諸《女子世界》的精神，秋瑾 1907 年在上海辦的《中國女報》，則意識到運用通俗白話的文字，民眾喜聞樂見的文學形貌，對宣傳男女平等、婦女解放有更大效應。[65]

---

[65] 秋瑾以愛國思想來進行女權教育，提倡演說五大好處：(1) 隨便什麼地方，都可隨時演說；(2) 不要錢，聽的人必多；(3) 人人都能聽得懂，雖是不識字的婦女、小孩子，都可聽的；(4) 只須三寸不爛的舌頭，又不要興師動眾，捐什麼錢；(5) 天下的事情，都可以曉得。除文字通俗外，語言的魅力更是宣傳利器。

　　由於《女子世界》是如此轟動,除創辦人外更吸引不少革命派作家來寫稿,出現許多建立中國女權有先行作用的名篇。計有:金一〈女子世界發刊詞〉、〈論寫情小說於新社會之關係〉、〈女學生入學歌〉;蔣維喬〈論中國女學不興之害〉、〈女權說〉;柳亞子〈哀女界〉、〈中國第一女豪傑女軍人家花木蘭傳〉、〈論女界之前途〉;周作人譯作〈俠女奴〉、〈女禍傳〉、短篇小說〈女獵人〉、〈好花枝〉等篇章,另外南社詩人高燮、高旭及高增均提供不少詩歌、戲曲彈詞作宣導。

　　在秋瑾的認知上,宣揚女權有喚醒民眾的目的,她認為長期封建制度影響女性身心,養成對男子的依賴,反而成了男人的玩物,作為新女性當有天賦人權的思想,所謂「天賦人權原無別,男女還須一例擔」,喚醒婦女意識,建立獨立自主的生命,這是秋瑾見解超越男性女權革命家的地方。為推翻清廷,中國婦女自不能置身事外,「願奴隸根除,智識學問歷練就。責任上肩頭,國民女傑期無負」,女子不但須在地位上與男子平等,更應承擔救國之責,她在〈敬告姊妹們〉一文,有深刻的呼喚:

> 　　我們女子不能自己掙錢,又沒有本事,一生榮辱,皆要靠之夫子,任受諸般苦惱,也就無可奈何!……如今女學堂也多了,女工藝也興了,但學得科學工藝,作教習,開工廠,何嘗不可自己養活自己嗎?也不至坐食,累及父兄、夫子了。一來呢,可使家業興隆;二來呢,可使男子敬重,洗了無用的名,收了自由的福。[66]

---

[66] 郭長海、郭君兮輯注:《秋瑾全集箋注》(長春:吉林文史出版社,2003 年),頁378-379。

　　這是《中國女報》第一期的文章，強調女子該自立生存，而讓以女性為中堅力量的女子世界早日出現，丁初我〈女子世界頌詞〉對女子如何為國母的途徑，體認到須合「軍人、遊俠、學術」三大特質始成，因為「軍人之體格，實救療脆弱病之方針；遊俠之意氣，實施治恇怯病之良藥；文學美術之發育，實開通暗昧病不二之治法。」質而言之，將文明力量普及於女子教育，才能讓中國女子脫胎換骨，孕育新國民。[67]對女子而言，女權被寄附于國族興亡的天秤上，且《女子世界》撰文者男性比例偏高，缺乏女性聲音；而對啟蒙人民有著高度使命的知識菁英，對「開通女智」的認知仍站在革命需求上，也顯露《女子世界》仍是理想而非實際面貌。

　　張肩任〈欲倡平等先興女學論〉體認到女子謀生、知識的不足，只有透過教育才能達成能力及品格培養，強化女子的能力，是改善地位的直接路向，「盡個人之義務也，與男子等；謀家室之生計也，與男子共；享一切天賦之權利也，無不與男子偕。」唯有如此，方可脫離傳統視野下的女權定位。

---

[67] 在《女子世界》第二期中有篇《瀾言》，認為品格須有七長，首先「一來要沒有依賴心腸，便是獨立；二來要肯作公共的事情，便是公德；三來自己勿做傷風敗俗的事，便是自治；四來要合些同志的人，一同辦事，便是合群；五來不許他人侵犯著我，并我亦不可侵犯他人，便是自由；六來任憑什麼事，苟是自己分內所應當得的，不可讓人，便是權利；七來我所應當做的，該應盡心著力的做，便是義務。」這些德行都盡心培養，才能孕育新國民，筆者以為此說有誇大女子影響國族命運的成分，女權獨立雖是目標，但女子教育卻不能一步登天。參夏曉虹：《晚清女性與近代中國》（北京：北京大學出版社，2004 年），頁 82-83。

三、女權在《中國女報》的呈現

晚清將革命與女權運動交互結合，已是學界允有定論的事實，而秋瑾 1907 年在上海辦的《中國女報》則是繼《白話》雜誌後的另一嘗試。《中國女報》發起人秋瑾在創刊前夕於《中外日報》發表章程如下：（節錄）

> 一、本報之設，以開通風氣，提倡女學，聯感情，結團體，並為他日創設中國婦人協會之基礎為宗旨。

> 一、本報內容，以論說、演壇、新聞、譯編、調查、尺素、詩詞、傳記、小說為大綱。

> 一、本報以中外各國古今女傑之肖像及名景勝蹟，有關於女學者，按期印入首頁，以供賞鑒。

> 一、本報以文、俗之筆墨並行，以便於不甚通文理者，亦得瀏覽。

> 一、本報志在擴充、普及女界之智識，另編譯各種有益女界之書文、小說印行，以供購閱。[68]

由章程部分條目可見其用心深切，不只喚醒女性自主獨立的意識，更希望婦女能團結一致，組織團體為女權而努力。同時，文白並行的報刊風格，在於「仿歐美報紙之例，以俚俗語為文，以為婦人孺子之先導。」的觀念。專為底層婦女寫的〈敬告姊妹們〉[69]中亦言：

---

[68] 同註 72，頁 370。

[69] 在創刊章程中有云：「本報以文、俗之筆墨並行，以便於不甚通文理者，亦得瀏覽。」

「如今雖有個《女子世界》，然而文法又太深了。我姊妹不懂文字又十居八九，若是粗淺的報，尚可同白話的念念；若太深了，簡直不能明白呢。所以我辦這個《中國女報》，就是有鑑於此。」這是普及女子教育的理念，更是宣傳的要素之一。

秋瑾創辦《中國女報》時遭遇不少現實上的困境。首先在經費上，原先預計募集一萬股，力求印出精美亮眼的報紙，然而響應者稀少，集資僅數百股，儘管現實如此殘酷，但她仍不氣餒，除了變賣自己部分華美衣物，更往湖南夫家募款，其後在徐自華、徐原韻姊妹的大力支持下，總算出版第一期《中國女報》。而該報一刊行，其進步的思想及言論更引發迴響。1907 年元旦陳志群[70]在《中國女報》第二期說：「這個女報能夠好好辦下去，也可以在二十世紀中國報界舞台中，獨樹一幟。作志士的後勁，逐同胞的夢魘。有了《中國女報》，那個中國女界，就有起色日子了。」陳志群的賀詞鼓舞了女性的熱情，《中國女報》雖因秋瑾遇難而只出刊二期，但隨後則併入《女子世界》成了《新女子世界》，繼續發揮影響力。

柳亞子在《新女子世界》招股廣告中提到：「民愚則國亡，我國既愚其二萬萬男子，俾為間接之奴隸於異種；更以最親愛、最文弱之二萬萬女子，為奴隸之直接奴隸。故欲振今日中國之危亡，必先解脫女子之羈勒，而聰其聽焉，明其視焉，鼓吹其精神，而感刺其腦筋焉。」

因此在《中國女報》第一期中，除了以淺近文言書寫的〈中國女報發刊詞〉，更有以白話寫成的〈敬告姊妹們〉，前者專為受過教育、通曉文理的女性而寫，後者則以多數見識較平凡的低層女性為對象寫就，文俗並行的用心，可擴充宣傳之效。

[70] 陳志群（1889-1962），即陳如瑾，名以益，江蘇省無錫人。早年入上海留學高等預備學校，後轉赴日留學。除主編《女子世界》外，也創辦《神州女報》及《女報》，在晚清女報界，稱得上貢獻最大。

柳氏之意在使女子藉著女權運動，分擔強國保種之責，並激發民族意
識。男女平等之際，女學及女權勢將透過刊物發行而散播改造社會的
力量，換而言之，梁啟超推動「興女學以興國」的理念時，強調的國
族意識，已轉變為因為女子亦是國民一分子，而必須接受女子教育的
意涵。[71]

　　針對秋瑾《中國女報》的思想價值，宋秀珍在〈秋瑾與中國女報〉
中，認為該報有爭取婦女解放、表現愛國愛民及反對傳統禮教等三方
面特色，而邵田田在〈秋瑾婦女解放思想及其實踐述論〉一文中，補
充了秋瑾剛強自由的性格，以及倡導女子體育、創辦婦女組織、引導
婦女技藝學習及婚姻自由等實踐方針。顯而易見的，《中國女報》站
在婦女本體之權益來對待女權，而一切刻意協助婦女的措施，並無法
替代婦女成長。據此而言，婦女運動最可貴的地方在於與整個社會共
同面對危機，將女權意識拉抬到時代的高度上。[72]

　　這些女權論述是理念，實際經營也有困難，然而刊物的不斷宣
傳，卻也讓革命與女權運動有互相援介之可能。署名煉石者在《中國
新女界》中發表〈女界與國家之關係〉，對女子受教育有精闢見地：

　　　泰西教育家之言曰，覘其國之強弱者，先觀其女學之程度，由

---

[71] 傳統士人認知的女權，認為女學之提倡在於建立女德，開女智實為張母德，這種
　　言論在當時是很普遍的，然而革命書刊如《革命軍》、《警世鐘》、《猛回頭》對民
　　主自由、天賦人權之說詮釋深刻，進而轉變女權之意涵。參柯惠鈴：〈從閨秀到女
　　傑─晚清革命運動中女權思想的啟蒙〉，《近代中國》第 151 期，頁 197。

[72] 相關論述可參龍文祥：〈從秋瑾詩文看其婦女解放思想〉，《安慶師範學院學報》第
　　18 卷 6 期（1999 年 12 月），頁 84-85。宋秀珍：〈秋瑾與中國女報〉，《咸寧師專學
　　報》第 14 卷 3 期（1994 年 8 月），頁 32-33。邵田田：〈秋瑾婦女解放思想及其實
　　踐述論〉，《紹興文理學院學報》第 21 卷 6 期（2001 年 12 月），頁 51-52。

是言之，則女子與國家之關係何如耶？彼世俗有輕女之風者，
每謂女子于歸以後，即為別家人，無須枉費精神為他姓造就賢
婦，其論之謬，姑無足辯，但使他姓之於其女子皆如此之存心，
則勢必舉國無名媛，將從何處覓賢婦以佐佳兒而誕育賢子孫
哉？[73]

強調婦女擔任輔佐夫婿及教育子女的切要性，點明女學不彰則無法培
育新國民。如前所述，秋瑾在詩歌的表現上，呈現出可以配樂的「歌
體詩」風貌，而在雜文上則師法梁啟超的「報館體」文字，流露筆鋒
常帶感情的風格。

　　這些充滿鼓動民氣的文字，尤以〈演說的好處〉、〈敬告中國二萬
萬女同胞〉、〈警告我同胞〉、〈中國女報發刊詞〉最著稱。雜文創作中，
則以〈普告同胞檄稿〉、〈光復軍起義檄稿〉呈現優美文辭，氣韻生動，
不能僅以應用文宣來對待。[74]

　　秋瑾堪稱時代歌手，文學講求實用、反映時代背景，倡導演說文
體，希冀提升婦女意識，吹奏革命的號角。以〈敬告中國二萬萬女同
胞〉觀之，起首筆鋒不凡：「唉！世界上最不平的事，就是我們二萬
萬女同胞了。從小生下來，遇著好老子，還說得過；遇著脾氣雜冒、

---

[73] 轉引自柯惠鈴：〈從閨秀到女傑—晚清革命運動中女權思想的啟蒙〉，《近代中國》
　　第 151 期，頁 197。
[74] 秋瑾文風平實、說理充足且條理清晰，學界對其文章評價則俗有餘雅不足，一如
　　高旭評黃遵憲詩所言：「終不若守國粹用陳舊語句為愈有味也。」而〈普告同胞檄
　　稿〉等文告則兼俗之長，可稱作美文，亦即今日之散文，對時代文學的變遷，
　　仍有其價值。見龔喜平：〈秋瑾文體革新理論與實踐考論〉，《西北師大學報》第
　　39 卷 2 期（2002 年 3 月），頁 29。

不講情裡的，滿嘴連說：「晦氣，又是一個沒用的！」恨不得拿起來摔死。」文字通俗有力，容易引發婦女共鳴。

該文控訴男女之別，痛斥世俗之見，將女人貶抑為奴僕之流：

> 要是一二句抱怨的話，或是勸了男人幾句，反了腔，就打罵俱下；別人聽見了還要說：「不賢慧，不曉得婦道呢！」諸位聽聽，這不是有冤沒處訴麼？還有一椿不公的事：男子死了，女子就要帶三年孝，不許二嫁。女子死了，男人只帶幾根藍辮線，有嫌難看的，連帶也不帶；人死還沒三天，就出去偷雞摸狗；七還未盡，新娘子早已進門。上天生人，男女原沒有分別。試問天下沒有女人，就生出這些人來麼？為什麼這樣不公道呢？[75]

除了批判外，秋瑾的思考仍是深刻且前瞻的。她認為女學普及才能使女子獨立，但獨立的目的不在貶抑男性地位，而是為了讓國家多一分力量。文說：

> 遇見丈夫好的要開學堂，不要阻他；兒子好的，要出洋留學，不要阻他。中年作媳婦的，總不要拖著丈夫的腿，使他氣短志頹，功不成、名不就；生了兒子，就要送他進學堂；女兒也是如此，千萬不要替他纏足。幼年姑娘的呢，若能夠學堂更好；

---

[75] 郭長海、郭君兮輯注：《秋瑾全集箋注》（長春：吉林文史出版社，2003 年），頁363。

就不進學堂，在家裡也要常看書、習字。[76]

站在救亡圖存立場，女權提倡是否附庸在革命論述中，顯然是可論斷的。

　　晚清對女學的設定，仍處於持家教子、賢妻良母的範圍，慈禧太后雖因時局逼迫而在 1907 年向學部下令實施女學，並以奏定之「女子小學堂和女子師範學堂章程」作實行依據。但站在女權提倡者立場，對於封建規格的女學並無好感，蘇英〈在蘇蘇女校開學典禮上的演說詞〉中有段精確的論述：「照他們的希望，就使吾們同胞姊妹都受了教育，有了學問，到頭來不過巴結到一個賢母良妻的資格，說什麼母教，說什麼內助，還是男子的高衙奴隸、異族的的雙料奴隸罷了。」真正女權獨立是不依靠男子憐憫，「如今我們的意思，是要撇脫賢母良妻的依賴性，靠自己一個人去做那驚天動地的事業，把身兒跳入政治界中，轟轟烈烈光復舊主權，建設新政府。」一反女教桎梏，也重新樹立女子精神。[77]

　　秋瑾提倡「女子國民」的精神，如〈大魂篇〉指陳：「國喪其魂，則民氣不生，民之不生，國將焉存。」而生成國魂的元素，唯有女權。〈中國女報發刊詞〉則確立女權論述的中心思維，在於融合女界覺醒

---

[76] 同前註，頁 364。

[77] 女學要復興，其內容也要更新才算完整，以《女誡》、《女孝經》為主體的女學，對女子獨立無絲毫助益。張漢昭〈班昭論〉就說：「身為女宗，乃亦鼓吹其傾波之邪說，自居於卑下，復導國民而從之，吾又不知與馮道、張宏範輩何以異也？一言不智，昭之罪不容逭矣。」不甘被奴役是時代的聲音，而 20 世紀初的愛國女子，像是秋瑾、何香凝、陳擷芬、唐群英、林宗素等人，均是時代菁英。詳參王緋：《空前之跡：1851-1930：中國婦女思想與文學發展史論》（北京：商務印書館，2004年），頁 230-235。

的力量於革命中。文說：

> 危險而不知其危險，是乃真危險；危險而不知其危險，是乃大
> 黑暗。黑暗也，危險也，處身其間者，亦思所以自救以救人歟？
> 然而沈沈黑獄，萬象不有；雖有慧者，莫措其手。吾若置身危
> 險生涯，施大法力；吾毋寧脫身黑暗世界，放大光明。一盞神
> 燈，導無量眾生，盡登彼岸，不亦大慈悲耶？…然則曷一念，
> 我中國之黑暗何如？我中國之危險何如？我中國女界之黑暗
> 更何如？我女界前途之危險更何如？予念及此，予悄然悲，予
> 憮然起，予乃奔走呼號於我同胞諸姊妹，於是而有《中國女報》
> 之設。[78]

辦報也是開民智的一大利器，梁啟超說：「去塞求通，厥道非一，而
報館其導端也」，譚嗣同也承認「居今之世，吾輩力量所能為者，要
無能過撰文登報之善矣。」晚清的變局，使得知識菁英對平民閱報風
氣甚為重視，城市出現許多閱報會，考量貧寒民眾無力購買報刊，因
此創設該組織將數十份報紙購齊，便於平民借閱，另有閱報公會專為
不識字的婦孺念報，社會賢達甚至出資購買報刊貼於鬧市，造成社會
風氣的轉變，而報刊也成了監督社會的輿論陣地。

　　《中國女報》對婦女而言，尚有人生方向的指引。秋瑾曾翻譯〈看
護學教程〉，讓婦女不在救國事業中缺席，可上前線擔任看護員，支
持革命運動。對浪莽浮世中的女子世界，期待以一種普及化的媒體教

---

[78] 郭長海、郭君兮輯注：《秋瑾全集箋注》（長春：吉林文史出版社，2003 年），頁
372-373。

育，讓女子覺醒而自立。〈中國女報發刊詞〉的結語說：

> 然而聽晨鐘初動，宿醉未醒；睹東方之乍明，睡覺不遠。人心
> 薄弱，不克自立；扶得東來西又倒，於我女界為尤甚。苟無以
> 鞭策之，糾繩之，吾恐無方針之行駛，將旋於巨浪盤漓中以沈
> 溺也。然則具左右輿論之勢力，擔監督國民之責任者，非報紙
> 為何？吾今欲結二萬萬大團體於一致，通全國女界聲息於朝
> 夕，為女界之總機關，使我女界生機活潑，精神奮飛，絕塵而
> 奔，以速進於大光明世界；為醒獅之前驅，為文明之先導，為
> 迷津筏，為暗室燈，使我中國女界中放一光明燦爛之異彩。[79]

袁進在〈文學思潮芻議〉中探討了晚清報刊傳播模式後認為：「新型
傳播媒介報刊和平裝書的問世，標誌著機器印刷和商業化銷售逐漸成
為文學文本的製作與傳播的主要方式，導致士大夫壟斷文化的局面逐
漸結束，市場逐步成為決定文學發展的重要力量。」[80]秋瑾對《中國
女報》的傳播作用是極看重的，深信它將扮演渡世津筏的關鍵，此信
心便源於文學傳播方式的變革。

　　西元 1942 年，郭沫若曾讚譽秋瑾〈敬告姊妹們〉一文說：「這在
三、四十年前不用說是很新鮮的文章，然而就在目前似乎也沒有失掉

---

[79] 同前註，頁 373-374。

[80] 就袁進之說，通俗化是報刊直接面向市民後的必然趨向，士大夫為求經世致用、
喚醒國民，而推動文學通俗化。然而通俗化實則是雅化與俗化的相互滲透、交融
所致，知識菁英投入俗文學創作，也提升讀者欣賞的品味，而俗化的語言也得到
新的美學層次。見袁進：〈文學思潮芻議〉，收於《近代文學的突圍》（上海：上海
人民出版社，2001 年），頁 156。

它的新鮮味。」除了尚實切用的語言外，更有其優秀的藝術感染力。西方語言學家索緒爾曾說：「語法事實總在某一方面跟思想有關聯，而且比較容易受到外部騷動的反響，這些騷動對於人們的心理有更直接的反應。」語言文字因時代動盪而轉變，「那只是語言恢復它的自由狀態，繼續它合乎規律的進程。」撇開救亡圖存的政治需求，王國維〈論新學語之輸入〉一文，也同索緒爾一樣由漢語去反思人民心靈本質，他說：「抑我國人之特質，實際的也，通俗的也，西洋人之特質，思辯的也，科學的也，長於抽象而精於分類，對世界一切有形無形之事物，無往而不用綜括及分析之法，故言語之多，自然之理也。」[81]西方長於分析，須依精確的語言去鋪陳思想，因而白話文學大盛；而中國語言偏向實踐，常以卮言、重言作為立論，因而文言文發達。而民間文學的特質：文字通俗化，能在晚清發揮不凡影響力，則是配合知識菁英的信念，確信運用白話文能普及教育、能使國家富強之故，秋瑾的見地也循此一時代潮流而來。

第四節 《精衛石》的文藝特徵

一、口傳心授的文藝形式

---

[81] 晚清知識分子對於文言合一之意見，可參黃遵憲〈日本國志·學術志〉、裘廷梁〈論白話為維新之本〉、梁啟超〈變法通議·論幼學〉之相關論述，又夏曉虹：《覺世與傳世：梁啟超的文學道路》（上海：上海人民出版社，1991 年），對當時的文學變遷作出允當的觀察及述評。轉引自袁進：〈文學語言的嬗變〉，收於《近代文學的突圍》（上海：上海人民出版社，2001 年），頁 136。

　　運用民間文學形式去宣傳新思維，已是晚清知識群體的共識，以梁啟超為首的知識群體，體察西方文學作品的歷史經驗後，認為文學和政治若能妥善搭配，民間文學將是啟蒙民眾的最佳利器。陶曾佑雖過度誇大文學改良社會的功效，但激昂的言論確實造成時代心靈的共鳴。他在〈論文學之勢力及其關係〉中認為：

> 彼西哲所謂形上之學者，非此文學乎？倍根曰：「文學者，以三原素而成，即道理、快樂、裝飾各一分是也。」洛理斯曰：「文學者，世界進化之母也。」和圖和士曰：「文學者，善良清潔之一世界也。」然則，諸哲之於此文學，志意拳拳，其故安在？蓋載道明德紀政察民，胥於此文是賴；含融萬彙，左右群情，而吐焉、納焉、臧焉、否焉、生焉、滅焉，惟茲文學始獨有此能力。[82]

由文學本質上談其功用，雖有過於武斷的陳述，「然當此時期，倘思撼醒沈酣，革新積習，使教化日隆，人權日保，公德日厚，團體日堅，則除恃文學為群治之萌芽，誠未聞別有善良之方法。」而晚清彈詞小說也是由文學邊緣朝核心位置靠近，肩負起改良社會、喚醒人民的責任。

---

[82] 陶曾佑深受嚴復所譯《社會通詮》啟發，以西方社會學的思維，縝密審視中國歷史的特點，運用今文經的變易思想來改造中國顢迷之境。以進化規律考察歷史演變的因果聯繫，讓他被譽為「晚清思想界革命的先驅者」，嚴復更盛讚其著作《中國古代史》為曠世之作。參馬寶珠：《中國新文化運動史》（台北：文津出版社，1996 年），頁 138-140。另見郭紹虞主編：《中國近代文學論著精選》（台北：華正書局，1982 年），頁 246。

　　康德對啟蒙下過定義：「啟蒙就是要有勇氣在不經別人引導下運用自己的理智。」而梁啟超在《盛世元音·序》提到：「中國文明號於五洲，而百中人識字者，不及二十人，這怎麼能跟域外列強百中人識字者，多達八十到九十六、七相比呢？」普及文明就必須由那廣多不識字的婦孺、平民者著手，報刊通俗化成了必然趨勢。[83]但晚清中國民智未開，民眾的啟蒙工作，必須透過知識菁英的鼓吹，且積極介入教化工作，方能獲致效果。因此，晚清的啟蒙運動實際上並非由下而上的呼喚，而是由中堅力量主導的變革。

　　在農業型態的社會中，農民生活娛樂相對貧乏，耕作之暇，最大興趣就是看戲、聽唱歌，因此講唱形式的文藝便能直通人心。結合音樂及敘事形貌的戲曲，因之生成於社會下層，在內容上採用民眾喜聞樂見的形式表達，更實現了與平民審美標準相互溝通的文化內蘊。[84]中國早期的戲曲，據周華斌之解釋，存在「遊戲之曲」和「扮戲之曲」的區分，兩者兼有「以曲為戲」的內涵，復因戲曲語言多為里巷歌謠，語多鄙下，通常只流行在下層社會，多了俳優風格。明·徐渭《南詞敘錄》云：「其曲則宋人詞而益以里巷歌謠，不協宮調，故士大夫罕有留意者。」戲曲語言「即村坊之小曲為之，本無宮調，亦罕節奏，

---

[83] 早在 1876 年創刊的《民報》就專為民間所設，所以字句俱如常談，章太炎 1910 年所辦的《教育今語》雜誌，則標榜「提倡平民普及教育為宗旨，用白話撰寫論文，鼓吹民族革命」，而陳獨秀辦的《安徽俗語報》及《國民日日報》，也運用淺近易懂的俗語來撰寫，也是為此目的。參馬永強：《文化傳播與現代中國文學》（合肥：安徽大學出版社，2003 年），頁 190。

[84] 所謂文化內蘊，則是透過民眾對戲曲的認知及預設，讓作品的內容與平民性格高度結合，因此在結構上，無論悲劇或喜劇，在戲劇結束前，會將矛盾推向喜劇的高潮，以符合民眾心理。詳見廖全京：《中國戲劇尋思錄》（北京：文化藝術出版社，2005 年），頁 83-85。

徒取畸農市女順口可歌而已，諺所謂“隨心令”者其技歟？」而民間戲曲的表現，顯然是偏向娛樂功用的。[85]隨心令即無須文本的順口溜，不但是口傳文化的移植，更是活在民間的彈詞表演的精髓。

關於農村的口傳文化，井口淳子對中國北方農村口傳文化的認知中，包括口頭傳播、口頭表現等各式體裁，結合音樂性的敘事文本，也是民間曲藝─彈詞的口傳特徵。[86]

彈詞本質上雖藉由聲音來表現藝術魅力，但不可否認的，對於文本的要求仍相當重要。秋瑾《精衛石》的文本，呈現出飽滿的女權思想及愛國情懷，以完整而清晰的唱詞及說白架構，挾帶強烈敘事風格，也是彈詞小說的重要特徵。

而彈詞小說的發展，自文界革命後已逐步擺脫格律，朝反映時代內容而發展。此種轉變當然會在某些程度上影響到彈詞合樂而歌的形式，也就是說，彈詞小說的創作極可能只是案頭劇本，而無法上台搬演。[87]不過，有些作品一開始雖未顧及能否演出，但是透過傳播型態的轉變，也能不經由舞台演出而深入民間。如浴血生的《革命軍傳奇》在《江蘇》雜誌第六期發表後，對於「蘇報案」以及鄒容的革命精神的宣傳，起了很大功效。

---

[85] 周華斌：《中國戲劇史新論》（北京：北京廣播學院出版社，2003 年），頁 7。

[86] （日）井口淳子著・林琦 譯：《中國北方農村的口傳文化》（廈門：廈門大學出版社，2003 年），頁 4。

[87] 黑格爾的《美學》提到：「當剛離開傳統而尚無法到達下一階段時，便會產生過度期的缺陷。」改良的彈詞，在政治意識上著墨甚深，卻往往忽略表演藝術及格律上的要求，傳統南方彈詞針對婦女喜聞的男女情愛作情節鋪排，但新的彈詞小說對該有的人物衝突及情節設計並不講求，戲味不足有無法配樂，確實減弱該有的藝術感染力。詳參郭延禮：《近代西學與中國文學》（南昌：百花洲文藝出版社，1999 年），頁 378-380。

就現實面來看，雖然尚用務實的風氣在晚清的時空發酵，然而，知識菁英對國家存亡的憂慮之聲，並沒有在廣大人民中影起迴響。尤其是一向單純的農村，穩固不變的生活方式及習慣，制約了他們對學習新知的能力，而與這個時代的先進文化處在脫節的窘狀中。因此，充滿人為設計的戲劇演出，濃烈熱鬧的氣氛，將會在農村文化裡歷久不衰。

二、民族文化與戲曲

《精衛石》是秋瑾的彈詞小說，署名漢俠女兒，與陳天華之彈詞小說《獅子吼》一樣，同採章回小說形式。原有目錄顯示《精衛石》本二十回，現存〈序〉、〈目錄〉、正文五回及第六回殘頁，本欲循《中國女報》刊行，後因經費不足，加上秋瑾於第三期印製期間遇難，因此現存文本收於《秋瑾史跡》中。[88]

二十世紀初是劇烈變動的年代，在文學上亦不免歸此洪波。1902年梁啟超在《新民叢報》創刊號發表《劫灰夢傳奇》，為戲劇改良運動揭幕，而陳去病、柳亞子及汪笑儂等人，亦撰文宣揚戲劇改良與改造國民性之關連，並提出具體方針。戲劇改良先驅梁啟超在〈中國唯一之文學報—新小說〉中宣明：「欲繼索士比亞（莎士比亞）、福祿特兒（伏爾泰）之風，為中國劇壇起革命軍。」而狄葆賢也說：「今日

---

[88] 依據秋瑾胞弟秋宗章回憶錄《六六私乘》云：「姐所撰《精衛石》彈詞手稿四本，初意在《中國女報》逐期刊布。以《女報》出版二期，費絀停頓，擱置弗用。原稿第三本遂亦誤歷此劫。」亦即現存前六回為前兩本，而第三本之後今遂亡佚。

欲改良社會，必先改良歌曲。」此處所謂「歌曲」實泛稱為「戲曲」，以戲曲施行平民教育，鎔鑄愛國情操作戲劇演出，也成了晚清知識分子的共有認知。

西元 1904 年，革命派作家柳亞子、陳去病創辦《二十世紀大舞台》雜誌，標榜「改革惡俗，開通民智，提倡民族主義，喚起國家思想」的宗旨，雖在第二期後為清廷查封，但所刊劇本寓意深明、批判犀利，一時蔚為風潮，深受民眾歡迎，甚至外銷日本、香港。陳去病在第一期中發表了〈論戲劇之有益〉，對戲曲的教化之效，極度推崇，說道：

> 我青年之同胞，赤手掣鯨，空拳射虎，事終不成，而熱血徒冷，則曷不如一決藩籬，遁而隸諸梨園菊部之籍……次之則繼柳敬亭之評話驚人，要反足以發抒其民族主義，而一吐胸中之塊壘，此其奏效之捷。[89]

梨園、評話即是彈詞說唱，以民眾熟知的戲劇來教育平民，是再方便不過的辦法。陳去病同時亦肯定戲曲：「必有過於勞心焦思，孜孜矻矻以作《革命軍》、《駁康書》、《黃帝魂》、《落花夢》、《自由血》者，殆千萬倍。」相較於革命文宣，「彼也囚首而喪面，此則慷慨而激昂；彼也間於通人，此則普及於社會；對同族而發其宗旨，登舞台而親演悲懂；大聲疾呼，垂涕以道，此其情狀，其氣慨，脫較諸合眾國民，在米利堅費城府中獨立廳上，高撞自由之鐘，而宣告獨立之檄文，夫

---

[89] 陳去病：〈論戲劇之有益〉，收於《晚清文學叢鈔小說戲曲研究卷》（台北：新文豐出版社，1989 年），頁 63。

復何所遜讓？」論及效用，或各有所長，但真正要轉換多數平民的認知，則戲曲之效力更勝一籌。[90]

中國歷史上的文化碰撞，讓戲曲產生變革及發展。當魏晉之際佛教傳入中國，使得宗教講唱文學勃興，而晚清辛亥革命前的戲劇改良運動，則是民族面對存亡抉擇而產生的文化進化。美國文化人類學者哈定認為，當民族文化面對保存與再生的衝突時，為適應文明進化的趨勢，讓傳統文化能重新立足，戲曲便會在思維與內容上與現代文明互相滲透。傳統的戲曲，雖有部分不合時宜的內容，但它卻精確掌握住以情動人的要素，而成了宣導新思想的利器。

余上沅在〈中國戲劇的途徑〉中主張對傳統戲曲應該「因勢利導，剪裁它的舊形式，加入我們的新理想，讓它們成為兼有時代精神和永恆性質的藝術品。」而陳獨秀之〈論戲曲〉對於戲曲的舞台藝術、角色變化的魅力，形容得十分貼切，文說：

> 戲曲者，普天下之人類所最樂睹、最樂聞者也，易入人之腦蒂，易觸人之感情。故不入戲園而已耳，苟其入之，則人之思想權未有不握於演戲曲者之手矣。故觀《長板坡》、《惡虎村》，即生英雄之氣慨；觀《燒骨計》、《紅梅閣》，即動哀怨之心腸；觀《文昭關》、《武十回》，即起報仇之觀念；觀《賣胭脂》、《盪湖船》，即長淫慾之邪思；其他神仙鬼怪、榮華富貴之劇，皆足以移人之性情。由是觀之，戲園者，實普天下人之大學堂

---

[90] 陳去病〈論戲劇之有益〉另文：「其詞俚，其情真，其曉譬而諷喻焉，亦滑稽流走，而無有所凝滯，舉凡士庶工商，下達婦孺不識字之眾，苟一窺乎其情狀，接觸乎其笑啼、哀樂、離合悲懽，則洶不情為之動，心為之移。」同前註，頁66。

也。[91]

內容陳舊與形式僵化，顯然是傳統戲曲的缺憾，要革新戲劇，必先變化其題材，讓其內容符於現實需要，啟發民族意識及愛國思想。歐榘甲〈觀戲記〉曾說：「故欲善國故，莫如先善風俗；欲善風俗，莫如先善曲本。曲本者，匹夫匹婦耳目所感觸易入之地，而心之所由生，即國之興衰之根源也。」提倡新古典主義陳述現實，賦予彈詞或戲劇全新思想，並發揮其歷史革命劇的教育功能。

天僇生在〈劇場之教育〉中，針對中國戲劇的作用，認為「非僅借以怡耳而懌目」，而是「將以資勸懲、動觀感」的效用，然而戲劇向來不為仕紳階層重視，但多數觀賞戲劇的婦人孺子卻又深信其內容，沒有正確引導的戲劇內容，勢將造成潛藏之毒害。因此，現代劇場當以「演劇」為主，他認為：

> 昔者法之敗於德也，法人設劇場於巴黎，演德兵入都時之慘狀，觀者感泣，而法以復興。美之與英戰也，攝英人暴狀於影戲，隨到傳觀，而美以獨立。演劇之效如此，是以西人於演劇者則敬之重之，於撰劇者更敬之重之。……吾以為今日欲救吾國，當以輸入國家思想為第一義。欲輸入國家思想，當以廣興教育為第一義。然教育興矣，其效力之所及者，僅在於中上社會，而下等社會無聞焉。欲無老無幼，無上無下，人人能有國

---

91 陳獨秀：〈論戲曲〉，收於《晚清文學叢鈔小說戲曲研究卷》（台北：新文豐出版社，1989 年），頁 52。

家思想，而受其感化力者，捨戲劇末由。[92]

上文可清楚看見，普及教育必須運用戲劇之理由，因為多數智識未開的民眾並無法辨別戲劇的優劣，只要能為其瞭解或接受的形式，便深信不疑。

因此 1905 年箸夫在〈論開智普及之法首以改良戲本為先〉中發現，諸如《西遊記》非為牛鬼蛇神，而《金瓶梅》迥異褻淫穢稽之談的理由，在於「在深識明達者流，故知當日作者，不過假託附會，因事寓言，藉他人酒杯，澆自己壘塊」，但鄉間的農氓卻「目不知害，先入為主，所見所聞，衹有此數」，常常誤用其意。既有如此，則平民教育又何以振興呢？眼見只有改戲本一途，文說：

> 其法議招青年子弟數十人，每日於教戲之外，間讀淺近諸書，並冠以普通知識，激以愛國熱誠，務使人格不以優伶自賤。復於暇日練以兵式體操，將來學成，赴各村演劇，初到時操衣革履，高唱愛國之歌，和以軍樂，列隊而行，繞村一周，然後登台。先用科諢，將是日所演戲本宗旨、事實，演說大勢，使觀者了然於胸。而曲中所發揮之理論，可藉此展轉流傳，以喚起國民之精神。[93]

---

92 天僇生：〈論劇場之教育〉，收於《晚清文學叢鈔小說戲曲研究卷》（台北：新文豐出版社，1989 年），頁 57。

93 箸夫：〈論開智普及之法首以改良戲本為先〉，收於《晚清文學叢鈔小說戲曲研究卷》（台北：新文豐出版社，1989 年），頁 61。

喚起國民精神，成為民族文化的座標，戲曲之用可見其情。晚清中國戲曲的改良，一方面採用西法，借鑒西方戲劇的藝術技巧，強調戲劇的敘事及說理性，使得戲劇的說教成分大增，冗長的演說及對話，更成了當時新戲的標籤。[94]

　　晚清革命派認為通俗易懂的民間戲曲，是讓廣大民眾支持其理念的媒介，在藝術形式上，選擇了小說戲曲來廣開民智。小說理論提倡者夏曾佑指出「唯婦女與粗人，無書可讀，欲求輸入文化，除小說更無他途」，而小說便是戲曲與講唱文學的代稱。在《繡像小說》第三期中，夏氏之〈小說原理〉對戲曲彈詞之力，有如下的描述：

> 其窮鄉僻壤之酬神演劇，北方之打鼓書，江南之唱文書，均與小說同科者。先使小說改良，而後此諸物，一例均改，必使深閨之戲謔，勞侶之揶揄，均與作者之心，入而俱化，而後有婦人以為男子之後勁，有苦力者以助士君子之實力，而不撥亂世致太平者，無是理也。[95]

結合新式媒體報刊，發行小說宣揚維新及革命思想，固然影響甚鉅，

94　陳獨秀〈論戲曲〉云：「戲中有演說，最可長人之見識，或演光學、電學各種戲法，則又可練習格致之法。」說理性質過度強化，卻忽略掉最重要的情節、人物張力，嚴重違反藝術規律，就現實面而言效果有限。程華平則認為當戲曲改良只為政治服務時，則戲曲感人至深的特點及審美特徵，將會因而窄化與狹隘，反而限制戲曲反應風俗生活的作用。詳參程華平：《中國小說戲曲理論的現代轉型》（上海：華東師範大學出版社，2001 年），頁 200-205。另見郭延禮：《近代西學與中國文學》（南昌：百花洲文藝出版社，1999 年），頁 367。

95　夏曾佑：〈小說原理〉，收於《晚清文學叢鈔小說戲曲研究卷》（台北：新文豐出版社，1989 年），頁 27。

然而對不識字的民眾而言,空有書面亦無法閱讀。只有透過聲音及影像,演出彈詞戲劇,在接受度上無適應與否的問題。

秋瑾選擇彈詞小說作宣傳形式,亦根植於此等概念,正如近代新式話劇發軔者「春柳社」的章程,由李叔同等人擬稿的《春柳社演藝部專章》便明確指陳:「報章專刊一言,夕成輿論,左右社會,為效迅矣。然與目不識丁者接,而用以窮。濟其窮者,有演說,有圖畫,有幻燈(影戲之一類)。第演說之事 ,有聲無形,圖畫之事 ,有形無聲;兼茲二者,聲應形成,社會靡然而向風,其為演戲歟?」這段話或可替民間文學在革命上的運用,作最佳註解。

三、《精衛石》所反映的女性形象

《精衛石》乃秋瑾生前最後的力作,也是唯一的彈詞小說。現存篇目中,僅有目錄而無內容者,共有 15 回,由於該篇彈詞採章回小說體裁,內容雖未完成,但仍可由目錄中見其預設之情節變化。

第一回章名:「睡國昏昏婦女痛埋黑暗獄,覺天炯炯英雌其下白雲鄉」,假託謫仙故事讓歷史有名之女英雌轉生世間,開始其人間之革命實踐。到第五回時,章名:「美雨歐風頓起沈疴宿疾,發聲振聵造成兒女英雄」,這段內容講其受教啟蒙後,開始造一代風氣,為民族事業奮鬥的過程。再觀其脈絡,內文未現,講述的是革命事業的種種奮鬥,如何在奮鬥中實踐理念並達成光復中華、創建共和的目標,其模式與一般政治小說相較並無過多差異。

文學作品有其魅力,小說與戲曲亦有劇場般的魅力,因此小說又

稱「袖珍劇場」（Pocket Teacher），觀戲者與閱讀者同為人物命運起伏而浮沈。文學自有其扭轉乾坤之力，成功的作品往往如契訶夫所言：能激起人們的熱情，教人跟著它走。清人焦循云：「不質直言之而比興言之，不言理而言情，不務勝人而務感人。」能感動人的力量都是感性的，文學作家如果缺乏真摯情感，則無真正關懷，自然無法引發共鳴，啟動文學之用。[96]

《精衛石》講述的故事是新時代女性復興國家的歷程，彈詞小說之說白與唱詞嚴密區隔，在聲律上能合樂配唱，絕非一般案頭彈詞堪比。開頭的唱詞便極為精彩，說道：

> 愛國情深意欲痴，偶從燈下譜彈詞。以教時局如斯急，無奈同胞懵不知。嘆從前幾多志士拋生命，亦只欲恢復江山死不辭。更有一班徒好虛名者，自命非凡妄驕侈：假肝膽，方見壇前誇義勇；真面目，已聞花下擁妖姬。……無奈是志量徒雄生趣窄，然而亦壯懷未肯讓鬚眉。博浪有椎懷勇士，摶沙無計哭男兒。又苦我國素來稱黑暗，俠女兒有志力難為。[97]

除了見到秋瑾優異的文采外，更能見到女性意識在文章裡澎湃。彈詞第一回講述東方本有華胥國（中國），處於君不君、臣不臣的慘狀中，在「男尊女卑」思想作崇下的社會氣氛，舉國瀰漫壓制女權的

---

[96] 相同內容，表達方式有別，產生效果也不同。作品要使人相信，總要結合生活實感，才能取信於人。魯迅雜文之好，世所公認，就在於他善用生活歷練上的渲染技巧，只要這層面能有火候，便能產生不一樣的效果。

[97] 郭長海、郭君兮輯注：《秋瑾全集箋注》（長春：吉林文史出版社，2003 年），頁464。

思維及作法，尤以纏足之害限制女子行動能力，實不足取。「女子已成奴隸性，一身榮辱靠夫君。一聞喜小皆爭裹，纖纖束縛日求新。縱然母親愛惜如珍寶，纏足時，哪管嬌兒痛與疼；淚淋淋，哀告求饒全不聽，宛然仇敵對頭人。」

其後，《精衛石》慣用託仙轉世的情節，將改造女子地位的人選，設計成有天命的情節。王母對即將下凡的女仙說：「差遣爾等非為別，大家整頓舊河山。掃盡胡氛安社稷，由來男女要平權。人權天賦原無別，男女還須一例擔。女的是生前未展胸中志，此去好各繼前心世界間。務使光明新世界，休教那毒氛怨氣再瀰漫。」以振興女權作為醒世目標，也凸顯秋瑾一貫的女權立場。

第二回章名：「恨海迷津黃鞠瑞出世，香閨呸閣梁小玉含悲」談的是知府大人黃古之的夫人生了女兒，本為女仙轉世，名喚黃鞠瑞；知府反而怒言賠錢貨，也就註定其命運坎坷。不過鞠瑞生性聰穎過人、過目成誦，本欲送她上女學堂，但又擔心佳人有才總薄命，因此黃知府顯得有些猶豫不決，最終還是讓她親近知識。而另一少女梁小玉，自小被傳統禮教壓迫，足不能出香閨一步。在一次的拜訪中，鞠瑞與之相談甚契，於是吐露其內心所望：

> 不學此生難自立，靠他人總是沒相干。苦海沈淪何日出，這般壓制太難堪。不能自由真可恨，願只願時時努力跳奴圈。……如古來奇才勇女無其數，紅玉荀灌與木蘭，明末雲英秦良玉，百戰軍前法律嚴。虜盜聞名皆喪膽，毅力忠肝獨占先。投降獻地都是男兒作，羞煞鬚眉作漢奸。如斯比譬男和女，無恥無羞最是男。

重新梳理歷史記憶，以女英雌的功勳偉業，來證明女子在時代危亡中應肩負的責任。晚清另出現一種對人生價值的追尋，這種追尋在積極面上體現在新式女學堂上。徐鼎新〈懿德女學堂開校記何衛種演說〉談到知識分子的使命時說：「方今中國苟欲與列強相角逐，斷不能不驅同於世界化而學校者，世界化之一種也。」青年人在知識引導下，積極進取的時代風氣，使其充滿一股濃厚的革命激情。[98]諸如對天賦人權的理解、奴隸地位的批判，均在尋求一種新的價值及人生觀。

　　而第三回開始，直到第六回中段，談的是梁小玉及黃鞠瑞在相見後，又由他處認識許多備受壓抑，且亟欲自立的新女性奮鬥過程。甚至到了第五回，章名：「美雨歐風頓起沈疴宿疾，發聲振聵造成兒女英雄」，談到黃鞠瑞意欲東渡日本求學，擺脫家庭束縛，習取維新思維，該處情節與秋瑾自身市換千金求學的實情若合符節，也極可能是自身寫照。內容及故事情節上，大抵順其一生經歷與理念作規準，在形式整齊的彈詞中，娓娓細訴不凡的氣魄與決心。

　　就其後三回多的形式內容來看，對於《精衛石》研究當循以下幾處軸線來定位，才能見其殊特之處。首先，必須釐清「彈詞文學」在文本與藝術表演上的落差。周良在《蘇州彈詞藝術初探》及《再論評彈藝術》的觀點，認為彈詞研究必須把握三大面向，分別是：說唱藝術、口傳文學及對群眾的聯繫，在說唱及口傳部分，由於唱詞充滿變異性，演出者只有簡單的情節記要，而非嚴密的劇本，因此在表演上

98　胡適《四十自述》中談到：「有一天，王君借來一本鄒容的《革命軍》，我們幾個人傳觀，都很受感動。……在中國屢戰屢敗之後，在庚子辛丑大恥辱之後，這個「優勝劣敗、適者生存」的公式確是一種當頭棒喝。」思想如野火般燃燒，給多數人極大的刺激，也存在許多少年人的心血。參孫燕京：《晚清社會風尚研究》（台北：知書房出版社，2004 年），頁 350-352。

會隨地域而調整演出語言。[99]但回到彈詞小說的功能性觀察，以趙景深的解釋乃是「文詞」或是「擬彈詞」，亦即不為演出而寫作的彈詞文學，也是作家根據民間說唱形式的仿作，而有案頭文學及能合樂演出的彈詞文學的區別。

秋瑾的《精衛石》在形式上的嚴密完整，自然流動的誦讀聲律，除了她優秀的詩詞天賦外，對江南曲藝的深入理解亦等量齊觀。在目前所見篇章上，雖不時呈現激越的政治、女權宣言，但在情節敘述上，不因過份強調說理而顯得情節乾涸。這是彈詞吸引民眾欣賞的主因，要融入時代民情，再徐以緩出革命思潮，則潛移默化之效可致。以晚清彈詞小說作品觀之，秋瑾的作品跳脫政治小說的格局，不為其內容限制藝術表現，這是很值得肯定的藝術成就。

而另一方面，則探討女權思想的陳述與融入唱詞的表現。文采斐然的秋瑾，有以下精彩著墨：

> 更思黃女多豪爽，志大才高情更堅。勸我常思圖自立，我仇你此生難出此重圍。婚姻已定難更改，空自嗟呼氣惱添。遇人不淑真堪痛，彩鳳隨鴉飛難展。（第四回）

> 世間只有男女界，氣煞人來最不平。只因女子不能自立謀生

---

[99] 日本學者井口淳子認為：曲藝在演出培養前，須由短篇的小段入手，再接長篇的大段，而農村藝人多以「抄本」行之，其功用在於幫助記憶，但多數藝人仍依賴口傳心授的原則。至於彈詞小說文本何以多為七言押韻，井口推測與韻文易於記誦有關，因此在第一人稱的敘述（說白）外，更須搭配第三人稱的唱詞來評論綜理。詳見井口淳子著，林琦 譯：《中國北方農村的口傳文化》（廈門：廈門大學出版社，2003 年），頁 95。

活，倚靠他人是賤人。吾身偏是居于女，又遇家庭苦厄人。不能自立謀生計，他年難得好收成。空教憤世何能夠，救我同胞離火坑。（第四回）

西洋人說道我國的女子，任人搬弄任人玩。若比男子低去五百級，呼牛呼馬盡無嫌。無學問，工藝學科都不學；媚男子，不愁婢膝與奴顏。聞此言，令人無限傷心甚，幾度臨風血淚彈。（第五回）[100]

秋瑾的文學語言充滿情感張力，尚俗切用，對民間曲藝的醒世作用，作了極好的示範。雖然《精衛石》只有不到六回的篇幅，不過正如盧開宇〈秋瑾、譚嗣同婦女觀之比較〉所言，秋瑾能將中國婦女同整個民族的命運相結合，並號召婦女爭取自由獨立的生命，這與知識菁英如譚嗣同等人的格局是不一樣的。

　　《精衛石》中有段話當能為篇章精神作結，文說：「男和女同心協力方為美，四萬萬男女無分彼此焉。喚醒痴聾光睡國，和衷共濟勿畏難。錦繡河山須整頓，休使那胡塵腥躁滿中原。」女權獨立不僅恢復人權地位，在晚清的革命思潮中，它更是一塊無法替代的拼圖，對於建立民主共和的新國家，秋瑾的詩文昭示著不凡的意涵。

---

[100] 以上引文，見郭長海、郭君兮輯注：《秋瑾全集箋注》（長春：吉林文史出版社，2003 年），頁 499、504、507。

第四章　革命之流－菁英與民間文化

　　晚清中國由既有天國自居的認知，朝絕對低落的瀕臨危亡，這段路程起伏對知識菁英而言，無疑是反省之途。魏源、馮桂芬、王韜、黃遵憲及梁啟超等人，見到中國無論工藝器物、政教制度，均不若西方社會的危機，紛由政治、教育、文學及實業層面，企圖在最短時間內提升國力，達到廣開民智、喚醒國魂的目標。

　　研究晚清革命思潮竄升為時代主流的前提，應針對知識分子的心態去理解。20 世紀初，知識界對時局展開前所未見的批判，並自以為精闢、獨創，但以文化人類學角度來看此一轉變時，杜維明的述說就頗具深意：「一些你自以為是天經地義的真理，其實很可能僅僅是某種特殊文化時代的情緒反應。」[1]誠如是，無論維新派或革命派，對於中國現代化均抱持不夠通盤審慎的見解，因此除了抽象理念認知有別外，在實踐層面的功夫亦不足，導致近代化效果未如預期。

　　章太炎認為現代化的具體實踐，在於「始則轉俗成真，終則迴真向俗」，這轉俗成真的說法，簡以言之，就是將儒家內聖外王之道與

---

[1]　中國知識分子對鴉片戰爭以來「心靈與情感」上的衝擊，感受甚為痛切，部分人士甚有崇洋媚外的舉止，而對自身文化存在所謂的「頹廢感」。杜維明：《儒家第三期發展的前景問題》（台北：聯經出版社，1989 年），頁 21。又美國學者 Thomas Metzger 認為歷史上所謂自覺問題，因各民族特殊文化而有差異，而晚清中國文化演變的問題，則是一種文化修改的取捨，呼應了前述知識分子過度樂觀解讀自己能力的情況。參 Thomas Metzger（墨子刻）：〈二十世紀中國知識分子的自覺問題〉，收於《中國歷史轉型時期的知識分子》（台北：聯經出版社，1992 年），頁 86-88。

現代化的實踐貫通起來，牟宗三認為「俗」並不一定能反映「真」，
且其中一部分並不易配合「真」，而提出「曲通」[2]的看法作為現代化
之道。秋瑾及陳天華對革命的認知，透過革命書刊及歌謠，逐一呈現，
欲深刻探究他們的文化支撐或信仰基礎時，所謂的民俗控制論與歌謠
心理學，即其「迴真向俗」的生命追尋。

　　因此本章將透過知識分子對道德語言「迴真」的思索，尋找由維
新轉向革命的思潮變化軌轍，再透過知識「向俗」的歷程中，以民俗
控制論為基調的傳播模式，探討民間文學對知識菁英而言，除了以簡
御繁的切用性之外，尚有何種價值思維存在。

第一節　轉俗成眞—知識分子的文化取捨

　　知識分子是深具潛力的時代改造者，其創發的觀念往成為激發改
造的能量。以古典文明觀之，西方文化中存在「軸心文明」的特徵，
所謂軸心文明時期，亦即神職者（如祭師、巫師）與知識菁英，站在
超越世俗的視野中，他們無形中成為獨立自主的知識群體，神職者與
知識菁英產生競爭，尤以知識符號的詮釋特別激烈，他們都想證明唯
有透過向世俗宣示超越性思維，對俗眾產生「救贖」[3]認知，方能在

2　現代化一方面須環繞工具理性（俗）及現實需求前進，但另一方仍須搭配「道德
　性語言」（moral language）或人文主義，以作為文化基礎，牟宗三深刻理解要結
　合工具理性與人文主義的困難，因此提出曲通之說，現已獲學界認同。

3　「救贖」乃韋伯認定下基督宗教的精神，他認為寄存的世界既然如此不完善，知
　識分子便以救贖思想來改造俗世，無論是政治或文化、經濟、社會領域，只要
　自詡為知識分子，即當與統治權威平行，而統治權威對其建言，也當予以超然尊

文化與社會秩序上的具備發言權。

　　多層次掌握發言權的知識群體，對於超然、不容置喙的批判，產生了文化認知上的差異，也就是矛盾。愛森希塔對於中國知識分子的理解中，他並不認為西洋神職者與知識分子競爭的情況會產生於中國，他反而觀察到中國知識分子與官僚組織的高度疊合，使得文化菁英與政治菁英在組織及象徵上，均大同小異；因此，其超越世俗的視野之所以有效影響時局，在於知識分子本身與統治階層關係密切，因而未出現西方出世與入世思維的攻防，中國知識群體的一元性顯然較為明確。

　　而晚清變局中，知識分子面對外來衝擊，由士大夫之官僚體系中，多方嘗試去論證問題核心，讓現代化的腳步進逼，陳獨秀以未觸及中國社會的深層問題，作為「吾人最後覺悟」。[4]而「最後覺悟」就是對中西文化作新的體認與檢討，其共同特徵在於將救亡圖存、恢復民族的信念，拋棄軍事、政治及實業層次的認知，轉以文化改造作為面向，而文化的改造，便是「轉俗成真」的反省歷程。

　　重。詳參愛森希塔（S.N. Eisenstadt）：〈知識分子—開創性、改造性及其衝擊〉，收於《中國歷史轉型時期的知識分子》（台北：聯經出版社，1992年），頁1-5。

[4]　陳獨秀云：「自西洋文明輸入吾國，最初促使吾人之覺悟者為學術，相形見絀，舉國所知矣；其次為政治，年來政象所證明，已有不克守殘抱缺之勢。繼今以往，國人所懷疑莫覺者，當為倫理問題。……倫理的覺悟，為吾人之最後覺悟。」見《獨秀文存》（合肥：安徽人民出版社，1987年），頁41。

一、道德教育與文化融通

對辛亥時期的中國而言,最大之悲劇在於面對複雜多變世局,卻缺乏對世界的判斷力與自我意識。晚清的時代英才,對嶄新的國際關係不再持著「天朝上國」的夷夏觀[5],列強侵壓下的中國民族自信心已蕩然無存。然而,傳統中國知識分子只有天下觀而無世界觀,在明朝時中國人繪製的《輿地全圖》中,據利瑪竇的記載,所有小島面積加起來,還不如中國一省大,利瑪竇還感嘆說:「中國認為天是圓的,地是平而方的,他們深信他們的國家就在地的中央。」因此,中國雖面臨對外征戰的失敗,但在深刻的「天朝」意識下,鎖國下的政經文化基礎相當薄弱,間接限制住中國人應變力及視野。

針對「文化」英國左翼社會學家特瑞·依格爾頓(Terry Eagleton)如此詮釋:

> 文化這字眼本身包含著製造與被製造、合理性與自發性之間的一種張力,這種張力斥責啟蒙運動空洞的理智,恰如它蔑視許多當代思想的文化還原論(cultural reductionism)一樣。……一旦文化被理解為自我—文化,它就會將一種二元性置於高級與低級才能、意志與慾望、理性與激情這些東西之間,然後又馬上主動將其克服掉。……因此,文化是一個既自我克服又自我認識的問題。如果它讚美自我,那麼它也懲戒自我,美學與

5　《論語》說:「夷狄之有君,不如諸夏之亡也。」且《孟子》云:「吾聞用夏變夷者,未聞變於夷者。」可見自先秦以來,即有夷狄、華夏之區分。

苦行並舉。[6]

文化可謂兼容內外的省思之途，而晚清知識分子對時代環境的認識與適應過程中，也出現過調和與融貫的思索，比如「中西相合說」與「中體西用」說的盛行，便是一種說服自我，體認世界潮流與文明的文化再製。而文化再製的目標則指向解除積弱不振的國勢，鑄造國魂、培育國民。

依格爾頓也宣達：文化是一種道德教育學，它將會解放我們每個人身上潛在的理想或集體自我，使之能隨主體性認知的覺醒而具體表達出共有的人性。[7]該說並不玄虛，而是透過提煉共有人性，從理性中贖回精神，從永恆中獲取暫時性，從多樣性中去採集一致性。文化既意味著自我區隔型態，亦是一種自我療癒，它能超越狹隘自我，從而產生一普遍性的認知，也就是共識。

1902 年梁啟超發表〈新民說〉，提倡「新民德、開民智、鼓民力」的口號，其實這正是他「轉俗成真」的努力成果，針對中國維新之途提供特效藥，其中兼合著體、相、用三層次，也是一種實踐之道。新民德即本體、開民智為本相、鼓民力乃致用之方，獨立於世界之國家，

6　在唯物主義的思維中，文化語詞不僅包含客觀現實的自然，也容納自我的心靈世界，而心靈世界就像耕地一般需要被耕作，當文化隨諸發展至由自然轉向自我時，它除了暗示人我之間出現了文化上的統一性、連結性外，也暗示著人類進化與革命之間的出現了相互的牽動。見（英）依格爾頓著、方傑譯：《文化的觀念》（南京：南京大學出版社，2003 年），頁 6。

7　就現實面而言，政治利益主導著文化利益，並對其做出依附政治利益的界定與誘導。而透過對自我的審視，並將文明置於文化培養中。將之定於超然於政治上的力量，並為政治培養深度的倫理尺度中，培養性情溫和、有責任感的公民，也就是提煉「人性」。同前註，頁 8。

除了保持、發揚特質外，更要「博考各國民族所以自立之道，匯擇其
長者而取之，以補我之所未及。」重新鑄造國魂歷程艱辛，尤其是以
政治驅動文化力量，益加充斥著諸樣變數，維新派之所以無法紹繼〈新
民說〉體用一致的路向，有深刻因素在於倡導者本身對文明認知的侷
限性。這些知識菁英何人不是中學根基深厚的大師級人物，但他們忽
略了對異質文化的學習心態，而影響實踐層次的效用，中學深厚卻西
學淺薄。由文化心理視角觀之，不同文化信息的輸入，需由內部結構
過濾，並以改變形貌的模式加以吸納，黃遵憲《日本雜事詩》序言中
看準該點，提出抨擊：

> 中國士夫，聞見狹陋，於外事向不措意。今即聞之矣，既見之
> 矣，猶復緣飾古義，足以自封，且疑且信；逮窮年累月，探稽
> 博考，然後乃曉然於是非得失之宜，長短取捨之要，余滋愧矣。
> [8]

以黃遵憲閱歷如此豐富的外交官，對西學的認知與掌握尚如此不確
定，更何況當時大多知識分子均缺乏相近於黃遵憲的視野。因而晚清
知識分子在求真反省的歷程中，往往處理得不很適切，誤用糟粕亦復
如是。

　　因此，無論「中西會通」或「中學為體，西學為用」甚至「全盤
西化」的角度，知識分子透過對現象學的體認與觀察，中西文化的溝
通與對話，對於現代化的模式，一直有著關鍵性的影響。[9]

---

[8] 吳振清等編：《黃遵憲集・上卷》（天津：天津人民出版社，2003 年），頁 6。

[9] 由於知識分子對文化變遷有其敏銳的觀察力，其能深刻地觀察到工具理性的存

二、知行合一的文化省思

葉啟政《社會、文化和知識分子》中,對知識分子有如下認知:
他們是人類中最善於使用抽象知識的人,也是最能「全面深入的反思
者」。他認為知識分子所言的知識,乃是「社會資源」,包括科技知識、
文學知識及神聖性的知識,而其工作在於創造並修飾「精緻文化」,
使之傳布於社會進而對社會抱持「強烈道德勇氣和社會責任感」,並
根據道德理性及文化價值,作為判斷是否為開明知識菁英的標準。[10]
但歐美學者對知識分子改造社會之力存悲觀心態,如學者雷蒙·艾宏
在《知識分子的鴉片》(*The Opium of Intellectuals*)的批判,認為
善於掌握抽象知識者,不一定能把握道德理性。英國學者約翰·穆勒
(John Mill)也覺得人心有容易犯錯的毛病,且社會真正開明的知識
分子不易確認,在《展望未來的西洋政治學》一書中說過:「有道德
性問題,也有實際性問題,可是無論是甚麼樣的問題,我們沒有客觀

在,因此,透過外力影響,知識菁英必然會試圖改變中國文化。捷克史學家普實
克(J. Prusek, 1906-1980)說過:「如果沒有外界的衝擊力,在單一文化條件下,
文學的自然進化不能產生新的結構。」晚清中國社會遭受外來文化的侵襲,閉關
自守型態被打破後,天朝上國的自尊也隨每次戰爭的失利而流失,因此,歐洲的
啟蒙運動或日本的明治維新,均為中國知識分子提供借鑒。參郭延禮:《近代西學
與中國文學》(南昌:百花洲文藝出版社,1999 年),頁 1-3。

[10] 部分學者認為開明知識分子與冷漠性、妥協性的知識分子,在社會上的比例一直
在消長中,也反映出民主思想、文化媒介及社會經濟的狀態,楊國樞教授也說:「在
平常時期,知識分子是社會的良心;在特殊階段,知識分子是社會柢柱。」晚清
知識分子,也略有後者的文化意涵,但對於知識分子相對樂觀的期待,卻也存在
不少文化危機。

的標準來詳細確定哪個群體在瞭解哪一個問題上最有資格。」[11]

但中國現實情境又不盡如是,知識分子對政治文化與社會文化改造抱持的熱情,往往透過「文化再製」歷程,而對知識啟蒙抱持過度樂觀的態度。學者朱沱源便對孫中山先生「賢能政府」觀念中,政權、治權分離的思考,認為有其理想性格而不切實際。

在革命派眼中,中國人的性格及思想精神,均存有極大缺陷,署名壯遊者於《江蘇》雜誌有云:

> 夢魘於官,辭囈於財,病纏於煙,魔著於色,寒噤於鬼,熱狂於博,涕麇於遊,占作於戰,種種靈魂,不可思議。而於是國力驟縮,民氣不揚,投間底隙,外族入之,鐵鞭一擊,無敢抗者,乃為奴隸魂,為僕妾魂,為囚擄魂,為娼優魂,為餓莩待斃一息之魂,為犬馬豢養搖尾乞食之魂。[12]

情緒性語詞充斥文中,然而不可否認的是,透過心理層面的呼喚,擴而充之的精神戰力,對欠缺國魂的民族而言是切要且允當的手段。

---

[11] 西洋社會科學家認為知識分子易受誘惑,或為其自身過人的觀察力,而蔑視一切危機,他們在十九世紀末期接觸到馬克思主義後,便翻然轉投左翼思想陣營,使得有效的社會淨化能力,並未如期出現。見 Thomas Metzger(墨子刻):〈二十世紀中國知識分子的自覺問題〉,收於《中國歷史轉型時期的知識分子》(台北:聯經出版社,1992年),頁 89-92。

[12] 革命派強調革命的精神元素,也分析並批判了君權專制的遺害。在《國民報》中更有〈七國篇〉說:「獨優則無競爭,於是乎二因出焉:爭不烈則智不進,而嶷然自大之習於以深,則民智不開之說也;種競愈烈,國民之力愈張,彼君之心既不必慮外禍之來,於是惟家賊之是慮,則君權日張之說也。」這正是透過同胞愛,才透顯的批判之意。參羅福惠:《辛亥時期的菁英文化研究》(武漢:華中師範大學出版社,2001年),頁 123。

　　所謂：「人心惟危，道心惟微。」人存在各式各樣的定見，而這些主觀性濃厚的認知，並無法超越歷史的主體性趨向與利害關係。文化符碼中，有關認識論、自然科學、本體論、人文、歷史、道德本體論……等面向，大抵是獨立分割的學科歸類，但文化學者卻將之貫連成為有系統的知識體系，一如梁啟超的「三民說」，無論是否能找到該系統啟動之鑰，但文化變遷與國族存亡是否就只能依賴所謂知識菁英呢？歷史的現象，似乎透露出不尋常訊息。梁漱溟《東西文化及其哲學》也談到：「出版之時，已十餘年矣，國家之形勢愈危急矣。凡念及吾族之將來者，莫不對於文化之出路問題，為之繞室徬徨，為之深思焦慮。」而「焦慮」也顯露出一種對西學吸收與融會的心態，就是亟想尋找一套既詳盡又完整的文化遷移公式，但找到最後卻彷彿夸父逐日般渺茫。

　　而日本明治維新的成功，自會帶給時代菁英許多啟示，通過考察，他們發覺日本成功之因素，在於充分利用中國的王學[13]。梁啟超說：「吾國之王學，唯心派也，苟學此而有得者，則其人必發強剛毅，而任事必加勇猛。」而心學的本身，則是宗教的最上乘。明治維新時期的名臣，如吉田松陰、西鄉南洲等人均潛心研究陽明學，在日本的認知中有說：「當年（日本）尊王傾幕之士，皆陽明學絕深之人」，其影響可見一般。

　　然則，知行合一思想何以對維新造成如此深刻的影響呢？有研究者認為日本人將陽明學強調的心理作用置於極高層次，並透過心對外在規範採用一種較為自由的態度，否定現實的權威，並透過心去運作

---

[13] 即王陽明的學說，承襲陸九淵的思考，強調「心即是理」，並堅持「知行合一」的實踐功夫，強調「致良知」的功效。

維新行動。誠所謂「知之深切篤行處為行，而知是情之處，行是知之成」符於西方講究實證的科學精神，也讓明治維新能以中國陽明學為根基，而成為一種行動哲學。[14]至於晚清革命志士多留學日本，對明治維新在陽明學思想上的啟渥，必然深受鼓舞，胡漢民曾為詩贊道：「異哉我東鄉，師法得上軌。造就眾豪傑，講習偏閭里。山鹿日呼號，西鄉躬踐履。攘夷敢執戈，倒幕直折枝。始信千金方，不啻屠龍枝！」

不過孫中山先生認為陽明學的啟示，實不及西學輸入的改變效力，他說：「倘知行合一之說，果有功於日本之維新，則亦未必能救中國之積弱，何以中日學者同是尊重陽明，而效果異趣也？」孫先生之說，其意甚明，因為日本所習得的是一種富於冒險、不畏變革的實事求是精神，而陽明學的徵引，在中國知識分子面對殘酷的敵我力量差別，只是選擇最為廉價的精神作用力，試圖透過提高主體意識來變革社會。而廣大民眾中，充斥著民智未開、欠缺勇氣的勞動群體，致使中國改革不能由人民主體入手，因此，他們無不誇大「心」的作用，鼓吹精神決定論[15]，成為革命或維新的動力。

久居廟堂及知識象牙塔中的菁英，對民間文化心理之運用，也存

---

[14] 日本陽明學知名學者大鹽中齋，在 1837 年的飢荒中，親率貧民與農民，襲擊大阪當地的富商，賑濟災民，史稱「大鹽平八郎起義」，一介書生能有如斯行動性，表現出大鹽中齋將陽明學中注重個人修養的哲學，轉為勇猛果敢的戰鬥精神。明治維新之異於自強運動或戊戌變法，其道理亦在於時間層面的思考差異。見馬克鋒：《文化思潮與近代中國》（北京：光明日報出版社，2004 年），頁 290-291。

[15] 晚清知識分子出現以下觀點，對精神力大為頌揚，如龔自珍云：「人心者，世俗之本也；世俗者，王運之本也。」康有為說：「欲救亡無他法，但激勵其心力，增長其心力。」而譚嗣同亦稱：「心之力量雖天地不能比擬。雖天地之大可以由心成之、毀之、改造之，無不如意。」孫中山先生也認為「國事為一人群心理之現象學」群眾心理學與教化啟蒙，出現配合的橋樑，也能夠振奮民族意識的精神，使國家富強，才是解除桎梏的唯一途徑。

在不少磨合期，因「經世致用」的思考已醞釀於舉國上下，不免因文化解讀上的謬思、歧見，使國內出現文化競爭。西學代表近代化的藥帖，然而透過人文主義或倫理詮釋，文化也應走出屬於中國的維新之道。然而，該「中國特色」的現代化模式存在嗎？也許可推斷民間文化的被重視，來自於知識分子的浪漫主義，即所謂的藝術、文學想像及民間文化。[16]菁英與民間，自古象徵著貴族與平民兩極品味，一種懸殊的核心與邊緣文明。然而，當民間的創造力與菁英文明碰撞時，文明便會自相矛盾，而辯證反省的力量亦會應運而生，社會本體將反思強加於知識菁英身上，而對矛盾現狀進行合理化的過程，也是必然「轉俗成真」的過程。[17]此處的「轉俗」即為批判既有社會體質，並對自然科學、法治經濟、文化心理作檢驗，而歸納出新文明所需的文化能量，文明思索就是真理，知識菁英對社會改造的一種認知心理。

不過，文化畢竟不是恆處於激情的面向，而應呈現出溫潤的情感，那是接受教化之後產生的中道力量。晚清中國腐敗甚矣，須行動力去解決困窘，文化作為反省的對象，它也間接成了歷史、哲學的文本，而捲入政治漩渦而出現文化戰爭的面貌。因此，文化成了刺激進步的能力，本為理性中和的文化，融入行動力的元素後，也成了德國文化學家席勒（Schiller）所指稱的：「如果我們考量文化能力的個別結果而非整體性時，人是沒有價值的。」那般充滿對本質否定的思考。

---

[16] 作為啟蒙運動之用的民間文化，闡釋了一種激進的創造性能量，對於變革中的社會而言，替代了某區塊的政治作用。參（英）依格爾頓著、方傑譯：《文化的觀念》（南京：南京大學出版社，2003 年），頁 23。

[17] 印度聖哲甘地（Gandhi）看待英國文明時說過：「我們可把壓迫的能力視為文化，而把壓制性的能力看做文明。」這種觀點可使文化立基於現在，卻能對現下作出批判，它不再只是一種含糊的幻想，而是由歷史產生並掀起波瀾的潛在能量。

[18]文化與世俗化身間其實為一體兩面的呈現,而且它的創造與批判特徵,也構成了不完美的歷史創造過程。

菁英思維中的雅正文化,與庶民大眾的民間文化,也存在著磨合與衝突。但政治上為求取改造社會的力量,便會施用文化解釋權,而為某種意識面的共識而提供論述根據。因此,文化用之於社會,就會成為結合民族主義的一種論述,從而產生力量,而有所謂的文化戰爭。文化需要詮釋,然而作為一種作用力,晚清知識分子如嚴復就強調,人類的競爭現象,就現代意義而言,便是國與國的爭鬥,只有個體提升自身的生理、智慧及道德,才能發達群體。[19]簡以言之,文化的戰爭不在於解構既有秩序,而在於重新建立某種未來新秩序。

三、時代菁英的文化良知

西元 1923 年,梁啟超於《申報》發表〈五十年來中國進化概論〉一文,將晚清中國的知識分子覺醒區為三期:一「先從器物上感覺不足」,二為「從制度上感覺不足」,而最終則是「從文化根本上感覺不

---

[18] 文化或美學,作為一種超然的實體現象,並不傾向於任何特殊的社會利益,也正是如此,它並不因保護個別能力而排斥其他能力,因為它同時象徵著所有能力的基礎。因此對席勒來說,文化既是行動的本原,也是行動的批判,如此現象使得文化呈現抽象與現實面的不同風貌。參(英)依格爾頓著、方傑譯:《文化的觀念》(南京:南京大學出版社,2003 年),頁 20-21。

[19] 就啟蒙教育言之,強調破除中國人的愚昧及虛偽,讓真理能因科學方法的要,而讓士大夫轉為社會的良知、中流砥柱。參劉廣京:〈十九世紀末葉知識分子的變法思想〉,收於《中國歷史轉型時期的知識分子》(台北:聯經出版社,1992 年),頁 52。

足」。尤以第三期的覺醒，是通盤而全面的反思。他認為「社會文化是整套的，要拿舊心理運用新制度，決計不可能，漸漸要求全人格的覺悟。」[20]全人格覺醒不是口號，而是對廣大民眾的啟蒙教育，落實全面思想扎根的實際作為。

孫中山曾經說：「中國幾千年來，社會上的民情風土習慣，與歐美大不相同，……所以管理社會的政治，自然也和歐美不同。如果不管自己的風土人情是怎麼樣，便像學外國的機器一樣，把外國管理社會是政治，硬搬進來，那便是大錯。」魯迅也認為在文化接受與取捨上，要有一個批判、分析、揚棄的研究過程，並在吸收、消化的基礎上，創建一種既符於歷史傳統，又適合國情的創新文化。因此，敢於懷疑、反省，不拘泥古法的吸收精華，才是所謂「廣求其效」的方法。[21]又菁英文化有其故有的高貴姿態，既是高貴則不便於隨俗而化，因此，由文化菁英（士大夫群體）主控文化創新主軸，定然會出現文化的差異與分離。真正的民間文化，乃兼容並蓄的多元吸納，異質文化間要有包容性及凝聚力，否則將會出現「言者諄諄，聽者藐藐」的窘境。

回歸時代考驗與文化準備的階段，辛亥革命前的教育準備極其重要，然文化教育卻泛著濃厚政治味。當時的知識分子針對熟知的中外

---

[20] 無論軍事建設、政治維新、實業救國或教育救國，都是晚清知識分子對時代的呼應方針，也是近代文化的創新嘗試，然而，真正對時代最深刻的吶喊及覺悟，就是文化體質的改造，唯能如此，方可真正富強。見梁啟超：《飲冰室全集》第八冊39卷（北京：中華書局，1989年），頁43。

[21] 魯迅云：「倘若先前並無師法的東西，就只好自己來開創。」又蔡元培說過：「販運轉譯，固是文化的助力，但真正文化是要自己創造的。」晚清中學對西學的殷鑑，在切用尚實的原則下，就必須做出符合中國文化本質的創新來。見馬克鋒：《文化思潮與近代中國》（北京：光明日報出版社，2004年），頁326-327。

歷史人物、學說及學派，進行改造及運用，並通過文藝形式演繹政治主張，因此在文學藝術應講究的文藝技巧、審美標準上，為配合文藝服務政治之需求，均棄守到第二線位置。投入政治的熱情，遠勝過冷冽的學術研究，加上科舉廢止後，知識分子上進無門，因此紛紛投入政治，並加入革命行列。[22]

1900 年之後，民族意識逐漸高張，人民政治覺醒日益顯著，集會結社的情況更是普遍。據張玉法教授研究指出，以 1905 年同盟會成立為界，當時的革命團體在之前有 66 個（1900 年前僅 3 個），而到武昌起義前已高達 127 個，足見革命思潮的傳布極為迅速。[23]對西方文明的學習，轉而成為對革命思潮的支持，乍看下似乎沒有關聯，但事實上在精神文明吸收的同時，某些外來文化也轉成國民心理的一環，西方的思潮中如民主共和、科學精神、經營管理等觀念，不再只是說法，而成了普世價值、世界潮流之一。隨著外來文化衝擊與自身的革新，晚清中國產生國民體質上的劇變，文化在融會的波折後，沈澱下來的畢竟是充滿生命力的民族精神。而國人在傳統之外，也與世界價值取得共鳴，革命思潮之所以勃興，也與我們對中西文化的深刻體認、剖析有密切聯繫。

陳旭麓《近代中國社會的新陳代謝》一書，提到 20 世紀初複雜的文化心態時，將「時代風雨」區分為三層意涵：（一）緊迫與憂慮

---

[22] 亨廷頓在《變化社會中的政治秩序》說道：「革命的實質是政治意識的迅速擴展，和新的集團迅速被動員起來投入政治，其速度之快，以致現存的政治制度無法熔化他們。」20 世紀初革命形勢的擴張，與科舉廢止也有關連，知識分子為尋求出路，也轉而投入政治。詳參羅福惠：《辛亥時期的菁英文化研究》（武漢：華中師範大學出版社，2001 年），頁 297-299。

[23] 張玉法：《清季的革命團體》（台北：中央研究院近代史研究所，1975 年），頁 663。

焦急（二）悲愴與恐懼（三）在歐風美雨中創造近代文明。[24]他相信
晚清時代的人物，為歷史的不可違逆作了示範，使得古老中國能在挫
折中前進，這正是心態付諸行動的成果，無論時代風雨如何淒苦，淬
礪後的文明種子卻是甘甜滋味。

　　以革命派來說，無論陳天華或秋瑾，均屬知識菁英的層級，他們
識破帝國主義全面鯨吞蠶食的醜陋面貌，卻憂心廣多民眾被清廷蒙蔽
而遭致滅種之厄，因此其援筆為槍，以民間文學警悟世人，喚起國魂。
秋瑾〈光復軍起義檄稿〉中有這麼一段話：

> 彼國儻來之物，初何愛於我輩？所何堪者，我父老子弟耳，生
> 於斯，居於斯，聚族而安處，一旦者瓜分肉見，彼即退處藩服
> 之列，固猶勝始起游牧之族。

陳天華的《警世鐘》也見「帝國主義何其雄，歐風美雨馳而東」的警
語，以排滿為革命認知的思想，在於其見到腐敗的政府對人民荼害，
絕不下於帝國主義的侵略，因此革命思潮會浮上時代舞台，自然是知
識菁英審視文化體質與現實環境後，所呈現出來的生命選擇。

　　李澤厚在《王世仁〈中國建築的民族形式〉序》中說過：「中國
民族性的特徵正在於：它善於大膽吸收消化外來事物，做出適合於自
己的現實生存和發展的獨立創造。」而傅斯年也說過：「模仿要用深

---

[24] 舊社會維新必先新陳代謝，而西學的譯介與學習，也能使禁錮思想獲得解脫。甯
調元〈感懷詩〉云：「十年前是一重囚，也逐歐風唱自由。」而唐群英〈絕句八首〉
亦云：「文明未播中原種，美雨歐風只自嗟。」他們固守了民族情感，卻也接受了
世界潮流。參陳旭麓：《近代中國社會的新陳代謝》（上海：上海人民出版社，1995
年），頁227-228。

心。」[25]對西方文化的學習之途，自然也是一種深度的模仿，然而若僅得其形而忘其意，則中國近代化之途就不能完整。知識分子作為時代良知，必須為社會民族選擇適宜的生活方式，這是一種反省與內化的功夫，一如晚清以來的改革嘗試，每次維新都代表無窮生機，即使衝過頭了，也還是活水狀態，終有拉回水平線的一日。在苦難的時代中，人們思考如何生存，而救亡圖存的驅力，也造就中國現代化的進程。

第二節　陳天華及秋瑾的文化選擇

知識菁英面對變局，也曾搖擺於君主立憲與民主革命的路口，但他們對時代思潮的思索，以及啟蒙教育，均有共同理念在。戊戌變法為制度性的改革，雖未成功，卻也掀起「廣開民智」的思潮。在《戊戌政變記》中，梁啟超提到：「自學務學堂、南學會等既開後，湖南民智驟開，士氣大昌。各縣、州、府私立學校紛紛並起，小學會尤盛。人人皆能言政治之公理，以愛國相砥礪，以救亡為己任，其英俊沈毅之才，遍地皆是。」[26]百日維新雖然重挫，但新思維的種子已播下，

---

25 傅斯年該言之意，見其書《中國學校制度之批評》，模仿不能僅得其形而忘其深意，近代化的歷程中，透過模仿才能創新，因為一件再獨到的藝術品，定然存在某些襲用他人的成分，但正確的仿效，卻能成為創新的酵母。

26 清光緒廿八年（1903）《蘇報》即稱：「中國維新以來，京師至各行省，皆設學堂，所以養人才，公學問，開風氣，致富強，其有利於國家，夫固盡人而知之也。」此乃歷史事實，也是知識分子對開民智的共識。轉引自王德昭：〈知識分子與辛亥革命〉，收於張玉法主編：《中國近代史學論集》（台北：聯經出版社，1980年），頁276。

而經世致用的方針，也由菁英提倡轉向發現民間能量。

　　同盟會的革新認知，亦屬相近的思考。同盟會員陳春生對於梁啟超宣傳新思維的舉止，曾譽之為「開荒之犢」，肯定「開民智」就是變化國民思想及精神的關鍵力量。雖然菁英曾以擔憂劇烈破壞，而不支持革命，然而孫中山先生在同盟會成立後，便函告南洋地區革命志士：

> 近日吾黨在學界中，已聯絡成為一極有精彩之團體，以實行革命之事。現捨身任事者已有三、四百人矣，皆學問充實，志氣堅銳，魄力雄厚之輩，文武才技皆有之。……此團體為秘密之團體，所知者尚少，如能來投者陸續加多，將來總可得學界之大半。有此等飽學人才，中國前途，誠為有望矣。[27]

同盟會本以會黨為主力，而知識分子多屬維新派，然由於受到戊戌維新失敗及庚子拳亂的雙重刺激，亦使知識分子在政治立場上轉而支持革命。王德昭認為該轉變出自知識分子的覺悟，復因「民族主義」思潮大盛，上海、南京等地均出現學潮，這些學潮雖不必然因革命而起，但若失控，則非衍生革命行動而不能休止。[28]

---

[27] 本為〈覆陳楚楠函〉，意指革命之組成由原先的會黨、農民，轉為青年知識分子，對於革命宣傳或傳播，勢將影響甚為深遠。轉引自王德昭：〈知識分子與辛亥革命〉，收於張玉法主編：《中國近代史學論集》（台北：聯經出版社，1980 年），頁279。

[28] 當時東京青年會在中國留日學生與清使館衝突後，產生了「以民族主義為宗旨，以破壞主義為目的」的會章，認為異族不當再統治漢人而主張革命，基於「立憲與民族主義有絕大之反對存焉」的思索，因此革命之勢大起。同前註，頁281。

　　因此，以上海、東京為核心，國內外出版品對排滿革命暢言無忌。革命報刊如：香港《中國日報》、上海《警鐘日報》、上海《中國白話報》；書冊如：劉光漢《攘書》、章太炎《駁康有為政見書》、鄒容《革命軍》、陳天華《警世鐘》、《猛回頭》等，即如《黃帝魂》例言所述：「文皆沈痛之聲，風雨如晦，雞鳴不已」。[29]

　　陳天華及秋瑾，自是時代浪潮中的知識菁英，他們以驚心動魄之筆墨，寫成革命書冊，或出以彈詞、通俗小說，或出以革命歌謠及檄告，其革命宣傳理念的傳承與因襲，使之在 1901 年到 1907 年之間，為革命思想傳播奉獻不可抹煞的效用，兩人先後殉難也振奮全面愛國之情，凝聚反滿復漢之心。本節將由革命思潮傳承及創發的探討入手，試圖推擬民間文學對國族主義鞏固的文化想像。

一、　革命思潮的傳承與創發

　　革命的發展歷程，可視作一組有機衍生體，百年以來，中國遭受空前劇變，憑藉著浪漫情懷，志士前仆後繼，為宣傳革命而奉獻。同盟會時期以《民報》為革命宣傳之灘頭堡，汪兆銘〈民族的國民〉中主張：「執民族主義以對滿洲，滿洲既夷，蒙古遂而傾服，以同化力

---

[29] 革命者認為，民族「生於自然，於同種為最著」，如德意志、義大利之所以能結合各小邦為大國，是因為同為日耳曼種族、羅馬民族的自然力所生成。因此，漢族不以「排滿」號召，則無由凝聚革命意識。因此辛亥時期的時論家楊篤生在〈新湖南〉一文中便提出：「今以漢種生殖之區域，較之德、義無所不及，故不離絕滿政府，則無由凝固其吸集之力。」詳參王春霞：《排滿與民族主義》（北京：社會科學文獻出版社，2005 年），頁 35-38。

吸收之。」他認為中國歷史中，經由多數民族同化少數民族的歷程，
並用之革命事業中，對民族主義之「驅除韃虜，恢復中華」有一定的
解放作用，而紹繼革命理論的宣傳家，則應就漢滿之種性差別作出論
述。[30]

　　民族主義在革命宣傳中居首要制高點，是顯而易見的，革命派深
信不恢復民族意識，則無以振興革命思潮。因此孫中山先生在《民報》
第十期中，發表〈三民主義與中國民族之前途〉一文，對民族主義有
精闢見解：

> 　　民族主義是從種性發出來的，不必要什麼研究才會曉得，譬如
> 一個人，見著父母總是認得，絕不會把他當作路人，也絕不會
> 把別人當作父母。漢人見著滿人，不會把他當作漢人，這是民
> 族主義的根本。但並非遇著不同種族的人便要排斥他，而是不
> 許那不同種族的人來奪我民族的政權。有人說，民族革命要盡
> 滅滿洲民族，語亦大錯。只要滿洲人不滅我們的國，不主我們
> 的政，不阻害我們實行革命，絕無尋仇之理。[31]

---

[30] 民族主義的主張，在於先求民族自立，後求國際平等。在實踐上有其次第，排滿
復漢作為民族自立的第一關，汪兆銘的民族同化論，接合當時西方的國族主義，
主張建立國族主義的國家。而革命宣傳上，對於民族性的呼喚，亦得循此途徑，
將排滿復漢作為整合各區革命勢力的公約數，實為明確的趨向之一。參張玉法：《辛
亥革命史論》（台北：三民書局，1993年），頁316-318。

[31] 當時革命思潮之詮釋，除中山先生之外，以章太炎為首的勢力，包括秋瑾，均主
張種族主義，秋瑾〈光復軍軍爭制頒諭文〉云：「今時勢占危，確有見其不容己者，
於是大舉報復，先以雪我二百餘年滿族奴隸之恥。」因為滿族既代漢而有國家，
則漢族應起而復仇，驅逐滿人。見孫子和：〈中國同盟會之政治主張〉，《中華學報》
5卷1期，1978年，頁95-96。

可見民族主義同屬汪兆銘所稱的「同化力」原則,而非狹義的排滿思想。但在當時,革命勢力分佈各地,有主張光復主義的章太炎,也有主張無政府主義的吳敬恆、劉師培,傾向一種社會主義的理想追求,對孫中山先生倡行的三民主義而言,要匯聚各地革命勢力,則須海納百川、不擇細流,因此《民報》的革命言論中,其實摻雜許多異質論述。

在這些論述中,陳天華及秋瑾的革命活動,以 1903 年為界呈現出頗值得關注的論題,陳天華及秋瑾在革命宣傳的觀點上,有其因襲之處。1903 年作為一臨界點,以梁啟超而言,光緒二十九年以前的任公與以後的任公,其言論幾若判作兩人。[32]其言論由趨向革命轉投保守陣地,世變下的革命力量,出現概念化的歷史特徵,「革命先覺者」從事各項活動,進行各種扎根工作,而陳天華在此標準中,即屬先覺者之一。

美國歷史學家卡西勒(Ernst Cassirer)說過:「人們向來都說歷史這個詞彙用法有雙重意義。一方面,它意味的是過去的事實、事件和行止。另一方面,它的意義卻又大不相同;它意味著我們對於這些事件的重組和知識。」[33]解讀陳天華及秋瑾的革命傳承,也存在結果

---

[32] 孫中山云:「自乙未初敗以至於庚子(1895-1900),此五年間,實為革命最艱難困苦之時代也。適於其時,有保皇黨發生,為虎作倀,反對共和,比清廷為尤甚。」梁啟超曾一度傾向革命,旋又背棄革命路線,與革命派為敵。見張朋園:《梁啟超與清季革命》(台北:中央研究院近代史研究所,1999 年),頁 238。

[33] 作者認為當時中國的革命報刊紛紛問世,如《新湖南》、《江蘇》、《革命軍》、《警世鐘》、《猛回頭》等雜誌報刊,作為宣傳武器之餘,產生的民主想像;然而在革命思潮外,如嚴復、王國維等人,也在西學的吸取上,對米爾的《自由論》、康德及黑格爾的哲學,同樣是一種隱形的革命,不能全盤以革命概括當時的認知。參潘光哲:〈關於「告別革命」的歷史書寫—以 1903 年為例的一些思考〉,《近代中

論的向度。然而，陳天華對秋瑾而言，無疑以革命先行者姿態，給予秋瑾在革命宣傳上的指引，同樣擅於文墨，卻也針對人們喜聞樂見的形式灑下「革命種子」。[34]

張玉法教授認為，革命宣傳的目的凡三：其一，抨擊客體的弱點，使人民產生離心力；其二，闡揚主體的主張，以爭取志同道合之士；其三，誇張主體的聲勢，以削弱客體的意志。這些傳播工具在興中會時期顯得薄弱、毫無章法，但在 1903 年後則呈現蓬勃發展的態勢。革命志士或由典籍中尋找例證，或從既往革命史蹟中求索，或援引西方革命思潮及進化觀，在革命勢力的擴張，以及爭取民心認同上，均取得極大成效。[35]透過報刊及書冊傳播，在文學形式選擇上，所謂「覺世之文」的風貌，即梁啟超所謂的「政治小說」，對革命理論採用通俗小說形式，尤其具有深刻意義。

魯迅編譯《斯巴達之魂》時說：「當時的風氣，要激昂慷慨，頓挫抑揚，才能被稱為好文章，我還記得"被髮大叫，抱書獨行，無淚可揮，大風滅燭"是大家傳誦的警句。」[36]無論革命派或改良派，對

國》第 145 期「紀念辛亥革命九十年學術座談會專輯」，2001 年，頁 107。

[34] 秋瑾詩作〈如此江山〉中云：「日歸也歸何處？猛回頭祖國，鼾鼻如故。外侮侵凌，內容腐敗，沒個英雄為主。天乎太瞀！看如此江山，忍歸胡虜？豆剖瓜分，都為吾故土。」詞中浮現「猛回頭」，證明秋瑾赴日期間亦受陳天華革命書刊《猛回頭》啟發，益發堅定其革命之思。

[35] 張玉法認為沒有革命宣傳，則組織無法壯大；沒有宣傳，亦無民心認同。1903 年黃興由上海往湖南活動，經過武昌時在兩湖書院演說革命，主張推翻滿清專制，回復漢人主權，當時宋教仁肄業於武昌文普通學堂，聽聞此說，心悅誠服。同年，孫中山先生赴檀香山宣傳時，廣發《革命軍》，孫中山先生表示，收效甚大，使「昔日無國家種界觀念者，亦因之而激動歷史上民族之感慨。」

[36] 晚清文人翻譯西方小說，以林紓所譯之《巴黎茶花女遺事》最為著稱，而這些小說所用的語言為古文，卻須配合小說「生動活潑、聲口花俏」的特質，本為士大

於文學的認知，慣存切於實用的觀念，譚嗣同針對報刊文體，也宣揚「報章總宇宙之文」的觀點，而梁啟超也認為「覺世之文，則辭達已矣，當以條理細備，詞筆銳達為上，不必求工也。」[37]不講究章法嚴整的文學，即是一種文化媒介，用以宣傳其救國思維，其文學觀和西方傳教士與日本思想家福澤諭吉更是一致性的依存。濃厚宗教情懷的文學救國思考，方能造就革命派前仆後繼的行動能量。

真正殉道者是為真理而行，且真理已為他證明信仰而獻身的人，陳天華蹈大森灣之悲壯，秋瑾紹興遇難之氣魄，定然存在不計得失的信仰追隨。文天祥〈正氣歌〉中「風簷展書讀，古道照顏色」的氣勢，乃繼承偉大心靈而前進，如同陳天華在民族意識、民主共和及人權上的堅持、呼喚，所代表的是時代心靈之聲，至於秋瑾在 1903 年後針對光復軍起義、新式學堂及女子世界的理想追求，也象徵著對民族良知的深沈吶喊。這是革命思潮的種子，也是晚清知識菁英對時代變局的應變與創發。

王蒙《調門與選擇》一書說得好：「世界上有許多偉大的革命家、仁人志士，具有獻身精神的科學家、藝術家，捨己救人的英雄，誓死

夫鄙夷「雕蟲小技，壯夫不為」的玩意，但林紓的文言小說兼有典雅與通俗，一時蔚為風尚。正如《小說叢話‧曼殊》所言：「回目之工拙，於全書之價值，與讀者之感情，最有關係。」而梁啟超提倡「小說為文學之最上乘」的觀念時，就是將俗文學提高其「改造社會」價值。轉引自袁進：《近代文學的突圍》（上海：上海人民出版社，2001 年），頁 265。

[37] 典雅古文的追求，本為士大夫的理想之境，然而訴諸大眾的社會或政治小說，則又不能專以淵雅文詞，告訴一般平民所謂救亡圖存之道。晚清一流知識分子，大抵均不否認文章有「載道」、「傳情」之用，文學傳播之力有助於救國，而陳天華及秋瑾對民間文學的關注，其根由亦同維新派大將梁啟超所倡的覺世之文。同前註，頁 80。

不降的烈士直至宗教家苦行僧，他們的精神是高昂的，他們的事蹟是壯烈的，有了他們，才有歷史的前進，社會與思想學問的進步，才有人類的今天。」[38]古往今來，歷史長河將某種訊息與密碼傳遞給人類時，只有極少數優秀敏銳的菁英能察覺該訊息，並做出反省及創造。以此觀之，歷史注定選擇這些人代表多數人去爭取更美好的明天，這是知識菁英責無旁貸的使命，也是「應然」與「實然」何以啟動革命思潮的關鍵。

二、民族國家的文化想像

文學家巴金說過：「偉大的心靈常常來自人民中間。」但魯迅也提過：「偉大也要有人懂。」建立民主共和國是晚清革命志士的共同理想，在許多革命文獻中，歷歷可徵。但是一般平民，沒受過教育，對於革命或維新缺乏感動，沒有同情自然無理解可言，所以教育家陶行知在〈新教育〉中也說：「雖有好的領袖，而一般平民不曉得哪個領袖是好的，哪個領袖是不好的，也是枉然。」革命思潮需要大時代熔爐去發揮影響力，知識分子肩頭上亦有民族復興的期待，然而，開民智目標未如預期時，知識分子往往愧於作為啟蒙人民的導師，只好跟在革命思潮的後頭跑，甚至成為必須受再教育的對象。

---

[38] 社會變革需要信仰上的引導，而知識菁英對時代抱持的胸懷，也決定了他的貢獻。筱敏在《救援之手》提到：「人對人的信仰，勝於對任何神的信仰。」能覺察歷史訊息的微妙轉變者不多，他是否能衛國家做出奉獻，也就象徵著一個民族的內聚力和生命力。

　　西元 1903 年，蔣智由在《新民叢報》發表〈醒獅歌〉，對知識分子的社會責任作了如下詮釋，詩云：

　　　　獅兮，獅兮，爾前程兮萬里，爾後福兮穰穰。吾不惜蔽萬舌，
　　　　蔽千指，為汝一歌而再歌兮，願見爾之一日復威名、揚志氣兮，
　　　　慰余百年之望眼，消余九結之愁腸。[39]

中國被喻為「醒獅」，可說是一頭雖醒但體力仍未恢復的病獅，需要將整體國家組成作全新調配，方能跟上世界潮流的步伐。

　　李亦園先生於《人類的視野》中也說過：「與一個民族基本的價值觀、宇宙觀、生活態度以及宗教信仰、傳說神話等投射體系有關的神話體系最不易變遷，而與這些背道而馳的外來文化因素也最不容易被接受。」民族文化被視為有機生命體，與群眾生活息息相關，而民間文化的力量，卻不得不承認是一種群眾最能接受的養分。因此，無論中西文化如何融會貫通，對中國而言，欲以文學之力改造社會，則淡化雅俗之別是相當必要的。

　　陳天華及秋瑾對民族國家的追尋，乃殉道式的理念實踐。而胡適對俗文學的認知─「齊氓細民」之言，一如法國歷史學家米歇萊（Jules

---

[39] 梁啟超主編：《新民叢報》（1903 年第 25 號）封面題跋。建立民族國家是時代現象，也象徵著「群眾」（mass-man）正走向社會核心中。黑格爾（G .Hegel）曾預言：群眾是進步的，受到社會主意及民族主義的推波助瀾，知識分子一方面希望啟蒙群眾，但在通俗化（popular）的使用上，卻有刻意迴避的趨向。而人民常就受到壓迫的語言，也就是俗語，隨著人民意識的逐漸升高，也逐步融入革命化與的形式及內涵中，而成為一種表現人民性的材料。詳參陳建華：《革命的現代性：中國革命話語考論》（上海：上海古籍出版社，2000 年），頁 259-262。

Michelet）運用為人民奉獻的感情獲得知識地位一般，不論其初心為何，只要能深入群眾，便能感召他們朝啟蒙之途邁進。[40]因此，民族國家的追尋，就是尋求提升民眾公德的可能。梁啟超和胡適不屬於革命派，他們反對激進的破壞，而主張調和、漸進的改良，其原因在於他們知曉中國群眾深受封建體制的壓抑，其國民性有很嚴重的缺陷，在人性的自私、愚昧未能泯除且普遍存在的當下，驟發政治上的革命，便會同西哲孔德（A. Comte）所說：「沒有新的時代潮流，我們這個革命時代將產生災難。」[41]

　　19 世紀末，嚴復將斯賓塞的「群學」譯介到中國，認為中國欲富強，其道在於強化國家機器，即「收大權，練軍實」；另一方面，則須激發民氣、民智，並培育民德，此說與梁啟超〈新民說〉是極為接近的，也可說是透過文化力來改造國民性。就廣義解釋來看，這也是心靈的隱形革命，因為無論嚴復、梁啟超或胡適，對於進化論在中國的啟蒙，都有深切的期待。所以 1920 年羅家倫在《新潮》雜誌發表〈一年來我們學生運動底成功失敗和將來應取的方針〉時即點明：知識分子要領導群眾，就必須瞭解他們，並取得信任。其訣竅在於「養猴子的人必須自己變成猴子，身上蒙上猴子的皮，這些猴子才會相信他。」[42]民間文化的心理結構為何，知識分子就當徹底研究並思索其

---

40 比如魯迅便立志透過文學之力來改造中國，其目光下的民眾絕非詩人眼中的夢幻形象，而是與民族民運共存的實體。見陳建華：《革命的現代性：中國革命話語考論》（上海：上海古籍出版社，2000 年），頁 262。

41 暴力與迷信，將使無政府主義或希特勒、墨索里尼這種擅長操縱民眾意識型態及情緒的有心人士，變本加厲將民主帶向獨裁之路，而玩弄歷史與人類命運。

42 民國之後，魯迅、周作人主張「人的文學」，文學應表現真實人生，並提出反省及檢討，就是革命文學。其後，瞿秋白 1930 年在上海將此一問題核心鎖定在「文學的表現形式」上，也就如何去表現大眾的語言，一種活的語言。同註 41，頁 267。

脈絡。

　　革命語言在此一觀點下，其形貌也須貼合俗語，讓它成為琅琅上口、婦孺皆曉的語詞，整合歐美、日本的白話文學精神，創造出結合世界潮流的民族語言。事實上，維新與革命派兩大陣營的知識菁英，對西方「民族國家」理論大量移植，並試圖去建構中國的國族理論。20 世紀英國人類學家艾尼斯特·葛爾納（Ernest Gellner）曾對國族作如下定義：

> 只有在兩個人承認彼此屬於同一國族時，這兩個人才屬於同一國族。也就是說，國族塑造個人；國族便是出於個人的信念、忠誠以及團隊心的產物。只有在彼此認定成員相互之間必須遵守特定的權利義務關係時，一群人才可能構成國族。正是他們對彼此的認定，才將他們轉成為一個國族，而不是根據用以區分「非我族類」的屬性，來判斷該國族的要件。[43]

葛爾納（Gellner）認為國族主義產生的條件在於民族遇到災難，這與晚清的中國處境十分類似。因此，革命思潮的論述中，國族（民族國家）的形象追尋，梁啟超代表的維新派屬於前期，而 1903 年後，革命派由歷史演變中找尋證據，強化種族主義不可顛覆的中心思想，訴

---

[43] Ernest Gellner 認為國族與國家一樣，是歷史的偶然，而非普遍存在。國族與國家在論述者眼中必須結合為一，然而它們又必須分別出現、獨立發生，不出於人為有意的創造，但 Ernest Gellner 也質疑國族的規範性，必須預設有國家存在。於晚清知識分子而言，他們也是期待民主共和的國家能出現，方能糾集群力，共禦外侮，恢復民族地位，成為民族國家。參 Ernest Gellner 著，李金梅、黃俊龍譯：《國族與國族主義》（台北：聯經出版社，2001 年），頁 8。

諸民間話語，並動員支持論述的人民起而排滿，因此俗文學體裁的傳播性質與革命宣傳，便深深結合在一起，這是值得去理解的文化心理。

　　晚清的文化認知何以迅速結合國族主義呢？其核心因素在於一種變動不居的世界潮流上，由安土重遷的農業社會，朝階層流動的工業社會演進的痕跡。農業社會與工業社會之最大差異，除了生產方式及能量上的明確落差，尚有文化學習模式的顯著差異。

　　中國政治階層中，以仕紳作為技術官僚的主要來源，文人一心想控制世人通往神聖、救贖的心靈之途，因此他們便向俗民文化宣戰，打擊盛行於社會底層的自由契約（free-lance）巫師。[44]但在農業社會中，這種詮釋權是無力動搖的。因為社會底層的農民識字率極低，無法以高雅文化符號控制俗民心理，一如毛澤東〈在延安文藝座談會上的講話〉所稱：「知識分子要先作群眾的學生，再作群眾的先生。」因此，知識分子唯一能作的便是保障他們懷抱的理想，使人民敬畏又尊重，並試圖使之成為宗教信仰的另類形變。

　　當時代過渡到工業社會時，階級間快速流動成為一種常態，在農業社會中區域內緣的「傳習」，形塑了技術面高度發揮的儀式，雖然畢生所學極為單一，然而其精緻度卻已挑戰人類心靈的極限。反觀工業社會，強調通才而普及化、標準化的學習，其教育傳承的技藝反而是最低的標準，但這種標準化作業模式不是技術後退，而是為了配合

---

[44] 自由契約（free-lance）指的是文化體的小傳統，地方的俗民信仰與崇拜，在社會底層的農民群體裡，擁有識字能力的神職人員（巫師），往往擁有文化解釋權，他們透過誇張的、特殊的祈禱詞，讓俗民難以學習，而敬畏他們與神溝通的能力，而備受擁戴。詳參 Ernest Gellner 著，李金梅、黃俊龍譯：《國族與國族主義》（台北：聯經出版社，2001 年），頁 13-14。

社會精密分工的機制。[45]因此,迥異的文化節奏及生產模式,讓晚清中國出現了文化焦慮,知識菁英急切地想喚醒民族性,並改良國民性,使之迅速躍升,而強烈的推動「民族國家」的形成。然而激烈的革命思潮尤須文化界的支持,知識分子在特定歷史時期中,作為文化導引者的豁然氣度,以其豐富的思想提供文化遷移及融會的力量,這種情形正如同革命推翻封建後,必然需要成熟的國民才能妥為運作民主制度,因此,所謂政治上的革命其最終目標還是要回歸民族文化,即一種針對人性的文化設計,由晚清到五四運動,文化界對國民性的批判及反省,其實都是在變革中產生有限的覺悟,雖然中國人的進步總是緩慢,然而透過每一次的失敗,也讓近代革命思潮背後的文化啟蒙浮現曙光。[46]

近代社會中,一個人所受的教育正是他最寶貴的投資,亦對其個人所賦予的認同,文化成了他效忠的對象,因此,自古以來地位懸殊的雅俗文化階層,若要合一並存,統合為民族國家的體系,就必須處於一個內在不穩定的社會中,文化需要傳達及溝通清楚,因此同一社會脈絡的語言必須被建立,而透過文人將之作為信仰而廣為傳布。

---

[45] 以文化人類學觀點來說,普及教育是一種委外訓練,不屬於同一社群可以口傳心授的基礎。比如工業革命後汽車製作成了精密分工的一環,每個技術部門只須控制好屬於本身的製程品質,而無須通盤理解汽車的整體結構。因此,把每個人帶起來,兼備識字及思考能力,是現代社會分工下的理想,然而這種社會正當性的維繫,卻不是一蹴可幾的。

[46] 晚清自強運動、同治中興、戊戌維新的失敗,全盤西化或是中體西用的爭辯,每一次近代化的嘗試,都代表進步的足跡。革命思潮能夠建立厚實的思想高度,與前述富強策略的實驗及修正,有其不可分割的因素。參劉再復、林崗〈論五四時期思想文化界對國民性的反思—兼論中國文化對人的設計〉,收於《中國傳統文化再檢討》(新店:谷風出版社,1987年),頁33。

這是在近代中國通往世界潮流中的啟發,更是傳統文明為適應時代所做的裂變及過濾程序,民族國家所仰仗的不是文人階層的普及化,也不是菁英的努力,而是藉助深入人心的社會控制力去改變人民。因此國族主義所推想出來的民族國家,也為新社會帶來文化想像的空間,那也是革命的潛意識中所負載的歷史進化思考。[47]

三、民間文學的呼喚

文學救國的理論,切合晚清中國的實際需求,但傳統雅文學的語言對於民眾來說,確實相當遙遠而難以理解,因此,在建構民族國家的歷程中,菁英語言朝民間詞彙靠近的趨向,其實相當明確。革命思潮的傳播,也與當時革命書報的大量出版相關,據統計1900年到1905年間,出版的革命報刊就有36份,而書冊也有49種,題材廣泛而言詞辛辣,魯迅《墳‧雜憶》中說道:「革命思潮正盛,凡有叫喊復仇和反抗的,便容易惹起感應。」[48]這些革命報刊或書冊,揭露民族危機,呈現出旺盛的光復之情,嚴詞抨擊滿清的腐敗,熱情歌頌歷史上的革命英雄。

---

[47] 文人與農民本有其對立位階在,經歷文明衝擊與世變,知識菁英為求全面開啟民智,便會運用民間喜聞樂見的形式,去傳播政治思想及維新意念,在現實轉變的同時,文化遷移也就產生。見陳建華:《革命的現代性:中國革命話語考論》(上海:上海古籍出版社,2000年),頁221。

[48] 當時民眾對於革命思潮的追隨,有的人鑽到圖書館中,「專意收集明末移民的著作,滿人殘暴的紀錄。」並將之「抄寫出來,印了,輸入中國,希望使忘卻的舊恨復活,助革命成功。」轉引自郭漢民:《晚清社會思潮研究》(北京:中國社會科學出版社,2003年),頁291。

　　在這些革命宣傳家中，擅長民間文學形式創作的作家，就屬陳天華及秋瑾。知識分子將宣傳詞彙轉向民間文學，是有其縝密思考的。同盟會成立於 1905 年的東京，其組織架構的嚴謹與宣傳能量的紮實，箇中成員以辦報、出書、興學作為輿論宣傳的模式，而該作為也適度補足興中會時期批判力低落的缺口。

　　人類最重要的唯一品行就是智力，而其行為均能透過學習取得，此則人之異於禽獸的關鍵。而人類智力的符號產物便文化，文化同時也是不同社會獨特的生活風尚，以文化人類學的觀點而言，文化是知識和工具的聚合體，人們以此工具適應自然環境，也以此準則或信念去相互交流。[49]社會學家格奧爾特·齊美爾（Georg Simmel）說過：「每一種際遇都是巨大的災難，角色混亂、信號錯誤，常因劇本失敗而脫離原先劇本，使每個人會困窘不安。」民間文學在語言上，與下層民眾的心靈較能接合，也較能降低誤讀及解釋失當的情形，因此，晚清知識菁英當他們試圖扭轉民眾、改造國民性時，相當程度運用民間活潑的語言詮釋革命理念，這就是俗文學的文化力道。

　　陳天華長於彈詞小說，其作品中以《警世鐘》、《猛回頭》及《獅子吼》著稱，在《猛回頭》中他運用彈詞體創作通俗文學，兼有唱白的敘述節奏，頗能生動表現其沸騰心緒。他以下列幾種要素建構漢滿衝突的文化圖像：（一）地理學上，民族學上，他以文化差別來建構漢滿對立的圖像。（二）以種族衝突來劃分朝代更替與滅國的差別。

---

[49] 人類慣以禮儀、手勢及語言去傳達意念，文化的存在減少社會因不同群體、不同思維所產生的紛爭，亦告知人類該如何去有規則做出適當的社會行為。詳參（美）羅伯特．墨菲著，王卓君、呂迺基譯：《文化與社會人類學引論》（北京：商務印書館，2004 年），頁 37-39。

（三）緊咬滿人為異族的性質，他回溯歷史並引進世界思潮，相互比照，作為民眾效法的對象。[50]陳天華的語言是感性而激越的，民族思想在其文字中透射出無比的感染力，孫中山先生對於建立革命宣傳的部隊是極為重視的，好的宣傳可稱得上是隱形武器，而激越的革命口號亦可振聾發聵，令人耳目一新。

1903 年是革命力量趨於主導的關鍵年，《中國白話報》的發刊詞中，除了鼓吹救亡革命外，更認為白話文方能喚起下層民眾的共識，林獬在發刊詞中陳述：「唉呀！現在中國的讀書人，沒有什麼可望了！渴望的都在我們幾位種田的、作手藝的、作買賣的、當兵的，以及那十幾歲小孩子，阿哥、姑娘們。」文中肯定改造時局的關鍵不在知識菁英，而在於一般下層民眾，這是值得注意的訊息。而對俄同志會發刊的《俄事警聞》中，則吸收社會主義的觀點，宣稱「工人是世界上第一等有力量的」，並於〈告農〉的社論中痛陳俄國奪了東三省，只要農民肯拼命去打，自可退俄國軍隊。[51]由上述可徵史實，不難理解當時對於下層社會民族意識的深情呼喚，究竟有多麼急迫。

民間文學承接時代需求，由雅正文學及知識菁英的語彙中獨立出

---

50 陳天華考量過中國人民之族群比重，漢人無論數量或分布，均居各族群之冠，何以受滿人統治而頹然喪志？加以滿人面臨外患不思自立但圖苟安的心態，因此「反滿復漢」也就成了知識分子在不同立場中的公約數。見邱巍：〈清末俗文學作品與民族國家形象的構建—以陳天華《猛回頭》為中心〉，《中共浙江省委黨校學報》2003 年第 2 期，頁 89。

51 當時以上海為宣傳基地的刊物，如國學社的《新爾雅》、民權社的《法蘭西革命史》，在出書廣告中就說：「此書之刻，欲鼓吹革命主義以棒喝我國民。其中敘法國革命流血之事，慷慨激昂，奕奕欲生，正可為無中國之前途龜鑒。凡吾國青年志士不願為奴隸而願為國民者，當各手一冊，以朝夕自勵也。」參胡繩武：《辛亥革命史稿》第一卷（上海：上海人民出版社，1991 年），頁 290-292。

來。歐洲民俗學家納特（Alfred Nutt，1856-1912）指出：「古歐洲的僧侶或農民，具有共同的神話和英雄式的想像力，得用之於娛樂及啟蒙；而現代歐洲的詩人為尋求靈感也會求助於古代傳說，特別是農民詩人更從事著與土地最相關的文化元素。」[52]與下層民眾溝通的語言，必然淺近俚俗，但在實質上它是民眾共有的情感與記憶，無多餘添加物卻豐盈實在。

而美國人類學家羅伯特·雷德菲爾德（Robert Redfield，1897-1958）對下層社會的觀察是：一種傳統、自發而不加思索的生活經驗，規模雖小也無文字記錄，然而其凝聚力卻相當強大。羅伯特認為下層社會雖與原始社會有關連，但其本身是不完整的，必須參照文化大傳統的城市文明方能加以研討，而民歌與民俗亦因之共生。當我們推斷晚清革命菁英何以選擇民間文學形式，去表現所謂革命思維前，就須深切體認「民」與知識菁英的對比。1977 年，人類學家鄧迪斯在《誰是民？》中，提出了文化根源與歷史重構的特質，他說：

> 這種民的定義的關鍵是"在一個識字社會之中"。這不僅僅在於某人能否讀寫，而在於他生活在囊括識字菁英的社會之中或者靠近這個社會。……所有的民族都會經歷蒙昧、野蠻和文明三階段，這一個假定的單線文化進化序列，俗民或多或少被視作野蠻人。……既然菁英實際上關心的是他自身的來源，所以

---

[52] 納特認為我們當收集並研究民俗(folklore)上的民，他們其實與大地保持最緊密的聯繫，可以確定的是「民俗」是土地的產物，卻存在著一種適應生活的能力，也存在著一般文化無法達到的自發性特點。見盧曉輝：《現代性與民間文學》（北京：社會科學文獻出版社，2004 年），頁 41-42。

他試圖收集與自己比鄰的民間傳統。[53]

民間傳統在晚清中國，出現了「反滿革命」的切入點。由世界歷史演進的腳步中，由傳統進入現代社會的過程中，民族國家形成前，知識界對自身傳統文化及歷史的追尋、建構，是有其普遍性的。因此，革命派的宣傳家，呼喚民族意識前，自然須依循民間文化去尋根，建構一套強健的文化歷史論述，作為改朝換代的思想基礎。

陳天華以彈詞體小說《猛回頭》作為案頭文本，印製書冊讓新思潮在民間蔓延，刺激神經末稍的平民，讓他們理解何謂民族國家，藉心理認同而支持革命的必然破壞。秋瑾則選擇以〈寶刀歌〉之流的歌體詩，運用歌謠傳播學的心理效益，或唱或嘆，演繹著雄渾詩風，讓民眾在口語唱唸間潛移默化。他們對民間文學的嘗試，也象徵著文化解釋與時代作結合的新趨勢。

文學作為人類一種精細微妙的心靈活動，是一種與政治學、哲學、倫理學、教育學不同的獨特文化型態。《詩大序》云：「情發於聲，聲成文謂之音。」鏗鏘音律有著深刻的情感負荷，面臨時代變局，誠如「亂世之音怨以怒」，人心的波盪透過文學的語言，亦能忠實反映出社會與世道。

---

[53] 大文化傳統由於能和下層社會的文化作比照，因此通過這種形式的比較，對菁英文化的重新建構就有了實踐的機會。晚清的知識分子選擇民間文學作為啟蒙，在於證明文學之用到底是否可行？一方面挖掘枯竭的文化創造力，另一面也在教育人民由菁英建構過的國族歷史。轉引自盧曉輝：《現代性與民間文學》（北京：社會科學文獻出版社，2004年），頁53-54。

第三節　迴眞向俗—民間文學的現代啓示

　　1895 年中日馬關條約簽訂後，知識菁英無論朝野，對於割讓台澎金馬的議決，均感到莫名沈痛。天子之師翁同龢在《翁同龢日記》中嘆說：「聞平壤已失，亦覺肝火上炎。」而鄭孝胥也於日記中寫下當時沈重的心情：「聞之（和議）心膽欲腐，舉朝皆亡國之臣，天下事豈復可問？慘哉！」當時知名文人對清廷之自強維新充滿失落，整軍經武的結局，竟敗得一塌糊塗，也就是說，每一個關心中國命運的人，都被當時憂鬱激越的氣氛所籠罩。這種激憤之情，對立主張學習西方的人而言，無疑是沈痛打擊。[54]

　　自強運動經戰爭驗證是失敗了，且輸給同遭帝國主義侵略的日本，泱泱大國的挫敗，使社會上瀰漫一股求新變革的情緒。競爭常能造成更大的進步，對手有時正是最佳的伙伴，能激勵弱者朝強者之路前進，中國近代化之途，也是在不斷反省及嘗試中，慢慢走出自己的路向。晚清中國對外戰爭不斷失利，每簽訂一項條約，就減損一分民族自信心。因此，當知識菁英歸納西方富強因素到一定程度後，在推行到各階層之前，就必須先恢復民族自信心。

　　柯雲路在《人是宇宙的精靈》說過：「人經常要用自己的行動來造成某種氣氛，再用這種氣氛來維持自己的某種心理態勢的。」[55]在

---

[54] 晚清文人在日記中對此戰之處理有嚴厲抨擊，如葉昌熾也在日記中說：「國無以為國，謀國者以肉，其足食哉？」講究實業的張謇亦稱：「幾罄中國之膏血，國體之得失無論矣。」當然光緒帝也意識到國家存亡的危機，進而力圖維新。參葛兆光：《中國思想史》第 2 卷（上海：復旦大學出版社，2001 年），頁 530-531。

[55] 心理與行動，互為輔佐，也互為牽制。人透過心理運作思考問題真相，再以行動

行動前，必須有完善的心理建設，那就是對中國的知識及信仰的支撐力。葛兆光對晚清中國的社會氣氛，作了如下對待：

> 「心情」只是一個描述感性的語詞，但「心情」如果成了社會上一種普遍瀰漫的情緒，卻是促成理性思索的背景，思想史不能不注意心情的轉化。正是在這種普遍激憤和痛苦的心情中，再保守的人也都希望變化自強，只是自強的思路與激進的人不同。[56]

順乎時代變局，做出大刀闊斧的革新，也就逐漸成為甲午戰爭後的民心向背。而如何藉由開民智、起民力、新民德，到達與先進國家同級的國力，其作為便是將新思維內化後的實踐方針，也就是迴真向俗的意涵。

一、民間文學的突圍

當時代浮現顛覆傳統的情狀時，對應世局也就不能再以傳統思維去面對。晚清中國在西方船堅砲利的侵略下，原本失衡的滿人與漢人

去驗證真理。

[56] 馬關條約簽訂後，翰林院學士便向光緒皇帝進呈馮煦的《自強四端》，提出行實政、求人才、經國用、恤民生四大訴求，他雖也批評一味追求西化的知識分子，但他的想法只是順從「安內攘外」的次第，也就是「自強之策不在戰勝乎邊國，而在敬勝乎廟堂」的原則追求。見葛兆光：《中國思想史》第2卷（上海：復旦大學出版社，2001年），頁532-533。

互信自然會蕩然無存，而宗教信仰在無法挽救國家與民族信的情況下，痛感體用皆無的知識分子，就會選擇反傳統的路徑去實現富強之夢。

長久以來，知識只掌握於少數菁英手中，廣多人民與時代並無多大感應，農民在恆久不變的模式中，承襲著世代傳習的農耕技藝，為生存而活著，其對國家優劣的感應也是極微弱的。但帝國主義的侵略，對他們唯一感受得到的經濟好壞，出現不小的衝擊，當生存不再容易，農民就會怨怒時政及所謂的國家。知識分子要改良的對象，便是下層社會多不識字的人民，而迴真向俗的實踐方針也是針對這些神經末稍的人民去教化與宣傳的過程。[57]

要啟蒙民眾，就必須以俗語行之，用民眾喜聞樂見的文學形式去傳播，因此，以白話書寫的通俗小說及戲曲，變成了知識菁英為人民選擇的教化工具。白話文的運用，不僅侷限於對傳統文化及文學的重新估量，更是一種在歷史文化層次上的變革。[58]語言文字在中國傳統學術上的認知，採用文言分離的模式，若非出現迫切的維新需求，以文言文書寫的習慣不會被提出及糾正。而 20 世紀初，胡適及陳獨秀對白話文的高度提倡，認為「白話為維新之本」，梁啟超也體認到：「文學進化有一大關鍵，即由古語文學變為俗語文學是也。」但是文體變

---

[57] 知識傳播在由上而下的歷程中，菁英的理念經過簡化，並採擷民間文化的信仰、傳說，形成上下相融的現象，啟蒙者透過白話文宣講、講報、演說及戲曲，對啟蒙有正面幫助。見李孝悌：《清末的下層社會啟蒙運動：1901-1911》再版序（台北：中央研究院近代史研究所，1992 年），頁 2。

[58] 語文變革觸動了文化實體，不只有新的文化觀念或價值體系而已，而是人類的歷史文化心理得重建與學術傳統的架構。參馬以鑫主編：《現代化進程中的中國人文學科。文學卷》（上海：上海人民出版社，2005 年），頁 168。

革不僅是文字上的差異，更會帶來思想上的質變，創造有利於科學精神與民主精神的胚胎。

　　白話文的崛起，帶動民間文學的突圍，由學術邊緣成了學界注目的一種視角。其突圍絕非偶然，而是試煉後的時代選擇所致。當時有一批浸過洋墨水，學貫中西的文學家，如譯介《天演論》的嚴復、梅光迪、馬君武都對全面白話持保留態度。他們深習西方學說，擁有深厚的國學根柢，理應較他人更理解白話文的作用，卻又何以選擇一種對抗態度呢？[59]

　　該問題就連最能淹通古典與現代的嚴復也無法避免，其譯文之深邃淵雅，經常出現「一名之立，旬月踟躕」，其嚴謹可稱得上經典之作，卻不免卡在文言轉譯白話的關鍵上。很多讀者批評他譯文過於淵雅，不夠通俗，難以理解，因此，通俗化成了時代趨勢。

　　人類對語言的敏感度，使形而下的語文運用，上升到形而上的語文選擇。因為唯有語言構成及話語型態才是文化存在的根本，它不但構成文化實體，也是一切思想存在之本體。[60]晚清改革由器物改良到

---

[59] 梅光迪在〈評提倡新文化者〉一文中說：「若政治法制，則源於其歷史民族，隱藏奧秘，非深入者不能窺其究竟。而又以東西歷史民族之異，適於彼者，未必適於此，非僅恃模擬而已。至於教育哲理文學美術，則屬於其歷史民族者尤深且遠，窺知益難，采之亦宜甚。」梅光迪的見解無疑深刻，但若沿傳統的觀念來理解語文變革時，自然會產生落差。如翻譯名家林紓之認為文言不當亡絕，在於文言文有其歷史依據，他也承認語言文字變化是不可免的，而且本身就會一直進行。詳參馬以鑫主編：《現代化進程中的中國人文學科・文學卷》（上海：上海人民出版社，2005 年），頁 174-175。

[60] 語言學家認為語言的變化，常有一段由開始擴張轉向急遽遞增的過程。外來文化的刺激是不會休止的，嚴復考察西方文明後，見到西方人處理學術問題上的態度，如亞當斯密在經濟學與西方財經制度、牛頓力學理論與西洋製造業的精妙連結，他深刻體認前者為本體，而後者為學術之用，也就是決定與被決定的關係，這也

制度維新，就是體會了文化與政經面的本體與運用之位置，因此，知識菁英會選用民間文學作為教育工具，也著眼於它為時代潮流所選擇的緣故，而非揚棄傳統文明的一切痕跡，這是值得注意的地方。

當維新運動興起時，報刊的地位也就相形重要，1895 年的《中外記聞》、1896 年的《強學報》到 1898 年的《清議報》，都在傳播民主觀念上起了莫大效用。黃遵憲曾說：「《清議報》勝《時務報》遠矣，今之《新民叢報》又勝《清議報》百倍矣。驚心動魄，一字千金，人人筆下所無，卻為人人意中所有，雖鐵石人亦應感動，從古自今文字之力之大，無過於此者矣。」在這些報刊中，知識菁英看中文藝之效，以文藝報刊作為一種嶄新型態。如李伯元於 1897 年創辦的《遊戲報》中，就刊登一些娛樂性、諷刺性的文藝小品，其欄目如「本館論說」、「時事嬉談」、「諷林」、「鼓吹錄」等，無一不是以文學譏諷時政之作，[61]報刊的普及對通俗文藝發達也有正面幫助。

不僅文藝報刊如此，就連一般報刊也趨向於刊載文藝作品，這其中又以戲劇、小說及詩歌居多。郭延禮認為通俗文學作品的出現，與新式傳媒的發達有密切關連，白話文除了通俗易懂外，對於文學觀念的轉變，也有一定程度的幫助。晚清文學理論家如梁啟超、夏曾佑、狄葆賢、黃人及王鐘麒等人，他們在小說的群治理論中，體認到小說

扭轉語言變革上誰為主從的觀念。同前註，頁 180。

[61] 吳趼人在 1898 年編過《采風報》，該報以采風之法，諷喻現實謬誤荒誕之處，比如其中一篇〈錢樹子說〉就是通過對錢樹子古云「娼妓」的考證，諷刺清廷的貪污。而 1901 年辦的《笑林報》，內容雖談論風月居多，但它對小說、彈詞的刊載卻是前所未見的，在 1905 年日俄戰爭期間，便配合刊出〈睡獅傳〉、〈老大國觀劇記〉、〈女志士英吉秀傳〉。參郭延禮：《近代西學與中國文學》（南昌：百花洲文藝出版社，1999 年），頁 423。

改造社會、變化風俗之力，用之作為啟蒙民眾的工具，則以民間文學的形式最易見效。

　　清光緒廿四年（1898）梁啟超在〈譯印政治小說序〉中提到通俗小說的內涵性問題，文云：

　　　　今中國識字人寡，深通文學之人尤寡，然則小說學之在中國，
　　　　殆可增《七略》為八，為四部而為五者矣。在昔歐洲各國變
　　　　革之始，其魁儒碩學，仁人志士，往往以其身之經歷，及胸
　　　　中所懷政治之議論，一寄之於小說。於是彼中輟學之子，黌
　　　　塾之暇，手之口之，下而兵丁、而市儈、而農氓、而工匠、
　　　　而車夫馬卒、而婦女、而童孺，靡不手之口之，往往每一書
　　　　出而全國之議論為之一變。[62]

結合宣講與演說，文學之用更能普及民間，而民間文學的另一形式，就是藉戲曲演出，讓新思維在戲劇中呈現其感染力。在 20 世紀初，知識菁英開始轉而投入戲曲創作，在辛亥革命前十餘年間，這班人創作傳奇、雜劇一百多種、地方戲曲六十餘種，如《潘烈士投海》、《宦海潮》、《惠興女士》等作品，均強烈反映革命需求，而新戲（話劇）之產生，亦使戲曲藝術朝著號召群眾革命的路線前行。[63]

---

[62] 小說自古即有，隨市民經濟興盛，復以文字淺白易懂，亦為俗民通曉，用宣傳革命思維，民眾較不會排斥，也能收潛移默化之效。見《晚清文學叢鈔·小說戲曲研究卷》（台北：新文豐出版社，1989 年），頁 14。

[63] 1904 年柳亞子等人創辦《二十世紀大舞台》，號召志士「建獨立之國，撞自由之鐘」編寫推翻滿清的「狀劇」、「快劇」，而為研究戲曲改良，文明戲的出現更是振奮人心的劇目。對民主革命作宣傳，特別注重反映時事，也就編寫了《武昌光復》、

1904 年陳佩忍〈論戲劇之有益〉一文，適可闡述戲曲的傳播之效，亦能窺見民間文學的生命力，他說：

> 綜而論之，專制國中，其民黨往往有兩大計劃，一曰：暴動，二
> 曰：秘密，二者相為表裡，而事皆甚成。獨茲戲劇性質，頗含兩
> 大計劃於其中。苟有大俠，獨能慨然捨其身為社會用，不惜垢污
> 以善為組織名班，或編《明季稗史》而演《漢族滅亡記》，或采
> 歐美近事而演《維新活歷史》，隨俗嗜好，徐為轉移，而潛以尚
> 武精神、民族主義，一一振起而發揮之，以表厥目的。[64]

編寫時事入戲，讓人民浸淫在喜聞樂見的戲劇中，隨劇中人物思維起伏，而漸收其效。因此，民間文學的再度發現意義，其實是時代的選擇，更是知識分子目光銳利之處。

二、歷史解答─民俗控制論

晚清知識分子將民間習俗作為文化改良目標，乃是著眼於習俗的

《孫文起義》、《新華夢》的劇碼，並對戲曲相關範疇作一定程度的創新。詳見馬
寶珠：《中國新文化運動史》（台北：文津出版社，1996 年），頁 291-293。

[64] 採用時事入劇是戲劇改良的重大特色，但過度側重實用價值的戲劇，本身藝術價
值普遍不高，缺乏情節變化，人物形象呆板，都是常見的缺失。如橫江、健鶴的
《新中國傳奇》、浴血生的《革命軍傳奇》，雖名之為傳奇，實際上僅是短劇、平
鋪直敘，近代曲學大師吳梅就曾批評《革命軍傳奇》：「劇中的鄒慰丹上台至下場，
坐也不坐，動也不動，耍也不耍。張著口，一口氣唱到下場，僅嘆了數口氣完結
了。排場之不講究，如此之極。」詳參郭延禮：《近代西學與中國文學》（南昌：
百花洲文藝出版社，1999 年），頁 378-380。

「慣性」及「如是性」（thusness），而民俗控制論的提出，則植於俗民把慣習當作規律看待之體認上，也分析在既存社會中不得不遵守「慣例」的社會控制現象。[65]

提到「民俗控制」之前，就不能不對「社會控制」作申論，該論述由愛德華·羅茲（Ross，Edward Alsworth）在 1901 年率先提出《社會控制》（social control），其意涵十分淺顯，指社會對個人或團體行動的約束，而羅茲在他的著作中的定義是：「在社會生活中履行某種功能的有意的統制。」其延伸在於運用一切輿論、法律、信念系統、教育、習俗及宗教，對個人或團體作約束。此說與法國社會學家杜爾克姆的「集體表象論」相近，均強調以集體意識去修正個人慣習，不排斥所謂風俗、宗教之潛在信仰「化民」之力。

該學說對應晚清風尚變遷來說，是十分有意義的。社會學家也體認到民俗（Folklore）無與倫比的效用，知識分子對民間文學形式的運用，與此概念亦不謀而合。用民間生成的元素去變化俗民文化與國民性，最能免於民眾內在的排斥，並以有意向及目的性的指導，將原先不易凝聚的俗民慣習作統合。

烏丙安認為轉移社會控制到民俗控制時，不能全盤移植，因為泛稱的民俗約束是道德上的牽制，不具強制性與壓迫感。而民俗控制的生成環境可分作兩類：其一是俗民群體據習俗規範，有具體意向要求民眾無條件遵守，獎懲十分明確的模式。其二則是民俗元素在習俗化

---

[65] 有關此點，烏丙安認為即使是遵守習俗規範者，亦不免於民俗制裁的壓力。那是因為習俗除了本身除了一般性原則外，還有許多強力約束的手段，由此視角觀察，任何個別社會化的歷程，均是受民俗控制的過程。見烏丙安：《民俗學原理》（瀋陽：遼寧教育出版社，2001 年），頁 134。

的過程中對個體的影響，促使俗民在實踐過程中遵守其約束，而形成自然的控制力。[66]晚清風尚的維新，強調一種實踐的趨向，而迴真向俗也是以實踐為目標的動能。

值得注意的是：當代文化人類學及民俗學，都注意現代文明在文化上所產生的衝突及其後果，並力圖對文化變遷做出解釋。而在文化衝突中，如何儘快調合自身接受西方文化中有利發展的因子，並在尊重民族文化的前提下，建構一種融合現代文明的生活方式，這也是晚清知識分子責無旁貸的使命。

在文化強弱的天秤中，面對優勢文化時，傳統文化在實踐融會的過程中，大抵有三種結果：

（一） 與原始慣俗迅速決裂，無止盡地接收外來文明。

（二） 絕不放棄傳統習俗及文化準則，並藉由文化對峙以厚植實力。

（三） 將傳統與現代作結合，選擇性的運用特有優點，作新舊文化並生的呈現。[67]

而中國顯然選擇在文明的夾縫中，力圖調和出適於傳統文化的新能量來。以民間文學作「民俗控制」，顯然也是歷史的選擇之一，民俗學中慣稱的威懾力(deterrent force)強調心理層面的賞善罰惡，自然控制

---

[66] 以大傳統去約束小傳統，實是民俗控制的必要驅力。個體接受群俗規範後，對於違逆傳統慣習的事物，決不敢輕言碰觸，形成所謂約定俗成的次文化心理，用之於晚清革命或維新的宣傳啟蒙上，轉俗成真前就必須對民俗活動作文明包裝。同前註，頁 138。

[67] 以全盤接受、全數否定到截長補短三種路向觀之，日本明治維新何以迅速奏效，在於上下一心，採全盤西化的方向去實踐，而晚清中國則圍於民族自尊與心態矛盾中，雖迫於接受西方船堅砲利、思想學說的衝擊，但仍試圖以「中體西用」作解套，並試圖做出調適思考。

力在民間信仰中的表現更是極其宏效，倘若一地民眾對某種神諭堅信不移，自會對於該超自然威脅感到敬畏，其效力更是無與倫比。

民俗控制類型凡六，計有：隱喻型、獎懲型、監測型、約規型、裁判型及禁忌型的民俗控制，且與民間文學形式多半相關，透過寓言小說、神話傳說、唱唸歌謠等，在民間普遍存在的教化形式來教育俗民，其效力必然較強制改變某些成俗既久的慣俗更容易，在梁啟超的構思裡，國民性之改造最難能於「新民德」，透過他們的語言去告知，會有自然的文化遷移力存在。[68]

以民間文學形式觀之，民俗學中六種控制力，特出之處在於體認口傳模式的認知下，民間口傳敘事創作一直為俗民傳誦不休，口傳敘事之作者以宣講傳播，都是利用寓教於樂的情節，潛移默化進行「習俗化」[69]過程，以生動鮮明的形象讓人民選擇及判別，並調整自己的行為。晚清革命思潮的鼓吹，也大量運用民間說唱及民間戲曲的演示，讓民眾對於現代文明及革命認同增加，陳天華及秋瑾對民間文學的重視，彈詞小說及革命歌謠的出現，也是希望以唱唸的傳播讓革命種子發芽茁壯。

以唐宋以來市民文學發展來說，口傳文學將歷史上忠孝節義的傳統流存下來，如岳飛精忠報國、包公審石頭、孟宗哭竹、貞節烈女的

---

[68] 道德屬於內在的生命高度，也是一個人之所以異於他人之處。在行為認知中，唯心論述認為心智主宰行動，因此，改透過改變其內心認知，就能有效達成民俗控制中最困難的認知層次轉變，而成就整體社會的文化遷移。詳見烏丙安：《民俗學原理》（瀋陽：遼寧教育出版社，2001 年），頁 166-168。

[69] 民俗學的直接意義就是通過預警性的教養，達到調整和管理傳統習俗和社會秩序的目的。潛移默化地行為規範，有意義地宣傳什麼是好的行為，以及什麼是錯的行為。有賞有罰，「眾善奉行、諸惡莫作」的俗民認知，如因果報應等警示心理的存在，最為有效。

劇目,在千百年來戲曲發展上,一直佔有絕對地位。當然為梁啟超痛批的「誨淫誨盜」的通俗戲曲,也會選用「歸順朝廷,終成正統」、「皈依佛法、各成正果」的題旨來警惡,也就是民俗控制中改惡從善的隱喻型控制。

建構有意義的民俗控制,方能對啟蒙做出貢獻。開風氣之先的梁啟超,在《新民叢報》中,以報館體文字作為維新之利器,白話文運動的前哨,於晚清已悄然展開。根據《大公報》記載 1902 年已有白話的歷史教科書,自此以後運用白話來宣傳政治主張的風氣大盛,1904 年 4 月 25、26 日,上海《警鐘日報》發表一篇〈論白話與中國前途之關係〉即說:「白話報者,文明普及之本也。白話推行既廣,則中國文明之進行固可推矣。」當時許多白話報刊、新式學堂的出現,都被認為是白話文與中國文明更成長的例證。

對革命派來說,白話報刊更是直接有效的宣傳手段,蔡元培就說過:白話報「表面普及常識,暗中鼓吹革命工作。」暗中鼓吹有時其實是明白聲揚,如 1904 年《中國白話報》中一篇〈論法律〉,表面上批判中國歷史上種種法治弊端,又說:「應設幾個法學學堂,再開一個法學研究會,把中外的法律細細兒考究,然後公舉幾個法律起草員,把憲法共各種的法律,一條一條的訂出來,又斟酌得盡美盡善,一點兒不苟且。這種法律,就都是漢族定的了,又都是百姓定的了。」談到最終,宣傳革命意識的意念已極明確了。

以民間文學作啟蒙,是知識菁英的共識,也使革命宣傳家創作通俗文藝,以啟迪民智。20 世紀初期,如陳天華《警世鐘》、《猛回頭》、《獅子吼》,秋瑾〈寶刀歌〉、〈寶劍行〉及《精衛石》,敖嘉熊《新山歌》,柳亞子〈放歌〉及鄒容《革命軍》等民間文學風格作品,都對

後世起了示範作用。

三、文化符號之庶民思維

　　革命事業在理念上，需得到平民及知識菁英的認同，但在地位及發言權上，民眾與聖賢是相距甚遠的。民眾雖比聖賢更熱誠、數量也較多，但在歷史舞台上卻總會缺席。顧頡剛說過：「他們（民眾）雖是努力創造些活文化，但久已壓沒在深潭暗室之中，有什麼人肯理會他呢？」民間文化有其純真樸實的特質，但沒有知識菁英為其發聲、代言，則不能真確去理解民俗的效力。[70]

　　五四運動被視作現代中國的文明前鋒，引入科學、民主的思想變革，固令人稱道讚嘆，但在另一方面，它也代表語言、文字的使用進入白話文的階段。以白話文寫新詩，鼓吹明、清以降廣為流傳的戲曲、小說，甚至一流的知識菁英也頌揚其為文學史上的「文學最上乘」。民間文學由邊流走向核心，使得整體文化在現代化近程中，由晚清的形變轉為質變，文化學與民俗學帶動歷史的進步，該現象值得去關注。[71]

---

[70] 聖賢理想中的世界，並非不好，而是缺少些許人性。如漢代有「舉孝廉」的制度，但是社會上卻流行「舉孝廉，父別居」的滑稽情景，這些例證告訴我們：一切思想上的主義，都是跟著時事變化的，文化因時勢所趨，當要打破以貴族為中心之歷史詮釋，而以發掘民間文化為歷史書寫主軸。參顧頡剛：〈聖賢文化與民眾文化〉，收於《二十世紀中國民俗學經典‧民俗理論卷》（北京：社會科學文獻出版社，2002年），頁12。

[71] 鍾敬文以民間文藝學界定民間文學或民俗學的範疇，他認為中國為文明古國，也是民俗大國，其內部文化有層次上的區別，而民俗產生雖不靠文字，卻以文字去

　　民俗文化成了近代歷史進程中不可或缺的主角後,其學理位置恰如英國文化人類學家 E・B 泰勒於《原始文化》(1871) 所認知的:把習俗與知識、信仰、藝術、法律等現象,統稱作文化,就是文化人類學的一環。而法國人類學家馬塞爾・毛斯(Marcel Mauss,1872-1950)也針對民俗心理與社會對應作了如下詮釋:

> 唯有來自我們文明中的上流階層的文明人,以及其他落後文明中的上流階層的文明人,懂得控制其意識的各個不同領域。我們必須理解:所有日常生活中的大量瞬間都只是「回應」。……一長串的本能行為不僅構成我們的物質生活,也形成我們的社會生活與家庭生活。請你們確定一下本能的數量,然後我們能推這一理論。或許,如果這都是一些很少被與他們相關的的少數觀念—符號所揭示的本能與反射,而且我們正通過它們進行溝通與交流,我們就會明白這些作為社會現象的群眾與團體的本能衝動。[72]

與民眾溝通需要符碼,也就是文化符號,能讓他們接受的訊息因子。

　　記錄下來,可見民俗與歷史的聯繫,出現下層文化與廟堂文化連結的現象。而原為上層為化主宰的態勢,亦隨民主化運動,鼓吹民族覺醒,而一併浮現生命力。詳見鍾敬文:〈民俗文化發凡〉,收於《二十世紀中國民俗學經典・民俗理論卷》(北京:社會科學文獻出版社,2002 年),頁 250-251。

[72] 人生在一連串的回應中,不斷對環境及刺激做出解決,瞬間散發的訊息也構成民俗生活的本然實體,這訊息也證明晚清中國在近代化過程中,對西方文化的刺激,所產生的調整,也必然是一種回應,救亡圖存與革命維新,都是知識菁英感應時代潮流的回應。參 (法) 馬塞爾・毛斯著,余碧平譯:《社會學與人類學》(上海:上海譯文出版社,2003 年),頁 247。

如果人與人之間的「交流」作為文化符號理論時，唯有交流才能體現符號之功能及意義。

在生活中，存在普遍流通在非言語領域的象徵符號，它對於民俗文化的訊息有其制約及支配作用，又稱作民俗符號。民俗符號扮演著溝通訊息的要角，然而極為重要的是：只有充滿人類生活經驗的世界，才是民俗象徵符號的世界。[73]

民俗符號可被視作語言的編碼，而法國人類學家克勞德·列維史特勞斯，在 1962 年出版的《野性的思維》中，則指出「圖騰」作為文化代碼，在文化中是作為進行交流的「語言」而存在的。[74]我們可以作如下解讀：原始人生活中那些神話傳說等虛構的形式，都是經過編碼而出現的文化符號；不獨原始人種，現代人也慣於轉譯文化質素為符號，將思想意識加工為文學或藝術，一如神話是對大自然現象的解釋與加工，在編譯的過程裡民眾透過對民俗符號的認知去認識世界。

因此，中國歷史在演進過程裡，由原始神話對大自然的敬畏與圖騰崇拜，直到宋朝之後市民經濟興起，庶民生活中對娛樂的需求日益

---

[73] 我們所經驗的世界，佈滿了許多約定俗成的民俗象徵符號，每個符號的背後，都反映著庶民思維的經驗。它不同於動物行為符號，一如瑞士語言學家索緒爾（Saussure，Ferdinand De）所稱：「人類的天性不在於口頭言語，而在於構造語言的天賦。」透過語言編碼，抽象的文化質素，可被轉為有意義的文化訊息，在人類生活中昭示庶民的智慧結晶。詳見烏丙安：《民俗學原理》（瀋陽：遼寧教育出版社，2001 年），頁 212-214。

[74] 英國結構主義學家霍克斯（Hawkes，Terence）在《結構主義和符號學》中說：「我們把對世界的經驗編成代碼，而可以體驗：在我們面前其實並不存在的原始狀態的經驗。」而法國結構主義大師巴爾特對於「文學語言」的編碼，則認為符號系統的使用不僅是形式上的排序，而在於所代表的文化內在意義之深刻信息。

增加，說書、戲劇及通俗小說，在明清的下層社會中蓬勃發展，俗語的自然運用已成為民眾共同的文化記憶。俗民在日常生活中，善於運用俗語來傳遞訊息，諸如歌謠、諺語，甚至通俗小說對俗語的吸納，其民俗符號都有著鮮明生動的特色。

　　民俗符號之珍貴，在於它是存在庶民生活中且體現其意義的編碼，而以「文學寫作形式呈現民間文化」[75]的民間文學，其實也是以文學語言去編譯文化元素。晚清知識菁英對西方文化的刺激感應深切，無論革命或維新派，對於長期被漠視的民間文學，開始有了不一樣的解讀，他們認為透過民眾的語言，選擇對啟蒙有益的「俚歌、小說、戲曲」[76]，承載著新思維才能有效傳播文明，讓救亡圖存的聲音，警醒思想最單純穩定的下層民眾，從而理解民主共和之可貴。

　　知識菁英對民間文學的重視，絕非降低格調及妥協，而是體認到民俗符號對庶民而言的「合理性」，這些平民遵循民俗傳統而交流文化。在實踐理念的歷程中，知識分子發覺下層社會中民俗心理的根深蒂固，欲改革民族性就必先變化風俗的思考，正源於此。民俗心理有從眾或情緒性的盲動在，然而諸多背離理性的思維卻被視為合理，且深具價值、值得捍衛。因此，當民俗文化與現代衝撞時，代表社會良知的菁英們，會選擇由民俗材料提煉的符號去溝通思維與信息，民俗

---

[75] 引自楊師振良 2002 年 9 月 2 日接受《人間福報》訪問時對民間文學下的定義。
[76] 梁啟超〈譯印政治小說序〉云：「在昔歐洲各國變革之始，其魁儒碩學，仁人志士，往往以其身之所經歷，及胸中所懷政治之議論，一寄之於小說。……往往每一書出，而全國之議論為之一變。」推崇政治小說的地位，甚至許為「國民之魂」，這是將歐美重視小說、戲劇的基調結合起來，將之作為社會進化、啟迪民智之用的思索。見《晚清文學叢鈔·小說戲曲研究卷》（台北：新文豐出版社，1989 年），頁 14。

符號之用在晚清中國湧起風潮。

第四節　歷史語境中的民間文學

　　日本史學家石田一良說:「對歷史學家來說,時代不是被創造的,而是被發現的。每個時代各有每個時代的問題,而文化史學的方法,就是問題史的方法,而其解決方向將成為該時代歷史的主流。」[77]而民間文學在晚清被知識分子所重視,多方運用於啟蒙及革命上,也可以視作一種歷史現象,我們在理解此一問題的視角上,必須還原當時的社會背景─民眾普遍不識字,對任何改變都很排斥,甚至認同義和拳可以對抗洋槍─在思想認知都未及成熟的階段,「開民智」的口號由救亡圖存的壓力中迫出,知識菁英以最迅捷的方式,去鼓民力、開民智及新民德,而民間文學的普及性及口傳性,就被拿到歷史舞台上來運用。

　　針對下層社會的啟蒙運動,在於甲午戰後知識分子普遍認知思想改革的迫切性,隨新式報刊、學堂及學會的大量設立,知識菁英的啟蒙已轉化理論到實踐層面。1900 年庚子拳亂釀成巨禍,更令其深感「無知」的可悲,因此創立宣講所、閱報所、演說會,並以小說、戲

---

[77] 晚清近代化的過程中,無疑是中國在時代交替前的單元主題,而知識菁英對時代的呼應,選擇社會主義、資本主義及國族主義,都是其自我該完成的方向。德國史學家蘭克在《論新歷史時期》中也說:「一個時代不是下一個時代的前提,其自身是一個完結的整體。」也就是說歷史現象相對於時代,自有其該完成的方向,而歷史是被發現而非被創造。見 (日) 石田一良著・王勇譯:《文化史學:理論與方法》(台北:淑馨出版社,1994 年),頁 171。

曲的改良為手段，推廣識字及平民教育。[78]而民間文學在晚清知識菁英選擇為教育平民的工具，即著眼於切合俗眾的白話語言，在知識轉譯中的順暢直接，語言與文字兩套系統也就代表符號的連結，文字記錄了語言，而語言則傳述了文字。

民間文學雖側重於語言系統，然其文本中仍保留雅文化的美感經驗，只是透過俗文化的形式去呈現，這是文學現場的樣貌問題，依鄭志明的解讀是：「通俗文化在表現上是有雅有俗，以雅的文字去傳承智慧去建構俗的語言講述系統。」[79]雅俗交會能讓民間生存的活力自然浮現，而知識分子也能盡點力量，讓民間文學創作空間擴大，而出現適合時代需求的作品。

一、公共意識在善書中的體現

公共意識對中國現代化而言，基於振衰起弊、救亡圖存的需求，倡導民主制度中「公」與「法治」的精神，確實相當重要。梁啟超在

---

[78] 學者李孝悌將啟蒙下層社會的時間點，定於晚清最後十年（1901-1911），他認為它是中國歷史首次以如此密集及多樣的方式對下層社會在啟蒙工作，同時也是中國現代史上知識分子走向民間的「民粹運動」（Populist movement）源頭。參李孝悌：《清末的下層社會啟蒙運動：1901-1911》（台北：中央研究院近代史研究所，1992 年），頁 6。

[79] 民間曲藝及通俗小說是最普遍的表現形式，一方面可藉由語言講唱形式去傳播，而一方面也可藉文獻在歷史舞台發聲，由雅入俗是民間文學文本出現的途徑，也是表現形式之一。參鄭志明：〈民俗文學的研究範疇及其展望〉，收於苑利主編《二十世紀中國民俗學經典·民俗理論卷》（北京：社會科學文獻出版社，2002 年），頁 377。

〈新民說〉中所論的「新民德」，談的就是公德心，也就是群體的觀念。

　　而 1903 年刊於《浙江潮》第一期的〈公私篇〉也認為，中國向來以公私對向而不相容，表面上不言私的結果卻是普遍性的麻木不仁，無法對自己相關事物產生利害之感，於是要「人人挾其私智，出其私力，奮其私一國、私一省、私一府、私一州縣、私一鄉區之熱心，……勵獨立之氣，復自主之權，集競爭之力，鼓愛國之誠。」[80] 梁啟超的「新民德」實際上包含愛國心及公益心，一是國家倫理，一是社會倫理，且以前者為重，這與日本民治維新強調的公德有所出入，但梁啟超在晚清思想界舉足輕重，此一宣說也獲得響應。

　　如劉師培的《倫理學教科書》的第二冊用一半篇幅介紹社會倫理，而 1904 年林獬在《中國白話報》上發表〈國民意見書〉，亦提到公德心與社會發展的連結；同年在《警鐘日報》中也有一篇〈哀同胞之將亡〉說：「中國自古以來，未嘗有公共之道德，不過隨天然之進化，自成一種風俗耳。」它明確將公德定位在人民生活中，且認為中國缺乏自我反省的思考模式。種種論述證明公德心的培養，在於凝聚國家社會的集體意識，也就是透過新民德獲致鼓民力之效。

　　而公共意識的概念，簡言之就是公德心或公益思想，中國像有宗族觀念，而無所謂家國社會思維，但是透過文本去探求當時的社會背景時，善書大量印製，在晚清是值得注意的現象之一。一般人認知的善書以勸人去惡從善，強調因果報應為主，然而善書歌頌的雖是普世

80　以顧炎武「和私為公」的概念來鼓舞民族意識，並集公德（public morality）代表新的社會倫理價值，而成為一種社會意識。轉引自陳弱水：《公共意識與中國文化》（台北：聯經出版社，2005 年），頁 125。

價值，但儒家傾向的思維也隱身其間，《匯纂功過格》中的條目，體現許多「敬人」[81]的仁愛觀，而其內容與寫法易為知識菁英所運用，顯然是以儒家為根柢的士人文化為主軸，進而創造出來的新式善書。

善書並非刻意去強調公益，然其內容中勸導的公益之行，大致可分兩類：一是建立或修理公眾設施，二是幫助陌生人。如《文昌帝君陰騭文》云：「捨藥材以拯救疾苦，施茶水以解渴煩。」；「點夜燈以照人行，造河船以濟人渡。」或是《關聖帝君覺世真經》中：「捨藥施茶，戒殺放生，造橋修路，矜寡撥困。」之慈善行為，也屬於造福公眾的行止。這類善書作品，體現在民間文化上，作為建構社會倫理的媒介，同是社會倫理意識的核心，在近世中國的俗民心理中，有強烈警世意味的善書，著實扮演著宣揚公共意識的角色。

二、石印術及小說傳播

晚清民間文學的發展，依附啟蒙之功甚多，顧炎武《日知錄》中就說道：「小說演義之書，士大夫農工商賈無不習聞之，以至兒童婦女不識字者亦聞而如見之，是其教較之儒釋道而更廣也。」[82]說唱藝

---

[81] 《匯纂功過格》中〈與人格·交接〉的行為如：「見殘疾者及喪服者，惻然悲憫」；「見種田人，即軫念其艱苦」可計一功。而計一過的行為如：「故意戲弄人，以為笑謔」及「嘲笑人體相」，都是充滿人類尊嚴的文字，也就是社會思想在民間文學中的一種映照。參陳弱水：《公共意識與中國文化》（台北：聯經出版社，2005年），頁171。

[82] 顧炎武：《日知錄》卷13，《景印文淵閣四庫全書》子部·雜家類·雜考之屬。小說自古隸屬於子書，由於說書人的聲音傳達，將文字閱讀變為聽覺藝術，講究敘事狀人，因而廣受下層社會民眾期待而歡迎。

術在市民文化中興起，與通俗小說創作相互扶持，進而在文本轉換歷程中，出現小說傳播的機制。

　　針對下層社會的思想啟蒙，則須依其生活娛樂情狀而加以探究，明清之際下層社會民眾多光顧所謂的「明地兒」或「攔地兒」，即說書者走街串巷，在人潮聚集處演出，正所謂「地僅三弓，圍坐數百。說者高據站台，口講指畫，手舞足蹈；環坐者聳耳而聽，娓娓不倦。」在《揚州畫舫錄》中亦記載露天書場─歌船，書云：「船歌宜於高棚，在座船前。歌船逆行，座船順行，使船中人得與歌者相款洽。歌以清唱為上，十番鼓次之；若鑼鼓、馬上鐘、小曲、灘簧、對白、評話之類，又皆濟勝之具也。」[83]當可想見說書評彈風行之盛況，在俗眾生活中，透過小說、評彈，實能傳述某些文化訊息。

　　但小說傳播的前提，在於書坊普及及印刷術的成熟，書刊大量印製，且流通點觸目可及，才能營造活絡的文化傳播環境。研究晚清革命書刊流通就不得不考量當時已然成熟的石印術，讓許多傳播形式能發揮作用。復因一般市井小民經濟不佳，無力購買書報，因此，流通頻繁的租賃小說，其影響層面便極為深遠。當時租書坊以通俗小說為主，而彈詞、鼓詞等說唱文學作品也很流行，晚清北京饅頭舖永龍齋抄本《福壽源鼓詞》上印章便說：「本齋出賃四大奇書，古詞野史，一日一換，如半月不換，押帳變價為本，親友莫怪。撕書者男盜女娼。」由此可知其流通對象在下層民眾。

　　陳平原研究晚清文學的變化，認為由明清刻版（石印術）到近代報刊，此一轉折，不僅是技術提升，還牽涉到傳播形式、寫作技能、

---

[83] 轉引自宋莉華：《明清時期的小說傳播》（北京：中國社會科學出版社，2004年），頁141。

接受者的心態、品味等問題，文人著述，不再「十年磨一劍」、「藏諸名山」，而是「朝甫脫稿，夕即排印，十日之內遍天下也。」[84]傳播流通的速度已相當迅速，知識菁英對於民間文學的包容與感染力，存在極大興趣。而通俗小說對講唱文學的影響，主要在於兩方面：（一）講唱文學借鑑、吸納通俗小說的故事體裁；（二）講唱文學在技巧上受小說影響。也因為上述兩大原因，使通俗小說的故事性得到了重視。由上述條件可以發覺，彈詞與通俗小說混融的現象愈見密切，膾炙人口的世情小說，也有絕大部分以彈詞形式傳承於民間。

清嘉慶年間，屬名心鐵道人所編《繡像何必西廂》的卷卅六，便對小說筆法作彈詞有深刻描繪：

> 在下這部書，說是演義，又夾歌謠；說是彈詞，盡多議論；要合演義傳奇之筆，自家創一個從來未有的體例。原比不得三家村冬烘先生所做七字腔盲詞，只供販夫皂隸讀的，但是，敘家常瑣事及兒女語，要得盡情入妙，比演義傳奇，更難著筆。若非有十分本領的人才，莫想道得只字。世間傳作，能有幾部？[85]

---

[84] 這說明了當時中國知識菁英，都明確意識到文章產生劇烈轉變，至於如何變，則取決於不同趣味，包括歌謠、散文、小說及戲劇，其形式解放也代表生產機制及傳播手法出現創新。參陳平原：《晚清文學教室—從北大到台大》（台北：麥田出版社，2005年），頁26。

[85] 講唱文學及通俗小說，均以通俗淺白的口語來進行細膩描摹。鄭振鐸《中國俗文學史》說過：「彈詞之敘述，較之《好逑傳》、《隋唐演義》諸書，不知高明多少倍；即較之《紅樓夢》、《金瓶梅》諸書之喜敘瑣事者，亦更以描狀細物瑣情無微不至見長。」彈詞體小說兼有通俗文學各家之長，其形式內容之表現將更多樣而美好。轉引自宋莉華：《明清時期的小說傳播》（北京：中國社會科學出版社，2004年），

彈詞語言細膩，俗語運用更為自然，容易貼近下層社會的人民心靈。

　　而石印術的普及，對於中國出版業的影響尤深，大量石印版小說在維新與革命思潮下出現，則與小說界革命及清末留日風潮有關。梁啟超發起的小說界革命將小說推入時代舞台，同時由於客觀結構的轉變，通俗小說亦有其社會地位，許多小說界革命的倡行者，更直接投入小說印刷出版的行列。如 1902 年梁啟超創辦《新小說》、1904 年汪笑儂、陳去病創設《二十世紀大舞台》、1904 年狄楚卿在上海辦《小說時報》等，對於小說的社會地位建立有其代表性。

　　晚清對日本的學習風潮，尤其值得注意。費正清在《劍橋中國晚清史》說：「明治時期日本在清末儒家維新派心中佔有特殊的地位。它基本上是傳統意識型態的基礎上引進代議制政府的成就，以及它發揚的為國效勞而不是滿足個人或某個地區利益的精神，看來可以成為任何追求現代化國家的榜樣。」[86]留日運動在 20 世紀初蔚為風潮，同時亦培育了一批譯介及編輯的人才，如李瀚西、李墨西、李啟善、俞復等人，或著書譯介，或鑽研石印術，仿效西法兩面印刷且裝訂，加速圖書流通之餘，也帶動思想傳播。

　　阿英在《晚清小說史》中，認為小說發達之因在於印刷事業的發達，沒有先前刻書的困難，配合新聞事業發達，在應用上需要量產之故。而石印術成本低廉、印刷週期短、人力需求少的，比木刻法更能保存書法之優美，因此，它的盛行也提供通俗小說流通的一大保障，革命宣傳家藉助出版宣揚理念，也更能收效。

頁 186。
[86] 費正清編：《劍橋中國晚清史》(北京：中國社會科學出版社，1985 年)，頁 390。

三、創作戲曲以化民成俗

　　英國心理學家帕利（Parry）在 1973 年曾提出七種心意溝通的主要障礙，包括：（1）接受者能力的限制；（2）注意力的分散；（3）含意閃爍；（4）概型的不一致；（5）無意識及半意識潛在的影響；（6）表達不清楚；（7）沒有心意溝通的途徑。[87]而一個人對他持有態度的對象，所理解的事實，在心理學上稱作「認識重組的成分」（Creative Component），而認識的意涵，是表示這些組成成分，乃經過思維程序而成，而人類以之作為評價的標準，有些時候稱作「信念」。在信念型塑歷程中，感情成分屬於情緒或知覺，而一個人之好惡，情感上的判斷往往決定其信念的方向。

　　所以說性格決定其態度，而態度又支配其行為，推而廣之，當改革成為文化選擇上的一種態度，深植於民族或人群時，個別化差異就顯得極為渺小了。戲曲改良固然有許多理論，但最重要在於以悲劇喚起人的自覺，且於劇中融入史實，讓人民產生情感的依附與認同，藉由模仿情狀而改變其行為。戲劇在表現上，演員手舞足蹈，聲調抑揚頓挫，觀眾在兼有肢體語言及口頭語言的情境中，很自然會融入情境，也產生認同與理解，這也是戲曲的迷人和作為啟蒙工具的考量。

　　李孝悌認為在過去千百年中，戲曲及宗教是形塑中國下層社會心

---

[87] 啟蒙之效反映在接受者能力的限制上，可解釋作當知識菁英對俗眾進行教化時，他所運用的語言、手勢，能否符合接受者的水平及頻道，將決定其成效優劣。戲曲及小說在程度上符合俗眾的期待，對他們而言是有意義的符碼，故知識菁英以之作為社會教化工具。克文·惠達爾（Kevin Whedall）著、李約翰譯：《社會行為學》（台北：阿爾泰出版社，1977 年），頁 110-115。

靈世界的主要工具，而宗教在普遍受到知識階層撻伐，而新式傳媒尚
未形成之際，戲曲成了最佳選擇。[88]當時在《大公報》上有「編戲曲
以代演說」的思考，略顯輕忽革命宣傳一直強調的演說之效，然而在
1904 年的同一份報刊上有篇〈移風易俗議〉就清楚表達演說與戲曲
成了人民學堂的思維：

> 各處說評書的，日以說書餬口，感人最易，誤人也最易。不如
> 招此項人，限一個月，教以新小說，令其各處隨便演說。……
> 這等人最有口才，比立一座師範學堂的關係，不相上下。[89]

此處之演說，與傳統講唱文學一樣，存在「表演」的元素。當時文人
陳獨秀在〈論戲曲〉一文即有精闢探討，由之可見戲曲已被抬升到空
前的地位了。

　　而民間文學以戲曲形式去演出，則可以理解到在時代風潮中，喚
醒國人民族意識、民族情感，已經成了晚清知識分子的制約反應。當
然戲曲在既往的表現內容上，多數存在淫邪荒誕、迷信陳腐的思想，
因此改良戲曲成了 20 世紀初期重要的思考。

　　革命報刊《警鐘日報》在 1904 年就刊出「改良戲劇之計畫」，體
認到劇本的材料及內容雖然豐富，卻非所有演出都有價值，有價值的

---

88 晚清知識菁英如嚴復、梁啟超對於說部的解釋甚廣，戲曲、傳奇即是小說，而隨
　著小說與社會改造的關連緊密，文學救國的思考，再度因《新小說》雜誌創辦而
　聲勢大盛。參李孝悌：《清末的下層社會啟蒙運動：1901-1911》（台北：中央研究
　院近代史研究所，1992 年），頁 150。
89 原載於《大公報》，1904 年 1 月 2 日。此說係指招募說書人，假其既有具搧動力
　的語言，輔以教化之內涵，將新思維透過說書去宣講。

演出必須「描摹舊世界之種種腐敗、般般醜惡而破壞之；撮印新世界
之重重華嚴、色色文明而鼓吹之。」同年在《盛京日報》上有篇〈論
演劇急宜改良〉即宣稱：「英人有曰：小說為國民之魂。吾得借其言
中之意，竊謂演劇亦國民之魂也。」一語道出戲曲之要，卻也隱含著
對內容低落的憂慮。

　　戲曲創作要真能輔翼平民教育，其關鍵在於自由發揮「說部」的
宣傳能力，當時日本有所謂的劇部，其中更設有事務所研擬評議，針
對社會上不公不義的情狀，加以批判而檢討，日本的作法是：言論可
以鳴放無礙，然其腳本必須詳加審核方可演出。正因如此，諷世規勸
之演劇盛行，也達到「國民之心性，所以畏俳諧之口，甚於畏清議名
教，而偷風因以日止也。」[90]的預期目標。

　　歸之晚清革命宣傳，用戲曲作為革命助力，就必須在內容上跳脫
傳統「教忠言孝，誨淫誨盜」的窠臼，朝寫實去呈現戲劇的感通力。
《警鐘日報》的「改良戲劇之計畫」就有如下陳述：

> 自今以往，必也一一寫真，一一紀實。舉民族何以受制異族
> 之手，而異族又何以受制於強族之手，使吾同種為兩重之奴
> 隸無告之窮民；上自二百六十年前亡國之紀元，下至二十世
> 紀以來亡種之問題，一一痛哭流涕，為局中人長言之。鐵板
> 銅琶，高唱大江之曲；歌喉舞袖，招回中國之魂。[91]

---

[90] 原載於《警鐘日報》，1904 年 5 月 31 日。袁世凱任職直隸總督時，有「移風樂會」
的運作機制，曾編出「醒世姻緣」劇目，宣導戒纏足之說。而 1911 年在三個月的
時間裡，該會亦編出七部改良劇，分別是「十全會」、「家庭教育」二本、「治魔鬼」
二本、「新教子」及「庚子紀念」，讓人民由之激起民族精神，恢復民族自信心。

[91] 切用尚實的作品才能有時效，而戲曲作為名教之替代物，必然在內容上要跳脫傳

喚起國魂，賴乎戲曲俚歌之力。陳天華及秋瑾的貢獻，在於運用民間文學的形式，或出彈詞小說、或出革命歌謠，均能充分呈現民族的生命力及文明意識。

大抵而言，改良戲曲的演出形式可分兩類：一是在演出內容上傳遞新思想，二是在目的上凸顯演出的特殊意念。前者與維新革命關連較密切，依其內容、訊息分成三大方向：（一）勸誡惡俗（二）提倡新知（三）鼓吹革命。值得注意的是無論戲曲劇目新舊與否，目的在於借著演出喚其國族意識與愛國之情，輔之知識分子對提高戲曲地位的努力，搭上啟蒙民眾的集體意識，也使得民間文學成為知識菁英教化平民的選擇工具。

魯迅曾說：「苟活在淡紅的血色中，會依稀看見微茫的希望；真正猛士，將更奮然而前行。」在晚清凋弊的國勢下，知識菁英由學術樓閣中走出，試圖為國族生存而作努力，他們的選擇或許過於天真浪漫、未能切效，但前尋的勇氣將時代的風潮作了微妙接合。從覺悟中生出來的效果，必定是不滿現狀，去另闢一條新道。時代思潮與傳媒運用的紛呈，也體現知識菁英對民間文學的運用，必定存在某種程度的覺悟，同時也給予 20 世紀的中國莫大的現代啟示。

統戲劇的思維，而融會革命之思，以達到鼓民力的目標。轉引自李孝悌：《清末的下層社會啟蒙運動：1901-1911》（台北：中央研究院近代史研究所，1992 年），頁165。

第五章　到民間去─民間文學與革命

　　羅家倫說過：「文學是人生的表現和批評，從最好的思想裏寫下來的，有想像、有感情、有體性、有合於藝術的組織；集此衆長，能使人類普遍心理，都覺得他是極明瞭、極有趣的東西。」[1] 按文學本爲體用兩相並成的一種語言技術，文字之外更應有思想、體性（style）及想像等特質，源自民間生活的文學，如神話、傳說、故事、諺語、歌謠等體裁，皆有其豐富的思想性存在。表現人生真實意義的文學，也就是文學功用論的極致，更是思想革命的工具之一。

　　晚清的新文學趨向，就在於尋找能帶動思想遷移的文學工具，而取諸傳統市民生活的民間文學，也成了體現人生的文藝形貌。20 世紀初的文學，受俄國文學家托爾斯泰（Tolstoi）「文藝爲人生而存在」的啓示良多，以文學改良社會的呼喚，也成了知識菁英的共有認知。1916 年李大釗在〈晨鐘之使命〉一文中表示：「由來新文明之誕生，必有新文藝爲之先聲，而新文藝之勃興，尤必賴有一二哲人，犯當世之不韙，發揮其理想，振其自我之權威，爲自我覺醒之絕叫，而後當時有衆之沈夢，賴以驚破。」[2] 喚醒迷夢與恢復民族自信，是救亡圖

---

[1] 據羅氏之說，所謂有趣係指一切與美學有關的興趣，白話文在文字上明白淺易，具備想象力、感情及表現力的優勢，呈現於白話文學中，在表現真實人生上，尤其顯得突出。詳見羅家倫：〈駁胡先驌君的中國文學改良論〉，收於《中國新文學大系·文學論爭卷》（上海：上海文藝出版社，2003 年），頁 109。

[2] 傅斯年〈白話文學與心理的改革〉說：「文學原是發達人生的唯一手段。既這樣說，

存的先決條件，革命派對一般大衆普遍無法體認時局而擔憂，復因中國文盲多，端賴一二志士去鼓吹革命，實無法獲致啓蒙之效。因此，掃盲與平民教育成了晚清革命的前奏。

在融會西方思潮與傳統文化的前提下，作爲啓蒙的民間文學，被知識分子視作教化工具，文藝與社教欲密切交融，選擇廣多人民普遍能接受的戲曲、小說及歌謠，由思想內容及表現形式上去宣導，作爲時代的心靈教科書。因此，汲取民間文藝養分的思索，運用新式報刊、雜誌作爲宣導平臺，讓民衆能隨時地接受文明刺激，誠是面對時代的另一扇視野。至於革命派對啓蒙人民的認知入手，以小說、戲曲及歌謠爲文化包裝，革命思潮在民間發生的蛻變及影響，更值得吾人注意。

第一節　政治小說對社會改造的作用

對小說的高度發揚，起端於晚清梁啓超對群治風俗的認定，他以小說作爲覺世之文，並崇信由俗入雅的地位提升，將有益於救亡圖存。在其認知中，小說通俗有趣，時能産生不可思議的力量，而此力量足以支配人心世道。此外，新小說家所追求的是文學通俗化，雖然俗的對象只在文體而非審美趣味，比如梁啓超、狄葆賢的文體論仍不脫「文以載道」的範疇，然而藉助域外小說的譯介及輸入，文學救世

我們所取的不特不及與人生無涉的文學，並且不及僅僅表現人生的文學，只取擡高人生的文學。」一種表現人生與實現人生的文學，被知識分子高度重視，因爲它能在呈現的過程中去理解人生。轉引自黃開發：《文學之用—從啓蒙到革命》(北京：北京十月文藝出版社，2004 年)，頁 135。

說[3]仍給予傳統文學無比的衝擊。

　　文學救國之思考，在晚清中國蔚爲風潮，卻存有許多盲點。在普遍文化現象的觀點上，通俗化的詮釋與包裝，才能讓多數人去接受新思想，尤其是不會去閱讀哲學、文化學、歷史或心理學的人，更可作此理解或歸類。

　　朱建軍在《心靈的年輪─中國文化的心理分析與救贖》中，論及文化通俗化的現象，提供值得省思的見解：

> 學術界有一個大毛病，就是輕視通俗。在他們認爲，通俗是一件很容易的事情，不值得真正的學者去做，只要有幾個「通俗作家」、「科普作家」去做就可以了，自己做了很失身份。這種心態是一種淺薄傲慢的心態在作怪，這樣的人絕不是真正的大學者。真正的學者關心的是學術本身，或者如何用學術來造福社會，不會時時刻刻那麼關注自己的身份，因為他們的自尊並不是僅僅依賴於身份而產生的。[4]

通俗不是簡單的俗化歷程，而是要求對問題理解透徹，誠所謂「大道至簡」，真理都是簡單明確的，然而要說得簡單，就必須對民間語言

3　救世說，即文學救國論，梁啓超在〈論小說與群治之關係〉一文中，將小說界革命定位在群治改革的制高點上，認爲歐美先進國家「政界之日進，則政治小說爲功最高焉。今後社會之命脈，操于政治小說家之手者泰半。」
4　學者有所謂孤高優雅的心態，對於淺薄的語言形式，自會透過接觸而產生不必要的輕視。他們認爲淺俗不能充分表現文明精要，而文化上的解釋更非三言兩語就能解釋清楚。見朱建軍：《心靈的年輪─中國文化的心理分析與救贖》（蘭州：敦煌文藝出版社，2004年），頁272。

有所認識。民間語言不能用複雜的詞彙，語句自當簡易淺白，讀起來不能拗口，因此在晚清的思想革新歷程中，具體的故事或簡單且易於記誦的念謠，對於一般大衆而言是必要的。

因此，啓蒙也代表著重新建構民族的過程，以直觀、感性的話語來運作的民間文學，對於思想變革爲基調的革命思潮之傳播，尤深具潛移默化之效。而戲曲及小說堪爲晚清晚清文學的兩大突破，俗語化過程也代表近代化的趨向。本章擬由民間文學與民衆心靈的互動出發，探究在革命派大量運用民間文學的形式，所衍生的文化環境及傳播心理的變異，同時釐清史家定位的近代文學變遷，何以對五四運動之近代化思潮產生影響。

一、以群治理論作社會改良的軸心

西元 1902 年，梁啓超發表小說界革命宣言〈論小說與群治之關係〉，正式將小說的傳播力提至社會改革的制高點上，寫實風格的政治小說爲文學之最上乘的地位由此確立。而對於同時期的新小說創作而言，這些小說家懷抱的「世紀意識」[5]引導時代對小說體裁的重視，小說在通俗文學的面貌上，以吸納新知與轉化傳統並行，使得聲勢浩大的新小說得以出現在時代舞臺中。梁啓超並對於人性有如下看法：

---

[5] 當時的文學創作，多會置入二十世紀的字眼，讓小說與時代的結合更加深切。「二十世紀係小說發達的時代」、「二十世紀開幕，爲吾國小說界發達之濫觴」等醒目衰揚，在在都呈現說部不同昔往的歷史座標。

> 凡人之性，常非能以現境界而自滿足者也。而此蠢蠢軀殼，其
> 所能觸、能受之境界，又頑狹短局而至有限也。故常欲於其直
> 接以觸以受之外，而間接有所觸有所受，所謂身外之身，世界
> 外之世界也[6]。

小說有其情緒感染力，變換場景及內容，往往給予讀者莫大想像空
間。增廣見聞乃人情之常，而小說的張力或內容則適於想像及思考，
也能給亟待維新變革的新中國更深切的啟示。

　　陳平原認為小說界革命的發生，新小說迅速風靡上海文壇及其他
沿海城市，有大程度依賴文化背景的轉換，而轉換之源除了來自於市
民文化心理、價值之外，更有革命思潮及新式教育的激盪。[7]伴隨經
濟型態而出現的大環境，固然直接促成進步，然而，出版工具在質量
上的提升，卻也帶給小說敍事模式上的轉變。

　　文學革命需要戰場，思想傳播亦應選擇好的工具，晚清的文學報
刊與雜誌風行，則加強了文學革命的發揮。1897 年上海《字林滬報》
的副刊《消閒報》，每日出刊一張，1900 年《中國日報》亦闢有《鼓
吹錄》副刊，文學副刊的存在也讓中國報業與文學出現聯繫，而出刊
快、文章篇幅不大的副刊，讀者顯然較傳統文學書刊更多，新式傳播

6　梁啟超：〈論小說與群治之關係〉，收入《中國近代文學論著精選》（臺北：華正書
　　局，1982 年），頁 157。
7　市民文化心理直接促成小說界革命口號提出，而革命思潮與新式教育則培養出作
　　者及讀者，逐步使得中國小說由古典轉向現代型態。在這些增強因素的背後，印
　　刷及新聞業的繁榮，尤其是推波助瀾的主因之一，在石印術發達後，書刊流動加
　　速，也推動傳播速率。詳參陳平原：《中國散文小說史》（上海：上海人民出版社，
　　2004 年），頁 374-375。

促成文化與知識的流通，也帶動中國朝向新的規格前進。

當時小說界革命的理論根據，來自於西方對戲劇及政治小說的影響力，也使知識菁英在選擇啓蒙工具時，會選用民間話語為主之通俗文學，融情入理以啓教化。梁啓超「欲新民，必自新小說始」的論述，以 1902 年發表在《新小說》的〈論小說與群治之關係〉最負盛名，文云：

> 小說者，常導人遊於他境界，而變換其常觸常受之空氣者也。……無論為哀為樂，為怨為怒，為戀為駭，為憂為慚，常若知其然而不知其所以然。欲摹寫其情狀，而心不能自喻，口不能自宣，筆不能自傳。有人焉，和盤托出，澈底而發露之，則拍案叫絕曰：『善哉善哉！如是如是！』所謂『夫子言之，於我心有戚戚焉。』感人之深，莫此為甚。[8]

小說代表著民間的視角，以寫實述志的方式來呈現時代風貌。阿英[9]在《小說三談》中便提及當時文藝風氣轉變之因：

> 由於當時中國由封建社會淪為半封建半殖民地，隨著帝國主義砲火的打進，使中國的政治、經濟以及社會生活，起了特殊變化。……當時的人民思想上，有兩個重要的東西。一是對已經

---

[8] 梁啟超：〈論小說與群治之關係〉，收入《中國近代文學論著精選》（臺北：華正書局，1982 年），頁 158。

[9] 阿英（1900-1977），原名錢杏邨，安徽省蕪湖人。阿英為中國近代知名文學家，擅於詩歌、小說、戲劇及文藝研究，對於近現代文學的鉤沈與述評，貢獻卓著。

腐朽的統治階級普遍的不滿與對帝國主義、買辦階級的憎恨。另一個就是提出「怎麼辦？」—怎樣救中國？晚清小說所描寫的主要內容，就是為著暴露，為著尋找出路而出現的新與舊的矛盾鬥爭關係。[10]

因此，在其觀察中，小說地位提高來自於它成為戰鬥武器，一個好的故事或體裁，可選用抨擊、諷刺、暴露的模式，對世局做出批評；然而，該體式之缺陷，也在於「徒有憤慨，而無解決」的關鍵上，沒能替新中國指點迷津，而顯得茫然失序。但阿英認為，晚清小說與戲曲的結合，卻在許多傳奇劇中見識到所謂的民族意識，以及革命事蹟的輝煌。

而梁啟超之政治改革，都是以民間作為運作對象，除了向上要求改革外，更重要的是訴求人民。[11]對國民性之改造，乃梁啟超早期的理想，受嚴復影響下的進化認知，他以鼓民力、開民智、新民德為三大方針，當他體認到改造之艱難後，他將重點置於動員國民上，尤以五四運動發生後，政權之警醒、民族精神之恢復，使之對啟蒙國民多所看重。

10　如何救中國？該以何種方式去救？此一認知，對當時的社會起了極大作用，無論是「中學為體，西學為用」、「維新立憲」、「民族革命」，每一個階段的發展都代表思想史的變異及轉型。見阿英：《小說三談》（上海：上海古籍出版社，1979年），頁197。

11　由戊戌變法到辛亥革命中，嚴復憂心國民程度不足，而不足以言共和，先後曾譯介《天演論》、《原富》、《社會通詮》等書，對民主進程有推波助瀾之效。然而國民程度不足，文明進步定然趨緩，因此，訴諸民間的改造，成最基本的工作。詳參張玉法：〈從改造到動員：梁啟超在政治運動中對國民態度的轉變〉，收入《梁啟超與近代中國社會文化》（天津：天津古籍出版社，2005年），頁7-10。

　　此外，小說之熏、浸、刺、提之力[12]，對人生之轉念與影響，在其思想中則十分堅定。梁啟超認為小說與社會有極大聯繫，這是本著文學反映人生的基調而出現的論調，他說：「小說之為體，其易入人也既如彼，其為用之易感人也又如此，故人類之普通性，嗜他文中不如其嗜小說，此殆心理學自然之作用力，非人力之所得而易也。」小說恆不為文壇重視，又常與庶民生活相互結合，而能在文學史上作記號，因此在看似傳統的內容下，又能發揮其生命力，這就是文學反映社會的功能。

二、文化想像及政治小說

　　小說界革命在晚清被定位於理解與創作新時代的文學觀上，固有其價值，然而其空洞浮夸的群治想像，卻也留給中國吸納先進文學思潮時不可避免的缺憾。空喊口號與不甚嚴謹的文學救國說，勾勒出未

---

[12] 「熏」字用於小說討論，即是小說能吸引讀者，影響讀者的觀感及判斷力量。梁啟超以佛教唯識宗的術語「熏」來說明該力，他說：「熏也者，如入雲煙中而為其所烘，如近墨朱處而為其所染，《楞伽經》所謂迷智為識，轉識成智者，皆恃此力。」日本佛教學者鈴木大拙以「熏習」來比擬心理學上廣義的記憶，指稱「一種熏染的力量，在其作用發揮之後，往往將其本質永遠停留在該物（人）之上。」而「浸」在本質上同「熏」一般，強調空間的作用，如水浸潤海綿之效。至於「刺」，則象徵一種「刺戳」、「刺激」的力量，強調訓時之間把讀者的情感揚升至極強之境地，誠若禪宗「棒喝」之教導模式，強調藉由外力刺激內在覺醒。而「提」的意涵，在任公的認知裡，認為「提之力，自內而脫之使出，實佛法之最上乘也。」也就是集合「熏、浸、刺」三者之外作用，輸入讀者心靈，經內省後所產生的反應。詳參陳俊啟：〈重估梁啟超小說觀及其在小說史上的意義〉，《漢學研究》第 20 卷第 1 期（2002 年），頁 319-323。

來中國的想像共同體，但運用革命、進化的語彙時又盤根錯節，進而造成空有熱潮、卻無宏效的文化迷思（myth）。[13] 小說在晚清的歷史現場中，出現的不僅是語言的俗化，更重要的一點是與社會現場作了密切連結，致使國族主義與之共生。

在《漢書・藝文志》中認定：「小道可觀，致遠恐泥。」且揚雄視之「雕蟲小技，壯夫不為」的小說，究竟何以帶給知識菁英如此強大的信心？新小說的出現，強調寫實主義，對於西方技法的學習更是刻不容緩，對積弱不振的中國自然帶來清新之思，然而不夠成熟的小說群治理念，在國族危難中被迫推到歷史舞台上，在思想啟蒙與革命話語間必然需要全新的調適，而新小說作為文學最上乘的宣告，在文化想像的魔力中也給民間文學帶來無窮的創造與活力。

1897 年嚴復、夏曾佑在〈國聞報附印說部緣起〉中云：「夫說部之興，其入人之深、行世之遠，幾幾出於經史上，而天下之人心風俗，遂不免為說部之所持。」稱小說之力可轉俗成風，因此，針對歷代不為文史名家重視的說部，展開大量印製流布的工作。而 1898 年梁啟超對域外小說也展開譯介工作，在思想認知上，閱讀通俗小說為人情之常，故稱：「僅識字之人，有不讀經，無有不讀小說者，故六經不能教，當以小說教之；正史不能入，當以小說入之；語錄不能諭，當以小說諭之；律例不能治，當以小說治之。」[14] 對於中國文盲眾多的

13　中國近現代文學的轉變中，徒有口號但無哲學根基的文界革命，之所以蔚為風尚，在於文學救國的契機與認知。包括「文界革命」、「詩界革命」及「小說界革命」，均不可避免與救國作結合，在根本上是它的想像取代政治上的挫敗，而讓風雨飄搖的時代心靈，得到休養生息與復甦的機會。見陳建華：〈民族想像的魔力〉，收於《梁啟超與近代中國社會文化》（天津：天津古籍出版社，2005 年），頁 778。

14　梁啟超〈譯印政治小說序〉有云：「今特採外國名儒所撰述，而有關切於今日中國

現象，梁啟超深有體認，因此他提倡譯印西洋政治小說時，重點即擺在改良群治上，此論亦開小說界革命先聲。

自戊戌變法後，康梁等維新派見識到清廷腐敗，神州危如飄絮，而反清革命之聲亦蓬勃發展，高揭民族革命旗幟的革命黨人，正將充滿暴力破壞力的革命思潮，推向歷史舞台的中心。

以歷史社會學規律來看革命與社會的接合，英國社會學家伯深思（T·Parsons）的社會系統論，可驗證革命在歷史社會中的內在與外在變因。而金耀基認為革命之源在於：「這種暴力性的社會行動之所以發生，是因為這個社會已經發生了毛病，已經沒有其他較溫和的方法可以加以調治。」[15]所以梁啟超雖曾一度以調和思想來作為保守與積極變革的平衡點，卻仍歸於失敗的原因。而小說界革命與其餘文學革命，都出色表現梁啟超作為文化思想鉅子出色的藝術想像，而《新中國未來記》、《新羅馬傳奇》的出現，也預告著中國文學即將跟隨政治而有不同視野及價值。

1903 年，楚卿在〈論文學上小說之位置〉，體察近代世界文學之發展趨向後，認為小說如梁氏所言如布帛菽粟、空氣，乃中國人「日

時局者，次第譯之，附於報末。」自此而後，對歐美小說的譯介也蔚為風潮。而古文名家林紓翻譯《巴黎茶花女遺事》雖然著重休閒文化之需，但對歐美人情風土描摹之精切，也與梁啟超的政治小說產生連結，變成新小說的趨向。引文見梁啟超：〈譯印政治小說序〉，收於《晚清文學叢鈔·小說戲曲研究卷》（台北：新文豐出版社，1989 年），頁 13。

[15] 暴力性社會變革，即是革命。而辛亥革命如以社會系統來看，近因固然是晚清社會政治已達「千瘡百孔」的境地，閉關自守的缺憾，使中國與近代世界無法接軌；然而，最主要引爆的能量還是外在的因子，帝國主義的侵凌，加深中國內在病態，而傳統文化無力解決變局，唯有選擇急速之破壞，因此，20 世紀初革命思潮才會急遽轉盛。詳參金耀基：〈從社會系統論分析辛亥革命〉，收入《中國現代史論集·第三輯》（台北：聯經出版社，1987 年），頁 94-99。

日相與呼吸之餐嚼之」，而提出慣習決定文學普及面之妙喻：

> 小說者，專取目前人人共解之理，人人習聞之事，而挑剔之，
> 指點之者也。惟其為習聞之事也，故易記；惟其為共解之理也，
> 故易悟。故讀他書如戰，讀小說如遊；讀他書如算，讀小說如
> 語；讀他書如書，讀小說如畫；讀他書如作客，讀小說如家居；
> 讀他書如訪新居，讀小說如逢故人。[16]

因此小說之地位，何以超乎詩文而作為文類之最上乘，箇中意涵確實
不容忽視。以主倡者梁啟超而言，作為以拯救中國及重鑄國民心靈自
居的知識菁英代表，對他而言，詩文與小說之間尊卑地位的置換，不
僅標誌著他獨特的視角及思想結構，也象徵著選用新文學工具必要的
內在調整。[17]

　　在其設計下的新小說，除了呼應世界風潮的設計外，也替小說的
價值及功用作出詮解。群治乃社會的控制力，也是社會內緣系統上的
制約與整合之力。當小說與政治、民族及文化結合時，對歐美政治小
說的取法已不再是瞭望，而是力圖尋找中國文學在世界地圖上的座標
及立足點。梁啟超在尋找、鎔鑄新的語言、意識型態的過程中，也擇

16　楚卿：〈論文學上小說之位置〉，收入《晚清文學叢鈔·小說戲曲研究卷》（台北：
　　新文豐出版社，1989 年），頁 29。

17　梁啟超初步完成對理想民族國家藍圖的設計，並強調設計出與高昂民族意識對應
　　的新民之道，作為開展小說界革命的保證；而另一方面由於詩界革命的落實，也
　　明確顯示出利用新式傳媒如報刊雜誌的普及，對於喚醒群眾意識，啟蒙民族之潛
　　能。質言之，小說界革命被抬升到重建「國民之魂」的工具時，其實已是醞釀一
　　段時日的半成品了。詳見陳建華：〈民族想像的魔力〉，收於《梁啟超與近代中國
　　社會文化》（天津：天津古籍出版社，2005 年），頁 780-782。

取一條複雜的實踐路徑，最顯著的例證在〈論小說與群治之關係〉一文，他不再選用日文譯文，而以佛家語彙「熏、浸、刺、提」作為詮釋小說支配人心之原理，即可證明他向西方思潮的學習，已有了自身文化的回顧。

阿英在《晚清小說史》對近代小說作了允當的述評，他認為有三大因素致使小說能在晚清蓬勃發展：

> 第一，當然是由於印刷事業的發達，沒有前此那樣刻書的困難；由於新聞事業的發達，在應用上需要多量產生。第二，是當時智識階級受了西方文化影響，從社會意義上，認識了小說的重要性。第三，就是清室屢挫於外敵，政治又極敗，大家知道不足與有為，遂寫作小說，以事抨擊，並提倡維新與革命。[18]

對時政的不滿，遂發為文，作心靈層次的宣洩與反制。而當時中國文界在譯印西方政治小說的鼓動下，著名的代表作就是梁啟超的《新中國未來記》及陳天華的《獅子吼》，兩本小說採用通俗語言及日式演說風格，以回溯式的構思去呈現中日兩國政治小說的理想及夢幻。日本政治小說長於演說，希望透過人物的言論塑造小說之精神與教化作用，讓寄附於社會改革旗幟下政治小說能發揮移風易俗之效。

---

[18] 甲午戰爭及戊戌變法失敗後，知識菁英積極留心歐美富強之道，然庚子拳變的劇禍，也使其體會啟蒙的必要，而缺乏理性的啟蒙則是愚昧無知的代表。因此他們設計一套適合中國政經文化發展的藍圖，以小說作為群治的工具，也在相當程度上反映言文合一的世界潮流。轉引自郭延禮：《近代西學與中國文學》（南昌：百花洲文藝出版社，1999年），頁332。

三、群眾時代新小說的呼喚

革命本是傳統文化意念上，對時代更迭所做的評斷，如《易·變卦》云：「天地革而四時成，湯武革命，順乎天而應乎人。」但晚清時，革命由於在內涵上援引日本的語詞，而轉化為促進事物由舊向新變革的代稱，革命一詞亦成了倡新學之人的口頭禪，同時亦搆得上時代風尚之一。

而梁啟超所倡導的小說界革命，在於對傳統章回小說的重新評估，並對文學之用作出闡釋。然而，小說果真如梁啟超所述：「且聞歐美東瀛，其開化之時，往往得小說之助。」擔負起「每書一出，而全國之議論為之一變」的奇效嗎？陳平原針對此疑慮，說：「歷來被視為小道的小說，也不可能在如此短的時間內，一躍而為救國濟民的利器，焉知梁啟超們不是為了提倡小說而故意製造一個西方國家以小說立國的神話？」[19]在動盪之時，這種神話卻恰如其分扮演慰藉民心，寄託民力的出口。

小說界革命動機縱有認知上的出入，然而相對於中國人的啟蒙，它又顯得影響深切。改良群治就是啟蒙，尤其是戊戌維新的失敗，更讓知識菁英體認到使民眾覺悟、開民智、新民德，才能真正啟動中國新生之泉源。由於傳統通俗小說與世道人心關係密切，於是康有為、

---

[19] 對於「神話」之表述，始於梁啟超 1898 年發表於《清議報》上〈譯印政治小說序〉，相較於前一年嚴復、夏曾佑發表的〈本館附印說部緣起〉的語詞，理說雖同，然語氣則相對直接肯定。陳平原認為當時梁啟超初到日本不久，卻又透過日文去理解更遙遠的歐美小說，其立論之動念，頗值得玩味。詳見陳平原：《二十世紀中國小說史·第一卷》（北京：北京大學出版社，1989 年），頁 5。

梁啟超、譚嗣同等人遂棄別擅長的傳統詩文，轉而力倡新小說。

不可否認的，新小說居於「切用」的立場上，其價值還是在於蘊含醒世之道。而以黃人、徐念慈及王鍾麒為核心的《小說林》、《月月小說》，基於思想相近認同革命救國的理念，對革命文學團體─南社的投入，算是承接譚、梁對新小說期待的後繼之士。以黃、徐、王三人為代表的新小說勢力，有以下四點特徵：（一）正確闡明小說與社會的關係。（二）借鑒西方美學觀點，探討小說文體之藝術性。（三）論述人物塑造的現實主義觀點。（四）正確評論通俗小說的價值。[20]小說之於社會，代表著對文學改造社會之信仰，同時也提前回應群眾時代的來臨。然而〈新世界小說社報發刊辭〉則再次確認小說作為群治之用的價值，文說：

> 文化日進，思潮日高，群知小說之效果捷於演說報章，不視為遣情之具，而視為開通民智之津梁，涵養民德之要素，故政治也，科學也，實業也，寫情也，偵探也，分門別派，實為新小說之創例，此其所以絕有價值也。…蓋莊嚴正論不足以動人，號為讀書之士，尚至束閣經史。往往有聖賢千言萬語所不能入者，引一俗諺相譬解，而其人即能恍然於言下。口耳流傳，經無數自然之刪削，乃有此美玉精金之片詞隻語，與經史而並存，世界不毀，則其言亦不毀。[21]

---

[20] 詳參郭延禮：《近代西學與中國文學》（南昌：百花洲文藝出版社，1999 年），頁339-350。

[21] 其文針對世界小說另解：「有釋奴小說之作，而後美洲大陸創開一新天地。有革命小說之作，而後歐洲政治特闢一新紀元。以此視吾國，北人之敢死喜亂，不嘗活演一《水滸傳》。南人之醉生夢死，不嘗實做一《石頭記》。小說勢力之偉大，幾

小說作為啟蒙之具，當能擔負教化之功。因此針對小說之教育特質，另有一篇〈論小說之教育〉允為專論：

> 蓋關小說之心思，炫小說之文章筆力，而皆非小說之教育。小說之教育，則必須以白話。天下有不能識字之人，必無不能說話之人。出之以白話，則吾國所最難通之文理，先去障礙矣。或曰：能說話者，究未必能識字。然使十人之中，苟有一人識字，則其餘九人即不難因此一人而知其事。況吾民恆性，每閱小說，最喜於人前講述；則識字者固得神游之樂；不識字者亦叨耳食之功。……下流社會中，雖不能讀經史等書，未有不能讀小說者；即有不讀小說，未有不知小說中著名之故事者；一言以蔽之，易於動人而已。[22]

另有相關小說教本的論述發表在《新世界小說社報》第四期中，其教育之對象及重點，均為一般群眾，並認為將小說改良為戲劇、平話或附加圖片，用聲音、影像去教育所謂的愚民，普及教育才能徹底落實。

而所謂代表群眾的文學工具，就必先準確結合人民情感。要先有革命情感，才能創作革命文學，而文學家運用敏銳的同情，瞭解下層民眾的需求與願望，用強而有力的文學渲染其情緒，使群眾潛在意識獲得具體實踐，將散漫的民族意識凝聚起來，這就是民間文學的力量。

小說之力，其實也來自群眾對通俗小說的一種信仰與認同，而新

幾乎能造成世界矣。」與世界思潮相對應，乃使新小說之勢力更臻顛峰。收入《中國近代文學論著精選》（台北：華正書局，1982 年），頁 258-259。
[22] 同前註，頁 262。

小說的作者也敏銳地覺察到意識型態的重要。沈澤民在〈文學與革命的文學〉中指稱:「一個革命文學者,實是民眾生活情緒的組織者。這就是革命的文學家在這革命的時代中所能成就的事業!」[23]由於文化系統體現著制約社會的規範作用,所以批判時代的缺陷與腐敗的作品,也必須存在社會同情,那是一種自然主義的文化制約,代表著群體意識的趨向。

德國哲學家恩格斯說過:「如果一部具有社會主義傾向的小說通過對現實關係的真實描寫,來打破關於這些關係流行的傳統幻想,動搖資產階級世界的樂觀主義,那麼,即使作者沒有直接提出任何解決辦法,甚至作者有時並沒有明確表明自己的立場,但我認為這部小說也完成了自己的使命。」[24]而魯迅亦說:「我的取材,多採自病態社會的不幸的人們中,意思是在揭出痛苦,引起療救的注意。」顯而易見的是:新小說對中國近代社會的敘寫,是一種文化療癒,而對文學醒世之理路,亦呈現出堅定的群治信仰,代表著小說作為啟蒙的文學工具時,配合革命思潮而浮現的一種群眾心理。

---

[23] 沈澤民為中共早期的文藝宣傳家,主張透過寫實主義的精神,創造表現民族精神的革命文學作品。而該說實源自俄國文豪托爾斯泰「情緒感染」說,強調透過對實際生活的描寫,以發揮文學為政治服務的功用。轉引自黃開發:《文學之用:從啟蒙到革命》(北京:北京十月文藝出版社,2004年),頁218。

[24] (德)恩格斯:〈致敏那・考茲基〉,收入《馬克斯恩格斯選集》36卷(北京:人民文學出版社,1975年)呈現現實的本身,也代表著一種反省的力量,雖然表現手法不見得符合藝術美學,卻也代表著關懷民間的心意與同情之道。

第二節 戲曲創作對教化的影響

　　戲曲為民間普遍的娛樂方式，也是民眾認識世界的一雙眼睛。戲曲的唱詞及說白，對一般民眾而言，目不識丁者可藉由觀戲而進入劇中人的心靈世界，進而在耳濡目染下獲得情感的移轉。最早關注到戲劇的進化作用者，為梁啟超在 1902 年的《新民叢報》上發表《劫灰夢傳奇》及《新羅馬傳奇》，以中國傳奇演述外國故事，即「捉碧眼紫髯兒，披以優孟衣冠，而譜其歷史」之謂，在當時可說是一新耳目。

　　然則，何以知識分子會對戲曲的教化作用如此關注呢？其因素厥有二端，一是早期創作戲曲時，並非只是怡情養性，而是有「可資勸懲、動人觀感」的作用在。二則同孔子所云：「聲音之道，與政通矣。」早在春秋之際，王政失綱，聖人不作，普世風俗萎靡不振，而關懷時局之士，往往扮作優伶，以戲謔之姿規諷時政，這正是聲音感通人心的基本原理。且世上觀戲者，往往以婦孺為多，他們心思純良、無甚主觀意念，易於運用戲曲教化他們。

　　天僇生〈劇場之教育〉考察歐美近代時事，對劇場之獨立自發深有感受，深覺中國就是需要這種型態的新式戲劇，文說：

　　　吾以為今日欲救吾國，當以輸入國家思想為第一義。欲輸入國
　　家思想，當以廣興教育為第一義。然教育興矣，其效力之所及
　　者，僅在於中上社會，而下等社會無聞焉。欲無老無幼，無上
　　無下，人人能有國家思想，而受其感化力者，捨戲劇末由。蓋

　　戲劇者，學校之補助品也。[25]

天僇生之說，道盡時代菁英對戲曲的重視，在於戲曲是人民心靈的營養素，易於吸收且可彌補平民教育未普及前的空缺。因此，結合革命思潮而衍生的戲劇改良，更在晚清蓬勃地發展起來。

一、輔翼教化的工具

　　阿英於《晚清文學叢鈔·傳奇雜劇卷》中提到：「當時中國處於危急存亡之秋，清廷腐朽，列強侵略……於是愛國之士，奔走號呼，鼓吹革命，提倡民主，反對侵略，即在戲曲領域內，亦形成了宏大潮流，終於促成了辛亥革命的成功。」[26]戲曲作為革命的宣傳利器，以文學作為救國之方，大量帶有啟蒙性質的作品出現，對於啟蒙有相當程度的助益。

　　在當時亞洲各國，除日本外，幾乎都受到帝國主義無情的侵略，

---

[25] 陳去病在《二十世紀大舞台》第一期發刊詞中有云：「舉凡士庶工商，下逮婦孺不識字之眾，苟一窺睹乎其情狀，接觸乎其笑啼哀樂、離合悲歡，則鮮不情為之動，心為之移，悠然油然，以發其感慨悲憤之思而不知；以故口不讀信史，而是非了然於心，目未睹傳記，而賢奸判然自別。」足見其感染力之深刻。見天僇生：〈劇場之教育〉，收入《晚清文學叢鈔·小說戲曲研究卷》(台北：新文豐出版社，1989年)，頁57。

[26] 甲午戰後，開明之士理解到欲變法成功，就在於能新民，也就是開啟民智、創新國民精神，而透過開學會、興教育或辦報紙，以求輸入文明的模式，都比不上以文學來灌輸國民救亡圖存及文明的意識。轉引自程華平：《中國小說戲曲理論的近代轉型》(上海：華東師範大學出版社，2001年)，頁181。

而知識菁英也普遍體認文學具有獨特的煽動力，直接訴諸人民心靈，往往能有效激起意識型態，從而落實文學與時代結合的可行性。有學者認為：「從梁啟超到魯迅，歷代啟蒙者皆看重文學，那種「欲新…必新…」的思維，固然誇大文學的作用，但也說明他們對文學作品的獨特功能，有著清醒的、偏激中不乏深刻的積極認識。」[27]而梁啟超在《新羅馬傳奇》中亦借但丁之口說：「念及立國根本，在振國民精神，因此著了幾部小說傳奇，佐以許多詩詞歌曲，庶幾市衢傳誦，婦孺知聞，將來民氣漸伸，或者國恥可雪。」而在亞洲國家二十世紀的啟蒙運動中，文學作為心靈蛻變的工具，有志之士引介西方思潮及學說的同時，對於西洋文明的內涵或有質疑，實則對文學俗化的潮流坦然面對。

　　平心論之，文學進化也就是隱形革命，代表對應時代思潮的呼喚，而戲曲也借鑒西方寫實主義的精神，反映存亡之際的民族意志，吐露出追尋理想世界的殷切寄盼。知識菁英體悟傳統戲曲強調大團圓結局、歌頌才子佳人情思的設計，對於現實人生欠缺正確對待，因此對於劇場之教育，亦即社教功能極度強調。蔣智由的〈中國之演劇界〉說：「劇界多悲劇，故能為社會造福，社會所以有慶劇也；劇界多喜劇，故能為社會種孽，社會所以有慘劇也。」而王鐘麒〈論劇場之教育〉亦稱：「昔者法之敗於德也，法人設劇場於巴黎，演德兵入都時之慘狀，觀者感泣，而法以復興。美之與英戰也，攝英人暴狀於影戲，

---

27 諸如鄒容《革命軍》、陳天華《獅子吼》、《警世鐘》、《猛回頭》及秋瑾《精衛石》等作品，都是積極運用民間文學形式進行革命思想啟蒙的作品，在當時均受到知識分子爭相誦讀的擁護，對革命思潮助長甚鉅。見馮增煜：〈東方的曙光：近代中國與亞洲國家啟蒙運動中的文學〉，《東北師大學報》1994 年第 1 期，頁 63。

隨到傳觀,而美以獨立。演劇之效如此。」[28]可知在革命派心中,戲劇及啟蒙本體上有其對應。

改良戲曲的前提在於舊戲已無益於思想教化,而周作人〈論中國舊戲之應廢〉一文則提出與民間思想對應的戲劇觀:

> 中國雖然久已看慣了舊戲,換點花樣怕就要不「慣」,但在現今時代,已不甚相宜,應該努力求點長進,收起了千年老譜才是。人不能作小孩過一世,民族也不自老做野蠻,反以自己的「醜」驕人:這都是自然所不容許的。……舊戲應廢的第二理由,是有害於「世道人心」。……約略計算,內中有害分子,可分作下列四類:淫、殺、皇帝、鬼神。(這四種,可稱作儒道二派思想的結晶。用一別稱,發現在現今社會上的,就是:一「房中」,二「武力」,三「復辟」,四「靈學」。)在中國民間傳布有害思想的,本有「下等小說」及各種說書;但民間有不識字不聽過說書的人,卻沒有不曾看過戲的人,所以還要算戲的的勢力最大。希望真命天子,歸依玉皇大帝,想作「好漢」,這宗民間思想,全從戲上得來;置於傳布淫的思想,方面雖多,終以戲為最甚;唱說之外,加以扮演,據個人所見,已很有奇怪的實例。皇帝與鬼神的思想,中國或

---

28 不同類型的戲,都有其不同的社會效果,讀者感應如何,也同時決定他如何面對現實人生。對晚清中國而言,振興民族意識方能免於被淘汰,而劇場之教育功能就更不能忽視。無涯生〈觀戲記〉云:「演戲之移易人志,直如鏡之照物,靛之染衣,無所遁脫。論世者謂學術有左右世界之力,若演戲者,豈非左右一國之力者哉?」誠哉斯言。轉引自程華平:《中國小說戲曲理論的近代轉型》(上海:華東師範大學出版社,2001年),頁195。

尚有不以為非的人；淫殺二事，當然非「精神文明最好」的
中國所應有，其為「世道人心」之害，毫無可疑，當在應禁
之列了。[29]

思想意涵上的陳舊不宜，使舊戲之社教功能備受質疑，亦對輔翼聖教
無益，因此，藉助新式「文明戲」的通俗易懂，強力輸入文明思想，
已是當時知識分子的不二抉擇。

二、傳統戲曲的重生

當文明戲已成為時代寵兒時，其實中國戲曲中仍有不少元素，對
於教化啟蒙頗有助益。首先是音樂與唱工上的密切聯繫，無論崑曲、
高腔、皮黃或梆子，無一不須要音樂及唱工作搭配。因為中國戲曲之
神髓，在於樂舞合一，其中歌的部分發展成後來的戲劇，因此俗話說
的唱戲，也就等同歌、戲兩大元素，戲中有歌有兩大優點：（1）音樂
之感觸；（2）感情的呈現。

而戲曲中的音樂因子，實是通俗教育最重的一環。何一雁《求幸
福齋隨筆》說過：有一善吹嗩吶的中國人到西洋去，在船上吹奏嗩吶，
西洋人大加讚嘆，其中一德國人更拜他為師，學會後就以吹軍笛而成

---

[29] 周作人之說，在闡述野蠻與文明之間自有其表現的庶民思想，而新戲的誕生，最
要緊的目標便是革新其內涵思想，至於取法西學則只是心理因素作祟，只要取法
乎上，便能在他國基礎上改造中國。見周作人：〈論中國舊戲之應廢〉，收於《中
國新文學大系·文學論爭集》影本（上海：上海文藝出版社，2003 年），頁 419。

名，並將【風入松】、【破陣樂】等曲牌，融入德國軍樂中，由此可見戲曲音樂的價值非凡。王夢生《梨園佳話》說過：「戲之佳處，全在聲音悅人。患寂者絃管以譁之，患鬱者金鼓以震之，抱不平者妙歌緩節以柔下之，悲作客者，閒情豔唱以慰勞之。」[30]音樂之於人性，其效莫過於移風易俗，而戲以樂曲作主軸，因此其感動人的力量，也常靠音樂表現各種情緒。

當中國戲曲不再為學界所重視，甚至力圖改變其形式以獲致更大的教化功用時，有別於傳統大團圓結局的悲劇被賦予了時代使命。在創作文明戲的同時，對傳奇或地方戲的改編也隨之進行。如梁啟超的新粵劇《班定遠平西域》、蔣光赤的《鴨綠江上》、《哀中國》、東亞病夫的《孽海花》、無瑕的京劇《回甘果》等作品，除在內容上汲取振奮國民精神材料外，也適時採用西方戲劇分幕的表演方式及劇情發展模式，讓戲劇更有主題意識，也對晚清革命思潮之風行更有幫助。[31]俄國文學家屠格涅夫說過：「在文學上成功，不如在事業上失敗！青年作家當拋去『專業』的花與愛的文學，去完成這樣偉大的事業。」這裡所謂的事業，便是救亡圖存的文學事業，比如蔣光赤的《哀中國》中就呈現出被軍閥官僚壓迫的情景：

---

[30] 傳統戲曲中唱唸相容的表演方式，對於眾多人民心靈的凝聚，有著不可忽視的影響，因此鼓吹取法西洋話劇同時，也要分析既有戲曲感動人心的原理，才能順勢而上，獲致更好的啟蒙效果。見張厚載：〈我的中國舊戲觀〉，收於《中國新文學大系・文學論爭集》影本（上海：上海文藝出版社，2003年），頁416。

[31] 改良戲曲表現出來的這些西方戲劇情節模式，是當時救亡圖存的愛國熱情與民族革命思想的藝術反映，它的出現亦代表著時代對文藝的選擇，同時提供有識之士重建民族文化的參考。詳參趙得昌：〈清末民初戲曲改良與西方戲劇文化的影響〉，《戲曲史研究》2003年3月，頁74-77。

滿國中到處起烽煙，滿國中景象好悽慘！惡魔的軍閥只是互相
攻打啊！可憐小百姓的身家性命不值錢！卑賤的政客只是圖
謀私利啊，哪管什麼葬送了這錦繡河山？[32]

面對中國民眾普遍畏怯帝國主義的心態，一般群眾對於民族存亡渾然
不覺，而西元 1929 年的醒世作品，卻是這般吶喊：「唉唷！中國人是
奴隸呵！為什麼這般自甘屈服？為什麼這般的萎靡頹唐？」批判時局
取代了藝術表現的軸線，而急切的功利思想，也充斥於晚清文壇。

　　傳統戲曲正如李漁《閒情偶寄·演習部·選劇第一》所述：「填
詞之設，專為登場。」它通過演員在舞台的表演而呈現藝術。然而清
末縱然有精通音律的行家，但當戲曲過度寄望社會改良的期待、立於
愛國激情的宣傳取向時，對戲文自不能精雕細琢，而應力求平易。楊
世驥〈戲曲的更新〉總結晚清戲曲變革時說過：「第一，這時候的作
者知音解律的已經很少了，他們有意無意地使戲曲改變了傳統的體
式，戲與曲的分家，在這裡也露出了顯明的端倪。……在這短期間的
涵演之中，由於現實生活的繁複，新事新理的增進，誠有所謂“曲子
縛不住”者。反之，曲的部分自然地成了一種贅瘤，不及等待戲曲體
式完全消滅，同時乃有‘新劇’名目產生出來。」[33]

　　而新劇即文明戲的另稱，劇本表現寫實風格，比如華傳生的《開

---

[32] 蔣光赤的作品如《鴨綠江上》、《哀中國》、《血祭》，都企圖運用民族情感來凝聚民
　　氣，絲毫不放棄任何能振興中國的機會，雖然他所描繪的是辛亥革命十餘年後的
　　時局，然而承繼前賢志士對民間文學的重視，其詩歌作品仍充分表現吶喊的意味。
　　轉引自姜德明主編：《阿英書話》（北京：北京出版社，1996 年，頁 220。
[33] 轉引自程華平：《中國小說戲曲理論的近代轉型》（上海：華東師範大學出版社，
　　2001 年），頁 216。

國奇冤》，專寫革命志士徐錫麟刺殺安徽巡撫恩銘的故事，而《六月
霜》[34]則敘寫秋瑾從容就義情狀，戲曲擬虛為實的表演型態，受到西
方話劇及文化的影響，表演的型態也很接近生活，京劇名角梅蘭芳也
認為時裝戲表演現代故事時，演員在台上的動作應儘量接近日常生活
形態，則民眾接受度才能提升。該風潮所及，僅上海一區的新式劇場
就有十五、六處之多，而 1908 年上海也建成第一個現代劇場：新舞
台，表演劇目超過九成都是現實題材或外國時裝戲，如《茶花女》、《黑
籍冤魂》、《明末遺恨》不但多少描寫民族思想、社會改革，其表演型
態亦使婦孺通曉，對文明宣導亦有不可磨滅的助益。

縱然，新式戲劇對戲曲藝數的音律理解偏弱，倚聲度曲的名家亦
不多見，但我們仍要要肯定此一不成熟的轉變在歷史中的價值。

三、《二十世紀大舞台》的啟示

西元 1904 年，革命派作家陳去病、柳亞子創作了文明戲雜誌《二
十世紀大舞台》，將戲劇改良與革命作了結合，並以改革惡俗、廣開
民智、提倡民族主義為宗旨，將國族意識與時代作了連結。柳亞子在
《二十世紀大舞台發刊詞》中述說該雜誌之創辦依循，文說：

> 張目四顧，山河如死：匪種之盤據如故，國民之墮落如故；公
> 德不修，團體無望；實力未充，空言何補；偌大中原，無好消

---

[34] 書名題作《六月霜》，取自「鄒衍下獄，六月飛霜；齊妤含冤，二年不雨。」的意
涵。

息，牢落文人，中年萬恨。而南都樂部，獨於黑暗世界，灼然
放一線之光明；翠羽明璫，喚醒鈞天之夢；輕歌妙舞，招還祖
國之魂；美洲三色之旗，其飄飄出現於梨園革命軍乎！[35]

而按諸戲曲在傳統民俗教化所扮演的重要角色，在此文中，柳亞子觀
察到如下現象：「又見夫豆棚拓社間矣，春秋報賽，演劇媚神，此本
不可為善良風俗；然而父老雜坐，鄉里劇談，某也賢，某也不肖，一
一如數家珍，秋風五丈，悲蜀相之殞星，十二金牌，痛岳王之流血；
其感化何一不受之優伶社會哉？」柳亞子、陳去病等人不但提高戲曲
的社會地位，也認為戲曲應有鼓吹社會風潮的作用力，雖然對於文學
之實用性相當標榜，卻也不能否認它的特殊貢獻。

　　因此在《二十世紀大舞台》第二期中，在《中國時報》有篇〈崇
拜大舞台〉便譽之：「精神高尚，詞藻精工，歌曲彈詞，自成格調，
讀之令我國家民族之思想，悠然興發，不能自己。」[36]而陳去病及汪
笑儂在〈二十世紀大舞台招股啟並簡章〉中也談到：

　　同人痛念時局淪胥，民智未通，而下等社會猶如睡獅之未醒。
　　側聞泰東西各文明國，其中人士注意開通風氣者，莫不以改良
　　風氣為急務，梨園子弟，遇有心得，輒刊印新聞紙，報告全國，

---

[35] 柳亞子：〈二十世紀大舞台發刊詞〉，收於《中國近代文學論著精選》（台北：華正
書局，1982 年），頁 452。
[36] 當時以汪笑儂、潘月樵、夏月潤、夏月珊、田際雲、譚鑫培等人，均響應南社之
戲劇改良運動，對於時代積極探究戲曲價值，起了不少作用。轉引自郭延禮：《近
代西學與中國文學》（南昌：百花洲文藝出版社，1999 年），頁 358。

以故感化捷速，其效如響。[37]

跳脫既往戲曲「勸善懲惡」的思考，而轉化為「宣講文明」的工具。而當啟蒙與戲曲相互呼應後，戲曲也就成了知識分子最時髦的「論域」（discourse）了，影響所及，1904 年《大公報》中出現了一篇〈移風易俗議〉的連載，作者提出毀淫詞、繪製紙畫（類似連環畫之類的作品）、改良小說（禁止玄怪的淫詞小曲）以及改良演說（召集說書人，教以新小說，演述文明），這些具體作法，比起梁啟超的論證，顯然具體得多。

尤其對演說的建議更是值得參考，文說：「各處說平書的，日以說書餬口，感人最易，誤人也最易。不如招此項人，限一個月，教以新小說，令其各處隨便演說。」戲曲舞台儼然是學堂的另類呈現，雖然先前的文人對於小說、戲曲等小道，認為俚俗而不登大雅之堂，然而另一戲曲前鋒陳獨秀卻提出「戲館子是眾人的大學堂，戲子是眾人的大教師」的見解，以戲曲為文明先鋒的意味十足。[38]柳亞子〈二十世紀大舞台發刊詞〉說得好：

　　拿破崙曰：「有一反對之報章，勝於十萬毛瑟鎗。」此皆言論

---

[37] 基於普及教育的認知，知識菁英將創辦《二十世紀大舞台》的精神，推而廣之，1907 年創辦的春柳社也將話劇的宗旨設定為「以開通智識，鼓舞精神為主」。轉引自程華平：《中國小說戲曲理論的近代轉型》（上海：華東師範大學出版社，2001年），頁 192。

[38] 天津文豪張蔚臣提出：「戲館就是下層社會的活動學校，而戲本本身就是下層社會的教科書」，而李孝悌認為演說與戲曲是對下層社會輸入文明的兩大模式，以其通俗易懂、便於唱口而著稱。詳參李孝悌：《清末的下層社會啟蒙運動：1901-1911》（台北：中央研究院近代史研究所，1992 年），頁 153-155。

家所援以自豪之語也。雖然，熱心之事，無所憑藉，而徒以高
文典冊，諷詔世俗，則權不我操；而〈陽春〉、〈白雪〉，曲高
和寡，崇論閎議，終淹歿而未行者，有之矣。今茲〈二十世紀
大舞台〉，乃為優伶社會之機關，而實行改良之政策，非徒以
空言自見……中原士庶憤憤於腥羶異族者，何地蔑有？徒以民
族大義，不能普及，七國之仇，遷延未復。今所組織，實於全
國社會思想之根據地。崛起異軍，拔趙幟而樹漢幟，他日民智
大開，河山還我，建獨立之閣，撞自由之鐘，以演光復舊物、
推倒虜朝之壯劇快劇，則中國萬歲！二十世紀大舞台萬歲！[39]

陳獨秀在〈論戲曲〉中說得明白：「像那開辦學堂雖好，可惜教人甚
少，見效太緩。做小說、開報館，容易開人智慧，但認不得字的人，
還是得不著益處。我看惟有戲曲改良，多唱些暗對時事、開通風氣的
新戲，無論高下三等人，看看都可以感動。」晚清中國苦於民智未開，
廣多民眾對民族危機卻缺乏認同。周作人在《新青年》上發表〈論中
國舊戲之應廢〉就指稱：「在中國民間傳布有害思想的，本有下等小
說及各種說書；但民間有不識字不聽過說書的人，卻沒有不曾看過戲
的人，所以還要算看戲的勢力最大。」

　　因此，《二十世紀大舞台》的啟示，就在於戲曲只要經過改良，
就能以有益的思想及內容，描寫民族存亡、民生悲苦，發揮深刻而感
人的作用，而悲劇的出現，也有別於傳統才子佳人的團圓戲，這也使
中國戲曲在時代思潮中獲得實質提升。

---

[39] 同註 35，頁 453。

第三節　報刊傳播在啓蒙上的效用

　　西元 1895 年廣州起義失敗後，孫中山有感於一般民眾對於革命認識短淺，未能廣泛支持革命，因此體認到唯有喚醒群眾，革命方能成功。因此，在東渡日本後，孫中山便將其攜帶的《揚州十日記》、《原君》、《明夷待訪錄》及《嘉定屠城記》等文獻，大量印製後分送海外各革命據點，以資宣傳。

　　西元 1899 年，孫中山派遣陳少白赴香港籌辦報紙，隔年《中國日報》創刊，由陳少白任社長兼總編輯，這是首次以宣傳革命為依歸的新式媒體，在革命思潮的推動中扮演先鋒的角色。[40]該報模仿日本報紙編排樣式，除每日出刊外，每十天另有《中國旬報》出刊，尤其是第十一期後，《雜俎》專欄改為《鼓吹錄》，專以諧文歌謠作為諷刺時局的工具，而第十九期時，章太炎在《中國旬報》上發表〈請嚴拒滿蒙人入國會狀〉及〈解辮髮說〉，高唱反滿革命號角，氣勢飽滿的筆調，震驚了當時輿論界。《中國旬報》在文章背後更稱道：「章君炳麟餘杭人也，蘊結孤憤，發為罪言，霹靂半天，壯者失色，長槍大戟，一往無前，有清以來，士氣之壯，文字之痛，當推此次第一。」[41]

---

[40] 《中國日報》被推為《革命黨機關報之元祖》，但一開始受制於報刊性質及思想，與維新派無明確分界，見地尚無法超出改良維新的範疇，因此成效有限，直到半年後才展露革命機關報的色彩。

[41] 章太炎對反滿革命，居於族群差異的基調上，以〈請嚴拒滿蒙人入國會狀〉為例，他說：「本會為拯救支那，不為拯救俘虜；為振起漢族，不為振起東胡；為保全兆民，不為保全孤憤。是故聯合志士，只取漢人，東西諸賢可備顧問，若滿人則必不容其瀾也。」其論點之旗幟鮮明，可徵一般。轉引自陳玉申：《晚清報業史》（濟南：山東畫報出版社，2002 年），頁 173。

　　當《中國日報》創刊之際，適逢庚子拳亂期間，面對內外交逼的國勢，《旬報》第 30 期中有篇〈中國輕重論〉說道：「今中國雖已力竭，民俗已漓，而民氣猶未死也。」鼓動民氣，吸收西方文明，進而振興國家，是晚清最需要提振的民族自信。對於庚子拳亂一案，雖然不理智也很可笑，但中國「誠能廣開民智，樹立民權，將使國雖亡而民未亡，國可滅而種不可滅。」而興中會時期的報刊，在宣傳上也逐漸走出風格，對於 1905 年之後《民報》的成立，更起示範作用。

　　本節將探討文明及新式傳媒登場後，對於革命思潮的宣傳與推動，究竟扮演著何種腳色？而民間文學的運用上，也隨著《民報》及《新世紀》的刊行，而發揮影響力。

一、透視時代的文明傳播

　　梁啟超在《科學精神與東西文化》中說過：「人類文化所以能成立，全由於一人的知識能傳給多數人，一代的知識能傳給次代。」也就是說，只有當知識能主宰權力，而教育普及的前提達成時，合理而有效的政治理念方能實現。因此，晚清留日學生之所以選擇支持革命，在於他們親眼見到明治維新後的日本成為世界強國，覺悟到以清廷的統治，就算輔以康有為等人的改良維新，也不能獲得實質的全面進步，因此，知識分子急切地輸入文明，選擇各種層次之救國策略，迅速地向民間傳遞訊息。傳播的媒介被知識菁英廣泛運用，是再自然不過的現象了。

　　1900 年冬，留日學生界出現《開智錄》，創辦人為鄭貫公，該刊

宣稱：「以開民智為宗旨，倡自由之言論，申獨立之民權，啟上中下之腦筋，采中東西之善法。」對於帝國主義的侵害痛惡至極，也使得他們在面對義和團扶清滅洋的行動時，仍舊堅持：「義和團此舉，實為中國民氣之代表，排外之先聲矣！」對於革命思潮的軸心：民族主義，可說是掀起無窮波瀾。值得理解的是：在《開智錄》第六期中，公開提出反滿革命的主張：

> 我國人日言為外人奴隸之恥而不知為滿洲奴隸之恥，日言排外種而不知排滿洲之外種。乃竟對一大賊強盜，奪我之土，握我之財，凡外人之要求也則順手與之，我方鏤心雋骨以圖奪回之不暇，孰料計不出此，引為同族，認為慈父，旦夕承歡於其膝下，不亦嗔乎！[42]

對於蒙昧的民眾而言，激越的言論往往能形成風潮，同時也是反省的開端。任何文明理論，即便是最具規範的科學元素，如在運用上不通過具體研究，分析其企圖運用的對象，其本體就會出現許多毛病；然而，一項成功的經驗，在某些條件下或許是正確的，但換成他種條件卻不一定如此。因此，尋找適合於中國運用的文明新知，的確需要知識菁英去體現真確價值，並深思熟慮方可。

通過輿論加以宣傳，以報刊雜誌的傳播最為便捷。留日學生界較

---

[42] 《開智錄》嚴厲譴責清廷媚外統治的條件，甘願將領土、歲收、通商利潤無條件奉予西方列強，在形式上確實是搆上「喪權辱國」四字。而 1901 年在東京創刊的《國民報》，也帶著鮮明的革命色彩，可以說他們綜覽世界大勢後，覺察到在充滿變化的時代中，只有求新求變則國族方能生存，排滿革命方可成功。見〈義和團有功於中國說〉，《開智錄》第六期。

知名的刊物，有 1902 年的《遊學編譯》月刊，湖南留日同鄉會辦，內容包舉學術、教育、軍事、歷史、地理等範疇，而陳天華就是該刊的編撰人員之一。1903 年的《浙江潮》月刊，浙江留日同鄉會創辦，蔣智由、魯迅都是主筆之一。《江蘇》月刊，江蘇留日同鄉會創辦，有時論、社說、雜錄等欄目。這些刊物以多元面向探究中國所以落後的因素，並嘗試提出救亡圖存之道，充分體現愛國情操，然而他們所提倡的教育救國、實業救國或地方自治等說法，並沒有跳出改良維新的範疇。

　　一直到東三省為俄國佔領，而清廷軟弱對應，激起這些學生反彈後，清廷竟以「拒俄義勇隊」係名為拒俄，實為革命同黨的認知，對留日學生界進行嚴密監控，言說只要有認同革命之情，即就地正法。對於留日學生而言，清廷不再是他們能寄託的對象，遂轉而投入革命陣營，一時革命思潮聲勢鵲起，而《江蘇》第四期社說〈革命其可免乎〉[43]，也宣告同盟會的成立之聲。

　　考察晚清報刊對文明的影響，必然要真確體認報刊作為文化發展的推進力時，文學也必要配合此一面向而作出變化。陳平原說：「報紙、雜誌往往成為推動學術潮流和文學潮流的重要力量，用今天的話說，就是報刊適合於造勢。文學要革新，學術要進步，需要集合一些同道、提出一些口號，以推進文學及學術事業的發展。這時候，個人

43　〈革命其可免乎〉云：「夫革命竟革命耳，何借拒俄之詞為？今既拒俄則非革命固無疑矣。而端方，而蔡均，必欲合併而混同之，各極傾陷以為快。嗚呼，我留日學生何萬幸而遽邀革命之名乎？……是故余乃憮然嘆息，悄焉累欷，以敬告於我留日學生，並以念四萬萬黃帝之胤曰：嗚呼！革命其可免乎？」此說與陳天華《猛回頭》、《獅子吼》之開端甚有相似之處，都是訴諸民族共源的宣傳方式。

著述的影響力，遠不及報紙、雜誌來得大。」[44]而革命思潮，也藉由革命報刊逐次影響國人視聽，甚至借用通俗的民間文學形式去宣揚理念，這也是研究文化社會變遷之前，必須去通盤理解的要素。

二、《民報》於革命宣傳上的策略

在辛亥前後的革命史上，《民報》創刊對於革命論述而言，是相當值得注意的一件事。1905 年同盟會在東京成立，多股革命勢力匯聚的情形下，革命聲勢達到空前高峰。[45]在成立大會上，黃興提議將宋教仁主辦之《二十世紀之支那》改為《民報》，而由胡漢民主編，設計每月出刊一期，最初執筆陣容有胡漢民、汪精衛、陳天華、朱執信、宋教仁、馬君武等人，屬於雜誌形式。

而《民報》發刊詞中，孫中山先生首次揭櫫「三民主義」的理論框架，他說：「余維歐美之進化，凡以三大主義，曰民族，曰民權，曰民生。羅馬之亡，民族主義興，而歐美各國以獨立。迄自帝其國，威行專制，在下者不堪其苦，則民權主義起。十八世紀之末，十九世紀之初，專制仆滅而立憲體殖焉，世界開化，人智益蒸，物質發舒，

---

[44] 大眾傳媒在製造國民意識、時尚及思想潮流的同時，也藉由新的生產機制及傳播方式作為操作模式，而研究晚清的報刊發展，則有助於我們去理解那時代的文化氣氛。見陳平原：《晚清文學教室》（台北：麥田出版社，2005 年），頁 28。

[45] 同盟會把興中會、華興會、光復會等帶有地方勢力的革命團體結合起來，成為一全國性組織。孫中山〈革命原起〉有云：「學界、工界、商界、軍人，會黨無不驅同於同一主義之下，以各致其力。」而各會首如孫中山、黃興、蔡元培、宋教仁均以同盟會的新身分，繼續革命事業之奮鬥。見陳玉申：《晚清報業史》（濟南：山東畫報出版社，2002 年），頁 217。

百年銳於千載，經濟問題繼政治問題之後，則民生主義躍躍然動，二十世紀不得不為民生主義擅揚之時代也。」對於民族主義、民權主義及民生主義的基礎論述明確，使得《民報》眾多筆陣，在革命宣傳上更發揮得淋漓盡致。

　　民報在革命宣傳上的重要功績，在於面對梁啟超為首的《新民叢報》展開革命與維新之間的筆戰。孫中山〈中國之革命〉一文即稱：「《民報》成立，一方面為同盟會喉舌，以宣傳正義，一方則力闢當時保皇黨勸告開明專制、要求立憲之謬說，使革命主義，如日中天。」[46] 而 1907 年《民報》編務改由章太炎主持後，由於章太炎是公認的「有學問的革命家」，其淵厚的國學功柢，可有效制衡梁啟超獨特的文字魅力，進而取得宣傳效度上的優勢。章太炎認為要激發人民革命的情感，有兩件要緊的事情：一是用宗教發起信心，提升國民道德；二是以國粹鼓動種性之別，增加愛國情操。

　　然而，事實上當時革命思潮日益高張，報刊宣傳直接推動政體轉變，也形成社會變革的動力。1903 年東京留學學生會館之排滿演說，軍國民教育會的出現，在在都證明革命目標與氣氛的凝聚趨向。而進行排滿革命的宣傳、闡揚革命與民族主義的警世覺民，便與改良派之《新民叢報》分庭抗禮，這些年輕熱情的革命宣傳家，在輿論上須仰賴民間文學的力量，選擇「弄三寸之管演話劇」、「奔走海上疾呼號」的方式，創作詩文以喚醒民心。在組織宣傳上透過編輯報刊，肆無忌憚地宣揚理念，以鋒利之筆，批判清廷腐朽無能，並以血淚交織之筆

---

[46] 孫中山：〈中國之革命〉，《孫中山選集》上卷（上海：人民出版社，1956 年），頁 85。

觸，敲醒國民天朝迷夢。[47]

　　所謂「文字收功日，全球革命潮」，思想文化在多數報刊秉持「嚮導國民」之取向下，形成眾聲喧嘩的局面，而報刊傳播也與社會發展產生積極互動。梁啟超〈敬告我同業諸君〉一文即說：「個人之思想，以言論表之，社會之思想，以報刊表之。有一種社會，各有其表之報，社會有若干之階級，而報之階級隨之矣。」不同的文化訊息，在報刊上激烈辯論，知識分子亦善用媒體傳播，對時代發言。1903 年 8 月 7 日的《國民日報》也聲稱：「一紙之出，可以收全國之觀聽，一議之發，可以挽全國之傾勢。」[48]足見當文學結合報刊傳播之後，除了擴大群眾基礎外，也在一定程度上拓展群眾的認知空間，間接轉俗成風，而形成嶄新的價值系統。

　　《民報》的成立，有效凝聚了支持革命者透過報刊發聲，胡漢民於〈近代中國革命報之發達〉中指出：「報紙往往於多數人民中，創發意見，而有登高一呼，使萬山環映之概。故對於變動之人民，有先導之稱。」[49]近代大眾媒體出現形成知識文化的普及，突破傳統菁英

---

[47] 陳去病〈革命閒話〉云：「《警鐘》者，承《俄事警聞》之後，以擴大其範圍者也。……又發行日報一紙，名曰：《俄事警聞》，以告群眾。詞氣慷慨激勵，讀之者莫不驚心動魄，為之流涕。每晚更於靜今書局門口，張貼要電，大書磅礡，血淚交迸，環而觀之者往往如堵牆。」詳見孫之梅：《南社研究》（北京：人民文學出版社，2003 年），頁 277。

[48] 傳統社會中，知識掌握在少數菁英或權貴手中，平民受限知識的低緩流通，無法掌握社會脈動。近代報刊出現，加速知識的複製與大面積輸出，傳播的宏效亦使民眾或的啟蒙及覺醒，當多數人民不滿現狀，專制政體便會為人民所推翻。參蔣曉麗：《中國近代大眾傳媒與中國近代文學》（成都：巴蜀書社，2005 年），頁 22-24。

[49] 面向大眾的傳播目標與文言形式產生矛盾，也促成文體的變革與口語化傾向，同時隨著西學譯介與平民教育提倡，學術上也出現平民化趨向。轉引自蔣曉麗：《中國近代大眾傳媒與中國近代文學》（成都：巴蜀書社，2005 年），頁 25。

文化獨霸局面，使得民間文化由下層社會晉升為時代主流。同時，在文藝發展上也感染此一潮流，由於《民報》「專為民間所設，字句俱如常談。」民間文學說唱、戲曲演出的形式，本然有其教化俗眾的真切效用。20 世紀初的報刊，在通俗化的層面，亦使一切的文明傳播，回歸到須以民眾知曉的語言去呈現的面向。[50]

三、《新世紀》對民間文學的運用

　　晚清革命思潮如火如荼傳播之際，中國在傳統文化上，一股新的文化元素正迅速生成，那就是報刊傳媒出現於歷史舞台。長期被菁英文化壓抑，而在民間蓬勃發展的民間文學形式，依憑著大眾傳媒而獲致發言權。自從 1885 年後，到辛亥革命時期，短短二十年的時間，數以千計的小說創作及傳播，人民感受到民間文化的無窮力量，大有超越經史、掌控人心之魔力。

　　1908 年黃伯耀在《中外小說林》中，對於近代小說何以順著世紀之交而蓬勃發展，提出如下見解：

　　　　二十世紀開幕，為吾國小說界發達之濫觴。文明初渡，固乞靈於譯本；迄於今，報界之潮流，更趨重於小說，發源滬濱，而盛於香港粵省各方面。或章回，或短篇，或箴政治之得失，或

---

[50] 響應《民報》創立，而在日本創辦的報刊就有 24 種，其中由革命文學社團《南社》創辦的就有九種。包括 1909 年《醒獅》、1906 年《洞庭波》、《鵑聲》、1907 年《晉乘》、1908 年《夏聲》均是。

> 言教育之文野，或振民族之精神，或寫人情之觀感。核其大旨，
> 要無非改良社會之風氣，而鑰導人群之智識者為近是。故小說
> 一門，隱與報界相維繫，而小說功用，遂不可思議矣。[51]

而另一方面，近代小說所擁有的文化權力，也非官方所賦予，乃源自
於民間，伴隨大眾傳媒的發達，逐漸廣泛影響社會風俗、文化等層面，
遂成推動社會革新、左右思潮傳布的重要權力話語。黃伯耀在〈小說
與風俗之關係〉中，對於新興的文化權力，何以橫掃舊有思維，也提
供允當合理的思考，他說：

> 降自小說思潮之澎湃，將從前風俗之如何頑錮，如何迷惑，群
> 將視小說家之言論為木鐸；而舊社會上之一切詩書糟粕，直棄
> 之如遺矣。……由今思之，各報社之小說，日新月盛，小說家
> 為主動，則凡是讀小說、聽小說者，必各居於被動矣。其感化
> 力之為神也，一家如是，一國又何莫不然哉！[52]

也可以說，沒有報刊作為小說普及的輔翼，則文言文將不輕易為白話
文取代，報章文字靈活自由的特徵，也須藉助民間文學活潑暢快的用
語來表現。

---

[51] 小說與風俗轉換間，存在著互為依存的關連，而現代報刊的出現則提供小說迅速
傳播的機會，這同時也是梁啟超小說與群治關係的體現。轉引自蔣曉麗：《中國近
代大眾傳媒與文學言述樣式的演進》（成都：巴蜀書社，2005年），頁77。
[52] 文化菁英見識到民間文學在啟蒙上的優勢條件，遂將文以載道之思考，順勢移轉
到往昔「雕蟲小技，壯夫不為」的小道上，通俗小說或白話議論文，也就站上晚
清文學的舞台上。轉引同前註，頁78。

　　一切進步的思想家之所以站在時代前端，其思想在一定程度上，定然依循客觀事物的變化發展，並結合社會政治進行變革，而將歷史往前推進。在實踐中產生觀念，又轉而影響並決定未來的歷史。革命思潮需要溝通民眾，平民教育家晏陽初在〈十年來的中國鄉村建設〉中便說過：「新社會構造，自然非一朝一夕所能奏功，人的改造，尤非一蹴可就。」[53]因此可以說，「開民智」旨在醫治愚昧，而要與幾千年來的傳統決裂，要同世代傳承的思維對抗，也絕非朝夕之功。為使廣多民眾對報刊內容能夠接受，因此在報刊發展之初，所選用刊載的主要內容，包括新聞、評論、廣告及文學副刊，幾乎都藉由文學形式來包裝，話語運用上也帶著濃厚文學性，藉助民間文學形式結合文化傳媒，將可獲致直接有效的影響力。

　　西元 1907 年，以社會主義為宗旨的報刊《新世紀》在法國巴黎誕生。《新世紀》強調顛覆舊政體，建立新政府，其言論激進而充滿排滿意味，其排滿言論帶有濃厚的迷信色彩，在《新世紀》1907 年 6 月 22 日創刊號中即有一篇〈新世紀之革命〉，文說：

> 科學公理之發明，革命風潮之膨脹，十九、二十世紀人類之特色也。此二者相乘相因，以行社會進化自然之公理。蓋公理即革命所欲達之目的，而革命為求公理之作用，故舍公理無所謂，為革命舍革命，無以伸公理。[54]

---

[53] 晏陽初、（美）賽珍珠著。宋恩榮編：《告語人民》（桂林：廣西師範大學出版社，2003 年），頁 365。

[54] 《新世紀》暢言無政府之社會主義，言辭激越，對革命機關報《民報》之言論多所抨擊，章太炎在《民報》21 號中的〈排滿評議〉即指稱：「無政府主義者，與中國情狀不相應，是亦無當者也。」又稱：「凡所謂主義者，非自天降，非自地出，

顯而易見:《新世紀》認為革命是一切公理之泉源,而強調一種以科學驗證革命法理之特色。《新世紀》編者雅好達爾文進化論,人類為了生存就必須競爭,競爭到一定程度,其所處的社會或政府就必須「求新、求變」,唯有如此,才能不被自然所淘汰。該思維不啻是排滿革命的一股動力,也是無政府主義中的主要論述。如《新世紀》1908年7月4日第54號刊物中即有〈革命學之精言〉,針對革命之科學性做出論證,文說:

> 革命學科不獨有其理論,乃實踐之學科。革命乃社會群力熱心之效果,可知無群力熱心,不得享革命幸福。以物理公例證之,如地球行滿一週,而使更位,使不復始,則光將永背,世無生機,而地失其所以為地矣。地球循環無已,即示人以革命之方法。……革命非萃合主義也,當各還其獨立之自由,不必效鞏鄰女,節外生枝。革命非立憲主義也,請求立憲,不免流血,國者我國,何用請為革命?惟擇平坦大道行,著實良策。……比人常竊以為今之宗教主義所涵之良德,但願吾人能光大之,使臻於社會主義之大無我、大博愛。即所謂鬼神之迷信,吾人欲改革之,實非難事,何則?此非所謂加一 O 與減一 D 之說乎?一加一減非算學中最易之法乎?茲將其式列下:
> God+O＝Good　Devil-D＝Evil　由此方程式觀之,可知自今

非庶拾學說所成,非冥心獨念所成,正以現有其事,則以此主義對治之耳。」章太炎認為民族主義勝於狹隘的無政府主義,因此在革命內涵上實有出入。見沈雲龍主編:《近代中國史料叢刊》3編第32輯(台北:文海出版社,1987年),頁1。

以後，宗教宗教自轉而歸諸道德之一方面矣。[55]

　　此處，我們要特別注意的是：一份在海外刊行的革命報刊，在編排及政論中，常以短篇通俗小說或寓言形式來抨擊時政，該特徵在近代報刊傳播的面向上，給予後世靈活運用新語詞的例證。

　　1908 年《新世紀》第 55 號，有篇〈教主與帝王同一張鬼臉〉以諷刺寓言筆法，抨擊崇洋媚外、聲勢低迷的民族氣節，說道：

　　有友館鄉間富家者，某日主人戒先生早睡，夜半，聞聽事喧譁甚，然不敢啟門，揉身床頂下窺。一跣足著青布長衫，冠紙糊冕一如丐者入，踞公座，眾俯伏地下，莫敢仰視。久之，主人之女方笄，偕一女年相若者，扶之入內室去。先生駭極，明日解館歸，或笑曰：「此茲團教教主耳！爾主人教友耳，何怪焉？」近聞有智識不完，著黃布長衫之丐，曰：拉馬者。自西藏來，胡狗之一行官吏，跪接跪迎，流汗俯伏，鼠帝起立，娼后溫顏色以媚之，一如某友館主人之女，教主慢不加省，然娼后回頭悍目視，張之洞、袁世凱之徒，方膝行而前，欲有所陳謝，娼后亦慢不加省，這叫做愈蠢愈尊！[56]

---

[55] 該程式雖說附會於英文，而類於文字遊戲，但《新世紀》編者卻深信社會主義中的宗教情懷，既排詆一切迷信言辭，但在本質上仍需要以宗教情懷喚起民眾對真善美的新政府的期待。見見沈雲龍主編：《近代中國史料叢刊》3 編第 32 輯（台北：文海出版社，1987 年），頁 229。

[56] 傅柯在《什麼是啟蒙？》中說：「康德把啟蒙描述為人類運用自己的理性，而不臣屬於任何權威的時刻。就在這個時刻，批判是必要的。因為它的作用是規定理性運用的合法性的條件，目的是決定什麼是可知的，什麼是必須做的，什麼是可以期望的。」而社會主義的報刊，對於時局站在超然立場，做出嚴厲而堅定的批判。

　　此外，1908 年 7 月 18 日第 56 號《新世紀》的〈猴子搦了貓腳爪〉，也有相似的作用，針對兵役制度提出犀利批判，文說：

> 天下之至可惡者，莫如猴子搦住了貓腳爪，到炭爐裡去拿栗子。我見世界上之提倡尚武精神者矣，嘴裡說起一篇絕大的道理，如何服當兵義務？如何爭祖國之光榮？即至實行起來，便自己做了什麼標統，又當了什麼士官，驅一班祈死的呆徒，替他到營盤裡刷靴。……還有那石駁岸洞裡的鴨子，只剩一張嘴，自己卻文謅謅裡，算是法律家、外交家、實業家、科學家、文學家，什麼進了中學校，兵期便可減短？什麼進了大學校，兵籍便可掛名，無非三、四個鬼法子一騰挪，便把自己同自己的子弟，立在高岸上，看別人相打！……你自然曉得優存劣亡。人類之存亡，全是一智識問題，毫無強弱問題，並且智識愈開明，則獸類之戰爭，愈厭棄于人類。，人之欲善，誰不如我？異日世界將無招兵之地，復安有戰爭？[57]

以故事、寓言來諷刺時局，能喚起民眾直接的反應，透過俗語及宣講

　　見沈雲龍主編：《近代中國史料叢刊》3 編第 32 輯（台北：文海出版社，1987 年），頁 247。

[57] 《新世紀》標舉社會主義的革命旗幟，對於籠統、虛有其表的尚武精神提倡，顯然是嗤之以鼻。達爾文進化論思想影響《新世紀》對政府機能的認定，因此吳稚暉在《新世紀》13 號的〈答友人、論社會問題〉中亦稱：「良則存，公理也；不良則亡，亦公理也，故求良而已，不必求保也，進化也，革命也，無他，此進化之公義。」人為操弄的新秩序，也存在許多弊病，而報刊媒體也針對革命思潮作廣泛探討。見沈雲龍主編：《近代中國史料叢刊》3 編第 32 輯（台北：文海出版社，1987 年），頁 262-263。

故事，更能結合報刊傳媒而獲致效用。《新世紀》對社會主義的堅持與政府的批判，促成了革命啟蒙的聲浪，在文學傳播的熱情吶喊中，使下層社會獲得對革命思維的初步認識，對於傳遞革命思想也有莫大幫助。

第四節　醒世目標的革命文學

醒世，又稱覺世，代表對世局深沈的呼喚與反省，同時也呈現出歷史變局中的智慧思索。革命文學立於世變之流，鼓動著革命思潮朝未來前尋，如陳天華的《警世鐘》、《猛回頭》，秋瑾的〈寶刀歌〉、《精衛石》，皆是宣揚革命意念、喚起國魂的文字，以通俗之筆寫下沈痛之詞，延續著晚清以降對救亡圖存的呼喚，亦能稱得上對文學之用的思考。

梁啟超對「新民」二字的內涵著墨甚深，在〈敬告我同業諸君〉中有云：「報館者，催陷專制之戈矛，防衛國民之甲冑也。」服務於社會、政治的文學，再也不能以駢驪古文行之，而應選用人民喜聞樂見的文學面貌，以傳遞新思想、譯介新學說，在新思維下平易的文風於焉誕生，那就是講究明確、自覺、普及的「覺世之文」。[58]

58　西元 1897 年梁啟超在湖南時務學堂〈堂約〉中稱：「傳曰：言之不文，行之不遠。」學者以覺天下為己任，而文未能捨棄也。傳世之文，或務淵懿古茂，或務沈博絕麗，或務瑰奇奧詭，無之不可。覺世之文，則辭達而已矣！當以條理細備，詞筆銳達為上，不必務工也。」反應時局、迅速精確、明白曉暢的報刊文字，正符於覺世之文的需求。轉引自黃霖：〈二十世紀起步的是與非—以梁啟超的文界革命為中心〉，《中國文哲研究通訊》第 10 卷第 3 期，頁 64。

　　拉圖瑞特在《中國人的歷史與文化》中提到文言分離的閱讀難度，他說：「中國龐大的文獻，大部分是以古典的體裁書寫的。中國的古典語言造成一些困難。它是高度人為的語言，常常滿佈著典故和引述，要欣賞、甚至瞭解它的大部分，讀者就必須對現存文獻有大量的知識。……學者只有經過閱讀巨量的文獻，尤其是必須記憶其中的許多部分，才能獲致於一種相當於第六感的感覺，讓他判斷一句話在幾種可能的讀法中應該是哪一種。因此，即使是閱讀，也需要長時期的準備。」[59]而狄葆賢〈論文學上小說之位置〉一文，對覺世之文有如下見地：

> 覺世之文，則與其簡也毋寧其繁。同一義也，而縱說之，而橫說之，推波而助瀾之，窮其形焉，盡其神焉，則有令讀者目駭神奪，魂墜魄迷，歷歷然，沈沈然，與之相引，與之相移者矣。[60]

延續晚清黃遵憲《日本國志》書中文言合一的思考，覺世之文貴於思想明確，對社群思想迭有啟發，文辭繁瑣而力求文意曉暢，而不專致於藝術表現。一如梁啟超傳道者式對俗語的宣揚，「務為平易暢達，時雜以俚語、韻語及外國語法，縱筆所至不檢束」的自我省察，覺世之文雖帶來無窮的感染力，卻也敗在低迷的文學藝術性上。梁啟超得

---

[59] 文言文迂迴的語意解讀，對中國古典文獻來說是種成就，但對於普及知識而言，卻存在其難度。見 Eric Mcluhan、Frank Zingurone 編·汪益譯：《預知傳播記事：麥克魯漢讀本》（台北：台灣商務印書館，1999 年），頁 277。

[60] 狄葆賢：〈論文學上小說之位置〉，《晚清文學叢鈔·小說戲曲卷》（台北：新文豐出版社，1989 年），頁 28-29。

風氣之先，變革古文在思想及情感上的桎梏，而出現過渡時期文白夾雜的的散文，然而立於世紀之交的基準上，反思清末民初的文學變革，卻不難發現文學變革也表徵著文學現代化的成長。

　　革命對民間文學的取法，強調針對粗識文字的下層社會人民，實施文化普及和啟蒙教育，這也是五四時期的雜文雛形。而「以隨感形式對現實作敏銳的反應」，結合文學傳播知識，乃知識菁英與其所處時代的社會、思想、文化發生感應的重要模式，該重要模式即美國哥倫比亞大學艾瑞克（Jonathan Arac）教授指稱的「社會動力」。[61]如同梁啟超〈中國韻文裡頭所表現的感情〉所言：「藝術的權威，是把那霎時間便過去的情感，抓住它令它可以再現；是把藝術家自己『箇性』的情感，打進別人的『情閥』裡頭，在若干期間內佔領了『他心』的位置。」援筆為文企求反映時代，乃文學家普遍的社會使命，作家透過文學作品與社會對應，以之作為某種折衝及協調（negotiation）的過程，在過程中文學及時代既是相互觸發之力，更是彼此力量的寓託。因此，講究實用性的「文學救國」思維，促成知識分子選擇民間文學形式，作為社會改良或政治革命的必然工具。

61　艾瑞克（Jonathan Arac）認為 19 世紀英美小說家或史家，如狄更生（Charles Dickens）、卡萊爾（Thomas Carlyle）及霍桑（Nathaniel Hawthorne）都保持著一種「想像的使命感，希冀運用知識的力量及其靈視，來揭發、改變他們與讀者所居處的變遷社會中的惡劣環境。」文化人受到社會約制的同時，也試圖以文學想像來傳達信念，往往能發揮巨大且不可測知的力量來影響歷史之發展。詳參陳俊啟：〈重估梁啟超小說觀及其在小說史上的意義〉，《漢學研究》第 20 卷第 1 期（2002年），頁 330-332。

一、 文學傳播中的文化建構

　　人類的智慧，在於集體創造了無與倫比的文化光輝；人類的可貴，在於運用自身的文化對歷史的機遇作清醒的反思。通過對文化的創造，人方能為自己創造一個有意義的世界，因此晚清革命思潮的風起雲湧，不僅是對世局的檢討，也是積極的文化創造。

　　文化變遷，往往順應人類生存之需要而衍生，新文化之所以能替代舊文化，最顯著的標誌在於社會理想的嬗變。傅斯年說過：「文化的進步，在於有若干狂人，不問能不能，不管大家願不願，一個人去闢不經人跡的路。」披荊斬棘的精神，就是文化創造的歷程，因此，革命志士為晚清中國擇定一條與世界接軌的路向。回歸革命宣傳的面向，不難發覺作為革命理論傳播角色的《民報》，必須一方面醜化當政者，極盡詆毀之能事；另一方面則必須喚醒國魂，取得民眾普遍的支持，在情感上鼓動仇視滿清政府的意識型態。所謂：成於理，歸於心。文化建構是觀念性的變革，絕非短時間可完成，而群眾的熱情卻能透過浪漫的心靈呼喚激起，是而革命文學也在現狀的變革中，出現文學藝術的感性意涵。[62]

　　被孫中山先生許為「革命馬前卒」的鄒容，以《革命軍》激越的宣傳文字，對廣多人民進行宣傳，在慷慨激昂的政治理念背後，著眼

---

[62] 革命理論體系中，為求集中批判時局的火力，有時不免詆毀多於哲學論述，而失之偏頗；然而晚清所需的變革，已無太多時間可供等待，必須如孫中山先生所言「畢其功於一役」，植基於人類情感與理想的高度信心上，縱然會有欠精確，卻已是不得不為的方向。詳參朱浤源：《同盟會的革命理論》（台北：中央研究院近代史研究所，1985 年），頁 288-291。

於革命心理及教育的普及,在語言上選擇通俗易懂的語調,試圖在多數人接受的文化符號中尋求支持。這說明文學傳播須援用感性的力量,乃能支撐理性的價值,方東美於《原始儒家道家哲學》中指稱:「文化總體須有高度的形上學智慧,高度的道德精神之外,還應該有藝術的能力貫穿其中,以成就整體文化。」[63]綜而論之,文學藝術的力量巧妙接合政治思潮,而以傳播媒體向中國的下層社會發聲。

革命思潮能在 20 世紀迅速成形,多半靠的是民族記憶中的革命論述,如孫中山《革命運動概要》所說:「革命之名詞,創於孔子,中國歷史,湯武以後,革命之事實,已數見不鮮矣!」[64]縱使維新派與革命派如此競爭,然而繼起的革命也在先行者譚嗣同「我自橫刀向天笑,去留肝膽兩崑崙」的人格感召下,以犧牲自我召喚知識分子的堅毅氣節,使得紹繼者如陳天華作《警世鐘》後,蹈大森灣而亡;楊篤生作《新湖南》後,投海於英國;秋瑾紹興被捕後慷慨赴義,知識分子中的菁英一個個為排滿亡、為醒世死、為理念而犧牲。

革命是一種教育,宣傳家試圖以革命塑造民主的政治文化,在某些層面,宣揚革命是居於領導國民心理的位階上來進行。[65]20 世紀

---

63 文學藝術要能超越知識圈,就必須在某些程度上結合市民文化,才能獲得新生。晚清文學變革,基本上是一場探討中國人價值、歷史命運、生存狀態、國民性的思想啟蒙,而強調「人性」的文學觀也如魯迅《吶喊》所示:「我們的第一要著,是在改變他們的精神,而善於改變精神的是:我那時以為當然要推文藝,於是想提倡文藝運動了。」詳參朱德發:《世界化視野中的現代中國文學》(濟南:山東教育出版社,2003 年),頁 39-45。

64 重構歷史上的「造反」,將情感歸於民眾的期待,訴諸湯武革命的宏偉敘述(master narrative)更是民族記憶中對於喚起民眾的有力支撐。轉引自陳建華:《革命的現代性:中國革命話語考論》(上海:上海古籍出版社,2000 年),頁 38。

65 孫中山〈民報發刊詞〉有云:「惟夫一群之中,有少數最良之心理。能策其群而進之,是最宜之治法,適應於吾群;吾群之進步,適應於世界。」可見醒世本身涵

初，資本主義及社會主義等學說傳入中國，加上政治處於轉型時期，社會浮現動盪不安的情勢，許多民謠傳誦於社會，人民的心理在面對經濟危機前，便會思索是否要變革現有政府體制，而革命的種子也散播在下層社會民眾的心中。1909 年，美國傳播學者庫利（Cooley）在《社會組織》中說道：「新的傳播正像曙光一樣普照世界，促人覺醒，給人啟發，並充滿新的希望。」由人類社會發展觀之，真正有意義的訊息不是傳播內容，而是該時代使用的傳播工具性質，其開創性帶來社會變革，那就是一種文化建構。[66]

欲思推翻專制政體，在革命心理及教育上，則必須認知進化史觀下的新中國，必須強調革命心理及人文道德的效用。[67]革命心理的教育目標，在於宣傳革命後的理想世界，讓民眾體認變革是為了美麗的未來，急劇的破壞方能帶來迅速的成長，因此如何啟發民智以革命，如何在革命後宣揚現代性的文化，亦形塑出一種超越革命行動的心理

泳著時代先知先覺的使命，陳天華、秋瑾慷慨激昂的文學作品，也是領導國民心裡的模式之一。見孫文：〈民報發刊詞〉，收於《國父全集》（台北：中國國民黨中央委員會黨史委員會）

[66] 馬克斯在《政治經濟學批判序言》提到：「物質生活的生產方式制約著整個社會生活、政治生活、精神生活的過程。不是人們的意識決定人們的存在，相反，是人們的社會存在決定人們的意識。」文學傳播與政治、經濟類似，均為促進社會互動之權威組織，加之其自身強悍的話語權力，因而在社會組織中成為一種解構傳統的力量。詳參蔣曉麗：《中國近代大眾傳媒與中國近代文學》（成都：巴蜀書社，2005 年），頁 11-17。庫利引文另見 Cooley，charles Hortor，social Organization：A studay of the largen mind . Charles Scribne's Sons，New York，1929，p.45.

[67] 在革命心裡建設上，有三大因素須理解：（1）因應國民心理；（2）發揚革命志節；（3）配合時代潮流。章太炎在〈軍人貴賤論〉、〈箴新黨論〉及〈哀陸軍學生〉中明確指陳：「道德墮廢者，革命不成之原。」道德除了宗教目的外，更是公共意識能否喚起的根本心態。因此，強調以文化的力量，振興排滿決心，則顯然是人文道德的一種精神武裝。詳參朱浤源：《同盟會的革命理論》（台北：中央研究院近代史研究所，1985 年），頁 263。

建設。

二、對應文化自覺的革命啓蒙

　　近代中國的啓蒙運動，有別於西方工業革命的器物變革，而是一場喚醒國魂的文化啓蒙。如此順隨西方進化史觀衍生的革命思潮，結合文藝以揭示真理、灌輸思想，在舊的觀念失去主導觀念的自信時，新的觀念乞靈於政治上的革命，必然與傳統產生對抗。然則，我們不禁要思索，革命啓蒙的背後是何種基礎？吾人以為，革命志士喚起國魂依憑的思想準則，選擇民間文學傳播形式去宣揚理想，念茲在茲的便是情感基礎，一種由情感生成的知識理性，它選擇文明外貌，以心靈感通來戰勝愚昧，獲得思想啓蒙的成果。

　　王曉波於〈民族主義與中國前途〉一文中，針對近代國族主義在中國的生成，認為實踐層面的問題在於知識理解的不完整：

> 一切思想要有具體的意義，就必須要有不斷的知識的充實和確
> 實的實踐，否則都是空話或虛偽的意識型態而已，民族主義亦
> 不例外。實踐愛國必須確實有愛國心，以愛國為名，行自私或
> 賣國之實，而欲抹煞民主，那不是愛國，也不合乎憲法。無人
> 可以否認，中國近代確有許多愛國的仁人志士，但為什麼中國
> 自今未能富強，甚至連最起碼的統一都沒完成呢？考察起來，

實應知識的破碎和不足，知其一而不知其二。[68]

知識的零碎不整，導致文化上的斷層與落差。移植於西方的現實主義，強調其自身批判思考的行動，這也是西方民主共和的最大優點，然而在中國，當政治結合文藝後，卻將批判現實的精神演變為歌頌現實，也失去喚醒熱情後的理性。

於是，當我們觀察中國近代文學革命的深層因素時，不難發覺，中國文學革命是由表層向深層發酵的文化滲透，由外緣力量來反省內在文化。由見識到西洋的船堅砲利，進而在物質文化上尋求提升，直到戊戌維新時才上升到制度文化，強調制度改良為治本之方，在一切變革都失利後，才體認到須以革命來重建文化。此一思維，影響到五四運動時期鼓吹民主、科學的力量，可說是革命啟蒙的一大關鍵。

中國的革命啟蒙，掌握在知識分子自覺去批判傳統的文化心態，這些菁英多數留日，他們對於西方的理解得自日本學說，而真正深習西學的留學生，則少有人持類似見解。深諳西學的嚴復便深信「自由為體、民主為用」，他自外於全盤西化的口號，對國粹傳統的維護則異常堅定。中西思潮的論爭，蔓延到文化界時，知識分子全面對西方尋求真理，在文化立場上嚴厲批判儒家，卻仍淪於文人的虛無幻相，鮮有針對時代危機做出嚴肅回答，這種缺乏民族文化基礎的維新思潮，做出的影響仍非常有限。這類以反傳統出發的啟蒙心態，只能說

---

[68] 無客觀知識的理性，不能給予中國現代化指引。革命帶來新的政局，卻不保證能在破壞後有非凡的建設與進步。晚清知識菁英對世局的理解，由於過分亟求實效，導致野心家操弄人民情感，謀求私利的情狀。見王曉波：《民族主義與民主運動：一個統派知識分子的探索》（台北：海峽學術出版社，2004年），頁133。

是以文化方式談政治，並不能深入民族的改造機制中。[69]

在民族改造機制中，國民性的塑造尤其重要。國民性是文化烙印於民族的性格，任何對國民性的思索都必然與傳統文化有所聯繫。辛亥時期，知識分子對國民性的關注，強調由人的角度反思傳統文化，通過「新民德」的終極目標重塑國民性格。無論軍事、外交、政治、思想文化，中西交鋒證明了中國的落後；然而，西方文化的滲透，在客觀上也提供參照民族文化的知識體系，知識分子面對此一體系，便能自發地覺醒，提出理性的論述基礎。觀察歷史發展，戊戌變法失敗，維新的聲浪為革命風潮所取代，辛亥革命成功後建立民主共和政體，然而，政治上的成功並未改變民族命運，因此，文化改造的呼喚也漸為時人所關切。

文化改造在近代思潮中，代表著一種隱形的心靈革命，如何調整文化及生活方式以應變世局，成了人民真心關切的問題。政經的困惑反映於文學上，通俗小說的大量印製，亦真切反映社會微妙的動態及民風變異，我們能透過通俗小說的介紹，觀察到特定時期人民普遍關心的問題及其思想變化。1947 年，朱自清就推崇通俗文學為中國文學主流的見解，他說：「明朝人編的小說總集有所謂的『三言二拍』，二拍是初刻和二刻的《拍案驚奇》，重在"奇"。三言是《喻世名言》、《警世通言》、《醒世恆言》，雖然重在勸俗，但是還是得使人『驚奇』，

---

[69] 中國百年的文化危機，其一是西方啟蒙思潮向中國傳統文化的挑戰；其二是知識分子長期不能運用文化資本，使社會有凝聚力及依循的方向。事實上西方的現代化進程中，其本土文化傳統起了不可磨滅的貢獻，而晚清知識分子卻未能省察到民間社會所提供的文化力量，這股力量也使得革命思潮在知識分子的自覺中，營造出全新的民主時代。詳參哈佛燕京學社主編：《儒家傳統與啟蒙心態》（南京：江蘇教育出版社，2005 年），頁 8-11。

才能收到勸俗的效果。」晚清知名的譴責小說《官場現形記》和《二十年目睹之怪現狀》，其情節依時勢要求而作，將維新及愛國思想落實於文學作品，藉著對清廷「不足以圖治」的抨擊，揭露社會上昭然可見的弊病，在革命思潮的醞釀過程中，也扮演重要的腳色。

要普及知識，就要講求通俗，假若通俗小說不合民眾胃口，就必然喪失啟蒙力道；一旦遠離時代焦點，就不會有化民成俗的效用。魯迅說過：

> 蓋嘉慶以來，屢平內亂（白蓮教、太平天國、捻、回），亦挫於外敵（英、法、日本），細民暗昧，尚啜茗聽平叛武功，有識者則已翻然思改革，憑敵愾之心，呼維新與愛國，而於富強猶致意焉。……其在小說，則揭發伏藏，顯其弊惡，而於時政，嚴加糾彈，或更擴充，並及風俗。雖命意在於匡世，似以諷刺小說同論，而辭氣顯露，筆無藏鋒，甚且過甚其辭，以合時人嗜好。[70]

革命文學的特徵，正如「匡世」二字，優秀的民間文學蘊藏教化功能，雖在表現形式上推崇娛樂功能，但我們不能因之忽略醒世啟蒙之功。

---

[70] 晚清通俗小說選用白話為基礎，本非創見。明代馮夢龍《古今小說敘》即有其見地，馮氏云：「大抵唐人選言，入于文心；宋人通俗，諧於里耳。天下之文心少而里耳多，則小說之資于選言者少，而茲通俗者多。試令說話人當場描寫，可喜可愕，可悲可涕，可歌可舞。……怯者勇，淫者貞，薄者敦，頑鈍者汗下。雖誦《孝經》、《論語》，其感人未必如是之捷且深也。」馮夢龍認識到民眾對小說之喜愛，要教育這些多為文盲的民眾，就必須在用字上講究通俗。見魯迅：《中國小說史略》（杭州：浙江文藝出版社，2000 年），頁 223。

晚清文學之演變中，有著強烈醒世風格的文字，正以其鋒利之筆昭示著文化界。

三、平民之學及新文藝復興

　　革命思潮作為辛亥時期的主流思想，以孫中山的術語而言，包含《民報》在內的革命論述，都應稱為平民之學（Demosology）。[71]平民之學深具民主精神要義，代表著對中國廣多民眾的尊重。

　　朱浤源在《同盟會的革命理論》中分析《民報》文字的六大特徵為：（1）理想性高於可行性。（2）理論性高於實際性。（3）樂觀性高於悲觀性。（4）破壞性高於建設性。（5）宣傳性高於平敘性。（6）社會性高於哲學性。[72]平民之學運用在革命實踐上，在政治方面，主張新的國民主義，為平民盡心服務。而在社會方面，為求人民福祉，減低權貴之壓榨及剝削，尤其重要。回歸於革命宣傳層面，其實各方革命志士的核心交集，就在於民族主義。以漢族作為中華民族的重心，以之推動政經、社會的全面變革，在平民之學的內涵上，民族主義產

---

[71] Demosology 一詞，源自 demos 字義，有庶民或平民之意。胡漢民曾在〈告非難民生主義者〉一文中說：「孫先生曰：民生主義一名詞，當為 Demosology，而不為 Socialism，由理想而見諸事實之意也。」告知我們孫中山先生的民生主義，不代表重理想的社會主義，而是重實踐的民生主義，這也是知難行易思想的延伸。見朱浤源：《同盟會的革命理論》（台北：中央研究院近代史研究所，1985 年），頁284。

[72]《民報》之革命理論，牽涉到革命宣傳家對孫中山先生平民之學的理解，囿於個別認知的差異，為求激發國民對革命的熱情，總是在理想性色澤濃厚。關於文化、觀念的變革，絕對不等同武力革命可在短期內完成。同前註，頁288。

生的號召最為強大，也最足以喚醒國魂。

　　然而，平民之學的認知，也受到許多政治學家對人類理性能力的質疑。卡爾巴伯（Karl R. Popper）堅持主張人類的能力有限，因人類智慧有其「可誤性」（fallibity），因此，以《民報》充滿感性的民族革命論而言，政治學上確然是信心不足的。對於民主之路採用人治的信心不足，亦古典政治學的疑慮，連戰對此有如下分析：

> 　　身為啟蒙時代的人物，但盧梭的思想則呈現著顯著的反理性色彩。此種色彩尤其在他談論理性現象時為然。雖然領袖應以理性的標準作為出發點，但盧梭卻不相信此種理性標準，會自然成為眾人同意的客體。由於盧梭最反對領袖人物用強制力迫人就範，因此他強調領袖人物應該用說服的方式盡力來爭取人民。他應該具有名人之人格，善於詐欺。為了取得眾人對他所立之法的信心，他甚至可以鼓吹迷信強調神罰，並可使用一系列的儀式習俗，來導致人們對他的虔敬。[73]

上述分析中，談到領袖的魅力，甚或運用民俗儀式的社會控制論，作為尚未凝聚國民意識前，不得不為的善意欺騙。以此觀之，《民報》執筆人對革命的詮釋，歸之民族主義的立場時，其非理性呼喚也成了時代之必然。

　　振興平民之學前夕，對於民族主義的內涵我們就須另眼相看，而

---

[73] 在古典政治哲學上，對人的能力是有懷疑的。盧梭雖強調人性之善，但又認為此種善性不足以使人瞭解真相，仍須藉助理性之外的手段。詳參連戰：《民主政治的基石》（台北：正中書局，1973年），頁108-113。

非以純然的理性基礎，創造另形的政治神話。王曉波審視近代世界的民族運動後，有如下發現，他說：

> 個殊的民族主義必然發展成帝國主義，而帝國主義必然走向覆亡之路，所以是非理性的。普遍的民族主義，也就是三民主義的民族主義，雖然目前由於弱小民族力量有限，可能遭受頓挫，但是，最後必然是會成功的，是能長久滿足人類共同利益和感情的，所以是理性的。……只有站在普遍的民族主義立場，反對一切國內外帝國主義，才是真正理性的。因此，從一個弱小民族的立場來說，在思想上作崇洋媚外的批判是理性的。[74]

在知識分子的眼界中，中西文化交匯，亦使其生存哲學產生相對的變化。近代中國知識菁英急於掌握科學真理，卻難以解釋為何這些精確取向的學科知識，卻在人類社會形成深重的危機？在中西方各有其不同價值體系下，西方文化的強勢侵入，在客觀上提供中國人觀察民族文化的參照向度。因此，在「思想上批判崇洋媚外」屬於道德上的理性，而非科學上的理性。文化衝突下，中國傳統文化除了為中國人反抗外來侵略提供精神支柱，也同時培育一批在傳統中尋求變異之道的仁人志士，拒絕對西學的強力依賴，而選擇走向中國歷史深處，對「國

---

[74] 國父孫中山先生講解民族主義時說過：民族主義的真諦是「濟弱扶傾」，中國在瀕臨危亡之際，亦援助過韓國、越南及印度等弱小民族獨立運動，這就是反帝國主義的道德理性，因此縱有激越的民族運動，在現實世界中也是理性作為。詳見王曉波：《民族主義與民主運動：一個統派知識分子的探索》（台北：海峽學術出版社，2004 年），頁 181-183。

粹」的再造，形成新文藝復興的契機。[75]

由理智上意識到西方文化確有值得借鑒之處，並通過對西方文化的沈思而對傳統文化做出適當評斷，正如西方學者研究西班牙人征服美洲印地安人時的涵化（acculturation）過程[76]。不同文化衝突之下亦有自發吸收的面向，而中國近代革命思潮的興起，也與道器、體用的爭辯產生連結，在此一思維下，平民之學也能投射於文學藝術面。

1896 年廣學會出版了傳教士林樂知所編的《文學與國策》，書中提到日本駐美大使森有禮徵求美國名流對日本維新的意見時，曾提到：「文學為教化必須之端，有教化者國必興，無文學者國必敗，斯理昭然也。即如三百年前之西班牙，實為歐洲最富有之國，肆因文學不修，空守其自然之利益，至退處於各國之後而不能振興。」該說法亦影響晚清知識菁英對日本啟蒙文學的認知，留日學生對於日本政治小說改革社會之功，均投以高度注視，因而產生文學救國之說。[77]

啟蒙民眾的理念，綿延至民初周作人所倡言的「平民文學」，該

---

[75] 魯迅或章太炎對人性與個體的尊重，使之如西哲尼采一般，堅持在文藝上對抗以外在永恆秩序規範人文精神的西方價值。選擇以熱情感性的詩文，消解純然機械理性的價值觀，重創一種人文精神，該系統普遍呈現於魯迅留日期間所寫的〈文化偏至論〉、〈摩羅力詩說〉及〈破惡聲論〉等文章上。詳參陳方竟：《多重對話：中國新文學的發生》（北京：人民文學出版社，2003 年），頁 152-154。

[76] 涵化的力量，在於透過語言、心理、文化深層結構的交流，而對傳統文化產生改變。事實上中國文化自有其海納百川的力量，西方文化刺激下，它也能表現出對傳統文化的再造，如民間文學的備受重視，即是一例。參張廣達：〈唐代的中外文化匯聚和清末的中西文化衝突〉，收於《中國傳統文化再檢討·下篇》（台北：谷風出版社，1987 年），頁 220-222。

[77] 梁啟超認為日人柴東海的《佳人奇遇》、矢野龍溪的《經國美談》等政治小說，對於改變國民性最具效用，因此，梁啟超便推動各類文學型式的革命，希望藉之改變中國。見周秀萍：〈從文學誤國到文學救國〉，《湘潭大學學報》（哲學社科版）1999 年第 1 期，頁 58。

類文學特徵在於真實平易，毫不矯揉造作，將文字的內在張力，自桐城派古文中解脫出來，在某種程度上更代表新文藝的出現。1927 年魯迅在《無聲的中國》系列演講中指出文學革命的寄盼：

> 我們不必再去費盡心機，學說古代死人的話，要說現代人活的話；不要將文章看作古董，要作容易懂得的白話的文章。我們要說現代的，自己的話；用活著的白話，將自己的思想、感情，直白地說出來。……只有真的聲音，才能感動中國的人和世界的人，必需有了真的聲音，才能和世界的人同在世界上生活。[78]

接合世界文學潮流，因此不避俗語的民間文學也在新文化創建的歷程裡，由文學的伏流躍升為主流，小說戲曲作為平民文學的一種體現，在中國近代社會取得動力。

　　當中國為西方文明強勢衝擊時，主宰文化軸心的知識分子對中國前景感到憂慮，當古典文學不再能解決實際面臨的問題後，不可迴避的弱點便浮現在中國人的文化心理層面。因此，文學要回到民間去發光發熱，也必然要求新求變，於是白話文也藉著民間文學對語言的解放而獲得新生的契機。[79]

---

[78] 魯迅此說，意念近於《文心雕龍》所云：「嵇康師心以遣論，阮籍使氣以命詩」的特色，強調恢復「真心之語」的文學創作。轉引自陳方竟：《多重對話：中國新文學的發生》（北京：人民文學出版社，2003 年），頁 396。

[79] 傳統文化本身是用來制衡現代價值的重要因素，然而向外國文化學習之後，新的元素加入舊文化中，便會產生破壞性的力量。文字的解放，也必然透過過渡期的樣貌，從而出現新的文學形式，那就是文化再製。參王富仁：《中國的文藝復興》

　　傅斯年於〈白話文學與心理的改革〉中闡述文學及革命之互動，頗為精當，文說：

> 白話文學的內心應當是：人生的深切而又著明的表現，向上
> 生活的興奮劑。……思想儘管高明，文章儘管卑劣；一旦有
> 深沈摯愛的感情發動，自然如聖靈的啟示一般，欲罷不能。
> 我現在有一種感想，我以為未來的真正中華民國，還需藉著
> 文學革命的力量造成。……想把這思想革命運用成功，必須
> 以新思想夾在新文學裡，刺激大家；因而使大家恍然大悟；
> 徒使大家理解是枉然的，必須喚起大家的感情；徒用言說曉
> 喻是無甚效力的，必須用文學的感動力。[80]

文學的感動力，可用以散佈人文思想，促成民眾對人生的自覺，以及生活方式的選擇，這才是革命啟蒙所代表的文藝復興。

（桂林：廣西師範大學出版社，2003 年），頁 76-80。

[80] 胡適編：《中國新文學大系・建設理論集》（上海：上海文藝出版社，2003 年），
頁 204-206。

第六章　結　論

　　晚清在西化與傳統的爭論中，知識菁英對西學的借鑒與學習，透過對西方學術的觀察，參酌國情需求，並由之建構出文學傳播的教育模式。以思想宣傳為己任的革命志士，如陳天華、秋瑾、鄒容、高旭、馬君武等人，其援筆為文，展現鏗鏘雄渾的革命文學。革命文學將藝術表現與現實人生結合起來，藉作家對生活真摯的愛憎，出現喚醒民眾、激勵民心的作品。俄國文藝家斯托洛維奇在《現實中和藝術中的審美》一書說過：「每種社會意識形式都表現著一定的社會需要，服務於社會實踐的一定方面。因此，都面臨著自己的獨特的任務。」[1]

　　這種特殊任務與辛亥時期之政經動盪，有極大關係，知識分子走出書閣、關切時局，將喚醒民眾、啟迪民智視為民族復興大計。因此，當革命思潮在世變洪流中衝擊傳統中國社會，應運而生的革命文學，基於真切反映現實人生，揭露社會陰暗面的立場，亦呈現出喚醒國魂的文化意涵。民族意識在晚清時期是隱而未顯的力量，知識菁英能認知國族危亡之徵，卻未能使下層社會人民對民族命運產生危機意識，因此如何運用文學宣傳，激起多數民眾的民族意識，成為一種時代課題。

　　文學與政治相結合，必須肩負起教育民眾之責，如阿英在〈藝術

---

[1]　晚清知識分子對文學有其功利取向，強調文學在社會實踐中的特殊目的及職能，透過文藝作品加以呈現新學說的內容，對一般民眾進行社會教育。轉引自吳家榮：《中國化文論的歷史進程》（合肥：安徽教育出版社，2004 年），頁 250。

與經濟〉所說：「現在的文學作家使命是給人生以一面鏡子，使民眾在藝術的表現中，更容易去瞭解人生的意義。」革命文學當有正向的生命態度，在嚴厲批判之餘，面臨各類社會型態當做價值辯證，且當勾勒出未來中國所應追尋的光明大道。革命思潮是時代氛圍的體現，也是鏗鏘有力的民族之聲，革命文學能作為覺世之文，當如黑格爾在《美學》中所說的：「藉助深厚的心胸和灌注生氣的情感」去激起讀者共鳴，讓文化為時代盡心。

因此，在歷史轉折的關鍵，長期被忽視的某些文化元素，往往能成為創新思想的基礎。傳統的慣性與束縛，或許在文化建構上是一種阻力，然而，民間文學形式中的戲曲、通俗小說、歌謠，則恰如其分的表現出廣泛的教化力量。胡適於〈信心與反省〉說過：「創造只是模仿到十足時的一點點新花樣。」革命文學也是傳統文學吸收新的文化刺激後，透過分析理解而衍生的文學形貌。

20 世紀全球的革命思潮，憑藉新的文學傳播模式，在不斷尋求文化建構的呼喚與試驗中，透過民間文學形式創造新的文化意念，進而影響時代的變遷。

一、文學傳播在革命啓蒙中的作用力

革命代表著思想與行動上的啟蒙，中國人面對世紀變局何以振發，又何以奮起？革命志士為求中國在人種的生存競爭中立穩根基，針對「國民性」的培養也頗為重視。鄒容在《革命軍》中說道：「中國而有國民也，則二十世紀之中國，將氣凌歐美，雄長地球，故可蹶

足而待也。中國而無國民也,則二十世紀之中國,將為牛為馬、為奴為隸,所謂萬劫而不復者也。故得之則存,捨之則亡,存亡之機,間不容發,國民之不可少也如是。」革命黨人觀察歐美富強之歷史後,深切體認革命教育之不可或缺,認知國民素質提高之必要,在思想建設上,如能通過革命鍛鍊民眾,提振知識水準,凝聚國民意識,便可達成糾合群力之功。

近代報刊之興盛,除了石印術發達外,另一方面則鑑於宣傳思想與傳播文明的便利。晚清對文明輸出最力的兩大途徑:演說與學會教育,於今而言是極有前瞻性的。大眾傳媒在建構民族意識、影導思想潮流之際,亦建構著現代文學的發展。

分析晚清文學傳播的現象時,必須體察其中的文學現象與時代意義。陳平原認為研究報刊傳播之意義凡三:其一在於現代作家不斷根據時勢變遷而修改作品;其二是閱讀報刊可使我們對時代的文化氛圍更為理解;其三則是藉著報刊資料可對歷史有新的詮釋。[2]這是相當公允的見地。晚清革命宣傳對報刊傳播的重視,在於報刊文字曉暢通達、活潑熱情的風格,正是胡適所謂的「活文學」型態,因此革命宣傳家對於民間文學形式的運用也更為期待。活的文學離不開民族文化,知識分子對於中西文化的考察中,亦相對重視宗教民俗的教化作用,由於宗教深具安定人心的力量,透過人民對信仰的堅持,國民意識及民族能量便可迅速結合,完成思想維新之目標。

---

[2] 以文學現象為中心的論述,較之文本探討而言,更能以文化學、社會學理論來探究文學原生型態。文化載體是有機呈現的概念,以報刊傳播觀點探究文學,將更有耳目一新的感覺。詳參陳平原:《晚清文學教室》(台北:麥田出版社,2005 年),頁 35-38。

除了信仰之外，以文學傳播作為思想啟蒙媒介的呼喚，也左右了當時知識菁英的思考。文化界認為傳統民間文學固然呈現出民眾喜聞樂見的型態，然而戲曲小說中蘊含的荒淫、封建思想，卻又箝制住國民性之正常發展，民眾無法透過戲曲小說去適應變遷的時代。因此，當民間文學結合報刊傳播之後，報刊輿論對社會現象的影響力，民間視聽的主導，如能結合民間文學作為思想傳遞的媒介，則移風易俗的效益將更顯著。

以小說為例，描寫世情與譴責社會黑暗面的社會小說在 20 世紀蓬勃發展，其間代表作有《官場現形記》、《活地獄》、《老殘遊記》、《孽海花》、《文明小史》等書。這些作品據蔣曉麗統計可分成四大類型[3]：（1）抨擊晚清吏治的作品。（2）揭露世風墮落的作品。（3）宣傳西方西方文明的作品。（4）反映其他社會問題的作品。由於譴責小說的披露黑暗，建立了國民通曉而能吸收的白話文學，成了當時知識分子運用文學傳播的思考基點。《安徽俗語報》第一期中提到：

> 現在各種日報旬報，雖然出得不少，卻都是深文奧義，滿紙的之乎也者矣焉哉字眼，沒有多讀書的人，哪裡能夠看得懂呢？所以各省做好事的人，可憐他們同鄉不能夠多識字讀書的，難以學點學問、通些時事，就做出俗語報，給他們的同鄉親戚看看。[4]

---

[3] 晚清的社會小說或譴責小說，其文學成就遠高於同時期他類小說，該類作品的風格與西方伏爾泰、司威夫特、拉伯雷的作品近似。見蔣曉麗：《中國近代大眾傳媒與中國近代文學》（成都：巴蜀書社，2005 年），頁 191。

[4] 轉引自李孝悌：《清末的下層社會啟蒙運動：1901-1911》（台北：中央研究院近代史研究所，1992 年），頁 20。

沒有飽讀詩書的人並非文盲，而是粗通文字的民眾。學者李孝悌認為白話報針對的下層社會，大體言之是指粗通文字的民眾，一方面是因為這階層佔的人數相當可觀，而另一面則認為如果針對文盲去傳播文明，即便文字再淺顯也悉無所用。[5]因此，當文學作為文化建構的媒介時，總是以不同型態去增益其文化精神，文學作品則等同於一本關於人類在歷史語境中創造文明的書本。

　　當文學肩負起文化建構的任務之際，它便具備傳播與教化功能。傳播思想必須運用民眾通熟的語言，大眾化的語言符號，便是文學作為傳播工具前必先完成的文化支架。20 世紀的中國於國際情勢動盪的時空中，對革命思潮的呼應，必先致力於平民教育，使民眾能理解國族處境之艱辛，進而奮起為國。晏陽初〈中華平民教育促進會定縣實驗區〉一文中說：「教育必須與生活打成一片，才有辦法，換言之，教育必須要生活化，才能真正解決生活的問題。」結合生活的平民教育目標，使得「尚實切用」的氣息瀰漫在當時的文化教育上，革命宣傳之目標，則近於陶行知所言：「與其說『教育是社會經驗之傳遞』，不如說『教育社會經驗之改造』。」改造傳統的社會經驗即是變化民風，而普及的平民教育則構成外在規則的內化效應，使國民能勇於革新、檢討民族文化，進而以良好的素質達成富強之境。也就是說，民間文化與菁英文化間的交融，知識大量輸出到民間，文學形式也因之出現俗化的傾向，文學與社會的聯繫也更加緊密。

5　晏陽初於〈鄉村改造十大信條〉中認為：「整個鄉村改造工作的目的是發揚平民的潛伏力，要他們運用自身的力量去改造自己的生活。…要從平民最迫切的問題入手，從他們所知道並能理解的地方開始，在他們現有的基礎上來進行改造。」參江明淵：《民初陶行知、晏陽初教育理論與民間文學之關係研究》（花蓮師範學院民間文學研究所碩士論文，2004 年），頁 225。

　　在啟蒙的聲浪中，由於知識菁英知識背景的理解程度不同，加之救亡圖存的民族意識影響，文化的建構上雖強調個人本位的「人的文學」，卻不免與平民文學、國民文學、社會文學等口號相重疊，而出現個人覺醒與民族意識並存的複雜情狀。縱使如此，革命思潮對近代史的影響，仍有其不可磨滅的痕跡。跳脫鍾鼎山林的文學理念，到民間去的深情呼喚，使得以「平民主義」為基礎的「人的文學」取代個人本位的文學型態。對於革命文學的詮釋，正如蔣光慈所言：「主人翁當是群眾，而不是個人。」[6]對象為人民的文學形貌，才能關切眾生對於生存所做的努力與奮鬥。對陳天華、秋瑾等革命宣傳家而言，雖然在文學與啟蒙的對話中，為回應啟蒙而運用民間文學，然而他們也深切體會到僅憑思想力量，並無法有效解決中國的積弱不振的窘狀。文學唯有與革命相連結，方能顯現「文學救國」的能量，而文化建構也才能在動盪的年代中表露其價值。

　　美國文論家阿瑞提說過：「一個人不能憑空創造出新東西，他的創造必須有一個環境，這個環境給他提供文化薰陶及各種刺激。」[7]新文學的創造歷程裡，縱然糾合了諸多西方思潮的養分，通過知識菁英對西方文明的分析解讀，針對中國需要而設計出新的文化面向，正如在各色思潮構築的磁鐵中運轉的磁力，文化環境構成了文化思潮的磁場。知識菁英作為時代先知、文化良心，在社會責任驅使下，試圖運用文學符號去傳播訊息，除了對民族既有的語言系統進行整合外，更須重新規範易於傳遞現代文化的文學語言。

---

[6] 蔣光慈：〈關於革命文學〉，原載於 1928 年《太陽月刊》2 月號。轉引自朱德發：《世界化視野中的現代中國文學》（濟南：山東教育出版社，2003 年），頁 143。

[7] S·阿瑞提：《創造的秘密》（遼寧：遼寧教育出版社，1987 年），頁 47。

　　考察文學傳播對時代意識的凝聚，不難發覺革命志士在紹繼梁啟超對「開民智、鼓民力、新民德」之理念下，即使政治立場上或有不同，將民族性底層的文化心理鎔鑄為思想武力，進而以革命文學點燃民族靈魂，昭告革命追隨者繼續前尋。以文化的共時性而言，文學作品體現時代特定的社會情境，它呈現出文化的普及性及意識型態，並真確表達時代的聲音。作為啟蒙的手段的文學是充滿熱情與力量的，清末民初的文學著眼於國民性的改造與人文建構，文學作品中蘊含著無窮的民族文化性格，以理想的人格模式對人民進行啟蒙教育。[8]

　　綜而論之，當文學傳播成為社會革命的選項時，民族意識凝聚與否也成了時代的文化意義了。胡適說：「社會革命的目的就是要做到：向來被壓迫的社會分子能站在大庭廣眾之中，歌頌他的時代為人類有史以來最好的時代。」民間文學的現代啟示，體現於文化傳播為知識菁英運用，作為平民教育的工具時，對民間文學內涵的重新提煉，誠然是意義悠遠的。新文化的建構。也讓文本成了具啟蒙意義的知識連結，也宣示著知識菁英共有的理想與信念。

二、知識分子面對革命思潮的文化建構

　　晚清知識分子對於西學的吸收與融通，使之對領導時代趨向產生一種責無旁貸的信念。孫中山也說：

---

[8] 文化社會學的概念，使人對時局的變遷及歷史際遇，有著不一樣的體驗與解讀。詳參暢廣元主編：《文學文化學》（瀋陽：遼寧人民出版社，2000 年），頁 140-145。

> 中國幾千年來，社會上的民情風土習慣，和歐美的大不相同。
> 所以管理社會的政治，自然也和歐美不同。如果不管自己的風
> 土人情是怎麼樣，便像學外國的機器一樣，把外國管理社會的
> 政治硬搬過來，那便是大錯。[9]

這種既吸收又輸出知識的過程，一方面結合中國文化特有的包容及凝
聚力，以「和而不同」的傳統，尋求中西文化的會通。文化上的創新，
正如蔡元培所言：「販運轉譯，固然是文化的助力，但真正的文化是
要自己創造的。」革命思潮乃時代之必然，也是世界各民族啟蒙的重
要指標，在會通中西文化的前提下，知識分子吸收精華、揚棄糟粕，
通過國民性的考察，將之提煉為一套屬於中國的文化建構模式。

　　因此，縱然外來文化的某些準則（民主、科學、實業精神）已普
遍為世界多數民族信奉並實踐，但是在西方文化衝擊下備受壓抑的傳
統文化，在衝擊後存留下來的價值，也必然充滿了民族生命力。英國
哲學家羅素（Bertrand Russell，1872-1970）說：「在知識的探求中，
文化素養若被融化而獲得成效，必能構成人們的思想和慾望的特性，
並使這些思想和慾望至少有一部分同廣泛的非個人的事情相連，而不
是同個人直接有關的事情相連。當人們憑藉知識而獲得某種能力時，
他將會按照對社會有益的方式運用這種能力。」[10]為使中國人普遍獲
得新知，達成民族覺醒，進而獲致富強，這種認知在晚清維新與革命

9　轉引自馬克鋒：《文化思潮與近代中國》（北京：光明日報出版社，2004 年），頁
　　326。
10　羅素此言，係指文化如能被知識所融通，這種新的文化力量將會隨使用者的能力
　　提升，而運用到社會上。見羅素著·文良文化編譯：《俗物的道德與幸福》（北京：
　　華文出版社，2003 年），頁 276。

的論爭中，逐步取得共識。通過對中西文化的體察，知識分子對民族文化的體認更宏觀全面，也符合科學文明的內涵。

　　融貫中西的文化建構，不僅能呼應傳統文化，亦能與世界潮流接軌並取得呼應。當社會思潮由維新轉向革命時，知識分子對於民間潛藏的能量也頗為重視。1907 年楊度給梁啟超的信中提到：

> 排滿革命之理由，各異其言，有曰報仇者，有曰爭政權者，有曰滿人不能立憲者，有曰立憲不利於漢者，雖皆無理，而各有一方面之勢力。凡理由簡單而辦法甚複雜者，雖智者不易尋其條理；凡理由甚複雜而辦法甚簡單者，雖愚者亦能知之，能言之，能行之，範圍反較為大，勢力反較益增也。[11]

革命啟蒙的對象是一般民眾，這些人與知識體系距離過遙，以知識分子熟悉的語言教育他們，實是緣木求魚；因此，知識分子便以通俗淺白的文字作為文化符號，讓革命思潮與民族主義相結合，進而達成排滿革命的目的。

　　「義理如舟，感情如水」，文化建構須群眾熱情去參與，下層社會人民則有其「從眾現象」（conformity）[12]，如能善用菁英文化與市民文化的融通，則文化傳播即能在社會變局中，產生覺世之效。

---

[11]　口號明確，且易於記誦的革命宣傳，較深刻精微的革命理論更能打動人心。轉引自王德昭：〈知識分子與辛亥革命〉，收於《中國現代史論集》第三輯（台北：聯經出版社，1980 年），頁 292。

[12]　從眾現象「指人們自覺不自決地以某種集團規範或多數人的意見為準則，做出社會判斷，改變思想態度，在思想上和行為上追隨眾人。」詳參郭英德：《中國古代文人集團與文人風貌》（北京：北京師範大學出版社，1998 年），頁 229。

　　於是知識分子便以城市作為知識傳播的基地，通過市民文化的型態，向人民發聲。陳伯海在《上海近代文學史》中即有如下觀察：「(上海)從縱向來看，是工業城市文化與農業鄉村文化的衝突與融合，這是一種歷史縱向的矛盾，是近代社會取代傳統社會的變革。從橫向來看，是中國文化與西方衝突的融合，它是西方殖民主義打破鎖國的狀態，中國經濟開始進入世界市場，造成不同文明碰撞後的衝突與融合，社會的變革內部階層的變動導致菁英文化與大眾文化的雙向對流。」[13]質言之，菁英所觀察到的社會流動，大眾文化與菁英文化的影響，皆是革命思潮在民間發酵的鐵證。

　　知識菁英對大眾文化的看重，亦使民間文學間接躍上時代舞台。通俗小說及戲曲，結合白話文運動的浪潮，在特殊的文化環境中展現與歷史交映的特徵。革命思潮帶來思想的變革，也鼓動了新文學運動的聲勢，加深了文學創作的社會意涵，形成文學革命。文學革命的特徵，在於創造活文學，西元 1919 年，胡適在〈談新詩：八年來一件大事〉中，針對語言及歷史文化的依存提出精闢見解，文說：

> 　　這一次中國文學的革命運動，也是先要求語言文字和文體的解放。新文學的語言是白話的，新文學的文體是自由的，是不拘格律的。初看起來，這都是 "文的形式" 一方面的問題，算不得重要。卻不知道形式和內容有密切的關係，形式上的束縛，使精神不能自由發展，使良好的內容不能充分表現。……因此中國近幾年的新詩運動可算得是一種 "詩體的大解放"。因為

13　轉引自賴香伶：〈清末民初文學轉型期的標誌—南社文學研究〉(台北：台灣師大國文研究所博士論文，2003 年)，頁 117。

有了這一層詩體的解放，所以豐富的材料，精密的觀察，高深的理想，複雜的感情，方能跑到詩裡去。[14]

誠如胡適聲稱：新文化運動就是中國的文藝復興，它開創了一個新的時代。文學革命伴因隨政治上的變革，代表著知識分子的文化想像，卻不可免地有其學理上的缺陷。形成落差的因素，一方面是人民對社會及政治變革的高度期待，文化的選擇受到情感面的渲染，不可避免會出現偏激與吶喊；另一方面，則由於知識的零碎與偏頗，致使知識菁英移植西方學說時，僅得其形而未得其情。

儘管如此，在近代民間文學的發展中，白話文的元素是不可輕忽的，而「民間」具備的革命意念也未被質疑過。近代民間文學在文學革命中，意識型態掛帥下，革命的任務與目的高於一切，致使「到民間去」的目標決定了文學的本質。以小說戲曲為例，鑑其通俗易懂，知識分子選擇它作為宣傳思想的工具，文學之用勝過對審美藝術的追求，喚醒國魂的熱切期待，超越文學形式所能負載的社會能量，致使民間文學出現某種程度的質變。

文學並非天際的浮雲，它與社會脈動息息相關，浪漫的宮廷文學取材多屬大人先生們想像中的理想花園，而現實主義的民間文學才是人類感知世界的真實表現。郭沫若說得好：「文學是反抗精神的象徵，是生命窮促時叫出來的一種革命。」[15]文學與社會的緊密聯繫，使之

---

14 語言不是歷史文化的被決定對象，而是扮演決定歷史文化的地位，詩文的變革除了在形式上的變化外，也是順隨世界的革命思潮而衍生變化。轉引自王斯德等主編：《現代化進程中的中國人文學科·文學卷》（上海：上海人民出版社，2005年），頁192。

15 成仿吾先生在〈新文學之使命〉中說到：「文學是時代的良心，文學家便應當是良

產生一種生命經驗與情感的共鳴，因此可說文學便是人學，表現著時代的聲音與民眾的吶喊，這也是革命宣傳家所追求的「活文學」。

　　活文學的情感澎湃，能有效影響當代民眾對世界的認知。胡適在〈建設的革命文學論〉中亦指稱：

> 一切語言文學的作用在於達意表情；達意達得妙，表情表得好，便是文學。那些用死語言的人，有了意思，卻須把這意思翻成幾千年前的典故；有了感情，卻須把這感情譯為幾千年前的文言。……明明是鄉下老太婆說話，他們卻要叫他打起唐宋八大家的古文腔兒；明明是極下流的妓女說話，他們卻要他打起胡天游洪亮吉的駢文調子！[16]

好的文學語言應符合身份與情感，而活文學則應表現出符合現實情境的靈性。因此，所謂革命文學除了以慷慨之言陳訴理念外，更蘊含重視文藝的現實關懷和知識分子的社會責任，而革命文學也正是在此基礎上，以文學作為思想武器，宣傳革命理想、喚醒民眾的醒世之文。

心的戰士。」一切有生命力的文學向來都是迎著壓力而出現的文化力量。

[16]　胡適相當重視文學的感染力，認為一時代自有一時代之文學，文學的價值與生命力，來自於符合當下社會需求。轉引自王斯德等主編：《現代化進程中的中國人文學科‧文學卷》（上海：上海人民出版社，2005年），頁208。

三、陳天華、秋瑾民間文學應用的模式

晚清梁啟超推展「新民說」時，倡言政治小說的效用，認為當以新名詞、新知識結合社會改革理念，灌注於小說俚歌中，讓人民可妥為理解改革的迫切，進而變化社會風氣。然而，梁啟超的《新中國未來記》卻不折不扣是論述沈重、缺乏韻味的政治小說。此種缺乏文學韻味的政治小說，無法吸引民眾親近並認識它。因此，通俗化的前提必須保留文學的韻味、平民能欣賞的品味，一如顧頡剛研究《詩經》樂歌時所說的：「凡是土樂，一定是最少仕紳氣的。它敢把下級社會的幼稚的思想，粗獷的態度，淫蕩的聲音，儘量地表現出來。」這些存在下層社會中生猛剛健的文化因子，正是拯救民族危亡的「強壯性血液」，因此，文化界對民間文學的研究與採集方重視起來。

民間文學通俗平易的語言，真摯自由的形貌，容易為多數群眾所接受。文學中深厚的俗民文化在下層社會中根深蒂固，也塑造出一定程度的社會信仰與制約。德國神學家赫爾德（Johann Gottfried Herder，1744-1803）對「民間」文藝有如下認知，他說：

> 民歌、寓言和傳說，在某些方面是一個民族的信仰、情感和力量的結果。一個人信仰因為他不知道，他想像因為他看不見，他受到自己誠實而單純並且尚未發達的人生的激勵。…所有未開化的民族都唱歌和勞作；他們的歌謠是民的檔案，是其科學和宗教及其神譜和宇宙起源的寶庫，是其祖先的言

行及其歷史事件的寶庫，是其心靈的回聲，是其從搖籃到墳
墓的家庭生活的喜怒哀樂的鏡子。[17]

如能透過人民所認知的共同信仰，激發其情感及力量，則革命意識將
更能廣泛地凝聚認同。既普及又自然的教化力量，正是民間文學於
20 世紀初為知識菁英廣泛使用的重要因素。

對革命事業而言，宣傳目的在於喚醒下層社會的民族意識，無論
是陳天華或秋瑾，其運用民間文學的目標均著眼於社會改革與平民教
育。1928 年顧頡剛在《民俗週刊》發刊詞提到：

我們要站在民眾的立場上來認識民眾！
我們要探檢各種民眾的生活，民眾的欲求，來認識整個社會！
我們自己就是民眾，應該各自檢驗自己的生活！
我們要把幾千年埋沒著的民眾藝術、民眾信仰、民眾習慣
一層一層地發覺出來！
我們要打破以聖賢為中心的歷史，建設全民眾的歷史！[18]

---

[17] Giuseppe Cocchiara , The History of Folklore in Europe , Translated from the Italian
by John N . McDaniel , Preface , pp.168-177.轉引自盧曉輝：《現代性與民間文學》
（北京：社會科學文獻出版社，2004 年），頁 87。

[18] 以顧頡剛為代表的民間文學研究面向，對於民眾有著強烈的認同感及歸宿感。如
董作賓 1927 年在《民間文藝》第 1 期中發表〈為民間文藝敬告讀者〉所言：「民
間文藝，是平民文化的結晶品：我們要瞭解我們中國的民眾心理、生活、語言、
思想、風俗、習慣等等，不能不研究民間文藝；我們要欣賞活潑潑赤裸裸有生命
的文學，不能不研究民間文藝；我們要改良社會，糾正民眾謬誤的觀念，指導民
眾以行為的標準，不能不研究民間文藝。」同前註，頁 127。

「到民間去」成了知識分子的注目的焦點，除了開啟民智，喚起民族
自尊之外，辛亥時期「民間」所代表的意涵，也充分體現民族精神的
寄託。革命宣傳家陳天華的作品如：《警世鐘》、《猛回頭》、《獅子吼》，
秋瑾之〈寶刀歌〉、〈寶劍行〉及《精衛石》等作品，運用民間文學形
式中的彈詞小說、歌體詩表現革命思想，這些作品除了反映時代，同
時也寫出多數中國人的心聲。

　　文學的接受度，影響晚清開民智運動之成效，而民間文學作為培
養人民行為的途徑，也表現出廣泛普及之社會觀念及文化價值。陳天
華善用民間說唱的彈詞小說，使一般民眾通過聽覺及視覺輔助，在絃
誦悠遊的情境中，隨彈詞小說之情節起伏心緒，同時在潛意識中種下
革命根苗。此外，秋瑾為後世稱頌的歌體詩，結合民歌唸謠口語記誦
的優點，使革命意識在民眾口耳間傳播，昭昭雄文將民族精神表達得
更為傳神。他們對民間文學的重視，一方面承繼了太平天國以來以俗
語作為文宣的精神，另一方面也奠定了民國初年白話文學興起的基
礎。

　　晚清風起雲湧的文學改革與民間文學互動，在鍾敬文眼中，被認
為與歐洲的文藝思潮有莫大關連，事實上民間文學對民族精神的負
載，除了是文藝與思想的啟蒙外，亦影響五四運動後期知識菁英對口
傳文學及民眾精神（Volksgeist）的注視。美國學者桑德拉·艾米諾
夫（Sandra Eminov）在《知識分子與現代中國》一書提到：「民眾擁
有一種特殊的、久被忽視的口頭文學，其中保留著中國人特有的美德
和傳統，這種觀念俘獲了新一代知識分子的想像。過去的經典文學被
解視為陳腐的受階級束縛的現象，而群眾的口頭歌謠則被看做真正是

中華民族的、集體性質的創造性產物。」[19]傳統俗文學中的戲曲、小說、歌謠，當它為民眾所創造後，也就成了生命的一部分，而這些作品的思考也映現著人民的思維。

以陳天華及秋瑾而言，通俗易懂的彈詞小說、豪邁動人的歌體詩，都是為了配合教育民眾、宣傳革命的另形解讀。革命之理論體系何其龐大，這些宣傳書冊並無法包含各種面向的革命哲學，然而，民眾感情亟須激發鼓動，因此，在「一切的藝術都是宣傳」的現實主義命題下，民間文學的傳播也定然要有明確的意識型態搭配。

以文學功用論出發，強調激越鏗鏘的語言，革命文學需要強力的語言標示，讓民眾在熟悉醒目的語言中，認知革命思想。[20]魯迅在〈文藝與革命〉中提到：

> 我以為一切文藝固是宣傳，而一切宣傳卻並非全是文藝，這正如一切花皆有色，而凡顏色未必都是花一樣。革命之所以於口號、標語、佈告、電報、教科書之外，要用文藝者，就因為它是文藝。[21]

---

[19] 為使文化建構的過程不至於顛覆既有中國文化的秩序，新文化的三島者便宣稱：中國真正的新文化，乃根植於各種迄今曾被忽略或輕視的藝術及文學型態中，而今天所要創造的便是大眾文化的精神。詳參桑德拉著·單正平譯：《知識分子與現代中國》（天津：南開大學出版社，2002年），頁411-412。

[20] 1929年，阿英在〈幻滅動搖的時代推動論〉中強調：「標語口號具有『豐富的搧動力量』，在革命的現階段，標語口號文學對於革命的前途是比任何種類的文藝更具有力量的。」

[21] 文學性存在與否，對於革命文學是否淪於宣傳而缺乏審美，表現出某種認定依據。轉引自黃開發：《文學之用：從啟蒙到革命》（北京：北京十月文藝出版社，2004年），頁296。

　　文學需要適應時代，正如晚清知識分子對傳統古典文學的批評，在於古文不能有效精確表現新思想。民間文學結合報刊傳播的模式，則廣泛影響中國下層社會的心靈，引導新思維走入民間，更讓陳天華、秋瑾的人格昭示更為鮮明、深刻。研究晚清革命思潮的文學體現，必須釐清文學世界中所蘊含的思維高度，文學作品價值的承繼，有絕大部分源於意識型態的號召。

　　革命文學作品對現實世界進行反省檢討，通過宣傳者直觀的理解，文學活動方能使人對現實世界展開思索，在陳天華及秋瑾的作品中，其社會觀點則明確地體現人生。世變下的文藝作品，通常會出現人類群體的期待，那是一種對美好未來的追尋之途，陳天華的《獅子吼》、秋瑾的《精衛石》，前者表達對民主共和國的理想探求，圖擬民主社會有別於專制政體的優點；後者寓託女權平等之價值，告知中國女子同胞世界思潮中男女平等的標準。啟蒙之作，在隱約的描寫及情節設定中，充分表達活文學不只是空中樓閣，而是美麗的人世期許，超越文學工具論的框架，引領中國人去思索革命何以必要，以及革命後的新文化價值。

參考書目

壹、 專書

1. 王才勇，《中西語境中的文化述微》，上海：上海人民出版社，2004年。

2. 王文寶，《中國民俗研究史》，哈爾濱：黑龍江人民出版社，2003年。

3. 王文寶等編，《中國俗文學概論》，北京：北京大學出版社，2000年。

4. 王緋，《空前之跡：1851-1930：中國婦女思想與文學發展史論》，北京：商務印書館，2004年。

5. 王春霞，《排滿與民族主義》，北京：社會科學文獻出版社，2005年。

6. 中共中央毛澤東選集出版委員會編，《毛澤東選集》，北京：人民出版社，1965年。

7. 《中華民國開國五十年文獻》，台北：中央文物供應社，1963年。

8. 《中國傳統文化的再檢討》，新店：谷風出版社，1987年。

9. 王富仁，《中國的文藝復興》，桂林：廣西師範大學出版社，2003年。

10. 王爾敏，《中國近代思想史論》，北京：社會科學文獻出版社，2003年。

11. 王曉波，《民族主義與民主運動：一個統派知識分子的探索》，台北：海峽學術出版社，2004 年。

12. 王德威，《如何現代，怎樣文學：十九、二十世紀中文小說新論》，台北：麥田出版社，2005 年。

13. （日）石田一良著·王勇譯，《文化史學：理論與方法》，台北：淑馨出版社，1994 年。

14. 朱浤源，《同盟會的革命理論》，台北：中央研究院近代史研究所，1985 年。

15. 朱建軍，《心靈的年輪：中國文化的心理分析與救贖》，蘭州：敦煌文藝出版社，2004 年。

16. 江志宏，《台灣傳統常民社會的明幽二元思維：普度、祭厲與善書》，台北：稻鄉出版社，2005 年。

17. 江德明主編，《阿英書話》，北京：北京出版社，1996 年。

18. （法）左拉，《關於作品總體構思的札記》，北京：中國社會科學出版社，1988 年。

19. 向覺民編，《俗講變文與白話小說》，台北：西南書局，1992 年。

20. 宋莉華，《明清時期的小說傳播》，北京：中國社會科學，2004 年。

21. （俄）托爾斯泰著·豐陳寶譯，《藝術論》，北京：人民文學出版社，1958 年。

22. 吳家榮，《中國化文論的歷史進程》，和肥：安徽教育出版社，2004 年。

23. 李斗，《揚州畫舫錄》，北京：中華書局，2004 年。

24. 李孝悌，《清末下層社會的啟蒙運動：1901-1911》，台北：中央

研究院近代史研究所，1992 年。

25. 李喜所，《中國近代社會與文化研究》，北京：人民出版社，2003 年。

26. 李喜所主編，《梁啟超與近代中國社會文化》，天津：天津古籍出版社，2005 年。

27. 李歐梵，《現代性的追求》，台北：麥田出版社，1996 年。

28. 李澤厚，《中國近代思想的發展》，台北：谷風出版社，1986 年。

29. 井口淳子著・林琦譯，《中國北方農村的口傳文化》，廈門：廈門大學出版社，2003 年。

30. 阿英，《小說三談》，上海：上海古籍出版社，1979 年。

31. 阿英，《晚清小說史》，北京：東方出版社，1996 年。

32. 《辛亥革命史稿》第 1-4 卷，胡繩武、金冲及，上海：上海人民出版社，1991 年。

33. 吳正賢等編，《陶行知全集》，四川：成都教育出版社，1991 年。

34. 吳秀明，《轉型時期的中國當代文學思潮》，杭州：浙江大學出版社，2001 年。

35. 吳振清編，《黃遵憲集》上、下卷，天津：天津人民出版社，2003 年。

36. 《辛亥革命前十年間時論精選》卷二，上海：三聯書店，1963 年。

37. 《辛亥革命史論》，張玉法，台北：三民書局，1993 年。

38. 邱秀香，《清末西式教育的理想與現實—以新式小學堂興辦為中心的探討》，台北：國立政治大學歷史學系，2000 年。

39. 林明德主編，《晚清小說研究》，台北：聯經出版社，1988 年。

40. 林毓生,《思想與人物》,台北:聯經出版社,1983 年。

41. 姜義華,《理性缺位的啟蒙》,上海:三聯書店,2000 年。

42. 周振甫選注,《嚴復選集》,北京:人民文學出版社,2004 年。

43. 周華斌,《中國戲劇史新論》,北京:北京廣播學院出版社,2003 年。

44. 苑利主編,《二十世紀民俗學經典·民俗理論卷》,北京:社會科學文獻出版社,2002 年。

45. 苑利主編,《二十世紀民俗學經典·學術史卷》,北京:社會科學文獻出版社,2002 年。

46. 苑利主編,《二十世紀民俗學經典·史詩歌謠卷》,北京:社會科學文獻出版社,2002 年。

47. 胡適編選,《中國新文學大系(一)·建設理論卷》,上海:上海文藝出版社,2003 年。

48. 鄭振鐸編選,《中國新文學大系(二)·文學論爭卷》,上海:上海文藝出版社,2003 年。

49. 胡繩,《帝國主義與中國政治》,北京:人民文學出版社,1996 年。

50. 余英時等著,《中國歷史轉型時期的知識分子》,台北:聯經出版社,1992 年。

51. (英)依格爾頓著·方傑譯,《文化的觀念》,南京:南京大學出版社,2003 年。

52. 周錫瑞,《改良與革命─辛亥革命在兩湖》,台北:華世出版社,1986 年。

53. 《革命之倡導與發展》(一)-(八),《中華民國開國五十年文獻》

第 1 編 10 冊，台北：中華民國開國五十年文獻編纂委員會，1963年。

54. 《革命先烈先進詩文選集》（一）中國國民黨黨史委員會輯錄。

55. 馬以鑫，《中國現代文學接受史》，上海：華東師範大學出版社，1998 年。

56. 馬以鑫主編，《現代化進程中的中國人文學科·文學卷》，上海：上海人民出版社，2005 年。

57. 馬永強，《文化傳播與現代中國文學》，合肥：安徽大學出版社，2003 年。

58. 《馬克斯恩格斯選集》，北京：人民出版社，1995 年。

59. 馬亞中，《暮鼓晨鐘》，北京：中華書局，1997 年。

60. 馬克鋒，《文化思潮與近代中國》，北京：光明日報出版社，2004年。

61. 馬寶珠，《中國新文化運動史》，台北：文津出版社，1996 年。

62. 徐華龍，《中國歌謠心裡學》，蘭州：新疆人民出版社，1990 年。

63. 徐鵬緒，《中國近代文學史綱》，北京：中國社會科學出版社，2004年。

64. 錢仁康，《學堂樂歌考源》，上海：上海音樂出版社，2001 年。

65. 烏丙安，《中國民俗學》，瀋陽：遼寧大學出版社，1999 年。

66. 烏丙安，《民俗學原理》，瀋陽：遼寧教育出版社，2001 年。

67. 高國藩，《中國民間文學》，台北：台灣學生書局，1995 年。

68. 哈佛燕京學社主編，《儒家傳統與啟蒙心態》，南京：江蘇教育出版社，2005 年。

69. 袁進，《近代文學的突圍》，上海：上海人民出版社，2001 年。

70. 孫中田編，《林紓詩詞解析》，長春：吉林文史出版社，1999 年。

71. 孫之梅，《南社研究》，北京：人民文學出版社，2003 年。

72. 《孫中山選集》，上海：人民出版社，1956 年。

73. 孫燕京，《晚清社會風尚研究》，台北：知書房出版社，2004 年。

74. 孫廣德，《晚清傳統與西化的論爭》，台北：台灣商務印書館，1982 年。

75. 許倬雲，《從歷史看時代轉移》，台北：洪健全基金會，2000 年。

76. 夏曉虹，《晚清女性與近代中國》，北京：北京大學出版社，2004 年。

77. 夏曉虹，《覺世與傳世：梁啟超的文學道路》，上海：上海人民出版社，1991 年。

78. 梁啟超等著，《晚清文學叢鈔·小說戲曲研究卷》，台北：新文豐出版社，1989 年。

79. 梁啟超，《飲冰室全集》，北京：中華書局，1989 年。

80. 連戰，《民主政治的基石》，台北：正中書局，1973 年。

81. 盛邦和主編，《現代化進程中的中國人文學科·史學卷》，上海：上海人民出版社，2005 年。

82. 陳子展，《中國近代文學之變遷：最近三十年中國文學史》，上海：上海古籍出版社，2000 年。

83. 陳方竟，《多重對話：中國新文學的發生》，北京：人民文學出版社，2003 年。

84. （法）馬塞爾·毛斯著、佘碧平譯，《社會學與人類學》，上海：上海譯文出版社，2003 年。

85. 陳平原，《二十世紀中國小說史 1897-1916》第一卷，北京：北

京大學出版社，1989 年。

86. 陳平原，《文學史的形成與建構》，廣西：廣西教育出版社，1999年。

87. 陳平原，《中國小說敘事模式的轉變》，北京：北京大學出版社，2003 年。

88. 陳平原，《中國散文小說史》，上海：上海人民出版社，2004 年。

89. 陳平原，《現代學術史上的俗文學》，武漢：湖北教育出版社，2004年。

90. 陳平原，《晚清文學教室》，台北：麥田出版社，2005 年。

91. 陳玉申，《晚清報業史》，濟南：山東畫報出版社，2002 年。

92. 陳旭麓，《近代中國社會新陳代謝》，上海：上海人民出版社，1995年。

93. 陳國慶主編，《中國近代社會轉型研究》，北京：社會科學文獻出版社，2005 年。

94. 陳建華，《革命的現代性：中國革命話語考論》，上海：上海古籍出版社，2000 年。

95. 陳弱水，《公共意識與中國文化》，台北：聯經出版社，2005 年。

96. 陳獨秀，《獨秀文存》，合肥：安徽人民出版社，1987 年。

97. 陳燕，《清末民初的文學思潮》，台北：華正書局，1993 年。

98. 費正清編，《劍橋中國晚清史》，北京：中國社會科學出版社，1985年。

99. 程華平，《中國小說戲曲理論的現代轉型》，上海：華東師範大學出版社，2001 年。

100. 郭長海、郭君兮輯注，《秋瑾全集箋註》，長春：吉林文史出版社，

2003 年。

101. 郭延禮,《近代西學與中國文學》,南昌:百花洲文藝出版社,1999
    年。

102. 張玉法主編,《中國近代史學論集》,台北:聯經出版社,1980
    年。

103. 張玉法主編,《中國現代史論集》,台北:聯經出版社,1980 年。

104. 張玉法,《清季的革命團體》,台北:中央研究院近代史研究所,
    1975 年。

105. 張永芳,《詩界革命與文學轉型》,北京:中國社會科學出版社,
    2004 年。

106. 張朋園,《梁啟超與清季革命》,台北:中央研究院近代史研究所,
    1999 年。

107. 張堂錡,《從黃遵憲到白馬湖》,台北:正中書局,1996 年。

108. 彭明輝,《晚清經世史學》,台北:麥田出版社,2002 年。

109. 湯志鈞,《戊戌變法人物傳稿》,台北:漢京文化事業公司,1982
    年。

110. 郭英德,《中國古代文人集團與文人風貌》,北京:北京師範大學
    出版社,1998 年。

111. 郭紹虞主編,《中國近代文學論著精選》,台北:華正書局,1982
    年。

112. 郭漢民,《晚清社會思潮研究》,北京:中國社會科學出版社,2003
    年。

113. 黃克武,《一個被放棄的選擇:梁啟超調適思想之研究》,台北:
    中央研究院近代史研究所,1994 年。

114. 黃開發，《文學之用：從啟蒙到革命》，北京：十月文藝出版社，
     2004 年。

115. 黃興濤，《文化史的視野》，福州：福建教育出版社，2000 年。

116. （美）費正清·張沛譯，《中國：傳統與變遷》，北京：世界知識
     出版社，2001 年。

117. 葛兆光，《中國思想史》，上海：復旦大學出版社，2001 年。

118. 葉世昌，《近代中國經濟思想史》，上海：人民出版社，1998 年。

119. 葉啟政，《社會、文化和知識分子》，台北：東大圖書公司，1984
     年。

120. 董守義，《跨出國門：清末出國潮》，瀋陽：遼寧人民出版社，1997
     年。

121. 桑德拉著·單正平譯，《知識分子與近代中國》，天津：南開大學
     出版社，2002 年。

122. 劉永謀、王興彬，《警醒中國人—走近陳獨秀》，北京：中國社會
     出版社，2005 年。

123. 暢廣元主編，《文學文化學》，瀋陽：遼寧人民出版社，2000 年。

124. 廖全京，《中國戲劇尋思錄》，北京：文化藝術出版社，2005 年。

125. 魯迅，《中國小說史略》，杭州：浙江文藝出版社，2000 年。

126. 蔣光慈，《世界化視野中的現代中國文學》，濟南：山東教育出版
     社，2003 年。

127. 蔣曉麗，《中國近代大眾傳媒與中國近代文學》，成都：巴蜀書社，
     2005 年。

128. 盧曉輝，《現代性與民間文學》，北京：社會科學文獻出版社，2004
     年。

129. 鍾敬文主編,《中國近代文學大系·民間文學卷》,上海:上海書店,1995 年。

130. 蕭致治,《鴉片戰爭與近代中國》,武漢:湖北教育出版社,1999年。

131. 龔自珍,《龔自珍全集》,台北:河洛圖書出版社,1975 年。

132. 龔鵬程,《近代思想史散論》,台北:東大圖書公司,1991 年。

133. (美)賽珍珠·宋恩榮編,《告語人民》,桂林:廣西師範大學出版社,2003 年。

134. (美)羅伯特·墨菲著、王卓君、呂迺基譯,《文化與社會人類學引論》,北京:商務印書館,2004 年。

135. 羅素著·文良文化譯,《俗物的道德與幸福》,北京:華文出版社,2003 年。

136. 羅福惠,《辛亥時期的菁英文化研究》,武漢:華中師範大學出版社,2001 年。

137. Ernest Gellner 著·李金梅、黃俊龍譯,《國族與國族主義》,台北:聯經出版社,2001 年。

138. Kevin Whedall 著·李約翰譯,《社會行為學》,台北:阿爾泰出版社,1977 年。

139. R.G.Collingwood 著·黃宣範譯,《歷史的理念》,台北:聯經出版社 1981 年。

140. S·阿瑞提,《創造的秘密》,遼寧:遼寧教育出版社,1987 年。

貳、 期刊、論文

1. 王穎吉,〈孫中山先生報刊宣傳思想的形成及其傳統文化特色〉,

《貴州文史叢刊》，2003 年第 3 期。

2. 朱班遠，〈晚清民間戲曲革命意涵的研尋〉，《社會文化學報》第 2 期。

3. 宋秀珍，〈秋瑾與中國女報〉，《咸寧師專學報》，第 14 卷 3 期，1994 年。

4. 李朝霞，〈陳天華與湖湘文化〉，《劭陽師範學院學報》，2004 年 2 月。

5. 李恭忠，〈青年孫中山的革命想像：以乙未舉事為中心的考察〉，《近代中國》第 146 期，2001 年。

6. 沈松僑，〈振大漢之天聲—民族英雄系譜與晚清的國族想像〉，《中央研究院近代史研究所集刊》，2000 年 6 月。

7. 沈松僑，〈國權與民權—晚清的「國民」論述〉，《中央研究院近代史研究所集刊》，2002 年 6 月。

8. 周秀萍，〈從文學誤國到文學救國〉，《湘潭大學學報》哲學社科版，1999 年第 1 期。

9. 柯惠鈴，〈從閨秀到女傑—晚清革命運動中女權思想的啟蒙〉，《近代中國》第 151 期。

10. 邱巍，〈清末俗文學作品與民族國家的形象構建〉，《中共浙江省委黨校學報》，2003 年。

11. 邵田田，〈秋瑾婦女解放思想及其實踐述論〉，《紹興文理學學報》，第 21 卷 6 期，2001 年。

12. 胡曉真，〈閱讀反應與談詞小說的創作：清代女性敘事文學傳統建立之一隅〉，《中國文哲研究集刊》第 8 期，1996 年 3 月。

13. 胡曉真，〈秩序追求與末世恐懼：由彈詞小說《四雲亭》看晚清

上海婦女的時代意識〉,《近代中國婦女史研究》第 8 期,2000年 6 月。

14. 張舫瀾,〈秋瑾與南社〉,《南京理工大學學報》社科版,第 9 卷 2 期,1996 年。

15. 張樹亭,〈彈詞文學興盛的原因〉,《遼寧師範專科學校學報》,2003年 2 月。

16. 張顯菊,〈論陳天華的教育思想〉,《雲南社會科學學報》,1995年。

17. 張顯菊,〈秋瑾詩詞中的愛國主義思想〉,《錦州師範學院學報》,1995 年第 4 期。

18. 孫子和,〈中國同盟會之政治主張〉,《中華學報》第 5 卷 1 期,1978 年。

19. 孫秀榮,〈獅子吼—近代啟蒙文學的一次嘗試〉,《河北學刊》第22 卷 1 期,2002 年。

20. 陳平原,〈元氣淋漓與絕大文字—梁啟超及史界革命的另一面〉,《古今論橫》第 9 期,2003 年 7 月。

21. 陳俊啟,〈重估梁啟超小說觀及其在小說史上的意義〉,《漢學研究》第 20 卷 1 期,2002 年。

22. 陳進金,〈晚清教育的現代化—以制度面為中心的探討〉,《近代中國》第 118 期。

23. 陳富志,〈淺談近代白話文運動與思想啟蒙〉,《平頂山師專學報》第 16 卷 1 期,2001 年。

24. 喬寶泰,〈孫中山先生的革命宣傳〉,《近代中國》第 144 期,2001年。

25. 黃霖,〈二十世紀起步的是與非─以梁啟超文界革命為中心〉,《中國文哲研究通訊》第 10 卷 3 期。

26. 夏曉虹,〈秋瑾之死與晚清的秋瑾文學〉,《山西大學學報》第 27 卷 2 期,2004 年。

27. 夏曉虹,〈秋瑾北京時期思想研究〉,《中國文哲研究通訊》第 10 卷 3 期。

28. 張玉法,〈晚清改革與革命的分際與互動〉,《近代中國》第 145 期,2001 年。

29. 楊國強,〈辛亥革命時期的知識人〉,《近代中國》第 145 期,2001 年。

30. 曹萌,〈近代改革思潮及其對文學的影響〉,《洛陽師範學院學報》,2002 年。

31. 馮增煜,〈東方的曙光:近代中國與亞洲國家啟蒙運動中的文學〉,《東北師大學報》1994 年第 1 期。

32. 趙得昌,〈清末民初戲曲改良與西方戲劇文化的影響〉,《戲曲史研究》,2003 年。

33. 羅志田,〈中國文藝復興之夢:從清季古學復興到民國的新潮〉,《漢學研究》20 卷 1 期,2002 年 6 月。

34. 劉紹鈴,〈啟蒙的背面:發現小說中的內在風景〉,《中國文學研究》第 18 期,2002 年。

35. 劉崇豐,〈義和團的歌謠〉,《民間文學月刊》,1959 年。

36. 盧開寧、吳永揚,〈秋瑾、譚嗣同婦女觀之比較〉,《徐州師範學院學報》,1995 年第 3 期。

37. 潘光哲,〈關於「告別革命」的歷史書寫─以 1903 年為例的一些

思考〉，《近代中國》145 期，2001 年。

38. 蔣永敬，〈辛亥革命究竟是什麼革命〉，《近代中國》145 期，2001 年。

39. 鐘維克，〈再論裘廷梁的崇白話廢文言說〉，《雲南師範大學學報》第 34 卷 4 期，2002 年。

40. 龍文祥，〈從秋瑾詩文看其婦女解放思想〉，《安慶師範學院學報》第 18 卷 6 期，1999 年。

41. 龔喜平，〈秋瑾的歌體詩創作與中國近代詩體變革〉，《西北師大學報》第 37 卷 2 期，2000 年。

42. 龔喜平，〈秋瑾文體革新理論與實踐考論〉，《西北師大學報》第 39 卷 2 期。

43. 龔喜平，〈融入異邦之新聲，汲取民間之營養—黃遵憲對中國詩歌近代化的兩大貢獻〉，《中洲學刊》，2000 年第 6 期。

參、 學位論文

1. 江明淵，《民初陶行知、晏陽初教育理論與民間文學之關係研究》，花蓮師範學院民間文學研究所碩士論文，2004 年。

2. 周麗潮，《湖南開民智運動之研究》，政治大學歷史研究所碩士論文，1982 年。

3. 孫嘉鴻，《晚清革命文學研究》，政治大學中文研究所碩士論文，1984 年。

4. 賴香伶，《清末民初文學轉型期的標誌—南社文學研究》，台北：

台灣師範大學國文研究所博士論文，2003 年。

5. 戴嘉辰，《魯迅、周作人民間文學理論研究》，花蓮師範學院民間文學研究所碩士論文，2001 年。

6. 6 顏健富，《論魯迅『吶喊』、『徬徨』之國民性建構》，台北：台灣大學中文研究所碩士論文，2003 年。

國家圖書館出版品預行編目資料

晚清革命思潮與民間文學傳播之研究

林俊宏著. - 初版. - 臺北市：臺灣學生，
2006[民95]
面；公分
參考書目：面

ISBN 978-957-15-1330-0(精裝)
ISBN 978-957-15-1331-7(平裝)

1. 中國民間文學－歷史－晚清（1840-1911）

858.09   95022992

晚清革命思潮與民間文學傳播之研究 (全一冊)

著　作　者：林　　俊　　宏
出　版　者：臺 灣 學 生 書 局 有 限 公 司
發　行　人：盧　　　保　　　宏
發　行　所：臺 灣 學 生 書 局 有 限 公 司
　　　　　　臺 北 市 和 平 東 路 一 段 一 九 八 號
　　　　　　郵 政 劃 撥 帳 號：00024668
　　　　　　電　話：(0 2) 2 3 6 3 4 1 5 6
　　　　　　傳　眞：(0 2) 2 3 6 3 6 3 3 4
　　　　　　E-mail：student.book@msa.hinet.net
　　　　　　http：//www.studentbooks.com.tw

本書局登
記證字號　：行政院新聞局局版北市業字第玖捌壹號

印　刷　所：長 欣 印 刷 企 業 社
　　　　　　中 和 市 永 和 路 三 六 三 巷 四 二 號
　　　　　　電　話：(0 2) 2 2 2 6 8 8 5 3

定價：精裝新臺幣四四○元
　　　平裝新臺幣三六○元

西 元 二 ○ ○ 六 年 十 二 月 初 版